Wolfsfeder

Christian Oehlschläger, 1954 in Hannover geboren, ist Förster bei der Landwirtschaftskammer Niedersachsen. Er war mehrere Jahre als forstlicher Berater in Mittel- und Südamerika tätig, bevor er die Bezirksförsterei Burgwedel übernahm. Seit 1984 schreibt und veröffentlicht er Fachartikel, Kurzgeschichten und Kriminalromane.
www.christian-oehlschlaeger.de

CHRISTIAN OEHLSCHLÄGER

Wolfsfeder

NIEDERSACHSEN KRIMI

emons:

Bibliografische Information der Deutschen Nationalbibliothek
Die Deutsche Nationalbibliothek verzeichnet diese Publikation in der Deutschen Nationalbibliografie; detaillierte bibliografische Daten sind im Internet über http://dnb.d-nb.de abrufbar.

FSC www.fsc.org MIX Papier aus verantwortungsvollen Quellen FSC® C083411

Umschlagmotiv: photocase.de/manun
Umschlaggestaltung: Tobias Doetsch
Druck und Bindung: CPI – Clausen & Bosse, Leck
Printed in Germany 2016
Erstausgabe 2012
ISBN 978-3-89705-989-4
Niedersachsen Krimi
Originalausgabe

Für Uli

»… ein gewisses moralisches Defizit gehört zum Menschn; sonst wär er keiner …«

Arno Schmidt, Bargfeld, Landkreis Celle:
Abend mit Goldrand, Erster Tag, Bild 2,
S. Fischer Verlag 1975

EINS

Eine dunkle Auspufffahne hinter sich herziehend, quälte sich der Toyota den Hang hinauf. Dem rostroten Gefährt waren die vielen Jahre anzusehen, die es auf dem Buckel hatte. Besorgt schaute der Fahrer durch die Windschutzscheibe gen Himmel, wo sich eine mächtige tiefschwarze Gewitterwolke vor die Nachmittagssonne geschoben hatte. Der dunkelhäutige junge Mann mit dem modischen Kinnbart und den exakt gestutzten Koteletten runzelte die Stirn. Mit einer raschen Bewegung nahm er die Sonnenbrille ab und legte sie in die mit Teppichboden ausgelegte Ablage über dem Autoradio.

Mit durchgetretenem Gaspedal und aufheulendem Motor erreichte das Fahrzeug schließlich die Anhöhe, auf der zwischen zwei Mangobäumen ein einzelnes Haus stand, ein pastellrosa angestrichenes Holzhaus mit türkisfarbenen Fensterrahmen, einem Wellblechdach und einer alles überragenden Fernsehantenne, die an einem langen Bambusstab befestigt war.

Noch bevor der Wagen vor dem Gebäude zum Stehen kam, fing es an zu regnen. Große, schwere Tropfen knallten auf Autodach und Windschutzscheibe, erst wenige, dann immer mehr; schließlich schüttete es wie aus Eimern. In aller Eile kurbelte der Fahrer das Seitenfenster hoch und schaltete Scheibenwischer und Abblendlicht ein. Der tropische Platzregen hatte den Tag von einer Sekunde zur anderen zur Nacht werden lassen.

»Coño!«, fluchte der junge Mann auf Spanisch. Obwohl er natürlich von den nachmittäglichen Regengüssen hier oben in den Bergen der Cordillera Central wusste, ärgerte er sich darüber, dass er nun nicht trockenen Fußes ins Haus gelangen konnte. Er war nur um Sekunden zu spät gekommen.

Dabei hätte er seiner Mutter und seinen Geschwistern so gerne die neuen Schuhe gezeigt, schneeweiße Slipper aus weichstem Ziegenleder mit einer profillosen, glatten Sohle, mit der sich besonders gut Merengue tanzen ließ. Seine Schwestern hätten sie mit Entzücken begutachtet.

Doch so elegant sie auch waren – für einen Spaziergang im knöcheltiefen Wasser, das sich inzwischen auf den wenigen Metern Weg zwischen Auto und Haustür angesammelt hatte, waren sie nicht geeignet. Er überlegte, ob er die Schuhe ausziehen, die Hosenbeine hochkrempeln und barfuß ins Haus laufen sollte, verwarf diesen Gedanken aber rasch wieder – und entschied sich für eine andere Lösung. Beherzt und in kurzen Intervallen drückte er auf die Hupe.

Der Regen ließ nicht nach. Endlich öffnete sich die Haustür, und zwei Personen traten heraus. Mit Schirmen und einer Plastikfolie vor dem prasselnden Regen geschützt, erreichten sie das mit laufendem Motor wartende Auto.

Die Beifahrertür wurde aufgerissen, und eine junge Frau glitt behände auf den Sitz. Ein kurzer Blick reichte, um zu sehen, dass ihre anmutig gewölbten Wangenknochen nicht nur von Regentropfen, sondern auch von Tränen benetzt waren.

Wortlos legte er ihr die rechte Hand auf die Schulter; derweil streifte sie sich mit versteinerter Miene ihre Schuhe, die sie für den Gang zum Auto wohlweislich ausgezogen und in den Händen gehalten hatte, über die nackten Füße. Inzwischen hatte die andere Person einen Koffer im Heck der Limousine verstaut und klopfte nun mit der flachen Hand mehrmals aufs Autodach, um zu signalisieren, dass alles zur Abfahrt bereit war.

Langsam setzte sich der Toyota in Bewegung, während die Scheibenwischer versuchten, der Wassermassen Herr zu werden. Der Fahrer schaute in den Rückspiegel und hupte zweimal zum Abschied. Als sie die abschüssige Stelle erreichten, ließ er den Wagen im Leerlauf den Hang hinabrollen.

Die junge Frau an seiner Seite schaute stur geradeaus. Tapfer wischte sie sich die Tränen aus den Augenwinkeln. Doch mit jedem Meter, den sie sich vom Haus entfernten, änderte sich ihr Gesichtsausdruck. In ihren ausgesprochen hübschen Zügen spiegelten sich statt Wehmut und Abschiedsschmerz nun Selbstbewusstsein, unbändiger Stolz – und Entschlossenheit.

Entschlossenheit, das glaubte nicht nur ihr Bruder, brauchte sie für ihr Vorhaben vor allem. Zum ersten Mal in ihrem jungen Leben würde sie ihre Familie und ihre vertraute Heimat für einige Zeit verlassen, würde der Dominikanischen Republik, ihrem geliebten Eiland *Hispañola* und der gesamten Karibik den Rücken kehren, um in Richtung Europa zu fliegen – nach *Alemania*, Deutschland, in ein fernes, ihr gänzlich unbekanntes Land.

Der Toyota hatte die Talsohle erreicht, an der die eigentliche Ortschaft begann. Der Fahrer legte einen Gang ein, gleich den dritten, und ließ den Motor bei durchgetretener Kupplung kurz aufheulen. Behutsam beschleunigte er das Fahrzeug. Er musste aufpassen, denn die Straßen von San José de las Matas hatten sich in kleine Kanäle verwandelt, die rotbraune Wassermassen, jede Menge Schlamm und Unrat mit sich führten.

Während er die engen Gassen des Zentrums durchkurvte, umklammerte sie das winzige Amulett, das an einem dünnen Lederband um ihren Hals hing. Ein gebleichter Singvogelknochen in der Form eines auf den Kopf gestellten Ypsilons.

Zusammen mit dem Amulett führte sie ihre feingliedrige, zur Faust geballte Hand an die Lippen und murmelte nahezu lautlos ein paar schwer verständliche Worte in haitianischem *Creole*.

Ihr Bruder hatte sie trotzdem verstanden; er schüttelte missbilligend den Kopf.

***

Der Treffpunkt war leicht zu finden. Wie in der Anfahrtsskizze beschrieben, stand eine einzelne, sehr auffällige Eiche am Wegesrand. Der breitkronige Laubbaum hatte 1975 als einer der wenigen Bäume in der Umgebung der verheerenden Feuersbrunst in der Südheide getrotzt und thronte nun wie ein Leuchtturm über den neu aufgeforsteten Jungbeständen.

Direkt unter dem Baum zweigte ein Sandweg von dem asphaltierten Wirtschaftsweg ab. Nun sollten es noch zwei Kilometer gerade Wegstrecke sein.

Robert Mendelski sah den Mann schon von Weitem. In einer orangefarbenen Sicherheitsweste über dem grünen Overall war er gerade dabei, dem Auto vor ihm einen Parkplatz zuzuweisen. Dann war Mendelski auch schon selbst an der Reihe. Er musste sich mit seinem Wagen den anderen Fahrzeugen auf der rechten Wegebankette anschließen. Der linke Rand blieb ungenutzt.

Mendelski grüßte durch die geöffnete Seitenscheibe und bedankte sich artig bei dem Mann mit der Weste. Wie er jetzt aus der

Nähe erkennen konnte, zierten dessen linke Wange drei blutige Schrammen. Aus alter Gewohnheit taxierte er das Alter der Wunde, obwohl er sich an diesem Morgen nicht im Dienst befand und auch sonst keinerlei Grund für eine kriminaltechnische Analyse vorlag. Er vermutete, dass die Verletzung von letzter Nacht stammte, also weniger als acht Stunden alt war.

Während Mendelski seine Jagdutensilien auf dem Beifahrersitz ordnete, trafen hinter ihm weitere Fahrzeuge ein. Autotüren klappten. Ein Hund bellte voller Vorfreude und Ungeduld, wurde aber von seinem Herrn sofort zur Räson gebracht. Als Mendelski ausstieg, und sich an der Heckklappe zu schaffen machte, drangen aufgeregte Stimmen an sein Ohr.

»Wenn ich's doch sage!«, hörte er einen neu angekommenen Jäger eifrig bekräftigen. »Gestern Abend auf der Starkshorner Hirschwiese.«

»Zwei Stück?«, fragte mit heiserer Stimme ein älterer Herr, der gerade ein Signalband an seinem Hut befestigte, wie Mendelski mit einem kurzen Blick über die Schulter feststellte.

»So wurde es berichtet.«

»Hab ich auch gehört«, mischte sich da der Parkplatzeinweiser in das Gespräch ein und trat einen Schritt näher. »Langsam kommen die Einschläge näher.«

»Das ist ja keine fünf Kilometer Luftlinie von hier«, sagte die heisere Stimme. »Für Wölfe ein Katzensprung.«

Wölfe? Mendelski hob den Kopf. Hatte er richtig gehört?

Da stapften die beiden Jäger, die über die Wölfe palavert hatten, auch schon an seinem Fahrzeug vorbei, grüßten kurz und verschwanden Richtung Sammelplatz. Rasch schnürte der Kommissar seine Lederstiefel, streifte den Lodenmantel über, stülpte den Hut auf und folgte ihnen.

Auf der Waldwegekreuzung hatte sich bereits eine stattliche Anzahl Jäger und Treiber versammelt. Obschon der Oktobermorgen nicht besonders kalt war, loderte am Wegesrand ein Begrüßungsfeuer, um das sich die Grünröcke scharten. Treiber und Hundeführer standen in kleinen Gruppen etwas abseits und fachsimpelten.

Wie es sich gehört, suchte Mendelski zunächst den Jagdherrn auf. Der war leicht auszumachen, da es sich bei ihm um einen Zweimeterundfünfmann handelte. Obendrein kannte man Mark von Bartling im Landkreis Celle als Geschäftsmann und als Politiker, dessen Konterfei alle naselang in der »Celleschen Zeitung« und dem »Celler Kurier« zu bestaunen war. Persönlich hatte ihn Mendelski bisher jedoch noch nicht kennengelernt.

»Ach, der Gast von der Kripo«, erwiderte von Bartling, nachdem Mendelski sich vorgestellt und ihm für die Einladung gedankt hatte. »Freut mich, Sie in meinem Revier begrüßen zu dürfen.«

»Die Freude ist ganz meinerseits.« Mendelski setzte seinen Hut, den er zur Begrüßung abgenommen hatte, wieder auf.

»Sie sind das erste Mal hier, nicht wahr? Auf die Idee, Sie einzuladen, hat mich Ihr Chef, Kriminaldirektor Steigenberger, gebracht«, fuhr der Jagdherr leutselig fort. »Wir kennen uns schon seit der Schulzeit, der Hans und ich. Kürzlich begegneten wir uns anlässlich eines Empfangs in der ›Union‹, und da hat er mir erzählt, dass es so manchen Grünrock unter seinen Leuten gibt.«

»Es sind schon einige …«, bestätigte Mendelski.

»Nun, da dachte ich mir, ich könnte Ihnen mit der Jagdeinladung eine Freude machen. Die Polizei ist bei mir ein stets gern gesehener Gast. Man weiß ja nie …« Von Bartling setzte ein verschmitztes Grinsen auf. »Vielleicht brauche ich eines Tages Ihre Hilfe. Man trifft sich ja immer zweimal im Leben.«

»Ich hoffe nicht«, wiegelte Mendelski ab. »Zumindest nicht dienstlich.«

»Entschuldigen Sie bitte«, erwiderte von Bartling. »Da sind neue Gäste im Anmarsch. – Waidmannsheil, Hubert. Dich hätte ich ja fast nicht wiedererkannt …«

Der Jagdherr hatte sich den Neuankömmlingen zugewandt und ließ Mendelski allein zurück. Der vergrub die Hände in den Taschen seines Lodenmantels und trat ans Feuer. Neugierig schaute er in die Runde, um nach bekannten Gesichtern Ausschau zu halten – mit magerem Ergebnis. Hier im Raum Eschede war er seit ewigen Zeiten nicht jagen gewesen, bestimmt seit zwanzig Jahren nicht mehr. Doch er erinnerte sich noch gut an die Episode bei seinem letzten Besuch. Er hatte während einer Drückjagd den Jagdschriftsteller Goede Gendrich alias Ludwig Dörbrandt kennengelernt, der damals als pensionierter Förster in Eschede seinen Lebensabend verbrachte. Gleich im ersten Treiben hatten sie beide zeitgleich und erfolgreich auf ein und dieselbe Sau geschossen, und es war nachher nicht zu klären gewesen, wer nun den entscheidenden Treffer gesetzt hatte. Letztendlich hatte der Jagdherr ihnen beiden Waidmannsheil gewünscht und ihnen jeweils einen Bruch für dasselbe Stück überreicht.

Mendelski, für den dies die erste Gesellschaftsjagd in diesem Herbst war, widmete sich erst einmal der obligatorischen Begrüßungsrunde bei der übrigen Jagdkorona. Beim fleißigen Händeschütteln kam ihm zwar das eine oder andere Gesicht bekannt vor, doch die Namen sagten ihm nicht viel. Schließlich landete er wieder an seiner alten Stelle beim Feuer.

Den Wortfetzen der Umstehenden entnahm er, dass sich die Gespräche überwiegend um Wölfe drehten. Die Nachricht von den gestern Abend auf der Starkshorner Hirschwiese gesichteten Isegrimen schien sich unter den Jägern wie ein Lauffeuer verbreitet zu haben.

Die Starkshorner Hirschwiese war auch Mendelski ein Begriff. Die weit über die Landkreisgrenzen hinaus bekannte Freifläche lag direkt an der Landstraße L 281 zwischen Eschede und Oldendorf, wo man während der Hirschbrunft im September nicht nur das charakteristische Röhren aus nächster Nähe hören konnte, sondern auch meist Rotwild beim Brunftbetrieb zu sehen bekam. Mendelski war mit seiner Familie schon mehrfach dort gewesen, das letzte Mal vor zwei Jahren, als seine Tochter Ana für ihr Bio-Leistungsfach an einer Abhandlung über das heimische Rotwild gearbeitet hatte. Carmen und Pedro waren auch dabei gewesen. Damals hatten sie zwei kapitale Kronenhirsche aus weniger als zweihundert Metern Entfernung beim Kämpfen beobachtet.

An diesem Morgen interessierte sich jedoch niemand für Hirsche. Alles drehte sich um die beiden Wölfe. Auf einem über fünftausend Hektar großen, der Öffentlichkeit weitgehend unzugänglichen Waldgebiet, dem Schießplatz des Rüstungsunternehmens Rheinmetall nördlich von Unterlüß, waren dem Bezirksförster Wienfried Häsemeyer kürzlich die ersten Beweisfotos für die Präsenz eines Wolfes gelungen. Dies hatte nicht nur in der Kreisstadt Celle, sondern sogar bundesweit ein kolossales Medienecho ausgelöst. Mendelski hatte die Berichterstattung mit großem Interesse verfolgt. Nun waren die Wölfe so nah wie lange nicht mehr.

Ob man heute wohl einen von ihnen zu Gesicht bekäme, war die am häufigsten gestellte Frage. Und wie würden die Hunde auf die für sie zwar artverwandte, jedoch bisher unbekannte Wildart reagieren, wenn die Tiere ihnen während der Jagd über den Weg liefen?

»Mir ist in Finnland mal ein Wolf begegnet«, sagte Mendelskis Nachbar zur Rechten unvermittelt. Der kleine, untersetzte Mann mit Nickelbrille trug einen Lodenmantel, der fast bis zum Boden reichte. »Während der Elchjagd stand er mir plötzlich auf einem Wechsel gegenüber. Keine fünf Meter entfernt. Mannomann, das war schon ein mulmiges Gefühl.«

Bevor Mendelski etwas erwidern konnte, reagierte sein linker Nachbar, ein großer, hagerer Mann mit abgewetzter brauner Barbour-Jacke und grünen Gummistiefeln. »Und? Was passierte dann?«, fragte er, wobei er sich vorbeugte, um an Mendelski vorbeizuschielen. Er hatte seinen breitkrempigen Hut so in den Nacken geschoben, dass die Schweißperlen auf seiner Stirn sichtbar waren. Das Feuer heizte ihnen allen mächtig ein.

»Der Wolf hat bedrohlich geknurrt und seine Lefzen hochgezogen, sodass ich seine prächtigen Eckzähne begutachten konnte. Zum Glück bin ich ganz ruhig geblieben und habe einfach abgewartet. Nachdem wir uns eine Ewigkeit – ich schätze so zwei bis drei Minuten – bewegungslos angestarrt hatten, klemmte er schließlich seine Rute ein, machte den Rücken krumm und zog von dannen.«

»Na, das klingt aber verdächtig nach Jägerlatein«, urteilte der Lange lachend. »Die Spezialausgabe vom Polarkreis.«

»Mitnichten!«, beschwerte sich der andere und zog ein beleidigtes Gesicht. Er suchte Unterstützung bei Mendelski. »Sie müssen wissen, mit Latein befasse ich mich nur in der Schule, nicht bei der Jagd«, erklärte er dem Kommissar. Der hatte gar nicht vorgehabt, sich in dieses Wortgeplänkel einzumischen. »Jägerlatein – so etwas habe ich nicht nötig.« Er wandte sich wieder dem anderen zu. »Waren Sie denn überhaupt schon mal in Finnland?«

»Nicht nur in Finnland …«

»Jagdscheinkontrolle!« Der Parkplatzeinweiser mit den Schrammen im Gesicht war ans Feuer getreten und unterbrach kurzerhand ihr Gespräch über finnische Wälder. »Darf ich bitte die Jagdscheine sehen?«

Die Umstehenden zückten ihre Brieftaschen und hielten dem Jagdgehilfen das Gewünschte unter die Nase. Auch Mendelski präsentierte sein Dokument. Er hatte den Jagdschein erst vor wenigen Tagen gelöst. Es war bis dahin nicht notwendig gewesen, denn die Bockjagd in diesem Sommer hatte er trotz mehrerer Einladungen sausen lassen.

»Und wer von Ihnen bleibt heute Abend zum Schüsseltreiben?« Der Jagdgehilfe hielt ein Klemmbrett mit einer Namensliste bereit, und setzte mit einem Kugelschreiber an den entsprechenden Stellen Häkchen. Alle am Feuer Versammelten meldeten sich an – bis auf Robert Mendelski. Er hatte am Abend einen wichtigen Termin. Ana wollte ihm und Carmen ihren neuen Freund vorstellen. Einen Ajub, gebürtig im Libanon und Student der Tiermedizin, der, wie Ana neuerdings auch, seit einem Jahr in Hannover-Kleefeld lebte.

Doch diesen Termin – das wusste der Kommissar zu diesem Zeitpunkt allerdings noch nicht – würde er aus dienstlichen Gründen leider nicht einhalten können.

»Bitte sammeln!«, rief Mark von Bartling schließlich und wartete einen Moment, bis alle Gespräche verstummt und die Jäger näher gekommen waren.

Die Begrüßung und Ansprache des Jagdherrn war militärisch knapp und präzise. Als er zur Freigabe der Wildarten kam, wies von Bartling ausdrücklich darauf hin, dass er am Abend auf dem Streckenplatz keinen – so wörtlich – *»Canis lupus«* zu sehen wünsche. Die Wölfe seien in den niedersächsischen Wäldern gern gesehene Gäste und verdienten den Schutz der Jägerschaft.

»Und wenn der Wolf nun eindeutig krank ist?«, fragte jemand dazwischen. »Dann darf man doch einen Fangschuss anbringen?«

»Nein, darf man nicht«, erwiderte von Bartling entschieden. »Der Wolf unterliegt nicht dem Jagdrecht, er steht unter Naturschutz. Sie schießen ja auch nicht auf einen Weißstorch, der einen gebrochenen Flügel hat. Also lassen Sie bitte beim Wolf in jedem Fall den Finger gerade.«

Niemand wagte zu widersprechen – jedenfalls nicht offen. Wie Mendelski an den verstohlenen Blicken und kleinen Gesten in seiner unmittelbaren Nachbarschaft zu erkennen glaubte, lag aber nicht jeder in der Jagdkorona beim Thema Wölfe auf der gleichen Wellenlänge wie der Jagdherr.

Schließlich wurden die Gruppen eingeteilt. Mendelski landete in einer Vierergruppe unter der Führung eines einarmigen Pensionärs und Haudegens mit dem passenden Namen Schwertfeger. Johann Schwertfeger, ein – wie der Kommissar noch erfahren sollte – vor ewigen Zeiten »Zugereister« aus dem fernen Bayern, forderte seine Truppe mit kräftigem bayrischen Akzent auf, sich auszustaffieren und sich zügig bei seinem Wagen einzufinden. Man wollte mit lediglich einem Fahrzeug fahren.

Als sie kurz danach aufbrachen, tröpfelten die ersten Regentropfen auf die Windschutzscheibe.

Ist ja wunderbar, befand Mendelski. Wenn ich schon mal zur Jagd gehe ... Ein klassischer Herbsttag im goldenen Oktober mit azurblauem Himmel und einigen schneeweißen Schäfchenwolken davor wäre wohl zu viel verlangt. Mit tief stehenden, wärmenden Sonnenstrahlen, dazu ein leichter Wind, der die ersten, quittegelben Blätter von den Birken rieseln lässt ... Stattdessen jetzt so was.

Hoffentlich habe ich wenigstens ein Dach über dem Kopf.

»Sie haben Dusel«, sagte Schwertfeger, als hätte er die Gedanken seines Beifahrers erraten, und jagte in hohem Tempo über den holprigen Sandweg. »Sie sitzen alle überdacht.«

Zwanzig Minuten später, gegen neun Uhr fünfzehn, machte Mendelski es sich auf seinem Ansitzbock bequem. Er hatte tatsächlich einen Luxus-Ansitzbock mit Dach ergattert, auf dessen Teerpappe inzwischen ein ausgewachsener Landregen niederprasselte. Der Hochsitz war nagelneu; davon zeugten die unverwitterten, noch gelblich leuchtenden Fichtenstangen und der angenehm harzige Geruch frisch gesägten Nadelholzes.

Wahrscheinlich weihe ich ihn heute ein, dachte der Kommissar zufrieden, während er mit dem Zeigefinger der rechten Hand über die Gewehrauflage fuhr. Hier wird noch kein einziger Vorderschaft aufgelegt, geschweige denn ein Schuss abgegeben worden sein.

Der Ansitzbock stand in einem weitläufigen Kiefern-Altholz, rund fünfzig Meter vom Hauptweg entfernt. Man hatte einen guten Rundumblick, denn der Unterwuchs war spärlich. Auf dem kargen Sandboden wuchsen außer Bäumen lediglich dünnhalmiges

Drahtschmiele-Gras und das niedrige Kraut der Heidelbeere. Anwechselndes Wild würde man also schon von Weitem gut sehen können.

»Dieser Stand taugt vor allem für Rot- und Schwarzwild«, hatte Schwertfeger gemeint, bevor er sich von Mendelski verabschiedet hatte. »Hier zieht eigentlich immer was durch. Ganz in der Nähe kreuzen sich zwei Fernwechsel.«

Um Punkt zehn Uhr – zum vereinbarten Zeitpunkt – hörte er den ersten Jagdhund in der Ferne kläffen. Jetzt durften mitgebrachte Hunde an den Sitzen geschnallt werden. Zur gleichen Zeit machten sich zwei Treiberwehren mit weiteren Hunden auf den Weg.

Das Hundegebell kam näher. Mendelski, der bei dem ungemütlichen Wetter ein wenig gedöst hatte, setzte sich auf und rieb seine müden Augen. Er legte seinen Stutzen zurecht, nahm das Fernglas zur Hand und spähte in die Richtung, aus der das Gekläffe gekommen war.

Da! War da nicht eine Bewegung gewesen? Ungefähr achtzig Schritte entfernt? Er schwenkte das Glas zurück, bis die mächtige Zwillingskiefer wieder in seinem Blickfeld lag. Für den Bruchteil einer Sekunde hatte er dort etwas gesehen. Ein Huschen, einen grauen Schatten, mehr nicht.

Die beiden Kiefern ragten wie ein V auseinander, sodass sich zwischen ihren Stämmen eine Öffnung auftat, die nach oben hin rasch breiter wurde. Durch diesen Spalt spähte Mendelski mit seinem Fernglas.

Dann sah er den krummen Rücken.

Unbeweglich stand das Tier im Regen. Vom Ansitzbock aus konnte man nur einen kleinen Ausschnitt des Wildkörpers erkennen, klitschnass, mit undefinierbarer Haarfarbe. Aus diesem Blickwinkel war nicht auszumachen, auf welcher Seite das wie angewurzelt dastehende Stück sein Haupt hatte, geschweige denn, um was für eine Wildart es sich handelte.

»Ein einzelnes Stück …«, murmelte Mendelski. Ein Reh? Eine Sau? Rotwild konnte er wegen der Größe ausschließen. Was es auch war, es stellte sich verdammt clever an. Versteckte sich hinter dem Baum und checkte erst mal die Lage.

Vielleicht braucht die Kreatur hinter der Zwillingskiefer die Hunde gar nicht zu fürchten, kam es Mendelski in den Sinn. Vielleicht war es von der gleichen Gattung, nur wilder, schlauer, verwegener und stärker.

Die Okulare beschlugen, so aufgeregt atmete er. Rasch setzte er das Fernglas ab, um es mit dem Ärmel seines Mantels zu putzen.

Handelte es sich bei dem rätselhaften Geschöpf, das da regungslos in derselben Position verharrte, etwa um einen der Wölfe, von denen heute Morgen erzählt worden war? Die Vorstellung von einer ersten Begegnung mit einem frei lebenden Wolf in seiner Heimat, der Lüneburger Heide, fand Mendelski ergreifend.

Da sah er einen Hund den Waldweg entlangkommen. Mit der Nase tief am Boden jagte der Wachtel lautlos einer warmen Fährte nach. Bald würde er die Zwillingskiefer erreichen.

Noch bevor Mendelski sein Fernglas erneut ansetzen konnte, sah er, wie das geheimnisvolle Tier sein Versteck verließ und mit eleganten Sprüngen auf seinen Ansitzbock zugerast kam.

Es war kein Wolf.

Es war ein Reh. Genauer gesagt ein recht kapitaler Rehbock, wie Mendelski zu erkennen glaubte. In hohem Tempo passierte das Stück den Ansitzbock. Da männliches Rehwild seit wenigen Tagen Schonzeit hatte, schaute der Kommissar dem Bock entspannt nach.

Der Wachtel, der das Reh nun in Sichtweite hatte, gab frustriert Laut. Der Verfolger war deutlich langsamer als der Verfolgte. Anscheinend spielte der Bock Katz und Maus mit ihm.

Bald waren Rehbock und Jagdhund außer Sichtweite. Im Kiefern-Altholz kehrte wieder Ruhe ein.

Mendelski lehnte sich zurück. Er war doch ein wenig enttäuscht, dass es kein Wolf gewesen war.

***

Mit zittrigen Fingern strich er ihr die Haarsträhnen aus der Stirn. Behutsam und liebevoll. So, als ob er ihr kein Haar krümmen könnte.

Eigentlich waren es keine Strähnen, sondern Locken. Nasse Locken, die sich mit Regenwasser vollgesogen und in die Länge gezogen hatten. Pechschwarz und schwer lagen sie auf der braunen Haut. Er hatte alle Mühe, die widerspenstigen Haare mit seinen Fingerkuppen zu bändigen. Immer wieder entzogen sie sich seinem Zugriff, kräuselten sich und fielen zurück in ihre alte Position.

Anstatt sich zu ärgern, lächelte er milde.

Wie schön sie doch ist, dachte er. Auch jetzt noch, nachdem sie bereits mehrere Stunden tot war.

Noch einmal rückte er die tropfnassen Fichtenzweige zurecht. Dann hatte er sein Werk vollendet. Er erhob sich und trat einen Schritt zurück – die Hände gefaltet, mit wie zum Gebet gesenktem Blick.

Ein Schuss in der Ferne unterbrach seine Andacht und holte ihn in die Gegenwart zurück. Ein zweiter Schuss mit Kugelschlag, dieses Mal ganz in der Nähe, folgte unmittelbar.

Er musste hier weg. Schweren Herzens wandte er seinen Blick von ihr ab und entfernte sich mit eiligen Schritten. Er war bereits in den Schatten einer tief betrauften Fichte eingetaucht, als er plötzlich innehielt. Nachdem er einige Sekunden nachgedacht hatte, kehrte er noch einmal zurück.

Mit dem Absatz seines Stiefels kratzte er etwas in den sandigen Waldboden.

Dann machte er sich davon.

***

Unweit einer Waldwegekreuzung befand sich ein Baumrondell aus sieben urigen Stieleichen. Der Platz für die Mittagspause hätte malerischer nicht sein können.

Als Mendelski und der restliche Schwertfeger-Trupp eintrafen, riss für einen Augenblick die Wolkendecke auf, und die Sonne brach durch. Das gelbe Laub der Eichen leuchtete mit solcher Intensität, dass der Kommissar die Augen zusammenkneifen musste.

In der Mitte des Rondells loderte wieder ein Feuer. Die kühle Feuchtigkeit war Mendelski durch das dreistündige Ansitzen im Regen trotz des Daches in die Knochen gezogen. Fröstelnd steuerte er schnurstracks auf die Flammen zu und hielt mit Wonne die klammen Finger darüber.

»Na, Waidmannsheil gehabt?«, hörte er eine Stimme neben sich fragen. Von Bartling war zu ihm ans Feuer getreten. Auch er hielt seine Hände über die wärmenden Flammen.

»Nein, noch nicht«, erwiderte Mendelski. »Aber prächtigen Anblick hatte ich schon. Ein fünfköpfiges Hirschrudel ist bei mir aufgetaucht, junge, verspielte Burschen, zwei Sechser, zwei Achter und ein Eissprossenzehner. Gut fünf Minuten haben sie sich bei mir aufgehalten, sodass ich sie in Ruhe studieren konnte.«

»Von dem Rudel wurde mir schon berichtet.« Von Bartling nickte einer Waidgesellin zu, die sich an seine andere Seite gestellt hatte. »Aber unser Hirschabschuss dieses Jahr ist schon erfüllt.«

Mendelski stieg der Geruch von heißer Fleischbrühe in die Nase. Neugierig schaute er sich um.

»Die Suppe wird dort drüben gereicht«, sagte von Bartling als Reaktion auf die Bewegung seines Jagdgastes. »Nach so einem nasskalten Vormittag schmeckt etwas Heißes besonders gut.«

Wenig später hockte Mendelski auf einem Baumstubben und schlürfte eine wohltuende Fleischbrühe aus einer Plastikschale. Die belebende Wärme durchdrang nach und nach seinen Körper. Die langen, noch immer wärmenden Strahlen der Oktobersonne und das malerische Ambiente taten ihr Übriges. Mendelski grunzte vor Wohlbehagen. Der Kriminalhauptkommissar, der seine Mittagspausen gewöhnlich in der Polizeikantine in der Jägerstraße verbrachte, genoss dieses archaische Mahl unter freiem Himmel – sah man von dem Plastikgeschirr ab. Selbst als ihm etwas Suppe auf den Lodenmantel tropfte, kümmerte er sich nicht weiter darum und löffelte unverdrossen weiter.

Die Mittagspause währte eine knappe Stunde. In dieser Zeit wurde das am Morgen gestreckte Wild – ein Schmaltier, vier Sauen und zwei Rehe – von seinen Erlegern versorgt und auf einen Anhänger geladen. Mendelski kam hinzu, als von Bartling dem Schrammengesicht gerade weitere Anweisungen für den Nachmittag erteilte.

»So wie besprochen, Herr Jagau«, sagte er. »Zunächst räumen Sie bitte hier auf, sammeln alles ein und löschen das Feuer gewissenhaft, auch wenn bei diesem Wetter nicht viel passieren kann. Dann fahren Sie mit dem Wild zum Streckenplatz und bereiten dort alles vor. Sie kennen das ja. Sind die Schwedenfeuer schon vor Ort?«

»Nein.« Das Schrammengesicht nahm militärische Haltung an. »Ich habe sie bei dem Regenwetter noch nicht aufgestellt, sie liegen bei mir auf der Pritsche im Trockenen.«

»Sehr gut. Sie wissen ja, um fünfzehn Uhr dreißig ist ›Hahn in Ruh‹. Da bleibt Ihnen genügend Zeit für die Vorbereitungen. Also, bis nachher.«

***

Er ließ sich Zeit.

Nachdem auch das letzte Auto der Jagdkorona zum Nachmittagstreiben abgefahren war, setzte sich Karl-Heinz Jagau an das heruntergebrannte Feuer und genehmigte sich erst mal eine weitere Suppe. Es war gerade erst fünf nach eins; bis halb vier hatte er alle Zeit der Welt, um die ihm aufgetragenen Arbeiten zu erledigen.

Der Forstwirt war froh, dass ihm die Treiberpflichten am Nachmittag erspart blieben; er fühlte sich wie gerädert. Nach der durchzechten Nacht mit weniger als einer Stunde Schlaf plagten ihn heftige Kopfschmerzen und eine fürchterliche Müdigkeit. Obendrein war das morgendliche Treiben sehr anstrengend gewesen, er hatte mehrere Nadelholzdickungen und Bestände mit sperrigem Traubenkirschen-Unterstand durchlaufen müssen. Seine Beine fühlten sich bleischwer an.

»Autsch!«, fluchte er und hielt sich die Wange.

Die Suppe und die Glut des Feuers hatten ihm ordentlich eingeheizt, sodass ihm der Schweiß von der Stirn über die Schläfen in die frischen Kratzer gelaufen war. Das brannte wie Feuer.

Wenn ich nur wüsste, wem ich diese Schrammen zu verdanken habe, dachte er. Irgendwer muss mir gestern Nacht eine verpasst haben. Ist das diese Schlampe Doris gewesen?

Karl-Heinz Jagau konnte sich nur noch bruchstückhaft an die gestrige Sause in Eschede erinnern. Irgendwann gegen Mitternacht hatte sein Erinnerungsvermögen ausgesetzt, etwa zu dem Zeitpunkt, als Piet und Doris mit dem Glenfiddich-Whisky bei ihm aufgetaucht waren. Weiß der Teufel, wo sie das edle Zeugs aufgegabelt hatten. Jedenfalls hatten sie sich mächtig einen gelötet.

Heute Morgen war er in aller Herrgottsfrühe von seinem klingelnden Handy geweckt worden. Von Bartling hatte wegen der anstehenden Drückjagd noch allerhand Sonderaufträge für ihn gehabt.

Er hatte sich völlig verkatert auf der Couch in Doris' Zweizimmerwohnung wiedergefunden, mit drei frischen Kratzern im Gesicht. Wie ein Hühnerdieb hatte er sich aus der Wohnung geschlichen und war nach Hause gelaufen. Dort hatte er sich rasch umgezogen und war ohne Frühstück zur Jagd aufgebrochen.

Sich ins Auto verziehen, den Liegesitz runterklappen und ein Nickerchen machen – das wär's jetzt.

Nein, rief er sich widerwillig zur Ordnung. Erst die Arbeit, dann das Vergnügen. Er erhob sich von der provisorischen Holzbank und warf den leeren Plastikteller in die Glut. Ich werde meinen Job machen, und wenn ich fertig bin, haue ich mich noch ein Weilchen aufs Ohr. Bis die ersten Jäger am Streckenplatz auftauchen, wird es Viertel vor vier sein.

Wenig später hatte er das Feuer gelöscht und alles, was nicht in den Wald gehörte, auf seinem Pick-up verstaut. Nach einem abschließenden prüfenden Rundumblick setzte er sich hinter das Lenkrad und fuhr los.

Um ein Haar hätte er den falschen Weg gewählt. Gerade noch rechtzeitig bremste er, setzte zurück und bog in den richtigen Waldweg ein. Er durfte nicht den direkten, kürzesten Weg zum Streckenplatz nehmen, denn dann wäre er mitten durch das Nachmittagstreiben gefahren. Um den Jagdbetrieb nicht zu stören, musste er einen großen Bogen schlagen.

Als er zehn Minuten später an der Waldwegekreuzung eintraf, an der der Streckenplatz lag, stutzte er.

Eigentlich war es seine Aufgabe, das Fichtengrün, das er am Vortag geschnitten, hier abgeladen und auf einem Haufen deponiert hatte, für das Streckelegen zu verteilen. Verwundert stellte er fest, dass diese Arbeit schon erledigt war. Jemand hatte das Fichtengrün auf einer Fläche von ungefähr sechs mal acht Metern auf dem Erdboden verteilt.

Wer mag das getan haben?, fragte er sich, während er den Pick-up zum Stehen brachte. Doch nicht etwa der feine Herr von Bartling? Nein, der würde sich die Hände sicher nicht schmutzig machen. Er stieg aus dem Auto, stemmte die Arme in die Hüften und schaute sich um.

Moment mal, was war das?

Für einen Moment glaubte sich Karl-Heinz Jagau in die letzte Nacht zurückversetzt, als er total betrunken seltsamen Halluzinationen ausgesetzt gewesen war. Er rieb sich die Augen und trat einen Schritt näher an den Streckenplatz heran.

Da lugte doch tatsächlich ein Gesicht aus dem Fichtengrün hervor. Mitten im Zentrum des Streckenplatzes. Ein dunkelhäutiges, junges Gesicht, die hübsche Nase nach oben gestreckt.

»Hey du«, rief er zaghaft. »Was machst du da? Das ist hier kein Platz für Späßchen!«

Keine Antwort.

Er trat an den Rand des Fichtengrüns. Deutlich erkannte er, dass vor ihm eine Person auf dem Rücken lag. Bis auf das Gesicht war ihr ganzer Körper mit Fichtenzweigen zugedeckt.

Die Augen der jungen Frau waren geschlossen.

»Dich kenn ich doch«, sagte Jagau. Um sich selbst Mut zu machen, sprach er mit lauter Stimme. »Du bist doch das Mädchen aus der Karibik, das bei den Kreinbrinks wohnt. Komm, lass den Quatsch, steh auf, wir brauchen diesen Platz gleich.«

Immer noch keinerlei Regung.

Karl-Heinz Jagau schaute sich unsicher um. Ob sich hier noch mehr von den jungen Leuten versteckten? Von denen, die er schon mehrmals mit diesem schönen Mädchen auf der Straße in Eschede gesehen hatte. Spielten sie ihm vielleicht einen Halloween-Streich? Dabei fand dieser neumodische Brauch aus den USA doch normalerweise erst in drei Wochen, am letzten Oktoberwochenende, statt. Oder handelte es sich hierbei etwa um einen boshaften Teenager-Protest gegen die Jägerei?

Vorsichtig betrat er das Fichtengrün. Kurz vor der Stelle, wo sich unter den Zweigen die Füße des Mädchens befinden mussten, blieb er stehen.

Eine geschlagene Minute betrachtete er das hübsche, erstarrte Gesicht.

Seine Hand zitterte, als er endlich das Handy aus der Westentasche fingerte und den Notruf wählte.

***

Robert Mendelski war tatsächlich eingenickt.

Mit zwei Portionen Fleischbrühe im Bauch ließ es sich herrlich dösen. Außerdem war es schließlich die Zeit für ein Mittagsschläfchen. Sein Ansitzbock für das Nachmittagstreiben war so bequem und idyllisch an einem verhalten murmelnden Bächlein gelegen, dass Mendelski unwillkürlich die Augen zugefallen waren.

Der Kriminalhauptkommissar träumte von Wölfen. Vom legendären »Würger vom Lichtenmoor«, dem eigentlich letzten frei lebenden Wolf in Niedersachsen, der 1948 in der Nähe von Ahlden an der Aller erlegt worden war.

Plötzlich drang Wolfsheulen an sein Ohr. Dieser lang gezogene, jaulende, nach Sehnsucht klingende Ton, den Wölfe gern in Vollmondnächten von sich geben. Erschrocken schlug Mendelski die Augen auf und hob den Kopf. Was für ein Traum!

Aber nein, da war wirklich dieser Ton. Er kam von der anderen Seite des Baches.

Bis Mendelski registriert hatte, dass es sich nicht um Wolfsgeheul, sondern um ein sich ständig wiederholendes Jagdhornsignal handelte, vergingen einige Sekunden. Doch dann erkannte er es. Da blies jemand ziemlich penetrant, immer und immer wieder, »Hahn in Ruh«.

»Nanu?« Noch im Halbschlaf setzte Mendelski sich auf und schaute auf seine Armbanduhr. »Zehn nach zwei und schon ›Hahn in Ruh‹? Ich denke, wir jagen bis um drei.«

Bevor er sich weiter Gedanken über das vorzeitige »Jagd vorbei«-Signal machen konnte, spürte er das Vibrieren seines Handys in der Hosentasche. Sekunden später drückte er den grünen Knopf des Mobiltelefons und lauschte.

»Die Jagd ist abgebrochen«, hörte er von Bartling aufgeregt sagen. »Sie müssen sofort kommen. Zum Streckenplatz. Hier liegt etwas Schreckliches auf dem Fichtengrün.«

»Was denn?« Mendelski war jetzt hellwach. »Etwa ein Wolf?«

»Nein, viel schlimmer.« Von Bartling holte Luft. »Wir brauchen Sie hier beruflich, als Kriminalpolizist. Als Spezialist für Tötungsdelikte.«

Zehn Minuten später traf Mendelski mit seinem eigenen Wagen am Streckenplatz ein. Schwertfeger hatte ihn abgeholt und durch den Wald gelotst. Unterwegs waren ihnen etliche Waidmänner begegnet, die durch den vorzeitigen Jagdabbruch erheblich irritiert schienen.

Am Streckenplatz hatten sich bereits ein Dutzend Grünröcke eingefunden. Im gebührenden Abstand standen sie um das Fichtengrün herum. Kaum einer sprach. Wenn, dann wurde nur geflüstert.

Als Mendelski aus dem Wagen stieg, hastete von Bartling auf ihn zu. »Es ist unfassbar«, rief er. »Dort auf dem Streckenplatz liegt eine Leiche. Die Leiche einer jungen Frau.« Aufgeregt mit den Händen fuchtelnd lief er neben Mendelski her. »Was für ein Fauxpas! Ausgerechnet auf dem Streckenplatz. Hier in meinem Revier.« Er stockte, offenbar wurde er sich seiner Taktlosigkeit bewusst. »Ich kenne das Mädchen«, plapperte er rasch weiter. »Eine Südamerikanerin, glaube ich. Sie wohnt bei den Kreinbrinks in Eschede. Ordentliche Leute, die Kreinbrinks. Vater und Sohn sind heute auch hier und jagen mit. Sie war wohl so etwas Ähnliches wie ein Au-pair-Mädchen. Ausgesprochen nett, fröhlich und lebenslustig …«

Ohne auf den Redeschwall des Jagdleiters einzugehen, eilte Mendelski an den Umstehenden vorbei, die ihm bereitwillig Platz machten. Es ging darum, den Fundort einer Leiche beziehungsweise einen etwaigen Tatort so rasch wie möglich zu sichern. Dabei zählte jede Minute.

Vor dem Streckenplatz machte er halt und schaute auf die Tote, deren Oberkörper man inzwischen von den Fichtenzweigen befreit hatte. Beine und Unterleib waren allerdings weiterhin unter dem Grün verborgen.

»Bitte zurücktreten«, rief Mendelski mit donnernder Stimme. »Alle mindestens zehn Meter zurück.« Dann korrigierte er sich. »Nein, am besten, Sie gehen zu Ihren Fahrzeugen und warten dort.«

Von Bartling, der endlich schwieg, schaute ihn fragend an.

»Nein, Sie nicht. Sie bleiben hier. Wer hat die Tote entdeckt?«

»Herr Jagau, mein Forstwirt.«

»Der soll auch bleiben. Alle anderen bitte zurücktreten.«

Nur zögerlich folgten die Jäger der Aufforderung. Es war einfach zu ungeheuerlich, was sie da sahen.

»Meine Herren! Ein bisschen flotter, bitte«, forderte Mendelski, der die Neugierigen mit ausgebreiteten Armen zurückdrängte. »Haben Sie zufällig Absperrband oder dergleichen hier?«

Von Bartling schaute fragend seinen Forstwirt an.

»Hab eine Rolle im Pick-up«, erwiderte Jagau. »Soll ich sie holen?«

»Ja, bitte«, antwortete Mendelski. »Sperren Sie den Streckenplatz damit großräumig ab – mit mindestens zehn Metern Abstand zum Fichtengrün. Niemand darf den Innenraum ohne meine Genehmigung betreten. Sagen Sie das allen.«

Jagau nickte beflissen und stiefelte los.

Während von Bartling regungslos am Rand des Streckenplatzes verharrte, betrat Mendelski das Fichtengrün. Vorsichtig Fuß vor Fuß setzend, näherte er sich der Leiche. Neben dem leblosen Körper blieb er stehen. Er musste unwillkürlich an seine beiden Kinder Ana und Pablo denken und seufzte hörbar.

Die Tote war jung – vielleicht siebzehn oder achtzehn Jahre alt – und ausgesprochen hübsch. Sie war eine Farbige, eine Mulattin, wie Mendelski vermutete. Dafür sprachen ihre feinen Gesichtszüge und die nicht besonders dunkle, eher hellbraune Hautfarbe.

Ihre Augen und der Mund waren geschlossen, das nasse Haar fein säuberlich aus der Stirn gestrichen. Ihr Gesicht wirkte friedlich und entspannt. Mendelski tröstete das wenig; als erfahrener Ermittler der Mordkommission wusste er, dass der Gesichtsausdruck eines Verstorbenen keinerlei Rückschluss auf sein vielleicht qualvolles Sterben zuließ. Denn bei Eintritt des Todes erschlaffen sämtliche Muskeln im Körper, so auch die Gesichtsmuskulatur.

Sie lag auf dem Rücken, die Arme ausgestreckt am Körper angelegt. Die Beine, die noch unter den Fichtenzweigen verborgen waren, schienen ebenfalls akkurat ausgerichtet zu sein. Sie trug ein schwarzes T-Shirt, das durch die Nässe wie eine zweite Haut an ihrem Oberkörper klebte. Die Konturen eines BHs zeichneten sich deutlich ab. Unterhalb des T-Shirts war ein Stück Bauch zu sehen, circa fünf Zentimeter tiefer der gürtellose Hosenbund einer hellblauen Jeans.

Mendelski bückte sich zu dem Mädchen hinunter und kontrollierte Puls, Pupillen, Atem und die Beweglichkeit eines Handgelenks. Es war steif; er konnte keinerlei vitale Reaktion mehr erkennen. Längere Zeit musterte er ihr Gesicht, dann befühlte er ihre Wange.

»Merkwürdig«, murmelte er und richtete sich wieder auf.

»Wie bitte?« Von Bartling hatte seine rechte Hand ans Ohr gelegt, um besser verstehen zu können. »Haben Sie schon was herausgefunden?«

»Nein. Ich habe nur laut gedacht«, sagte Mendelski, der den Blick nicht vom Gesicht der Toten ließ. »Das Mädchen ist zweifellos tot. Hier kann kein gewöhnlicher Arzt mehr helfen. Was wir brauchen, ist ein Gerichtsmediziner. Ich werde meine komplette Mannschaft herzitieren.«

Auf Zehenspitzen verließ er das Fichtengrün. Gleichzeitig tastete er seinen Lodenmantel nach dem Handy ab.

***

Die Kirchturmglocke der Stadtkirche von Celle schlug dreimal. Als ob sie auf dieses Signal gewartet hätten, erhob sich ein Schwarm Haustauben vom Dach des benachbarten Rathauses und flog die gesamte Stechbahn entlang, bevor sie in den herbstlich bunten Baumwipfeln des nahen Schlossparks untertauchten.

Maike Schnur registrierte den Glockenschlag, der durch die auf Kipp gestellte Terrassentür und den im Wind leicht wehenden Vorhang in das Zimmer drang, nur im Unterbewusstsein. Sie döste – und schnurrte vor Wohlbehagen wie eine Katze.

Grund dafür waren Matthews zärtliche Hände, die über ihren Rücken strichen. Bäuchlings und splitterfasernackt lag sie auf ihrem Bett, die Arme unter dem Kopf verschränkt, und ließ ihren Freund gewähren.

Jetzt hatte seine rechte Hand das Tattoo erreicht – eine stilisierte Sonne mit wellenartigen Strahlen –, das die linke ihrer wohlgeformten Pobacken zierte. Gewandt umkreiste sein Zeigefinger den äußeren Rand des Symbols, um danach jeden einzelnen Sonnenstrahl zu erkunden.

Genau so hatte sie sich ihren freien Nachmittag vorgestellt. Nachdem sie von Mendelskis eintägigem Jagdsonderurlaub in der Heide erfahren hatte, war sie zu Steigenberger gelaufen und hatte ebenfalls um einen freien Tag gebeten. Sie wollte den Donnerstag – zumindest den Nachmittag – mit ihrem Freund verbringen. Matthew fuhr zurzeit Taxi-Nachtschichten, sodass sie sich nur selten zu Gesicht und noch seltener in die Arme bekamen. Die Gelegenheit war günstig, endlich einige der zahlreichen Überstunden abzubummeln, die sich während der Ermittlungsarbeiten zum gerade abgeschlossenen Obdachlosen-Mordfall angesammelt hatten.

Der Kriminaldirektor hatte nur schweren Herzens zugestimmt, da er den Nachmittag eigentlich für einen gemeinsamen Besuch im Landeskriminalamt in Hannover vorgesehen hatte. Das Dezernat 31, Operative Fallanalyse, veranstaltete einen Vortrag mit einem bekannten und sehr erfolgreichen Profiler. Zum Glück war Ellen Vogelsang eingesprungen, was Maikes Prosecco-Depot – ein Mitbringsel aus dem letzten Italienurlaub – um zwei Flaschen verringert hatte.

Maike bekam eine Gänsehaut nach der anderen und seufzte laut. Gerade wollte sie sich umdrehen, um Matthew den Zugriff auf ein weiteres Tattoo zu gewähren, ein winzig kleines, das oberhalb ihrer rechten Brust angesiedelt war, als der melodische Klingelton eines Handys erklang.

»*Oh no!*«, stöhnte sie.

»*Your* Diensthandy?«, fragte Matthew leise.

»*Yes, Sir.*« Maike Schnur raufte sich die Haare. »*I'm so sorry!* Wenn ich schon mal Überstunden abbummeln will …«

Matthew streckte seinen Arm aus und fischte das Mobiltelefon vom Nachttisch »Hast du denn Bereitschaft?«, fragte er, während er es ihr unter die gerümpfte Nase hielt.

»Ja. Leider. Jedenfalls in dringenden Fällen.« Sie nahm das Telefon und drückte den grünen Knopf. »Hallo, Robert.« Sie gähnte demonstrativ. »Wo gibt's Arbeit?«

ZWEI

So schnell, wie der Regen gekommen war, hörte er wieder auf.

Sie befuhren die leicht ansteigende, von rötlichem Schlamm überflutete Ausfallstraße von San José de las Matas in Richtung Jánico, als das Geprassel auf dem Autodach wie von Geisterhand dirigiert plötzlich abbrach. Als sie wenige Minuten später Pedregal passierten, brachen die ersten Sonnenstrahlen durch die tief hängenden Wolkenfetzen und spiegelten sich tausendfach in unzähligen Rinnsalen, Pfützen und tropfnassem Grün. Geblendet griff der Fahrer des Toyota zur Sonnenbrille und setzte sie auf.

Fast hätte dieser kurze Moment der Unachtsamkeit ein unvermittelt die Straße überquerendes Ferkel das Leben gekostet. Der Fahrer riss das Lenkrad gerade noch rechtzeitig herum, konnte aber nicht verhindern, dass das leichtsinnige Borstenvieh am Hinterteil touchiert und in den Dreck geschleudert wurde. Laut quiekend und mit allen vieren ungestüm strampelnd, rappelte sich das Unfallopfer wieder auf und verschwand im dichten Röhricht des Straßengrabens.

»*Dios mio!*«, entfuhr es der jungen Frau auf dem Beifahrersitz. Sie warf ihrem Bruder einen bitterbösen Blick zu. »Kannst du nicht vorsichtiger fahren?«

»*No me diga*«, echauffierte sich der Getadelte. »Was kann ich dafür, wenn das blöde Schwein einfach auf die Straße rennt?« Er gab wieder Gas.

Sie zog es vor zu schweigen. Um dem bohrenden Blick ihres Bruders auszuweichen, schaute sie aus dem Seitenfenster. Mit ihrer rechten Hand hielt sie noch immer das Amulett fest umschlossen.

Ob ich noch einen letzten Blick auf den Pico Duarte erhaschen werde?, fragte sie sich, während ihr Blick über die grasbewachsenen, von der Nachmittagssonne malerisch beschienenen sanften Hügel gen Süden schweifte. Den Gipfel des Pico Duarte, keine vierzig Kilometer Luftlinie entfernt und mit stolzen 3.175 Metern über N.N. der höchste Berg der gesamten Karibik, konnte man bei einigermaßen passablem Wetter von hier aus gut sehen.

Schon als Kind hatte sie, wenn sie mal ihr Heimatdorf verließ, um in die nahe Stadt Santiago de los Cabelleros zu fahren, stets einen Abschiedsgruß zu dem Bergriesen geschickt. Einen Abschiedsgruß in Form eines kurzen Stoßgebets. Das sollte Glück bringen, hatte ihr schon die Urgroßmutter gepredigt, für eine unversehrte Rückkehr zu Heimatort und Familie.

An diesem Nachmittag blieb der Pico Duarte wolkenverhangen.

***

»Lassen Sie mich durch!« Kai Kreinbrinks Stimme überschlug sich. Er hatte sich vor dem Polizisten aufgebaut, der an dem Absperrband Wache hielt. »Ich muss sie sehen. Sofort!«

Der uniformierte Ordnungshüter mit dem Backenbart und den gutmütigen Augen blieb freundlich. »Das geht jetzt nicht«, sagte er bestimmt. »Zunächst muss die Spurensicherung ihre Arbeit tun.«

»Das ist mir scheißegal«, giftete der junge Mann und versuchte, unter dem Flatterband hindurchzukriechen. »Wer sind Sie denn überhaupt, dass Sie mir Befehle erteilen?«

Der stämmige Polizist hatte alle Mühe, ihn zurückzuhalten. Zum Glück halfen ein paar umstehende Waidmänner dabei, den tobenden Jagdkollegen zu bremsen. Bei dem Tohuwabohu rutschte Kai Kreinbrink die Büchse von der Schulter und blieb mit dem Riemen in seiner Armbeuge hängen. Sein Hut ging zu Boden.

»Passen Sie auf Ihre Waffe auf«, donnerte der Polizist. »Bei dem Gerangel löst sich wohlmöglich noch ein Schuss.« Er hatte Kai Kreinbrink an den Schultern gepackt. »Wenn Sie nicht augenblicklich Ruhe geben, muss ich Sie in Gewahrsam nehmen.«

»Bleib friedlich, Kai«, rief ein älterer Herr, der sich einen Weg durch die Umstehenden gebahnt hatte, mit Nachdruck. »Der Mann tut nur seine Pflicht.«

Konrad Kreinbrink, der Vater von Kai, war mit seinem Sohn als Letzter der Jäger am Streckenplatz angelangt. Nach dem Signal »Hahn in Ruh« hatten sie einen Überläufer nachgesucht, den der Sohn weidwund geschossen hatte. Die Verletzung war nicht so schwerwiegend gewesen; die Sau hatte noch einen Kilometer gehen können, bevor sie von einem Schweißhund gestellt worden war. Nach dem Fangschuss hatten sie das Stück geborgen, versorgt und zum Streckenplatz gebracht. Dass man dort eine Leiche gefunden hatte, und dass es sich dabei um ein farbiges Mädchen handeln sollte, hatten sie erst vor wenigen Minuten erfahren.

»Und wenn es nun tatsächlich Yadira ist?«, jammerte Kai Kreinbrink, aus dem plötzlich alle Kraft gewichen schien. »Hat von Bartling das wirklich so gesagt?«

Der Vater legte seinen Arm um die Schultern des Jungen. »Ich fürchte, ja.«

»Oh mein Gott.« Kai Kreinbrink stöhnte aufgewühlt. »Die müssen sich täuschen. Die *müssen* sich täuschen.«

»Kennen Sie die Tote näher?«, fragte der Polizist. »Sind Sie vielleicht mit ihr verwandt?«

»Wenn die Tote Yadira Martinéz aus der Dominikanischen Republik ist, dann kennen wir sie sehr gut«, erwiderte Konrad Kreinbrink mit heiserer Stimme. »Sie hat bei uns im Haus gewohnt.«

»Dann werde ich mal zu dem Hauptkommissar rübergehen und ihm das sagen. Warten Sie bitte hier. Und geben Sie schön auf Ihren Sohn acht.«

Kreinbrink senior nickte, und der Polizist mit dem Backenbart und den freundlichen Augen entfernte sich mit raschen Schritten.

***

»Ein Sexualdelikt?«

»Kann ich doch jetzt noch nicht sagen …«, erwiderte Frau Dr. Grote, ohne aufzusehen. »Bisher spricht nichts dafür. Jedenfalls ist sie vollständig bekleidet.«

»Anzeichen äußerer Gewalteinwirkung?« Mendelski bückte sich zur Pathologin hinab, die neben der Leiche auf dem Fichtengrün kniete.

Das Mädchen war nun auch an den Beinen von Zweigen befreit. Sie trug enge Jeans, weiße Baumwollsocken und hellbraune Turnschuhe aus Wildleder.

»Da gibt es diese hämatomartigen Flecken an Händen und im Gesichtsbereich«, sagte Frau Dr. Grote. »Hier, schauen Sie. Sind schwer zu erkennen bei einer Farbigen. Könnten aber auch leichte Hautabschürfungen sein, die durch den Regen völlig ausgewaschen und blutleer sind. Totenflecke an diesen ungewöhnlichen Stellen oder Hautverfärbungen infolge von Pigmentstörungen, wie sie bei

Farbigen häufiger vorkommen, schließe ich aus. Genaueres aber erst später, nach der Obduktion.«

»Fingernägel?«

»Unversehrt und ungewöhnlich sauber. Keinerlei Anzeichen von Kampf beziehungsweise Verteidigung.«

»Todeszeitpunkt?« Mendelski tat sich schwer, in der unbequemen Hockposition die Balance zu halten.

»Noch schwer zu sagen.« Frau Dr. Grote kniff die Augen zusammen und blickte gen Himmel. Erneut setzte feiner Nieselregen ein.

»Kann ich bitte einen Schirm bekommen?«, fragte die Pathologin, während sie vorsichtshalber ihren Arztkoffer zuklappte.

Als Mendelski sich aufrichtete, tauchte Maike Schnurs Gesicht über der Sichtblende auf, die sie zum Schutz vor neugierigen Gaffern aufgestellt hatten. »Robert, kannst du mal kurz kommen?« Sie rückte die Kapuze des weißen Overalls zurecht, die ihr vor die Augen gerutscht war. »An der Absperrung sollen Angehörige des Mädchens stehen. Oder zumindest jemand, der sie ganz gut kennt.«

»Jemand aus der Jagdgesellschaft?«

»So scheint es.«

»Mach du das bitte erst mal. Ich bin hier noch beschäftigt.« Deutlich lauter rief er in Richtung Kleinschmidt, der gerade auf dem Weg zum Auto war: »Jo, bring uns bitte einen Schirm mit.«

»Zurück zum Todeszeitpunkt«, fuhr Frau Dr. Grote fort, nachdem sich Mendelski ihr wieder zugewandt hatte. »Hängt davon ab, wie lange die Leiche hier schon liegt. Hier draußen, meine ich. Letzte Nacht war es recht kühl. Jedenfalls ist die Totenstarre bereits am ganzen Körper ausgeprägt. Ich schätze daher, dass sie etwa vor zwölf bis fünfzehn Stunden gestorben ist.«

»Also letzte Nacht so um Mitternacht oder kurz danach?«

Die Pathologin nickte und griff nach der rechten Hand der Toten. »Was mich wundert, ist der Hautzustand. Schauen Sie mal, die Fingerkuppen, diese Quellung und Runzelung der Oberhaut. Erinnert an Waschhaut.«

Mendelski guckte skeptisch. »Die ungewöhnliche Blässe ist mir auch schon aufgefallen. Aber Waschhaut?«

Frau Dr. Grote schaute sich um. »Hier kann sie kaum im Wasser gelegen haben«, sagte sie. »Hier gibt es keine Mulde, in der sich Regenwasser gesammelt haben könnte.«

»Und der Schirm, bitte schön!«, meldete sich Jo Kleinschmidt hinter ihnen. Eine Spur zu laut und zu fröhlich, befand Mendelski, schwieg aber. Seine Mitarbeiter wussten, dass er in Gegenwart eines Todesopfers ein Mindestmaß an Respekt diesem gegenüber erwartete. »Ich nehme an, ihr wollt ihn über der Leiche haben«, sagte Kleinschmidt nun deutlich leiser und zurückhaltender. Er hatte den tadelnden Gesichtsausdruck seines Chefs bemerkt. Nachdem er den Schirm aufgestellt hatte, zog er wieder von dannen.

»Die oberflächige Nässe ist wahrscheinlich auf den Regen zurückzuführen«, sagte Frau Dr. Grote. »Lassen Sie uns die Leiche auf die Seite drehen. Ich muss wissen, ob ihr Rücken auch durchnässt ist.«

Mendelski schob seine behandschuhten Hände unter den Oberkörper des Mädchens und hob diesen leicht an. Frau Dr. Grote nahm ein Bein und half im Beckenbereich nach.

Als sich mit dem Oberkörper auch der Kopf des leblosen, starren Körpers zur Seite neigte, hielten sie plötzlich inne. Beide starrten auf das Gesicht des Mädchens. Aus der Nase ergoss sich eine Flüssigkeit.

Ein ganzer Schwall Wasser lief aus beiden Nasenlöchern.

»Rasch, einen Beutel!«, rief Mendelski mehr zu sich selbst als zu Frau Dr. Grote. Aus der Seitentasche seines Overalls kramte er eine Beweismitteltüte hervor, öffnete sie und fing damit einige Tropfen der Flüssigkeit auf.

»Da dürfte noch mehr sein«, mutmaßte die Pathologin. »Im Magen, im Zwölffingerdarm und in den Keilbeinhöhlen.«

»In der Lunge doch auch, oder?«

»Nur vielleicht. Meist sind die Lungen bei Wasserleichen trocken. Wegen der enormen Überblähung.«

»Bei Wasserleichen?« Mendelski hatte sich erhoben, um seine eingeschlafenen Beine zu bewegen. »Sind Sie denn sicher, dass das Mädchen im Wasser umgekommen ist?«

»Nein. Ihre Zweifel sind berechtigt.« Frau Dr. Grote erhob sich ebenfalls. »Um von einer Wasserleiche zu reden, ist es viel zu früh. Sicher ist wohl nur, dass sie längere Zeit im Wasser gelegen hat. Das belegen die Waschhaut und der Wasseraustritt aus der Nase. Ob sie schon vorher tot war, wird die Obduktion zeigen.«

»Wasserleiche? Wie kommt ihr denn darauf?« Heiko Strunz, der

Leiter des Spurensicherungsteams, war an der Sichtblende aufgetaucht und hatte die letzten Worte mitbekommen. Er runzelte die Stirn. »Das nächste größere Gewässer liegt schon ein Stück entfernt. Die Fischteiche in der Nähe des Heideguts kämen in Betracht – und etwas weiter weg natürlich die unzähligen Aschauteiche. Als kleinere Fließgewässer in der Nähe fallen mir Quarmbach, Sunderbach und Aschau ein.«

»Um zu ertrinken, reicht doch schon die Badewanne«, warf Frau Dr. Grote mit leisem Tadel ein. »Oder eine gut gefüllte Pfütze am Wegesrand. Das sollten Sie als erfahrener Ermittler der Mordkommission eigentlich wissen.«

Mit einem freundlichen Augenzwinkern kam Mendelski seinem Kollegen zu Hilfe: »Kollege Strunz wollte uns, glaube ich, lediglich kundtun, dass er sich als erfahrener Pilzesammler in dieser Gegend bestens auskennt. Stimmt's, Heiko?«

Der grummelte etwas Unverständliches in seinen Ziegenbart.

»Dann erscheinen auch die Flecken im Gesicht und an den Händen in einem anderen Licht.« Frau Dr. Grote hatte den Zeigefinger erhoben, um sich der Aufmerksamkeit der beiden Ermittler gewiss zu sein. »Wasserleichen – belassen wir es erst einmal bei diesem Terminus – weisen häufig Treibverletzungen oder Bergungsverletzungen auf. Postmortale Verletzungen, versteht sich.«

Mendelski und Strunz nickten synchron.

Frau Dr. Grote holte Luft, bevor sie weiterdozierte: »Normalerweise geht eine Leiche im Wasser unter und sinkt bis auf den Grund. Durch die gashaltigen Darmschlingen einerseits sowie die schweren Extremitäten Arme, Beine und Kopf andererseits dreht sich die Leiche im Wasser auf den Bauch. Treibverletzungen entstehen nun, wenn es sich bei dem Medium um ein bewegtes Gewässer handelt, zum Beispiel ein Fluss oder ein Meer mit Gezeiten oder anderen Strömungen. Die Leiche treibt kopfüber und hat Grundkontakt. Gesicht, Handrücken, Knie und Fußspitzen können dabei Verletzungen davontragen. Unser totes Mädchen weist solche Verletzungen im Gesicht und an den Händen auf. Die Knie waren durch die Hose, die Füße durch die Schuhe geschützt.«

»Klingt plausibel«, sagte Mendelski in eine weitere Atempause der Ärztin. »An Hose und Schuhen wird eventuell das Labor fündig.«

Frau Dr. Grote wiegte den Kopf. »Eventuell«, erwiderte sie. Dann fuhr sie fort: »Bergungsverletzungen entstehen, wie der Name schon sagt, wenn Wasserleichen geborgen werden. Dies geschieht häufig unter Zuhilfenahme von Stangen oder Seilen, womit sie an Land oder in ein Boot gezogen werden. Oft werden Wasserleichen auch in Auffanggittern, Gewässerdurchlässen oder dergleichen gefunden, wo es ebenfalls zu postmortalen Verletzungen gekommen sein könnte. Ich tippe in unserem Fall aber eher auf die Treibverletzungen.«

»Also kommen eher Quarmbach oder Aschau in Frage als die Fischteiche«, bemerkte Strunz.

»Genau.« Frau Dr. Grote grinste gekünstelt und streifte die Einweghandschuhe ab. »Oder gibt es außer Aschau und Quarmbach noch andere Fließgewässer hier in der Nähe?«

»Ich sagte ja: der Sunderbach, weiter weg dann die Örtze und noch weiter weg natürlich die Aller.«

»So weit weg nun auch wieder nicht.« Frau Dr. Grote seufzte.

»Das Wasser hier wird uns Klarheit bringen«, schloss Mendelski und schwenkte die Plastiktüte mit der Probe. »Das Labor wird uns schon sagen, in welchem Gewässer das Mädchen gelegen hat.«

»Na denn …« Die Pathologin suchte ihre Utensilien zusammen. »Den Rest mache ich im Obduktionssaal. Möglichst heute noch. Das Aufweichen der schützenden Oberhaut beschleunigt den Verwesungsprozess bei Wasserleichen deutlich. Also beeilen Sie sich bitte. Schönen Tag noch.«

»Für eine Wasserleiche würde sprechen, dass wir hier nirgends Kampfspuren oder dergleichen finden konnten«, sagte Strunz, nachdem Frau Dr. Grote gegangen war. »Es gibt keine Auffälligkeiten in der näheren Umgebung des Fundortes, abgesehen von den zahllosen Fuß-, Hunde- und Reifenspuren. Von den Jägern, ihren Fahrzeugen und ihren Vierbeinern, nehme ich an.«

»Ja.« Mendelski seufzte. »Tut mir leid, aber ich kam einen Hauch zu spät, um alles vorschriftsmäßig abzusperren.«

»Mann, wir können ja froh sein, dass du zufällig vor Ort warst. Wer weiß, wie das hier sonst ausgesehen hätte. Jedenfalls nehmen wir so viele Gipsabdrücke wie möglich.«

»Klar. Vielleicht haben wir Glück. Die Tote muss irgendwie hierher gebracht worden sein, wahrscheinlich mit einem Fahrzeug.«

»Du nimmst also auch an, dass sie nicht hier gestorben ist.« Während er sprach, hantierte Strunz mit einem Diktiergerät.

»Bei der Sachlage? Es spricht nichts dafür.« Mendelski wandte sich wieder der Leiche zu. »Unfall, Totschlag oder gar Mord?«, stellte er die Gretchenfrage und beantwortete sie auch gleich selbst: »Noch ist alles drin.«

»So wie meistens.« Strunz griente, wurde aber rasch wieder ernst. »Dann wollen wir mal …«

»Moment noch.« Mendelski hielt Strunz am Arm zurück. »Wir sollten sämtliche Fichtenzweige des Streckenplatzes ins Labor schaffen. Wer die Leiche hier abgelegt und so schön hergerichtet hat, hat bestimmt unfreiwillig Fussel, Haare oder sonstige Andenken zurückgelassen. Vielleicht finden wir ja die berühmte Nadel im Heuhaufen.«

»Wird gemacht. Aber vorher sollte Jo noch ein paar Fotos schießen.« Strunz rief Kleinschmidt herbei, der gerade dabei war, zusammen mit Ellen Vogelsang Gipsabdrücke zu nehmen. »Die Abdrücke können warten«, erklärte er, als der jüngere Kollege bei ihnen eintraf. »Die Leiche hat jetzt Vorrang.«

Die nähere Begutachtung und Durchsuchung des Mädchens brachte keine neuen Erkenntnisse – bis auf eine Kleinigkeit. Die Kleidung war ohne besondere Merkmale, die Hosentaschen der Jeans waren allesamt leer, die Tote trug keine Armbanduhr, keine Ringe am Finger. Die Ohrläppchen wiesen Löcher auf, waren aber zurzeit ohne Schmuck. Als Strunz jedoch im Halsbereich das enge Bündchen des T-Shirts lüftete, kam ein feines Band zum Vorschein.

»Ein Lederhalsband …«, murmelte er, während er vorsichtig daran zog. »Mit einem kleinen Anhänger.«

»Was ist denn das?« Mendelski beugte sich hinunter, um besser sehen zu können. Er starrte auf das winzige weiße Gebilde in Form eines auf dem Kopf stehenden Ypsilon, das mit einem filigranen Knoten an dem Lederband befestigt war.

»Ein gebleichtes Knöchelchen, nehme ich an.« Strunz schien sich sicher. »Ja, sieht aus wie ein kleiner Vogelknochen. Wie man sie von gebratenen Hähnchen kennt, nur deutlich kleiner. Könnte von einem Singvogel stammen.«

»Soweit ich weiß«, fügte Mendelski hinzu, »wird derlei bei einigen Naturvölkern als Talisman benutzt. Auch bei denen aus der Karibik. Ich denke da an Voodoo und so was. – Tja. Das gute Stück hat das Unglück nicht von ihr abwenden können.«

»Hier, schau mal.« Strunz deutete auf das rechte untere Ende des Knöchelchens.

»Was denn?«

»Hier scheint ein kleines Stück zu fehlen. Der Knochen ist asymmetrisch. Sieht aus, als ob da kürzlich etwas von dem Amulett abgebrochen ist. Ein circa einen Zentimeter langes Stückchen.«

»Na denn.« Mendelski erhob sich. »Zusammen mit den Hämatomen wird vielleicht noch ein Schuh draus – oder eine Kampfspur.«

»Kreinbrink, Konrad und Kai«, las Maike Schnur aus ihrem Notizblock vor. »Vater und Sohn. Waren beide zur Jagd hier, wie du.«

»Und?« Mendelski zog die Augenbrauen hoch. Freundlich, aber bestimmt.

»Entschuldigung bitte«, hörten sie da eine tiefe Stimme hinter sich sagen. »Dürfen wir mal durch?« Sie traten zur Seite, um die beiden schwarz gekleideten Männer mit dem Zinksarg durchzulassen.

»Die beiden haben das Mädchen vorläufig identifiziert«, erwiderte Maike. »Anhand eines Handyfotos von mir.«

Mendelski nickte.

»Es handelt sich aller Wahrscheinlichkeit nach um Yadira Martinéz. Achtzehn Jahre alt, aus der Dominikanischen Republik. Sie war seit einem Dreivierteljahr in Deutschland. Zunächst als Aupair-Mädchen in Eldingen, hat dort aber abgebrochen, um sich dann den Kreinbrinks anzuschließen.« Während sie sprach, schob Maike Schnur die Kapuze ihres Overalls in den Nacken. Es hatte aufgehört zu regnen, leichter Wind kam auf. In den Baumkronen der Kiefern rauschte und knackte es. »Sie wohnte seit vier Monaten bei den Kreinbrinks in Eschede«, fuhr sie fort, »bei Vater Konrad, Sohn Kai und Tochter Kathrin. Die Mutter, Frau Kreinbrink, ist vor fünf Jahren gestorben. Da ist aber noch eine Haushälterin, die mit im Haus wohnt.«

»So ein großer Haushalt?«, bemerkte Mendelski. »Da kann man eine billige Hilfe aus der Dritten Welt sicher gut gebrauchen.«

»Du denkst an Schwarzarbeit?« Maike fuhr mit beiden Händen

durch ihr streichholzkurzes Haar. »Das glaube ich kaum. Solche Kavaliersdelikte könnte sich Kreinbrink senior nicht leisten. Er ist nämlich Steuerberater. Kennst du nicht Kreinbrink & Partner?«

»Die am Südwall?«

»Genau die. Nein, ich glaube, die Kreinbrinks hatten ein gutes und freundschaftliches Verhältnis zu dem Mädchen. Die beiden waren ziemlich geknickt. Besonders der Junior.«

»Wo sind sie jetzt?«

»Drüben bei von Bartling. Sie warten, wie die übrigen Jäger auch, auf weitere Anweisungen.«

Mendelski wollte gerade zu dem Absperrband hinübergehen, wo der Polizist mit dem Backenbart und den freundlichen Augen Wachdienst tat, als Ellen Vogelsang, neben der Jo Kleinschmidt und Heiko Strunz knienderweise den Waldboden inspizierten, plötzlich rief: »Robert, Maike, kommt doch mal kurz!« Sie hielt einen großen Fichtenzweig vom Streckenplatz in den Händen. »Wir haben hier was Interessantes gefunden.«

***

Aus der weit geöffneten Fahrertür des Pick-ups ragte ein bestiefelter Männerfuß hervor. Karl-Heinz Jagau saß lässig auf dem Fahrersitz und rauchte eine Zigarette. Gelangweilt beobachtete er durch die Windschutzscheibe das Treiben auf dem Waldweg.

Die Jäger hatten sich ihrer Waffen, Rucksäcke und Hunde entledigt und harrten nun der Dinge, die kommen würden. Sie standen in kleinen Gruppen beisammen, an ihre Autos gelehnt und diskutierten verhalten. Um ihrem Entsetzen Ausdruck zu verleihen, schüttelten einige immer wieder die Köpfe, andere starrten betreten auf den Waldboden.

»Scheinheiliges Pack«, zischte Jagau und schnippte seine Zigarettenkippe zur Tür hinaus. Dabei fiel sein Blick durch das heruntergekurbelte Seitenfenster auf den Seitenspiegel, in dem sich sein Gesicht spiegelte. Deutlich sah er die Schrammen. Als er sich nach vorn beugte, um die lädierte Wange genauer zu betrachten, schimpfte er vor sich hin: »Verdammter Filmriss! Wer das nur war? Das schaffen doch nur die Fingernägel einer weiblichen Furie.«

Da fiel ihm das tote Mädchen vom Streckenplatz ein. Sein Atem stockte, sein Mund wurde trocken. Wie aus dem Nichts traten ihm Schweißperlen auf die Stirn. »Nein!«, entfuhr es ihm. Mit der Rechten schlug er auf das Lenkrad.

Energisch wehrte er sich gegen den Gedanken, dass es einen Zusammenhang zwischen den Kratzern und dem toten Mädchen geben könnte. Er wusste nur zu gut von seiner Neigung, bei übermäßigem Alkoholgenuss unberechenbar und aggressiv zu werden.

»Ich kenn die doch gar nicht«, murmelte er, um sich selbst zu beruhigen. »Hab sie doch nur ein paarmal mit den andern jungen Leuten auf der Straße gesehen.«

Auf der Straße? Heute Nacht …

Vor seinem inneren Auge tauchte schemenhaft eine Bildsequenz auf; für den Bruchteil einer Sekunde schien sein Erinnerungsvermögen zurückzukehren: dunkle Nacht, eine regennasse Straße in Eschede, der Schein einer Straßenlaterne, der Zigarettenautomat. Er war nicht allein unterwegs gewesen, da war noch jemand …

Ein lautes Hupen holte Karl-Heinz Jagau in die Gegenwart zurück. Direkt neben ihm war ein Auto aufgetaucht. Ein hellblauer Kleinwagen – er gehörte nicht zur Jagdgesellschaft, das registrierte Jagau sofort – kam auf dem engen Waldweg nicht an der geöffneten Pick-up-Tür vorbei.

Das Seitenfenster des Autos wurde heruntergelassen.

»Hallo, Herr Jagau«, hörte er eine weibliche Stimme rufen. »Lassen Sie mich doch bitte durch. Ich hab's eilig.« Die Stimme klang flehentlich.

Er beugte sich ein Stück herab, um ins Innere des Wagens schauen zu können. Dort saß eine dunkelblonde Frau mittleren Alters in einem dunklen Trenchcoat.

»Frau Hogreve«, rief er. »Sie hier?«

»Ich muss zum Streckenplatz«, erwiderte sie. »Herr Kreinbrink hat angerufen, unsere Yadira soll hier …« Ihre Stimme erstarb.

»Alles klar. Ich lass Sie durch.« Karl-Heinz Jagau zog seinen Fuß ein und schloss die Wagentür.

Die Seitenscheibe blieb offen, als der blaue Kleinwagen in Richtung Streckenplatz davonfuhr.

***

»Wer hat das entdeckt?«, wollte Mendelski wissen, nachdem er neben Strunz und Kleinschmidt in die Hocke gegangen war.

»Ich«, antwortete Ellen Vogelsang. »Als ich diesen Tannenzweig hier hochhob. Er lag etwas außerhalb des sonst so akkurat ausgerichteten grünen Karrees. Darunter kam dann dieses merkwürdige Gekrickel zum Vorschein.« Noch immer hielt sie den besagten Zweig in den Händen und wedelte damit etwas ziellos in der Luft herum.

»Fichtenzweig«, korrigierte Mendelski leise, dann wandte er sich wieder dem Waldboden zu. »Was glaubt ihr, was das ist?«

»Sieht aus wie ein Z mit Mittelstrich«, versuchte Jo Kleinschmidt eine Deutung und zeichnete mit seinem Zeigefinger das gut einen halben Meter lange Gebilde in der Luft nach. »Auf die Schnelle mit dem Absatz eines Schuhs tief in den Erdboden gekratzt. Man kann an einem Ende sogar noch einen partiell brauchbaren Abdruck vom Sohlenprofil erkennen.«

»Du tippst also auf ein bewusst hinterlassenes Zeichen?«

»Klar, denn das sieht nicht nach einer unbeabsichtigten Hinterlassenschaft aus. Derjenige, der das gemacht hat, hat mit voller Absicht gehandelt.«

»Warum hat er es dann versteckt?«, wollte Maike Schnur wissen. »Wenn sich jemand solche Mühe macht, will er doch sicher, dass man sein Kunstwerk findet.«

»Hat er ja gar nicht«, widersprach Strunz. »Oder sie.« Er musste ob seiner Spitzfindigkeit kurz grienen. »Der Fichtenzweig scheint noch nicht sonderlich lange hier gelegen zu haben. Das Erdreich um das Z herum ist feuchter als das unter dem Fichtenteppich des Streckenplatzes. Ergo: Dieser einzelne Zweig wurde erst kürzlich und höchstwahrscheinlich nicht absichtlich bewegt. Durch eine Unachtsamkeit ist er wohl eher zufällig genau auf das ominöse Zeichen bugsiert worden. Zum Beispiel mit einem Fußtritt. Das wäre eine Kleinigkeit.«

»Gut.« Mendelski kniff die Augen zusammen, wodurch sich eine Falte zwischen seinen Augenbrauen bildete. »Alter?«

»Noch recht frisch«, erwiderte Strunz und deutete auf die Ränder des Z. »Die Erdkrümel sind bisher kaum erodiert, also ist die Markierung heute im Laufe des Tages, wahrscheinlich erst vor wenigen Stunden entstanden.«

»Dann können wir wohl davon ausgehen«, stellte Mendelski fest, »dass dieses Zeichen aller Wahrscheinlichkeit nach mit dem Mädchen zu tun hat. Zumindest mit der Leichenablage. Wir müssen also versuchen, die Botschaft richtig zu lesen.« Er legte seinen Kopf schief, um die Perspektive auf die Zeichnung zu verändern. Die anderen folgten seinem Beispiel.

»Brainstorming«, beschloss er. »Was, meint ihr, könnte das wohl sein?«

»Allem Anschein nach ein Buchstabe«, sagte Ellen Vogelsang. Sie hatte sich inzwischen des Fichtenzweiges entledigt, nicht aber des widerspenstigen Baumsaftes. Tapfer kämpfte sie mit dem klebrigen Harz, das hartnäckig an ihren Plastikhandschuhen haftete und diese letztendlich ruinierte. »Eine Zahl scheidet doch aus, oder etwa nicht?«

Keiner schien weiter auf die Zahlentheorie eingehen zu wollen.

»Vielleicht ist es aber kein Z«, gab Strunz nach einer kurzen Pause zu bedenken, »sondern ein N mit Mittelstrich. Und der Mittelstrich könnte ein I darstellen.«

Zustimmendes Gemurmel ertönte.

»Bravo. Das sollten wir auf jeden Fall in Betracht ziehen«, lobte Mendelski seinen besten Mann.

»Es könnte auch ein Hinweis sein, ich meine, ein Wegweiser oder so.« Maike Schnur hatte ihren Notizblock gezückt und fing an zu zeichnen. »Ein Pfeil mit zwei Spitzen, der uns eine bestimmte Richtung angeben möchte.«

»Oder es ist schlicht eine Art Visitenkarte«, meinte Kleinschmidt, der aufgestanden war, um mit etwas mehr Abstand auf den Waldboden zu gucken. »Die Kinogänger unter euch müssten eigentlich draufkommen: Der Mann mit der Maske, Antonio Banderas. Z wie Zorro! Der schwarze Rächer lässt grüßen.«

»Warum nicht?« Ellen Vogelsang schien von der Idee begeistert. »In dem Film spielte das Z jedenfalls eine bedeutende Rolle. Geritzt mit dem Degen, gemalt mit heißem Wachs oder geträufelt mit Blut. Vielleicht hat sich dadurch jemand inspirieren lassen.«

»Genug herumspekuliert.« Mendelski wandte sich zum Gehen. »Fotos und Gipsabdruck, bitte. Alles Weitere später.«

***

Der Wind wurde stärker. Er zerrte an den zerzausten Baumkronen der Kiefernüberhälter am Wegesrand und blies die letzten Regentropfen von den Zweigen. Obendrein rieselten unzählige abgestorbene Nadeln zum Boden hinab; etliche von ihnen erreichten jedoch nicht den Erdboden, sondern landeten auf Autodächern, behüteten Häuptern oder bemäntelten Schultern der Jagdkorona.

Irene Hogreve machten weder die schweren Wassertropfen im Gesicht noch die Kiefernnadeln in ihrem blonden Haar etwas aus. Mühsam um Fassung ringend, hielt sie den verstört zu Boden blickenden Kai im Arm, während neben ihnen Kreinbrink senior regungslos ins Leere starrte.

»Nur ruhig, mein Junge«, sagte sie mit brüchiger Stimme. »Sie wird nicht groß gelitten haben.«

»Was heißt hier groß gelitten?« Seine Stimme klang matt. »Sie ist tot, verstehst du? Yadira wird nie mehr zurückkommen.«

»Ich meine …« Die Haushälterin versuchte, die richtigen Worte zu finden.

»Frau Hogreve meint's doch nur gut«, sagte Konrad Kreinbrink. Er legte dem Sohn seine Hand auf die Schulter. »Und sie hat wahrscheinlich sogar recht. Soweit ich das mitbekommen habe, sind keine Verletzungen zu erkennen.«

»Aber, wie ist sie denn … gestorben?«

»Sie wissen noch nichts Genaues. Wahrscheinlich wird man uns gleich informieren. Doch ich denke, dass erst die Obduktion endgültige Klarheit bringt.«

Kai ließ nicht locker. Er schälte sich aus der Umarmung von Irene Hogreve und drohte mit bebender Stimme: »Wenn sie vergewaltigt wurde, bringe ich das Schwein um!«

»Junge!« Frau Hogreve blickte ihn erschrocken an. »Sag nicht so was.«

»Wie sie da so liegt«, fuhr Kai unbeirrt fort, während er sich wieder seinem Vater zuwandte, »kann es doch nur ein Schwerverbrechen sein, oder?«

Der zuckte schweigend mit den Schultern.

»Bei einem Unfall hätte man sie doch nicht so aufgebahrt.«

Konrad Kreinbrink hob nur ratlos die Augenbrauen.

»Und warum ausgerechnet hier? Hier auf dem Streckenplatz? Was hat das zu bedeuten?« Wie aus dem Nichts stieg der Jähzorn in dem

Jungen hoch. »Hat ihr Tod etwa mit uns Jägern zu tun?« Seine Stimme überschlug sich fast, als er rief: »Ist der Täter gar einer von uns?«

»Kai, bitte …«

In diesem Augenblick trat von Bartling zu ihnen. Sein Gesichtsausdruck war äußerst angespannt. »Konrad«, sagte er bitterernst, »ich muss dich kurz sprechen.«

***

Die müden Jagdhunde dösten in den Autos oder auf den Pritschen oder träumten bereits von der nächsten Drückjagd, als das Hornsignal »Sammeln« sie unsanft weckte. Irritiert warfen sie auf und lauschten. Einige ließen es sich nicht nehmen, sich noch einmal mühsam auf die Pfoten zu begeben, um mit einem schrecklich unmelodischen Jaulen die zwei Jagdhornbläser zu begleiten.

Heiko Strunz, Ellen Vogelsang und Jo Kleinschmidt, die gerade ihre Utensilien im Transporter verstauten, hielten inne.

»Was für eine herrliche Art, sich zu verständigen«, meinte Strunz. »Und praktisch allemal.«

»Dass es so was im Zeitalter der Handys noch gibt«, wunderte sich Kleinschmidt. »Immerhin arbeiten sie nicht mehr mit Rauchzeichen, so wie früher.«

»Das musst du verwechseln.« Ellen Vogelsang versuchte vergeblich, ernst zu bleiben. »Das mit den Rauchzeichen waren nicht die Heidjer, sondern die Indianer …«

Auf Anweisung von Mendelski hatte von Bartling seine Truppe mittels Hornsignal zusammengetrommelt. Nun stand der Jagdherr vor der versammelten Korona und sagte – nicht militärisch knapp, wie sonst, sondern mit verhaltener, pastoraler Stimme: »Liebe Waidgesellinnen, liebe Waidgesellen. Leider ist der heutige Jagdtag, der so wunderbar begonnen hatte, durch einen tragischen Zwischenfall gestört und abgebrochen worden. Auf dem Streckenplatz, wo wir eigentlich zu dieser Stunde das erlegte Wild präsentieren, Brüche verteilen und die Strecke verblasen wollten, wurde am frühen Nachmittag die Leiche einer jungen Frau entdeckt.«

Der Jagdherr machte eine Pause und schaute zu Mendelski und Maike Schnur hinüber, die wenige Meter entfernt standen.

»Über den aktuellen Stand der Ermittlungen wird Ihnen gleich Hauptkommissar Mendelski von der Polizeiinspektion Celle alles Notwendige sagen. Das Streckelegen entfällt heute selbstredend. Jedoch wird das Schüsseltreiben auf ausdrücklichen Wunsch der Polizei stattfinden, wenn auch nicht in der gewohnten feierlichen und ausgelassenen Form – das versteht sich wohl von selbst. Denn die Ermittlungsbeamten haben noch einige Fragen an Sie. Wer nicht zum Schüsseltreiben kommen kann, möchte sich bitte bei der Kommissarin Schnur abmelden.« Er räusperte sich. »Als Jagdleiter muss ich der Polizei eine vollständige Liste der heutigen Jagdteilnehmer aushändigen; ich gehe aber davon aus, dass das für niemanden von Ihnen ein Problem darstellt.«

Beifälliges Gemurmel ertönte.

»Weiter soll ich Sie darauf hinweisen, dass Sie nicht gezwungen sind, zu diesem Todesfall auszusagen. Die Befragung geschieht auf freiwilliger Basis – zunächst jedenfalls, wenn ich das richtig verstanden habe.« Er schaute wieder zu Mendelski hinüber. Der nickte nur. »Das Schüsseltreiben findet, wie ursprünglich geplant, um achtzehn Uhr im Gasthof Cohrs in Endeholz statt«, von Bartling schaute auf seine Armbanduhr, »also in genau eineinhalb Stunden. Jetzt übergebe ich an Hauptkommissar Mendelski.«

Der machte einen Schritt nach vorn. »Meine Damen, meine Herren!«, begann er sachlich nüchtern. »Bitte haben Sie Verständnis dafür, wenn ich Ihnen zu diesem Zeitpunkt noch keine konkreten Auskünfte zu dem Vorfall geben kann. Wir stehen ja erst ganz am Anfang der Ermittlungen. Daher muss ich Sie bitten, uns für ein paar Fragen zur Verfügung zu stehen. Um keine Zeit zu verlieren, möchten meine Kollegen und ich das heutige Schüsseltreiben dazu nutzen, so viele Informationen wie möglich von Ihnen zu bekommen. Denn für uns kann jeder noch so kleine Hinweis wichtig sein. Wer nicht zum Schüsseltreiben erscheinen kann, meldet sich bitte jetzt …«

Zwei kurz hintereinander in unmittelbarer Nähe abgegebene Schüsse ließen Mendelski verstummen.

Irene Hogreve hatte noch versucht, Kai zurückzuhalten, aber es war vergebens gewesen. Nachdem sich Kreinbrink senior und von Bartling zu einem vertraulichen Gespräch zurückgezogen hatten, war

Kai zum Geländewagen seines Vaters gerannt und hatte sich darin eingeschlossen.

Dort war er auch sitzen geblieben, als das Jagdhornsignal erklungen war und von Bartling mit seiner Ansprache begonnen hatte. Niemand – auch Frau Hogreve nicht, die aufmerksam den Worten des Jagdherrn lauschte – hatte mitbekommen, wie Kai nach einer Weile doch neugierig geworden war und die Scheibe heruntergelassen hatte, um zu hören, was da gesprochen wurde.

Als er von Bartling sagen hörte: »Das Schüsseltreiben findet, wie ursprünglich geplant, um achtzehn Uhr im Gasthof Cohrs in Endeholz statt«, wollte Kai Kreinbrink, der diese Feststellung aus dem Zusammenhang gerissen vernommen und nicht mitbekommen hatte, dass die Polizei die Jagdgesellschaft dort befragen wollte, seinen Ohren nicht trauen. Außer sich vor Wut presste er hervor: »Schüsseltreiben … als ob nichts geschehen wäre. Ich glaub, ich spinne!«

Hitzig hatte er nach dem Gewehrfutteral auf der Rückbank geangelt, es zu sich nach vorn geholt, den Reißverschluss geöffnet und die Waffe hervorgezogen. Mit zittriger Hand hatte er die Doppelbüchse aufgeklappt, zwei Patronen in die Läufe geschoben, die Waffe wieder verschlossen und die Wagentür geöffnet.

Neben dem Auto stehend, die Läufe in den grauen Nachmittagshimmel gerichtet, hatte er beide Abzüge betätigt.

Als sich die versammelte Jagdgesellschaft entsetzt – einige hatten unwillkürlich den Kopf eingezogen oder sich sogar geduckt – und geschlossen zu ihm umgedreht hatte, schrie er aus Leibeskräften: »Das könnt ihr doch nicht …«

Weiter kam er nicht.

Jo Kleinschmidt und Heiko Strunz hatten direkt neben dem Geländewagen der Kreinbrinks in ihrer Caravelle gewartet und den jungen Mann mit dem Gewehr aus dem Auto steigen sehen.

Nach kurzem Blickkontakt waren die beiden Polizisten in geübter Manier aus ihrem Auto geschnellt und hatten sich von zwei Seiten dem Schützen genähert. Noch bevor Kai Kreinbrink seinen Satz beenden konnte, hatten sie ihm die Waffe entwunden und hielten ihn im Polizeigriff fest.

»Ganz ruhig«, bellte ihm Kleinschmidt ins Ohr. »Sie wollen sich doch nicht unglücklich machen.«

Eine halbe Stunde später deutete nichts mehr auf die turbulenten Ereignisse des Nachmittags hin. Ein lauer Herbstwind ging über die verwaiste Lichtung hinweg und trieb verspielt einen Pulk welker Birkenblätter vor sich her.

Sämtliche Fichtenzweige, die noch vor Kurzem den Streckenplatz geschmückt hatten, waren in Plastiksäcke gestopft und auf die Polizeifahrzeuge, auch die von der Station aus Eschede, verteilt worden. Die Äste sollten im Labor auf mögliche Spuren untersucht werden.

Mendelski und Maike Schnur hatten Kai Kreinbrink in ihr Auto verfrachtet und fuhren mit ihm nach Eschede, um ihn nach Hause zu bringen. Der junge Mann war in der Zwischenzeit einigermaßen zur Ruhe gekommen, das Missverständnis beigelegt. Der Kommissar hatte ihm klargemacht, warum das Schüsseltreiben trotz des Zwischenfalls nicht abgesagt worden war. Kreinbrink senior und die Haushälterin Irene Hogreve waren in ihren eigenen Autos vorausgefahren.

Von Bartling und zwei Jagdkumpane waren mit der Strecke – zwei Stücke Rotwild, sechs Sauen und drei Rehe, die auf drei verschiedene Anhänger verteilt worden waren – auf dem Weg zur Kühlkammer. Außer den beiden Kreinbrinks hatten sich fünf weitere Jagdteilnehmer vom Schüsseltreiben abgemeldet, da sie andere wichtige Verpflichtungen an jenem Abend hatten. Maike Schnur hatte ihre Namen und Adressen notiert. Die meisten Jäger aber – vor allem die, die von weiter her kamen – waren direkt zu Cohrs' Gasthof gefahren. Die aus Eschede stammenden Waidleute legten noch einen kurzen Zwischenstopp daheim ein, um sich rasch umzuziehen und Waffen und Hunde wegzubringen.

Die weiße Caravelle aus Celle mit Heiko Strunz, Jo Kleinschmidt und Ellen Vogelsang war ebenfalls direkt in Richtung Endeholz aufgebrochen, um die Zeit zu nutzen und schon mit den Befragungen zu beginnen.

Karl-Heinz Jagau war der Letzte auf dem Streckenplatz. Nachdenklich kratzte er sich am Hinterkopf und ließ einen letzten Blick über die Waldwegekreuzung schweifen. Mein Gott, was für ein Tag, dachte er. Noch dazu nach so einer Nacht! Wenn doch bloß mein Schädel nicht so fürchterlich brummen würde.

Er griff in die Westentasche und holte einen Plastikstreifen mit

Kopfschmerztabletten hervor. Zwei davon drückte er sich in die hohle Hand und würgte sie mühsam hinunter, trocken, ohne nachspülendes Getränk.

»Jetzt brauch ich einen klaren Kopf«, murmelte er, während er wegen des bitteren Pillengeschmacks sein Gesicht zu einer Grimasse verzog. »Ich muss unbedingt herauskriegen, was letzte Nacht mit mir passiert ist. Das Schüsseltreiben kann warten …«

Dann ging er zu seinem Fahrzeug.

DREI

»¿Porque no te alegras?« – Warum freust du dich nicht?

Der Fahrer des Toyota richtete diese Frage an seine Beifahrerin, ohne sie anzuschauen. Seine volle Konzentration galt der kurvenreichen und abschüssigen Straße, die sein ganzes fahrerisches Können verlangte.

Sie befanden sich auf der schmalen Landstraße zwischen Jánico und Santiago. Als das Auto sich mit quietschenden Reifen der Stelle näherte, wo mitten auf der Straße ein platt gefahrener Tierkadaver undefinierbarer Art auf dem Asphalt klebte, erhob sich ein Schwarm Aasgeier in die Luft, um das Fahrzeug passieren zu lassen. Erst nachdem der Störenfried vorbeigerast war, setzten die Geier ihre Aufräumarbeit fort.

Allmählich blieben die Berge zurück. Vor ihnen öffnete sich das weite Panorama des fruchtbaren Cibao-Tals mit dem Fluss Yaque del Norte. Die ersten Tabakfelder tauchten am Straßenrand auf; in der Ferne konnte man bereits die Silhouette von Santiago de los Caballeros ausmachen, der zweitgrößten Stadt der Dominikanischen Republik.

Der Fahrer stellte das Autoradio leiser, obwohl gerade der neuste Merengue-Hit von Juan Luis Guerra gespielt wurde.

»Kopf hoch, Schwesterchen«, sagte er mit einem breiten Grienen. »Du machst doch 'ne tolle Reise. Um die halbe Welt, nach Europa, nach Alemania. In das Land von BMW und Mercedes Benz. Ich beneide dich darum. Wer bekommt als Dominikaner schon so 'ne Chance?«

Doch ihr Gesichtsausdruck blieb wie versteinert. Unbewegt starrte sie nach vorn, schien aber den klapprigen Bus, der vor ihnen die Straße blockierte und ihren Bruder zum Abbremsen zwang, gar nicht wahrzunehmen. Wie mit einem Röntgenblick schaute sie durch den Bus hindurch in die Ferne.

»Tut mir leid«, sagte sie nach einer Weile, »aber ich hab so eine Ahnung. Eine böse Ahnung.«

***

Das Haus der Kreinbrinks lag östlich der Bundesstraße 191, am Rande von Eschede. Es handelte sich um ein ehemaliges Bauernhaus, eines dieser liebevoll bis ins Detail wieder hergerichteten, riesigen niedersächsischen Vierständerhäuser. Ein Querbalken des Fachwerkhauses trug die Jahreszahl 1798.

Anzeichen von praktizierter Landwirtschaft, Ackerbau und Viehzucht gab es nicht; Landmaschinen wie Traktoren, Anhänger und dergleichen waren auf dem gepflegten Hofgelände nicht zu entdecken. Wo sich einst die Mistkuhle befand, dümpelten nun Seerosen auf einem kleinen Teich, die ursprünglich mit Heu und Stroh gefüllte Scheune hatte man zu einem Atelier umfunktioniert, der ehemalige Hühnerstall diente als Carport für mindestens zwei Fahrzeuge.

Knorrige, steinalte Eichen, aus deren Kronen die Totholzanteile feinsäuberlich herausgesägt und die Schnittstellen mit Baumwachs versiegelt worden waren, bildeten ein Hofgehölz, welches das Fachwerkhaus zur Straße und zum übrigen Dorf hin abschirmte.

Mendelski steuerte seinen Privatwagen – denn damit war er ja an diesem ursprünglichen Urlaubstag zur Jagd gefahren – im Schatten der Eichen über eine holprige, aus Feldsteinen und Kies gefertigte Einfahrt. Sichtlich beeindruckt flüsterte Maike Schnur auf der Rückbank: »Wow! Wie ich diese alten Höfe liebe!«

»Ja, nicht schlecht«, erwiderte der Kommissar, während er in den Rückspiegel schaute. Den Satz »Steuerberater müsste man sein« verkniff er sich, da Kai Kreinbrink als Passagier im Auto mitfuhr.

Sie kamen neben den Wagen von Kreinbrink senior und Irene Hogreve zum Stehen. Die beiden schienen kurz vor ihnen angekommen zu sein und warteten neben ihren Fahrzeugen. Nach Mimik und Körpersprache zu urteilen – so befand der aufmerksame Kommissar –, musste es zwischen den beiden unmittelbar zuvor zu einer Auseinandersetzung gekommen sein. Doch als die drei Neuankömmlinge ausstiegen, gaben sich Hausherr und Haushälterin unverfänglich freundlich.

»Kommen Sie doch herein«, bat Konrad Kreinbrink Mendelski und Maike Schnur, nachdem er seinem Sohn einen aufmunternden Blick zugeworfen hatte. »Frau Hogreve, machen Sie uns bitte einen Kaffee.«

***

Als sie den Gasthof Cohrs in Endeholz erreichten, waren die Parkplätze schon rar. Rechts und links der Straße reihte sich Wagen an Wagen. Großvolumige Geländewagen und grüne Kombis stellten die Mehrzahl; die meisten brauchten dringend eine Wagenwäsche. Da wirkte ihr schneeweißer VW Caravelle, der langsam zwischen den beiden Autoreihen hindurchtuckerte, wie ein Exot.

Heiko Strunz hatte Mühe, einen Parkplatz für den nicht gerade handlichen Kleinbus zu finden. Bei der Abzweigung nach Kragen fand er schließlich doch eine Lücke, versteckt unter den tief hängenden Ästen eines Haselnussstrauchs. Nachdem sie ihre für die Befragungen nötigen Utensilien zusammengesucht hatten, machten sich Strunz und Kleinschmidt auf den Weg zur Gastwirtschaft.

Ellen Vogelsang blieb noch beim Wagen, da sie sich bei ihrer Tochter telefonisch für den verspäteten Feierabend entschuldigen wollte. Die Kriminalkommissarin war alleinerziehende Mutter einer vierzehnjährigen Tochter, und eigentlich war für den heutigen Abend ein gemeinsamer Besuch im Celler Schlosstheater geplant gewesen.

Um ungestört sprechen zu können, zog sie sich für das Telefonat unter den Haselnussstrauch zurück. Als sie kurze Zeit später – ihre Tochter Maren hatte ungewöhnlich verständnisvoll reagiert – unter dem Strauch hervortreten wollte, um den anderen zu folgen, vernahm sie plötzlich aufgeregte Stimmen vor sich.

»Aber Jochen, gib's doch zu«, sagte eine Männerstimme verständnislos. »Gerade du kanntest das Mädchen doch besonders gut.«

»Halt bloß den Mund«, quiekte eine zweite Stimme leise. Sie klang ängstlich. »Wenn das einer von den Kripo-Leuten …«

Ellen Vogelsang, die wie angewurzelt stehen geblieben war, machte intuitiv einen Schritt zur Seite, um nicht entdeckt zu werden. Äste und Laub des Haselnussstrauchs kitzelten sie im Nacken.

»Mensch, die sind doch längst in der Kneipe«, hörte sie den Ersten ungeduldig sagen. »Hier steht doch der Wagen von denen.«

»Lass es einfach«, flehte derjenige, der Jochen genannt worden war. »Du weißt am besten von nichts.«

»Wovor hast du denn solche Angst?«

»Du stellst Fragen!« Er hüstelte. »Kannst du dich nicht mehr an Pfingsten, an das letzte Schützenfest erinnern? Da hat sie mich doch zum Tanzen aufgefordert – und ganz schön lächerlich gemacht. Mein Gott, was das für ein Spießrutenlaufen hinterher war: Tollpatschiger, geiler Pauker lässt sich von exotischer, bildschöner Schülerin becircen. Ruck, zuck ging das rum – wie ein Lauffeuer.«

»Ach das. Meinst du nicht, dass du das viel zu dramatisch siehst?«

»Zu dramatisch? Hast du denn nie die Fotos gesehen?«

»Nein, was denn für Fotos?«

»Ist jetzt auch egal – also bitte, halt dich zurück.«

»Okay, versprochen.«

»Danke, Horst, du bist ein echter Freund.« Die Stimme des Lehrers wurde merklich ruhiger: »Los, lass uns reingehen. Sonst machen die sich noch Gedanken.«

»Warte, ich muss nur noch eben pinkeln – am besten gleich hier in den Busch!«

Ellen Vogelsang stockte der Atem.

***

»Wann haben Sie …« Mendelski ließ sich von Maike Schnur den Notizblock reichen und las ab: »… Yadira Martinéz zum letzten Mal lebend gesehen?«

Sie saßen im Wohnzimmer an einem Esstisch, um den zwölf Stühle standen. Das antike Stück mit aufwendig gedrechselten Beinen und einer massiven Tischplatte aus Eiche prägte den großen Raum. In der Mitte des Tisches stand auf einem Bastset eine Blumenvase mit gelben Rosen.

Auch die übrige Wohnzimmereinrichtung bestand aus einer Ansammlung von antiken Möbeln, altertümlichen Ölgemälden und einigen Jagdtrophäen an den Wänden. In einem Kamin loderte ein Feuer. Nur der Flachbildschirm des neumodischen TV-Geräts und die dazugehörigen, getarnt im Raum platzierten Lautsprecherboxen wiesen auf die hoch technisierte Gegenwart des 21. Jahrhunderts hin.

Frau Hogreve war gerade aus der Küche gekommen, stellte einen Teller mit Gebäck auf den Tisch und setzte sich zu ihnen.

Kreinbrink senior hatte in der Zwischenzeit seinen dicken Jagdpullover ausgezogen und sah seinen Sohn an. Vater und Sohn, beide mit roten Gesichtern, begannen in ihren Thermohosen zu schwitzen. Die Wärme des Kamins tat ihre Wirkung. Maike dagegen wirkte in ihrem leichten Top und der dünnen Jacke reichlich sommerlich.

»Ich habe sie zuletzt am Montag gesehen«, sagte Konrad Kreinbrink. »Montagmorgen, genau genommen beim Frühstück, bevor ich nach Berlin zu einem Kongress gefahren bin. Ich bin erst gestern spät in der Nacht, so gegen ein Uhr heimgekommen und heute zur Jagd gleich wieder früh los. Da sind mir lediglich Frau Hogreve und mein Sohn begegnet.«

Irene Hogreve nickte bestätigend und wollte gerade etwas sagen, als ihr Blick auf Kai fiel.

»Sie war so ein fröhliches Mädchen«, murmelte er und wischte sich mit dem Handrücken über die Augen »So lebensfroh, so natürlich und arglos, so … unheimlich nett. Was ist bloß mit ihr geschehen?«

Mendelski rückte auf seinem Stuhl ein Stück nach vorn. »Wann«, fragte er mit sanfter Stimme, »haben Sie Yadira das letzte Mal gesehen?«

Kai Kreinbrink schaute ihn mit geröteten Augen an. »Gestern«, sagte er. »Gestern Abend. Wir hatten Spanisch bei ihr, wie jeden Mittwoch.«

»Wer ist ›wir‹?« Auch Maike Schnur sprach leise und einfühlsam. Sie hielt ihren Notizblock bereit, um mitzuschreiben. »Wer, außer Ihnen, war noch dabei?«

»Finn, Lasche und Mira«, antwortete er.

Maike schaute ihn fragend an, die Kugelschreiberspitze einen Zentimeter über dem Papier.

»Finn Braukmann, Hanno ›Lasche‹ Stucke und Mira Köhne. Alles Freunde von mir.« Kai ließ der Kommissarin Zeit zum Schreiben. Dann fuhr er fort: »Yadira hat uns Spanisch beigebracht. Als so 'ne Art Privatlehrerin. Gestern Abend haben wir hier einen Film auf DVD angeguckt. *Die Reise des jungen Che.* Auf Spanisch natürlich.«

»Privatlehrerin?« Maike Schnur sah vom Block auf. »Sie war doch noch sehr jung.«

»Wieso denn nicht?« Über Kais Gesicht huschte der Anflug eines Lächelns. »Sie brauchte doch keine Lehrerausbildung, um uns die Grundlagen ihrer Muttersprache beizubringen. Das hat sie super gemacht, auch ohne große pädagogische Kenntnisse.«

»Und Ihre Schwester?«, fragte Mendelski. »Hat die auch am Spanischunterricht teilgenommen?«

»Nur dann, wenn sie unter der Woche mal zu Hause war.«

»Ihre Schwester wohnt nicht mehr hier?«

»Nein«, mischte sich Konrad Kreinbrink unwillig ein. »Kathrin lebt und studiert seit einigen Wochen in Lüneburg; sie ist nur noch sporadisch hier.« Dem Hausherrn gingen solche Fragen offenbar zu weit. »Können wir diese Details nicht später klären?«, fragte er. »Ich meine, Yadira ist erst wenige Stunden tot. Da dürften wir, die ihr sehr nahestanden, doch etwas mehr Rücksichtnahme erwarten können.«

»Ich kann Sie verstehen«, erwiderte Mendelski ruhig und nickte. »Doch die Statistik beweist, dass die ersten Stunden der Ermittlungsarbeit bei Todesfällen mit unnatürlicher Ursache die wichtigsten sind. Den Betroffenen eine Trauerzeit zuzugestehen, können wir uns einfach nicht leisten – so leid es mir tut.«

Konrad Kreinbrink nahm seine Brille ab und tupfte sich mit einer Serviette den Schweiß von der Stirn. Er seufzte. »Dann tun Sie in Gottes Namen Ihre Pflicht. Aber beeilen Sie sich bitte.«

»Was geschah nach dem Spanischunterricht?«, ergriff Maike Schnur wieder das Wort.

»Wir haben noch zusammengesessen, bis Mitternacht. Alle fünf.« Kai kamen wieder die Tränen. »Wir hatten so viel Spaß, haben gelacht, getanzt … Yadira hat uns Salsa und Merengue beigebracht. Zumindest hat sie's versucht. Denn anders als wir steifen Deutschen bewegte sie sich unnachahmlich … so geschmeidig und elegant aus der Hüfte. War schon irre, ihr zuzusehen.«

»Da gab's doch sicher auch was zu trinken?«

»Na klar!« Kai Kreinbrink lachte kurz auf. »Yadira hat uns Piña colada und Cuba libre gemixt. Mit echtem dominikanischem Rum. Das machte das Tanzen leichter.«

»Haben Sie viel getrunken?«

»Was heißt viel? Vielleicht jeder zwei, drei Cocktails.«

»Wie sind Sie auseinandergegangen?«

»Finn, Hanno und Mira sind zu Fuß nach Hause. Hier in Eschede. Mira ist eigentlich aus Marwede, übernachtet aber öfter bei Hanno.«

»Und Yadira und Sie?«

»Wir sind hiergeblieben. Hier im Haus natürlich.«

»Und ...«

»Nichts und!« Kai guckte ärgerlich drein. »Jeder ist brav auf sein Zimmer gegangen und gut. Aber eigentlich war gar nichts gut ...«

Wütend hämmerte er mit der Faust auf den Tisch.

***

»Lassen Sie mal lieber stecken«, sagte Ellen Vogelsang resolut. Sie bog die Zweige zur Seite und trat aus dem Schatten des Haselnussstrauchs. Mit Sicherheit hatte sie keine Lust, sich auf die Schuhe pinkeln zu lassen, und deshalb die Flucht nach vorn angetreten.

Der verdutzte Jäger riss Augen und Mund weit auf. Breitbeinig und wie zur Salzsäule erstarrt stand er vor ihr, gerade im Begriff, mit der rechten Hand seinen Hosenstall zu öffnen.

Ellen Vogelsang rückte den Gurt ihrer Notebook-Tasche zurecht, die sie über der Schulter trug, ließ auch den zweiten Jäger – einen kleinen untersetzten Mann mit Nickelbrille – links liegen und marschierte die Straße entlang zur Gaststätte.

Sie würde die Vornamen Jochen und Horst nicht vergessen; außerdem hatte sie sich die Gesichter der beiden genau eingeprägt.

Die beiden Jäger warteten, bis sie außer Hörweite war.

»So ein Mist!«, schimpfte derjenige, der Horst genannt wurde. »Jetzt haben wir den Salat.«

»Reiß dich zusammen, hörst du?«

»Jochen, in was ziehst du mich da bloß rein?«

»In gar nichts! Ist doch alles völlig harmlos.«

»Und warum soll ich dann lügen?«

»Sollst du gar nicht. Du sollst lediglich vorsichtig mit dem sein, was du sagst.«

»Aber die von der Kripo hat uns doch belauscht. Sie wird jetzt bestimmt zu ihren Kollegen laufen und denen brühwarm alles auftischen. Und dann nehmen die uns in die Mangel ...«

»Ach was. Wer weiß, ob die überhaupt was gehört hat. – Aber sich im Busch zu verkriechen und unbescholtene Bürger zu belauschen, ist doch 'ne Frechheit.«

»Das ist ihr Job.«

»Und wenn schon! Aber auch egal jetzt, was haben wir schon

groß besprochen? Nur, dass meine Schüler mich damit aufgezogen haben, dass ich mit Yadira auf dem Schützenfest getanzt habe. Mehr nicht.«

»Na, wenn du's so siehst, haste recht.«

Der Lehrer mit der Nickelbrille witterte Oberwasser. »Mit Yadira haben noch ganz andere getanzt! Kein Wunder, so wie die sich bewegt hat – lasziv wie ein Raubtier. Halb Eschede hat ihr den Hof gemacht.«

»War ja kaum zu übersehen.«

»Selbst von Bartling hatte ein Auge auf sie geworfen.«

»Eines nur? Die Szene in der Sektbar, Mann, war das peinlich … Als er ihr – wie er beteuert, aus Versehen – den Schampus über ihr dünnes Kleidchen gekippt hat, direkt in den Ausschnitt … dieser alte Schwerenöter.«

»Siehst du. Ich steh da gar nicht allein. Los, lass uns endlich reingehen. Sonst machen wir uns wirklich noch verdächtig.«

»Wenn das man alles gut geht …«

***

»Frau Hogreve, wann haben Sie Yadira das letzte Mal lebend gesehen?« Mendelski hatte sich von Kai abgewandt, um keinen neuen Jähzornausbruch zu provozieren.

»Ebenfalls gestern Abend«, antwortete die Haushälterin. Ihre Hände strichen unruhig über die Tischplatte, während sie die beiden Kreinbrinks beobachtete. »Beim Abendessen. Wir waren zu dritt. Yadira, Kai und ich. Yadira hatte uns ein Chili con Carne gekocht.« Sie seufzte auf. »Für ihr jugendliches Alter war sie wirklich ein Tausendsassa.«

»Wir waren doch zu viert«, korrigierte sie Kai. »Unser Gärtner, Herr Wiegand, war auch noch dabei. Jedenfalls am Anfang.«

»Ach ja, den hatte ich völlig vergessen.« Irene Hogreve zeigte sich untröstlich. »Rolf Wiegand war ausnahmsweise zum Abendessen geblieben, da er gestern erst spät Feierabend gemacht hatte. Yadira hatte ihn eingeladen – die gute Seele.«

Mendelski befiel das untrügliche Gefühl, dass die Haushälterin etwas zu dick auftrug. »Und wie sah Ihr restlicher Abend aus?«, fragte er.

»Ich habe bei mir oben ferngesehen.« Sie deutete mit dem Zeigefinger ihrer rechten Hand nach oben. »Ich habe hier im Haus eine kleine Einliegerwohnung.«

»Ihnen ist gestern Nacht nichts Besonderes aufgefallen?«

»Nein, nichts. Ich bin schon früh schlafen gegangen.«

»Wann genau?«

»So gegen zehn, halb elf.«

Mendelski lehnte sich zurück und schaute zu Maike Schnur hinüber. Die saß vor ihrem aufgeklappten Notizblock, hatte bisher aber noch nicht viel zu Papier gebracht. Das sollte sich nun ändern.

»Erzählen Sie uns doch mal bitte«, sagte sie, indem sie sich Konrad und Kai Kreinbrink zuwandte, »wann, wo und wie Sie Yadira kennengelernt haben.«

Die beiden Männer schauten sich kurz an, dann nickte Kai.

»Kathrin, also meine Schwester, und ich haben Yadira in einer Diskothek kennengelernt«, begann er. »Im ›I‹, im ›Incognito‹ in Celle. Vor ungefähr einem halben Jahr. Da hat sie sich unserer Clique angeschlossen.«

»Clique bedeutet …« Maike las nun vor: »Finn, Lasche und Mira, nicht wahr?«

»Richtig. Und Kathrin natürlich. Meine Schwester versteht sich mit Yadira prima.«

»Sie *verstand* sich, Kai«, korrigierte Kreinbrink senior leise.

»Ihre Schwester, die zurzeit in Lüneburg studiert«, wiederholte Mendelski.

»Richtig.«

»Weiß sie schon von Yadiras Tod?«

»Nein, wir haben sie noch nicht erreichen können.«

Mit einem kurzen Seitenblick gab Mendelski Maike zu verstehen, dass sie nun fortfahren konnte.

»Was machte Yadira eigentlich hier in Deutschland?«, fragte sie.

Kai holte tief Luft: »Sie hatte eine Anstellung als Au-pair-Mädchen. In Eldingen, nicht weit von hier. Eine Agentur hat sie dorthin vermittelt. Sie war da aber kreuzunglücklich. Der Familienvater, so ‘n schmieriger Typ, hat ihr wohl nachgestellt.«

»Name, Adresse?«, fragte Maike Schnur, während sie vom Block aufsah. Dieser Hinweis erschien ihr von besonderer Bedeutung.

»Äh … Stattler, Stadler, oder so ähnlich. Suchen wir Ihnen raus.

Ich habe die Anschrift irgendwo. Jedenfalls hat Yadira im Mai den Job dort geschmissen und ist zu uns gezogen. Zunächst provisorisch, dann ganz offiziell.« Kai schaute seinen Vater an.

»Ja«, sagte dieser. »Ich habe das mit der Vermittlungsagentur und den Behörden geklärt. Geplant war, dass sie bis zum Ablauf ihres Besuchervisums hier bei uns bleiben sollte. Und den Deutschunterricht in Celle hat sie auch weiterhin besucht. Yadira war außergewöhnlich lernbegierig und ehrgeizig.«

»Wann wäre ihr Visum abgelaufen?«

»Zum Februar nächsten Jahres.«

»Haben Sie Kontakt zu ihrer Familie in der Dominikanischen Republik?«

»Nein. Yadira hat nur selten zu Hause angerufen, ist ja recht teuer. Auch E-Mails schreiben war nicht ihr Ding. Zumal ihre Familie auf dem Land lebt und keinen PC im Haus hat.« Konrad Kreinbrink wandte sich an seinen Sohn: »Oder weißt du mehr?«

»Nee.« Kai schüttelte den Kopf. »Sie hat aber oft und gerne von zu Hause erzählt. Von den Bergen, den Bergflüssen, in denen sie und ihre Geschwister immer gebadet haben, und von den Kiefernwäldern.«

»Kiefernwälder?« Maike Schnur stutzte. »Ich dachte, Yadira kommt aus der Karibik. Gibt es dort nicht eher Palmen?«

»Im Küstenbereich schon.« Kais Miene hellte sich kurz auf. »Aber in den Bergen, da, wo Yadira zu Hause war, gibt es auch Nadelwälder. Sie hat mir mal erzählt, dass unsere Heidekiefern den Kiefern in der Dominikanischen Republik sehr ähneln.«

»Gut«, sagte Mendelski und schob seine Kaffeetasse zur Mitte des Tisches. »Wir würden jetzt gern mal Yadiras Zimmer sehen.«

»Sieht aus, als wäre vor uns schon jemand hier gewesen«, flüsterte Maike Schnur. Sie hatten die Zimmertür von Yadiras Zimmer hinter sich geschlossen, um allein und ungestört sprechen zu können. »Besser, wir streifen Handschuhe über.«

Mendelski stand mitten im Raum, hob den Zeigefinger und lauschte. Er hörte, wie die Treppenstufen knarrten. Das Geräusch entfernte sich. Konrad Kreinbrink, der sie hinaufbegleitet hatte, schien wieder hinab ins Erdgeschoss zu gehen.

»Wie kommst du darauf?«, fragte er in normaler Lautstärke, während er Maikes Beispiel folgte und sich Latexhandschuhe überstreifte. »Es ist doch alles picobello. Sie wird das Zimmer letzte Nacht, in der Todesnacht, nicht mehr benutzt haben.«

»Das meine ich nicht«, wehrte Maike ab. »Guck doch mal, sieht so ein normales Teenager-Zimmer aus?«

Mendelski zuckte mit den Schultern.

»Denk mal an Anas Zimmer.« Sie wies auf den bis auf eine Schreibunterlage und eine Klemmlampe leeren Schreibtisch, auf das akkurat gemachte Bett und den verschlossenen Kleiderschrank. »Das hier wirkt doch penetrant aufgeräumt, wie völlig unbenutzt.«

»Vielleicht war Yadira ja eine sehr ordentliche junge Frau«, warf Mendelski unsicher ein, während er die Fotos an der Pinnwand über dem Schreibtisch studierte. Sie zeigten allesamt leicht bekleidete dunkelhäutige Menschen mit fröhlichen Gesichtern in einer sattgrünen, tropischen Umgebung.

»Na, was wir bisher über sie gehört haben, klingt aber ganz anders.« Maike bückte sich, um den Papierkorb unter dem Schreibtisch hervorzuziehen. »Lebensfroh, unbeschwert ... solche Mädchen kenne ich.« Sie griente. »Die machen nicht ihr Bett, die lassen den Kleiderschrank offen, und auf dem Schreibtisch türmen sich Zeitschriften, Zettel und Schminkutensilien. Und schau mal: kein einziges Fitzelchen im Papierkorb.« Sie hielt ihm den leeren Blecheimer unter die Nase. »Ich bleibe dabei. Hier hat jemand nach ihrem Tod reinen Tisch gemacht – und vielleicht nach etwas gesucht.«

Mendelski wiegte zweifelnd den Kopf. »Vielleicht hat die Haushälterin hier aufgeräumt«, sagte er. »Im Rahmen des wöchentlichen Hausputzes, oder auf Anordnung von Kreinbrink. Wir werden sie fragen.«

»Genau. Das muss geklärt werden.« Maike begann, die Schubladen des Schreibtisches zu untersuchen. »Hoffentlich hat sie nicht ausgerechnet heute Großreine gemacht. Dann hat sie alle möglichen Spuren verwischt.«

»Tja, das wäre fatal.«

Mendelski stand noch immer in der Mitte des Raumes und schaute sich um.

»Ziemlich spartanisch, findest du nicht?«, stellte er nach einer Weile fest. »Kein Fernseher, kein PC, nicht mal ein Radio. Irgendwie anonym, leblos. Unpersönlich wie ein Hotelzimmer.«

»Sie wohnte ja noch nicht so lange hier. Gerade mal vier Monate.« Maike inspizierte einen Stapel Schulhefte, die sie in einer Schreibtischschublade entdeckt hatte, während sie weitersprach. »Außerdem … vielleicht konnte sie sich im ganzen Haus frei bewegen und hat diesen Raum hier nur zum Schlafen genutzt.«

»Du meinst, dass sie so gut in die Familie integriert war? Möglich wär's.«

Mendelski ging auf den Kleiderschrank zu und wollte gerade die beiden Flügeltüren öffnen, als sein Handy klingelte. »Ja … wir sind noch bei den Kreinbrinks«, sagte er in sein Mobiltelefon. »Was gibt's?«

Nachdem er eine Weile zugehört hatte, erwiderte er: »Okay, wir kommen sofort.« Er unterbrach die Verbindung und erklärte auf Maikes fragenden Blick: »Das war Heiko. Im Gasthof Cohrs ist Finn Braukmann aufgetaucht, einer von der Spanischtruppe gestern Abend. Er möchte etwas zum Tod von Yadira aussagen. Es wäre äußerst wichtig, behauptet er, und er will nur mit dem Chef der Mordkommission persönlich sprechen.«

»Wir sind hier doch nicht im Kino«, lästerte sie. »Aber trotzdem musst du da wohl hin.«

»Ja, und dich nehme ich besser mit. Wir versiegeln den Raum und schicken nachher die Spusi-Truppe her.«

»Dann mal los, du Mordkommissions-Chef …«, sagte Maike kichernd und öffnete die Tür.

***

»Oh nein, der Schriewe!« Maikes Augen funkelten böse.

Sie hatten gerade den Flur der Gastwirtschaft betreten, als ihnen ein junger Mann mit einem charmanten Lächeln und einem Fotoapparat vor der Brust entgegentrat.

»Axel Schriewe, der rasende Reporter von der ›CZ‹«, ließ Mendelski verlauten, während er raschen Schrittes weiterging. »Sie lassen aber auch gar nichts anbrennen.«

»Aber Herr Kommissar, erinnern Sie sich nicht mehr an Ihr Versprechen?«

Mendelski erwiderte nichts, und an der Tür zur Gaststube endete das kurze Gespräch. Ein uniformierter Polizist, der Mendelski und Maike Schnur aus dem Wald kannte, ließ die beiden passieren, hielt den Reporter jedoch zurück.

»Was für ein Versprechen meint denn der?«, fragte Mendelski Maike, nachdem er die Tür geschlossen hatte.

»Na, das mit der Exklusivstory«, erwiderte sie und grinste vielsagend. »Weißt du das nicht mehr? Weil er sich letztes Jahr beim Fall Wingenfelder so kooperativ gezeigt hat, hattest du ihm doch eine Exklusivstory versprochen.«

»Ach je, die Geschichte mit dem Waldbrand und dem Kohlfuchs. Ich erinnere mich dunkel.« Mendelski winkte ab. »Jetzt habe ich für so was keine Zeit. Komm, da drüben steht Heiko.«

Für das Gespräch mit Finn Braukmann zogen sich Mendelski und Maike Schnur in einen Nebenraum der Gaststätte zurück. Der Junge saß auf seinem Stuhl wie ein Häufchen Elend, den großen, schlaksigen Körper vornübergebeugt wie zu einem überdimensionalen C. Die strähnigen, tiefschwarz gefärbten Haare verdeckten sein halbes Gesicht, aber nicht die traurig dreinschauenden Augen. Mit seinen feingliedrigen Händen, an deren Mittelfingern er jeweils einen Ring trug, umklammerte er die Knie.

Neben ihm auf dem Tisch lag ein abgegriffener brauner DIN-A4-Umschlag ohne Beschriftung.

»Sie sind also Finn Braukmann«, begann Mendelski, nachdem Maike und er sich vorgestellt hatten. »Sie wollten uns sprechen?«

»Ja.« Der junge Mann richtete sich ein wenig auf und strich sich die Haare aus der Stirn, bevor er bedächtig und leise fortfuhr: »Es geht um die Tote im Wald … um Yadira Martinéz.«

»Wir hören.«

»Ich kannte sie recht gut. Sie gehörte zu unserer Clique.« Er stockte kurz, als er sah, dass Maike mitschrieb. »Und gestern Abend hatten wir wieder unseren Spanisch-Abend.«

»Und?«

»Sie wissen das bestimmt bereits. Kai Kreinbrink hat Ihnen doch sicher schon von gestern Abend erzählt?«

»Ja, hat er. Aber erzählen Sie uns ruhig Ihre Version.«

»Na, dann wissen Sie schon, was wir den Abend über gemacht haben, und dass ich mit Hanno und Mira so gegen halb eins gegangen bin.«

»Sind Sie direkt nach Hause gegangen?«

Der Junge überlegte kurz, nickte dann aber. »Ja, ich musste heute zum Zivildienst wieder früh raus.«

»Wo leisten Sie Ihren Zivildienst?«

»In Dalle. In der WLG, einer Werk- und Lebensgemeinschaft für Behinderte.«

»Wann genau waren Sie letzte Nacht zu Hause?«

»So gegen eins.«

»Gibt es dafür Zeugen?«

»Nein, meine Eltern und Geschwister schliefen bereits.«

Mendelski beugte sich vor, stützte die Ellenbogen vor sich auf den Tisch und sah den jungen Mann direkt an. »Haben Sie letzte Nacht irgendeine Beobachtung gemacht?«, fragte er. »Ist Ihnen an Yadira etwas Besonderes aufgefallen? Haben Sie vielleicht ein Auto vor dem Haus der Kreinbrinks gesehen, eins, das da nicht hingehörte? Oder ist Ihnen jemand auf der Straße begegnet – jemand, der sich verdächtig verhielt?«

Finn Braukmann schüttelte langsam den Kopf. »Nein, nichts. Gestern Abend … also, da war eigentlich alles wie immer.«

Maike schaute verwundert von ihrem Notizblock auf. Als sie merkte, dass sich Mendelski mit der nächsten Frage Zeit ließ, fragte sie: »Und warum wollten Sie uns so dringend sprechen?«

»Deswegen«, erwiderte der junge Mann und tippte mit dem Zeigefinger auf den Briefumschlag neben sich.

***

»Bist du dir ganz sicher?«, presste er wütend hervor.

»Wenn ich's dir sage«, zischte sie. »Jetzt lass mich endlich los.«

Karl-Heinz Jagau hielt ihre Handgelenke weiterhin umklammert und beugte sich weit vor. Ihre Nasenspitzen berührten sich fast.

»Mensch, Kalle, du tust mir weh!« Sie wandte ihren Kopf zur Seite.

»Wo soll ich sie sonst herhaben?«, fauchte er, während er sie zurückstieß. Ihr Bademantel öffnete sich, und er sah, dass sie darunter nackt war.

»Weiß ich doch nicht!«, fauchte sie zurück. »Wer weiß, bei welchem Flittchen du heute Nacht noch abgestiegen bist.«

Die Ohrfeige war so hart, dass sie zu Boden ging. Im Fallen riss sie einen Stuhl um, der polternd neben ihr auf dem harten Fliesenboden landete.

»Du Aas!«, giftete er außer sich.

Die Hände schützend um den Kopf gelegt, blieb sie vorsichtshalber einige Sekunden regungslos liegen. Sie kannte Kalle und seine Wutausbrüche und wollte ihn nicht weiter provozieren.

»Das wollt ich nicht«, murmelte Jagau denn auch unvermittelt. Überrascht über seine heftige Reaktion – er hatte doch gar nicht getrunken – bückte er sich zu ihr hinab und zupfte unbeholfen an ihrem Bademantel.

»Doris, komm … tut mir leid.«

»Scheiße«, jammerte sie. »Ich blute.«

Er half ihr auf die Beine.

»Jetzt sind wir quitt.« Er grinste gequält, während er auf die drei Schrammen auf seiner Wange deutete.

Sie presste ein Papiertaschentuch unter ihre blutende Nase und schüttelte den Kopf. »Ich war das nicht«, näselte sie. »Warum sollte ich denn so was machen?«

»Was weiß ich.« Er zuckte mit den Schultern. »Wir waren doch alle drei total stramm. Vielleicht gab's Zoff wegen irgend'ner Kleinigkeit.«

»Ich weiß nicht mehr viel von letzter Nacht.« Sie hielt das Taschentuch jetzt in der Hand, die Blutung hatte aufgehört. »Nur … ihr beiden, Piet und du, ihr seid doch noch mal los, Zigaretten holen.«

Das wirkte, als hätte ihm jemand in die Magengrube geschlagen.

»Wann … und wie lange?«, stieß er hervor.

»Keine Ahnung.« Sie wandte sich ab. »Es war spät, verdammt spät. Frag doch besser Piet.«

***

Oberflächlich betrachtet, wirkten die drei weißen DIN-A4-Blätter unverfänglich, fast harmlos und sogar ein wenig naiv. Die einzelnen Buchstaben, bunt und von verschiedener Größe und Schreibform, waren feinsäuberlich aus Zeitschriften oder Werbebeilagen ausgeschnitten und aufgeklebt worden.

Der Sinn der dort zusammengefügten Worte war jedoch alles andere als unverfänglich, harmlos oder naiv. Auf dem ersten Zettel stand: *Verschwinde von hier, sonst ergeht es dir wie Dora K.* Das zweite Blatt trug einen längeren Text, der sich reimte.

Unter kalten Mörderhänden
musste sie ihr Leben enden.
Ein traurig Los war ihr beschieden,
nun ruht sie fest in Gottes Frieden.

Auf dem dritten Zettel war zu lesen: *Allerletzte Warnung!!!*

»Woher haben Sie die?«, fragte Mendelski. Er hatte die drei Blätter sorgfältig nebeneinandergelegt, um sie besser studieren zu können. Dabei hatte er sie vorsichtig und nur an den Kanten berührt, um etwaige Fingerabdrücke nicht zu verwischen. Maike Schnur schoss derweil mit ihrem Handy etliche Fotos.

»Von Yadira«, erklärte Finn Braukmann. »Sie gab sie mir … vor acht Tagen.«

»Und?«

»Es sind Drohbriefe, wie Sie unschwer erkennen können. Drohbriefe, die an Yadira gerichtet waren.«

»Woher kamen die denn?« Im selben Augenblick bereute Mendelski die dämliche Frage.

»Die sind natürlich anonym. Sonst hätte sich der Verfasser nicht die Mühe mit den aufgeklebten Buchstaben machen müssen.«

»Ich meine, wie haben die Drohbriefe Yadira erreicht?«, korrigierte Mendelski seine Frage. Aus dem Augenwinkel bemerkte er, dass Maike verstohlen grinste.

»Den Ersten fand sie am helllichten Tag auf dem Gepäckträger ihres Fahrrads, am Freibad, irgendwann im Juli. Der Zweite steckte in ihrem Rucksack, einfach so, im August. Sie hat ihn entdeckt, als sie von einem Einkaufsbummel in Celle nach Hause kam. Der Dritte lag ganz offen im Briefkasten der Kreinbrinks, im September, an einem Montagmittag. Also vor knapp vier Wochen.«

»Wer wusste alles von den Zetteln?«

»Nur Yadira, sonst niemand – außer mir.« Finn Braukmann wirkte verlegen, aber irgendwie auch ein wenig stolz. »Sie hat mir vertraut. Anscheinend als Einzigem. Deshalb hat sie mich eingeweiht.«

»Warum ist sie damit nicht zu ihrer Gastfamilie, den Kreinbrinks, gegangen?«

»Das habe ich sie auch gefragt. Aber sie wollte den Kreinbrinks, denen sie so viel zu verdanken hatte, keinen unnötigen Ärger bereiten. Außerdem hat sie immer wieder versucht, die ganze Geschichte herunterzuspielen. Da macht einer einen üblen Scherz, hat sie gesagt. Wer ahnt denn …« Er musste schlucken und brach den Satz ab.

Mendelski nickte ihm aufmunternd zu. »Hat sie Ihnen gegenüber einen Verdacht geäußert?«, fragte er.

»Nicht direkt.«

»Das heißt?«

»Ich glaube, auch, wenn sie es nie offen ausgesprochen hat, dass sie den Vater ihrer ersten Gastfamilie in Betracht zog. Matthias Stadler aus Eldingen, der hat sie belästigt. Vor dem hatte sie Angst.«

»Den haben wir schon auf der Liste«, ließ Maike Schnur verlauten, die dabei recht grimmig dreinschaute.

Mendelski warf ihr einen tadelnden Blick zu und wechselte rasch das Thema. »Herr Braukmann, hatte Yadira eine Idee, was die Zettel bedeuten?«, fragte er.

»Aber klar doch. Ganz so schlecht, wie Sie denken, war ihr Deutsch nicht.«

»Das meine ich nicht.« Er beugte sich über den Tisch, um die drei Zettel ein weiteres Mal zu begutachten. »Es geht ums Detail: ›Verschwinde‹ und ›Allerletzte Warnung‹ ist relativ eindeutig. Doch wer ist ›Dora K.‹? Und was hat es mit diesem altertümlichen Reim auf sich? Haben Sie da vielleicht eine Idee?«

»Sie sind nicht aus Eschede«, erwiderte Finn mit einer Spur Häme. »Dora K. kennt hier jedes Kind. Und auch den Reim.«

»Bitte?«

Finn Braukmann sprang auf. »Haben Sie ‘ne halbe Stunde Zeit? – Okay, dann kommen Sie, ich zeig Ihnen was.«

***

Feiner, herbstlich kühler Sprühregen ging auf das abendliche Eschede nieder, als sich die Straßenlaternen automatisch einschalteten. Die Kirchturmuhr zeigte fünf vor halb sieben.

Karl-Heinz Jagau hielt vor dem kleinen Einfamilienhaus in der Nähe des Friedhofs und ließ Motor und Scheinwerfer eingeschaltet. Durch das eine Handbreit geöffnete Seitenfenster drang Zigarettenqualm nach draußen.

Bei Piet war alles dunkel.

Verdammter Mist, dachte Jagau. Ist der etwa doch zur Arbeit gegangen, obwohl er eigentlich krankfeiern wollte? Seine Spätschicht endet erst weit nach Mitternacht, also werde ich nicht vor morgen früh mit ihm sprechen können. Er schlug mit der flachen Hand auf das Lenkrad. »Scheiße!«, entfuhr es ihm. »Diese Ungewissheit macht mich kirre.«

Er schnippte die Zigarettenkippe durch den Fensterspalt und legte den ersten Gang ein. Mit durchgetretenem Gaspedal startete er den Wagen. »Auf zum Schüsseltreiben«, murmelte er. »Da werd ich bestimmt schon vermisst.«

Als er mit quietschenden Reifen in die Südstraße einbog, rammte er um Haaresbreite ein entgegenkommendes Auto, das in der kleinen Straße Richtung Johannis-Kirche verschwand. Unwillkürlich trat er auf die Bremse.

Den VW Passat kannte er doch. Dem hatte er heute früh bei der Jagd einen Parkplatz zugewiesen. Eindeutig: Das war der Wagen dieses Kriminalkommissars aus Celle.

»Was wollen die denn hier?«, fragte er sich, während er vorschriftswidrig ein Stück zurücksetzte. Als der hölzerne Kirchturm in seinem Rückspiegel auftauchte, stoppte er. Direkt davor parkte der Passat, dem gerade drei Personen entstiegen.

Trotz der einsetzenden Dunkelheit erkannte er den Kommissar, der noch immer seinen Lodenmantel und den Hut von der Jagd heute Morgen trug, dessen junge Kollegin – wie so ein fesches Ding nur bei den Bullen arbeiten konnte – und einen jungen Burschen mit Lederjacke.

»Braukmanns Finn?« Karl-Heinz Jagau kratzte sich irritiert am Kopf. »Was wollen die denn von dem?«

In diesem Moment klingelte sein Handy in der Mittelkonsole.

»Bin schon unterwegs«, knurrte er, nachdem er den Namen des Anrufers auf dem Display erkannt hatte. Er drückte die grüne Taste und meldete sich mit Namen. »Ja, tut mir leid. Wurde in Eschede aufgehalten. Bin aber in fünf Minuten da.«

Er sah noch, wie die drei Gestalten zwischen den alten Grabsteinen auf dem Kirchberg verschwanden, dann gab er wieder Gas.

***

»Hier habe ich auch mit Yadira gestanden«, erklärte Finn Braukmann leise, während er den Kragen seiner Lederjacke hochschlug. Der kalte Nieselregen war ziemlich ungemütlich. »Und ihr die grausige Geschichte von damals erzählt.«

Mendelski ließ den Strahl seiner Taschenlampe über die verwitterte Oberfläche des Grabsteins wandern. Dann las er langsam und laut vor, was da in altertümlicher Schrift geschrieben stand.

HIER RUHT IN GOTT
DORA KLAGES
GEB. ZU HAMELN 22. MÄRZ 1873
ERMORDET, BERAUBT
IM WALDE BEI ESCHEDE
AM 13. AUGUST 1890
AUFGEFUNDEN UND BEGRABEN
AM 21. MÄRZ 1892

Einen Moment lang herrschte Stille. Maike Schnur, bibbernd vor Kälte und bestrebt, so schnell wie möglich wieder ins warme und trockene Auto zu kommen, ergriff die Initiative.

»Dora K. ist also Dora Klages.« Sie musste niesen. »Auch sie wurde ermordet. Mit gerade mal siebzehn Jahren.«

»Genau«, bestätigte Finn Braukmann. »Vor über hundert Jahren. Es war ein Raubmord. Und nun schauen Sie sich mal die Rückseite an.«

Nachdem sie um den Grabstein herumgegangen waren, leuchtete Mendelski wieder mit seiner Taschenlampe auf die verwitterten Buchstaben.

Unter kalten Mörderhänden
Musste sie ihr Leben enden
Ein traurig Los war ihr beschieden
Nun ruht sie fest in Gottes Frieden

»Exakt der Text des zweiten Drohbriefes«, bemerkte Maike. Ihr jagte jedoch weniger der Grusel, als vielmehr die Kälte einen Schauer nach dem andern über den Rücken.

»Unser Buchstabenkleber drohte also, ob ernst gemeint oder nicht, ganz offen mit Mord.«

»Wie bitte?«, brauste Finn auf. »Ernst gemeint oder nicht? Ist Yadira nun ermordet worden, oder was?«

»Moment, Moment!« Mendelski versuchte, den Jungen zu beruhigen. »Erstens können wir einen Unfall noch nicht ausschließen. Dazu brauchen wir das Ergebnis der Obduktion. Zweitens muss der Verfasser dieser Briefe, also jemand, der mit Mord droht, nicht zwangsläufig auch der Täter sein.«

»Ach, Sie denken wohl: Hunde, die bellen, beißen nicht.« Finn winkte ab.

»Ich meine gar nichts.« Mendelski blieb die Ruhe selbst. »Natürlich haben Sie recht, wenn Sie den Drohbriefen eine erhebliche Bedeutung beimessen. Das tun wir auch. Deshalb wandern sie zur weiteren Untersuchung noch heute Nacht ins Labor. Was wir dann noch bräuchten, wären Ihre Fingerabdrücke.«

»Meine Fingerabdrücke? Wieso das denn? Ach so, wegen … jetzt verstehe ich.«

»Entschuldigung«, warf Maike ein. »Können wir vielleicht alles Weitere im warmen Auto besprechen? Ich friere wie ein Schneider.«

***

»Ach, wir zwei kennen uns doch schon!« Ellen Vogelsang sah von ihrem Notebook auf. Ihr gegenüber hatte – zum wiederholten Mal in den letzten zwei Stunden – ein grünberockter Mann Platz genommen, um mehr oder weniger freiwillig Auskunft über den heutigen Tag und den Leichenfund zu geben.

Der Mann, der jetzt vor ihr saß, war Mitte fünfzig, untersetzt, relativ klein, hatte schütteres farbloses Haar und trug eine Nickelbrille. Seine Stirn glänzte vor Schweiß, was der stickig-warmen Kneipenluft, dem deftigen Essen und wohl auch den dazugehörigen alkoholischen Getränken zuzuschreiben war, die im benachbarten großen Saal, der sogenannten Diele, zum Schüsseltreiben gereicht wurden.

Oder gibt es da noch etwas anderes, was den guten Mann zum Schwitzen bringt?, fragte sich Ellen Vogelsang.

»Sie erinnern sich? An der Straße vorhin«, sagte sie augenzwinkernd und setzte ein um Vertrauen werbendes Lächeln auf. Dann las sie Namen und Wohnort von ihrer Liste ab. »Pagel, Joachim Pagel, wohnhaft in Eschede, richtig?«

»Das stimmt«, erwiderte Pagel, der unsicher ihrem Blick auswich. »Vierundfünfzig Jahre alt, ledig, Lehrer an der HRS, an der Haupt- und Realschule Eschede ...«

»Das reicht zunächst«, unterbrach sie ihn, lehnte sich zurück und gähnte ungeniert. »Zumindest, was die Personalien betrifft. Sie sind der Letzte auf meiner Liste für heute. Wird auch langsam Zeit für den Feierabend.«

In Wirklichkeit war sie hellwach. Es stand außer Zweifel, dass die Befragung von Joachim Pagel für sie heute die Wichtigste war. Die anderen Gespräche, die sie geführt hatte, waren nicht besonders ergiebig gewesen.

»Meinetwegen können wir es kurz machen«, schlug Pagel vor. »Ich fürchte, ich kann Ihnen nicht viel helfen.« Ihm war anzusehen, dass er sich überhaupt nicht wohlfühlte in seiner Haut – und dass er so schnell wie möglich zurück in den Saal zu seinen Jagdkumpanen wollte.

»Sie meinen also, dass Sie uns gar nichts über Yadira Martinéz sagen können?«

»Genauso ist es.«

»Was habe ich denn dann vorhin unfreiwillig auf dem Parkplatz gehört?« Ihre Stimme wurde schärfer.

»Was denn?«, fragte er schnippisch wie ein beleidigtes Kind. Er rutschte mit seinem Stuhl ein Stück zurück und verschränkte wie zur Abwehr die Arme vor dem Bauch.

»Das wissen Sie doch genau«, gab sie zurück. »Sie sprachen mit Ihrem Jagdkumpan Horst über Yadira. Über das Schützenfest, den für Sie so peinlichen Tanz mit ihr, das Gespött der Schüler und so weiter.«

»Dann wissen Sie ja schon alles«, entgegnete er trotzig. »Mehr gibt es dazu nicht zu sagen.«

Ellen Vogelsang atmete erst mal tief durch, bevor sie lospolterte: »Schön. Dann lade ich Sie eben morgen um vierzehn Uhr zur Vernehmung aufs Präsidium nach Celle vor. Ganz offiziell. Wenn Sie unbedingt den Geheimniskrämer spielen wollen: Wir können auch anders. Es geht hier um Mord, werter Herr Pagel, nicht um irgendwelche Albereien unter pubertierenden Schülern.«

»Dann bringe ich aber meinen Anwalt mit«, wetterte er zurück. »Der wird Ihnen schon Kontra geben.«

»Nur zu, das steht Ihnen frei.«

Wutschnaubend erhob er sich und verließ den Raum.

***

»Wissen Sie noch mehr über den Mord an Dora Klages?«, fragte Maike Schnur, nachdem sie es sich auf der Rückbank bequem gemacht hatte. »Wie ist sie umgekommen?«

Sie hatten sich ins Auto zurückgezogen, um vor dem Nieselregen und dem kalten Wind geschützt zu sein. Mendelski zündete den Motor, ließ die Scheinwerfer aber noch ausgeschaltet und machte auch sonst keine Anstalten loszufahren. Maike, in der Regel allergisch gegenüber Autofahrern, die verschwenderisch mit Ressourcen umgingen und unnötig die Luft verpesteten, hielt wegen ihrer Fröstelei ausnahmsweise einmal die Klappe.

»Eigentlich kennt jeder in Eschede die traurige Geschichte der Dora Klages«, antwortete Finn Braukmann, der vorn auf dem Beifahrersitz saß. »Mehr oder weniger. Als ich von Yadira die Drohbriefe bekam, interessierte mich die Sache natürlich besonders. Und weil ich vieles schon wieder vergessen hatte, habe ich mich im Internet schlaugemacht. Ich habe ihr aber nichts davon erzählt, verstehen Sie, damit sie sich nicht noch mehr Sorgen macht.« Er schluckte, fasste sich aber schnell wieder.

»Also«, fuhr er fort, »Dora Klages war ein junges Mädchen aus Hameln. Sie war von einer gewissen Dorothee Buntrock und ihrem Helfershelfer Fritz Erbe mit dem Versprechen nach Eschede gelockt worden, für sie als Reisebegleiterin arbeiten zu können. Mitten im Wald, in der Nähe des Loher Weges, sind sie dann am helllichten Tage über das hilflose Mädchen hergefallen, haben es grausam umgebracht und die Tote im Waldboden verscharrt – alles nur wegen der Kleider, die sie am Leibe trug, und ein paar Pfennig Kleingeld. Die Leiche wurde erst zwei Jahre später gefunden; ein kleiner Gedenkstein an der Stelle im Wald erinnert heute noch an die Gräueltat. Das Mörderpärchen wurde gefasst und hingerichtet, auch wegen eines weiteren Raubmordes. Wenn Sie noch mehr wissen wollen – Aussagen von Zeitzeugen, Zeitungsartikel von damals et cetera –, schauen Sie am besten mal auf der Homepage von Eschede nach.«

»Ist die Geschichte der Dora Klages auch außerhalb von Eschede bekannt?«, fragte Maike.

»Keine Ahnung.« Finn überlegte. »In den umliegenden Dörfern wohl schon, aber weiter weg?« Er zuckte mit den Achseln.

»Na dann …« Mendelski schaltete die Scheinwerfer ein, legte den ersten Gang ein und fuhr los. »Schönen Dank für Ihre ausführlichen Auskünfte«, sagte er freundlich. »Und seien Sie bitte so nett und behalten das mit den Drohbriefen erst mal für sich.«

»Klar doch, wegen der Presse und so.«

»Ja, aber nicht nur der Medien wegen, die so was natürlich sofort ausschlachten würden. Nein, mir geht es auch darum, den Verfasser der Briefe erst einmal in dem Glauben zu lassen, wir wüssten nichts über die Zettel. Das gibt uns einen gewissen Vorsprung.«

»Verstehe.«

»Wo sollen wir Sie absetzen?«

»Ich wohne jenseits der 191, in der Nähe des Bahnhofs.«

»Hier entlang?«

»Ja, genau.«

Sie fuhren die Albert-König-Straße zur B 191 hinauf.

»Sie stehen uns bitte noch für weitere Fragen zur Verfügung.« Mendelski überquerte die Bundesstraße, um schräg gegenüber in die Bahnhofstraße einzubiegen. »Schauen Sie, unsere Arbeit hat gerade erst begonnen, wir müssen noch jede Menge Fragen klären.«

»Wenn's denn sein muss.« Finn Braukmann wirkte plötzlich abweisend und in sich gekehrt. Er sprach wie in Trance, als er bat: »Aber dann müssen Sie mir auch einen Gefallen tun. Hier können Sie übrigens halten.«

»Welchen Gefallen denn?« Mendelski nahm den Fuß vom Gas und fuhr rechts an die Bordsteinkante. Neugierig musterte er seinen Beifahrer.

»Bitte …«, sagte dieser mit einem leisen Flehen in der Stimme. »Bitte verschonen Sie mich mit Einzelheiten. Wie Yadira ums Leben kam … ob sie vergewaltigt wurde oder so. Ich will's nicht wissen. Dazu habe ich sie zu sehr gemocht.« Ohne eine Antwort abzuwarten, öffnete Finn die Autotür und sprang in die Dunkelheit hinaus. Der Regendunst verschluckte seine Gestalt in Windeseile.

Die Beifahrertür hatte er sperrangelweit offen gelassen.

Als sie das Ortsschild von Endeholz passierten, brachte NDR-Info gerade die Einundzwanzig-Uhr-Nachrichten. Maike Schnur drückte auf die Volume-Taste des Autoradios, denn sie hatte mit einem Ohr mitgekriegt, dass der erste Beitrag irgendetwas mit dem Landkreis Celle und Eschede zu tun hatte.

»… am heutigen Nachmittag im Wald bei Eschede gefunden worden. Bei der Toten handelt es sich um eine achtzehnjährige Frau aus der Dominikanischen Republik, die seit einem Dreivierteljahr in Deutschland lebte. Ob ein Gewaltverbrechen vorliegt oder ob es sich um einen Unfall handelt, kann die Polizei zum jetzigen Zeitpunkt noch nicht sagen. – Kandahar …«

»Na, das klingt ja einigermaßen moderat«, sagte Maike, nachdem sie das Radio wieder leiser gestellt hatte.

»Das waren ja auch die Öffentlich-Rechtlichen«, knurrte Mendelski. »Schalt bloß nicht auf die Privaten. – *Carajo!* Wenn man vom Teufel spricht …«

Als sie beim Gasthaus Cohrs um die Ecke bogen, sahen sie die Bescherung. Im grellen Licht einiger Kamerascheinwerfer und dem Blitzlichtgewitter etlicher Fotografen standen Jo Kleinschmidt und Ellen Vogelsang vor der VW Caravelle und versuchten, die Schar von Medienleuten in Schach zu halten.

»Schnell, hier auf den Hof.« Maike Schnur wies nach rechts. »Da gibt es einen Seiteneingang.«

Mendelski tat, wie ihm befohlen. »Hast du Heiko gesehen?«, fragte er, während er in einer dunklen Ecke einparkte. »Oder waren das nur Ellen und Jo?«

»Keine Ahnung, vielleicht sitzt er schon im Bus.«

»Glaube ich nicht. Wenn die hier fertig wären, hätte er bestimmt angerufen.«

In diesem Augenblick klingelte sein Handy.

»Wir sind schon da«, sagte er ins Mobiltelefon. »Sind in zwei Minuten bei dir.«

***

Leise knisternd schob das betagte Faxgerät ein Blatt dünnes Papier aus dem Schacht. Als Erstes erschien darauf der Briefkopf eines ausländischen Konsulates, verziert mit einem Logo. Dann folgte ein dürrer Text, der mit der lapidaren Formulierung endete: »... und bitten wir baldmöglichst um konkrete Informationen diesen Todesfall betreffend, damit wir die Angehörigen korrekt informieren können.«

Der diensthabende Polizist zupfte das Papier aus dem Gerät und überflog das Fax. »Jupp«, rief er einem Kollegen zu, der gerade die Wache betreten hatte. »Weißt du was von einer Toten aus der Dominikanischen Republik, die wir hier haben sollen?«

Der Kollege drehte sich um. »Keine Ahnung, was du meinst. Wir haben nur die Leiche im Wald – und die ist aus Eschede. Wieso?«

»Na, die Botschaft von denen – ach nee, das Konsulat –, die wollen wissen, was da passiert ist.«

»Wie, in drei Teufels Namen, sollen wir denen denn das verraten können?« Der Kollege schnappte sich die Zeitung vom Vortag, die herrenlos herumlag.

Der Wachhabende brummte unwillig vor sich hin. »Ich leg das dem Chef ins Fach, soll er doch sehen, was er daraus macht.«

Damit war die Sache für ihn erledigt.

***

Der Seiteneingang war weder abgeschlossen, noch stand hier ein Polizist Wache.

»Zustände sind das hier«, knurrte Mendelski und trat durch die Tür, die direkt auf die Diele führte. Maike Schnur folgte ihm auf dem Fuß.

Gleich hinter dem Seiteneingang trafen die beiden auf von Bartling, Heiko Strunz und zwei Polizisten in Uniform.

»Wo stecken Sie denn?«, empfing von Bartling sie mit vorwurfsvoller Miene. »Da draußen ist der Teufel los. Was gedenken Sie dagegen zu tun?«

»Nun …« Mendelski zuckte gleichgültig mit den Schultern. »Es sind ja wohl in erster Linie unsere Leute, die da bedrängt werden, oder?«

»Ja, noch!«, ereiferte sich von Bartling. »Aber was passiert, wenn meine Jagdgäste nach Hause wollen? Die Journaille wird sich auf sie stürzen wie die Schmeißfliegen.«

»Wir wollten gerade Verstärkung von der Polizeistation Eldingen anfordern«, mischte sich einer der beiden Uniformierten in das Gespräch ein. »Mit dem Medienrummel da draußen kommen wir Escheder allein wohl nicht so ganz zurecht.«

»Machen Sie das.« Mendelski war froh, dass sich jemand um dieses lästige Thema kümmerte, und wandte sich Heiko Strunz zu.

»Wir sind hier mit den Befragungen durch«, erklärte dieser.

»Gut, dann rücken wir jetzt ab.«

Von Bartling schien nicht zufrieden. »Gibt es neue Erkenntnisse?«, wollte er wissen. »Was war das vorhin für ein Junge, mit dem Sie weggefahren sind? Ein Verdächtiger?«

»Keineswegs. Lediglich ein Bekannter der Toten. – So, mir reicht's. Feierabend für heute.«

»Moment noch!« Der Jagdherr stellte sich Mendelski brüsk in den Weg. »Ich muss mich über Ihre Kollegin beschweren. Sie hat einen meiner Gäste ziemlich rabiat angefasst und ihn für morgen nach Celle aufs Präsidium bestellt – völlig überzogen, meine ich.«

»Das glaube ich kaum.« Mendelski sah, wie Strunz im Hintergrund die Augen verdrehte. »Sie können davon halten, was Sie wollen, aber Hauptkommissarin Vogelsang hatte sicher gute Gründe für ihr Vorgehen. Wenn es Sie beruhigt, werde ich mit ihr sprechen, um zu erfahren, was sie zu diesem Schritt bewogen hat. Gute Nacht.« Mendelski schob sich an dem verdutzten von Bartling vorbei und wollte sich gerade durch das Clubzimmer zum Haupteingang begeben, als Maike Schnur ihn zurückrief.

»Robert, wollen wir nicht lieber den Seitenausgang …«

»Ach ja, natürlich.« Er machte auf dem Absatz kehrt.

»Nehmt ihr mich mit?«, fragte Strunz flink. »Ellen und Jo schaffen das mit der Caravelle auch allein.«

»Mitfahren? Kommt nicht in die Tüte«, sagte Maike mit todernster Miene. »Nur, wenn du brav Bitte sagst.« Sie feixte und stupste ihren Kollegen in die Rippen. »Los jetzt! Wird Zeit, dass wir hier wegkommen. Ich bin hundemüde.«

Als Robert Mendelski den Passat gegen dreiundzwanzig Uhr fünfzehn in Boye auf die Garagenzufahrt lenkte, öffnete sich gerade die Haustür. Drei Personen traten nacheinander in den Lichtkegel der Außenlampe und schauten zu dem Auto hinüber, das unter dem Carport zum Stehen kam.

Trotz des Gegenlichts erkannte Mendelski seine Frau Carmen, die – wie stets leicht fröstelnd – die Arme wärmend um ihren Oberkörper geschlungen hatte. Auch die Silhouette seiner Tochter Ana war ihm wohlvertraut, was sicher mit deren langen Haaren – ihrer Löwenmähne, wie er immer sagte – und der hoch aufgeschossenen, schmalen Mannequinfigur zusammenhing. Nur die dritte Person war ihm fremd. Es handelte sich zweifellos um ein männliches Wesen, das um mindestens einen halben Kopf größer war als Ana. Es musste ihr neuer Freund sein, den sie ihm und Carmen heute hatte vorstellen wollen.

Das schlechte Gewissen plagte ihn. Ohne sich weiter um seine Jagdutensilien zu kümmern, stieg er rasch aus dem Auto und ging zum Haus.

»Oh Paps!«, empfing ihn Ana mit vorwurfsvollem Ton schon von Weitem. »Jetzt, wo wir gehen müssen, da kommst du.«

»Tut mir wirklich leid, aber es ging nicht anders«, erwiderte er, trat zu seiner Frau und gab ihr einen liebevollen Begrüßungskuss. »Ihr wisst doch, Dienst ist Dienst.« Dann wandte er sich an seine Tochter. »Willst du mich nicht wenigstens vorstellen?«

»So zwischen Tür und Angel?«, schmollte sie. »Na toll.«

Indem er dem jungen Mann freundlich zunickte und ihm die Hand reichte, nahm Mendelski die Sache selbst in die Hand. »Ich bin Robert«, sagte er.

»Und ich der Ajub.«

Er hat ein sympathisches und offenes Lächeln, dachte Mendelski. Wirkt so vernünftig und erfrischend normal. Ganz anders als die Leute, mit denen er von Berufs wegen häufig zu tun hatte. Spontan schlug er vor: »Zehn Minuten habt ihr doch noch, ihr beiden? Los, kommt, tut mir den Gefallen.«

»Och nee!« Ana trat unruhig von einem Bein aufs andere. Ajub, ganz Gentleman, nickte diplomatisch. »Aber wirklich nur zehn Minuten«, sagte Ana darum. »Ich muss morgen früh raus.«

»Super. Nett von euch. Geht schon mal vor. Ich muss eben noch meine Jagdsachen aus dem Auto holen.«

VIER

Die Dämmerung legte sich auf die Straßen von Santiago de los Caballeros, als sie die Brücke über den Rio Yaque del Norte passierten. Der Fluss führte reichlich Wasser und schleppte etliches Treibgut mit sich, vor allem Plastikflaschen, Totholz und Blattwerk tropischer Baum- und Straucharten. Seine Farbe war schlammiggelb, was auf heftige Regenfälle in der Cordillera Central in den letzten Tagen hindeutete.

Der abendliche Verkehr war für einen Werktag in der Metropole erstaunlich ruhig. So gelangten sie rasch durch die Stadt, die der Fahrer des Toyota wie seine eigene Westentasche kannte. Am Busbahnhof von Caribe Tours endete ihre gemeinsame Fahrt.

»Was schleppst du denn alles mit?«, fragte er seine Schwester, als er den Hartschalenkoffer aus dem Kofferraum hievte. »Hast du da etwa Kokosnüsse drin, damit du den Deutschen fleißig Piña colada machen kannst?«

»Was denkst du denn!« Zum ersten Mal an diesem Tag zeigte ihr Gesicht einen Anflug von einem Lächeln. Mit vor Schalk funkelnden Augen fuhr sie fort: »Kokosnüsse, jede Menge Flaschen mit dominikanischem Rum und Dosen mit dominikanischem Ananassaft.« Darauf zeigte sie ihre blendend weißen Zähne zu einem kurzen Lachen.

»So gefällst du mir schon viel besser«, sagte er, nachdem er den Koffer auf dem von der intensiven Sonneneinstrahlung immer noch warmen Asphalt abgesetzt hatte. *Dios mio,* dachte er, was für eine schöne Frau sie doch ist, wenn sie lacht. »Komm, Schwesterherz, lass dich zum Abschied noch mal in den Arm nehmen.«

Die Umarmung währte einige Augenblicke und war so innig und zärtlich, dass ein Beobachter mutmaßen konnte, es würde sich bei den beiden nicht um ein Geschwister-, sondern um ein Liebespaar handeln. Als der Lautsprecher die Abfahrt des Busses nach Santo Domingo ankündigte, ließen sie voneinander ab, wischten sich die Tränen aus den Augen und gingen zur Haltestelle hinüber.

***

Der kalte Ostwind trieb am Freitagmorgen allerlei herbstlich buntes Laub von der sonnenüberfluteten Sägemühlenstraße über die Hannoversche Straße hinweg in die Jägerstraße, an deren Beginn der graue Betonklotz der Celler Polizei lag. Die mannigfaltigen Blätter musste er im nahen Französischen Garten aufgegabelt haben, wo es eine Vielzahl von seltenen Parkbäumen gab. In der Nacht zuvor war der erste Frost über sie hergegangen.

Für neun Uhr war eine Besprechung über den neuen Fall angesetzt. Fünf Minuten vor der Zeit waren bereits alle im Konferenzzimmer des Fachkommissariats I, das im sechsten Stock untergebracht war, versammelt. Sogar der Chef des Hauses war dieses Mal überpünktlich. Hans Steigenberger, Kriminaldirektor und Leiter der Polizeiinspektion Celle, wie stets um diese Zeit mit einem Stoß aktueller Tageszeitungen unter dem Arm, begrüßte Ellen Vogelsang, Maike Schnur, Heiko Strunz und Jo Kleinschmidt per Handschlag.

Nur einer fehlte noch: Robert Mendelski. Das war ungewöhnlich, denn der Kriminalhauptkommissar war eigentlich ein Frühaufsteher und meistens einer der Ersten im Amt. Doch an diesem Morgen traf er erst fünf Minuten nach neun und vor Anstrengung wie eine alte Dampflokomotive schnaufend im Besprechungszimmer ein.

»Sorry«, sagte er ächzend in Richtung Steigenberger. »Das Eiskratzen hat so lange gedauert. Wer kann denn ahnen, dass es trotz allseits beschworener Erderwärmung im Oktober plötzlich Frost gibt?«

»Ich dachte, du hast 'nen Carport«, ließ Maike Schnur treuherzig vernehmen.

Mendelski verdrehte die Augen. »Dass ausgerechnet du mir in den Rücken fallen musst!« Er seufzte. »Okay, okay, ich geb's zu, das war geschwindelt. Es ist bei mir gestern recht spät geworden. Wir hatten noch Besuch.«

Erst gegen eins hatte er ins Bett gefunden, denn mit Ana und ihrem Ajub war es ausgesprochen nett gewesen. Aus den angepeilten zehn Minuten waren in null Komma nichts hundert geworden. Carmen hatte um Mitternacht als Überraschung noch Tapas aufgetischt – insbesondere für ihren völlig ausgehungerten Mann, der vor lauter Arbeit das Schüsseltreiben verpasst und seit Mittag nichts zu sich genommen hatte.

»Dann können wir ja loslegen«, sagte Steigenberger, während er am Tisch Platz nahm. »Zunächst zu den Medien.« Er hielt einige Tageszeitungen in die Luft. »Die Presse war mal wieder recht flott. Deshalb hatte ich heute Morgen auch schon einen Anruf aus Hamburg. Vom dort ansässigen Generalkonsulat der Dominikanischen Republik. Sie wollen umgehend eine Stellungnahme und sagten, sie hätten uns auch schon ein Fax geschickt …« Fragend schaute er in die Runde.

»Von einem Fax weiß ich nichts, aber die Stellungnahme sollen sie kriegen«, erwiderte Mendelski. Er hatte seine Aktentasche auf den Knien und fingerte einen Schreibblock hervor. »Immerhin bleibt es uns in diesem Fall erspart, der Familie die Todesnachricht zu überbringen.«

Nachdem er seine Aktentasche an eines der Tischbeine gelehnt hatte, begann er mit seinem Bericht. »Fassen wir zusammen: Im Wald bei Eschede ist gestern Nachmittag gegen vierzehn Uhr die Leiche von Yadira Martinéz, einer achtzehnjährigen farbigen Frau aus der Dominikanischen Republik, gefunden worden. Finder war Karl-Heinz Jagau, wohnhaft in Eschede, Forstwirt und Jagdgehilfe beim allseits bekannten Mark von Bartling, in dessen Revier die Leiche gefunden wurde. Und zwar während einer Drückjagd, an der ich durch Zufall als Gast teilnahm. Der Leichnam, gänzlich bekleidet und äußerlich unversehrt, lag sorgfältig aufgebahrt auf dem Streckenplatz und war, bis auf den Kopf, mit Fichtenzweigen bedeckt. – Jo, hast du die Fotos?«

Jo Kleinschmidt zog einen Packen großformatiger Fotos aus einem Umschlag und breitete sie vor Steigenberger auf dem Tisch aus.

»Mein Gott, ist die hübsch«, entfuhr es dem Kriminaldirektor. »Und noch so jung. Wie sie da so friedlich liegt, möchte man meinen, sie schläft.«

»Wohl wahr.« Mendelski zog eines der Porträts zu sich heran. »Wer immer sie dort abgelegt hat, gab sich jedenfalls alle Mühe, sie ansprechend aussehen zu lassen. Auch noch im Tod.«

»Darüber später mehr«, schlug Steigenberger vor. »Fahren Sie bitte fort.«

Mendelski schlug eine Seite in seinem Block um. »Karl-Heinz Jagau hat über Handy von Bartling informiert, der umgehend die

Gesellschaftsjagd abbrach und mich – als einzigen Polizisten auf der Gästeliste – zum Fundort der Leiche beorderte. Von dort aus habe ich Celle und die Polizeistation Eschede informiert und weitere Routineschritte wie das Absperren des Fundortes veranlasst. Eine halbe Stunde später sind dann die Kollegen und die Pathologin eingetroffen. Erste Untersuchungen von Frau Dr. Grote vor Ort ergaben keine eindeutigen Hinweise auf die Todesursache. Todesfolge aufgrund äußerer Gewalteinwirkung konnte sie aber schon ausschließen. Sie hat außerdem festgestellt, dass das Mädchen längere Zeit im Wasser gelegen haben muss. Zu einer Wasserleiche würden auch die hämatomartigen Flecken an exponierten Körperstellen wie Handrücken und Gesicht passen – siehe postmortale Treib- oder Bergungsverletzungen.«

»Interessant«, sagte Steigenberger. »Das hieße, die Leiche hätte eventuell längere Zeit in einem Fließgewässer gelegen und dabei eine ordentliche Strecke zurückgelegt. Mir fällt dazu natürlich sofort die Aller ein.«

»Diese Theorie hatten wir auch schon«, entgegnete Mendelski. »Doch Frau Dr. Grote meinte, es könne auch jeder kleine Heidebach in Betracht kommen.«

»Gab es heute Morgen schon Kontakte zu Frau Dr. Grote?«

»Ja, die gab es«, rief Heiko Strunz. Er schaute zu Mendelski hinüber. »Robert«, sagte er. »Du warst vorhin noch nicht da, aber es gibt Neuigkeiten.« Er rückte seinen Stuhl zurecht. »Frau Dr. Grote ist gestern Abend noch bis spät in die Nacht und heute schon in aller Herrgottsfrühe recht fleißig gewesen. Sie hatte ja gesagt, bei Wasserleichen müsse man sich beeilen.«

»Weiter«, forderte Mendelski ungeduldig. Er spürte, denn er kannte Heiko und dessen Gebaren nur zu gut, dass es wichtige Neuigkeiten gab.

»Erstens.« Strunz gab sich alle Mühe, auf den Punkt zu kommen. »Yadira Martinéz ist durch das Eindringen einer beträchtlichen Menge Wasser in die Atemwege und durch den daraus resultierenden Sauerstoffmangel ums Leben gekommen. Kurz: Tod durch Ertrinken. Zweitens: Sie hat mindestens sechs Stunden im Wasser gelegen. Das haben die Untersuchung der Haut – siehe Waschhaut – und andere Faktoren ergeben. Sichergestelltes Wasser aus dem Körperinneren und das Wasser, das gestern am Fundort geborgen wurde, werden zurzeit im Labor analysiert. Drittens: Frau Dr. Grote bleibt bei dem von ihr bereits gestern im Wald geschätzten Todeszeitpunkt: um Mitternacht oder kurz danach, also circa zwölf bis vierzehn Stunden vor dem Auffinden. Viertens: Die Flecken an den Händen und im Gesicht sind alle von etwa gleicher Größe, nahezu kreisrund und *nicht* postmortal. Ich wiederhole: nicht postmortal wie angenommen. Außerdem hat Frau Dr. Grote weitere Hämatome, vor allem im Schulterbereich festgestellt. Es handelt sich also nicht um Treibverletzungen oder dergleichen, sondern um Hämatome, die sich das Mädchen wahrscheinlich kurz vor ihrem Ableben zugezogen haben muss.«

»Oder die ihr zugefügt worden sind«, wandte Maike Schnur ein. »Das klingt doch viel plausibler, oder?«

»Scheint fast so«, sagte Ellen Vogelsang. »Was wird jetzt aus unserer schönen Fließgewässergeschichte? Das war's ja wohl ...«

»Dann eben doch die Fischteiche.« Jo Kleinschmidt stupste Heiko Strunz an. »Wie hießen die noch gleich? Teiche am Heidegut, Aschauteiche oder wie?«

»Ja, da gibt's jede Menge von der Sorte.« Heiko Strunz winkte ab. »Aber lasst mich erst mal den Bericht von Frau Dr. Grote zu Ende bringen, bevor wir ans Eingemachte gehen.« Die anderen stimmten wortlos zu.

»Fünftens: Es liegt eindeutig kein Sexualdelikt vor. Das Mädchen war *virgo intacta* – also noch Jungfrau.«

»Gott sei Dank.« Maike war die Erleichterung anzusehen.

»War's das?« Steigenberger schaute fragend auf Strunz.

»Im Moment ja. Für den frühen Nachmittag hat Frau Dr. Grote weitere Ergebnisse angekündigt. Nachdem sie sich Lunge, Magen, Blut et cetera genauer angeguckt hat.«

»Caramba!«, kommentierte Mendelski. »Das sind ja Neuigkeiten.« Er schrieb noch zu Ende und erklärte dann: »Bevor wir aber in die Diskussion der ersten Obduktionsergebnisse einsteigen, sollte ich mit meinem Bericht fortfahren, oder?«

»Ganz genau«, pflichtete ihm Steigenberger bei. »Immer schön der Reihe nach.«

***

Normalerweise verbrachte Karl-Heinz Jagau seine Frühstückspause im Wald. Entweder in seinem Auto oder in der mobilen Waldarbeiterschutzhütte, von Bartlings neuster Errungenschaft, die dieser gebraucht und äußerst günstig vom benachbarten staatlichen Forstamt Unterlüß erstanden hatte. Denn nur für eine halbe Stunde ins rund sechs Kilometer entfernte Eschede zu brausen, das lohnte sich eigentlich nicht.

Doch an diesem Freitagmorgen machte der Forstwirt eine Ausnahme. Bereits um Viertel nach neun – seine Pause begann eigentlich erst um halb zehn – raste er den Waldweg entlang. Der Pickup hüpfte von Schlagloch zu Schlagloch, wobei sein Kopf mehrmals unter die Fahrzeugdecke donnerte.

»Verfluchte Huckelpiste«, schimpfte er, während er den Kopf einzog. »Höchste Zeit, dass hier der Grader kommt.«

Acht Minuten später stand er vor der Haustür von Piet Zimmermann und klingelte Sturm. Erst nach wiederholten Versuchen und mehrmaligem Klopfen öffnete sich die Tür einen Spaltbreit.

»Bist du nicht ganz dicht?«, erklang eine heisere Stimme aus dem dunklen Flur. »Du weißt doch …«

»Lass mich rein«, unterbrach ihn Jagau ohne großes Federlesen und drückte mit beiden Händen gegen die Tür. »Hab keine Zeit. Und glaub mir, es ist enorm wichtig.«

»Mann!« Nur widerwillig machte der Hausherr Platz. Er war noch im Schlafanzug und sah auch sonst recht verpennt aus. »Ich hoffe, du hast einen verdammt triftigen Grund«, schnauzte er.

Der Eindringling stiefelte schnurstracks in die Küche und stellte sich am Fenster, wo am meisten Licht war, in Positur. Nach einer kleinen Ewigkeit erschien auch Zimmermann; er hatte sich inzwischen einen abgewetzten Bademantel übergeworfen.

»Woher hab ich das?«, fragte Jagau ohne große Vorrede. Er deutete auf die drei Schrammen in seinem Gesicht. »Vorletzte Nacht, erinnerst du dich?«

Zimmermann bekam Augen wie Bauklötze. »Deswegen weckst du mich? Das …«

Weiter kam er nicht. Der Forstwirt hatte ihn am Kragen des Bademantels gepackt und drückte ihn kurzerhand mit dem Rücken gegen den Küchenschrank. Die Tassen darin klirrten vernehmlich.

»Es ist mir bitterernst, Piet«, fauchte Jagau. Seine Nasenspitze war nur wenige Zentimeter von der von Piet Zimmermann entfernt.

»Okay, okay! Mensch, Kalle, was ist los mit dir?«

Jagau besann sich. Er ließ seinen Saufkumpanen los. »Setz dich«, sagte er. »Und erzähl.«

»Ich brauch erst 'nen Kaffee, sonst läuft gar nichts.«

Der Kaffee war so heiß, dass sich Piet Zimmermann die Zunge verbrannte. Mit schmerzverzerrtem Gesicht stellte er den Becher zurück auf den Küchentisch und nahm den Teelöffel zur Hand. Er verabreichte sich den Muntermacher in kleinen Portionen.

»Wir drei sind, nachdem der Whisky alle war, zusammen zu Doris. Gelaufen, versteht sich, oder besser getorkelt.« Er verwischte die Kaffeetropfen, die er auf der Plastiktischdecke mit Blümchenmuster hinterlassen hatte, mit bloßer Hand, danach trocknete er die Finger ungeniert an seinem Bademantel. »Da haben wir dann weitergemacht. Mit irgend so 'nem billigen Rotweinfusel.«

»Und?« Karl-Heinz Jagau schaute ungeduldig auf die Küchenuhr über dem Kühlschrank. Es war bereits Viertel vor zehn.

»Irgendwann waren die Fluppen alle. Da sind wir beide dann zusammen los.«

»Und vorher ist nichts passiert. Ich meine, mit meiner Backe? Mit Doris?«

»Nö, nicht dass ich wüsste. Du hast zwar ganz schön heftig mit ihr rumgemacht, aber an Gezicke von ihr kann ich mich nicht erinnern.«

»Wir sind also zu Fuß zum Zigarettenautomaten. Wie ging's dann weiter?«

»Mir war plötzlich so schlecht, dass ich kotzen musste. Direkt neben dem Zichtenautomat. Danach wollte ich nur noch ins Bett. Und bin direkt zu mir nach Hause.«

»Und ich?«

»Keine Ahnung. – Halt, stopp.« Piet Zimmermann tippte sich an die Stirn. »Jetzt fällt's mir wieder ein. Du wolltest zurück zu Doris. Natürlich. Noch einen wegstecken.«

»Einen wegstecken, so stramm?«

»Du hast jedenfalls getönt, du würdest sie flachlegen.«

»Mehr weißt du nicht?«

»Nö. Aber sag doch endlich mal, was machst du eigentlich für 'nen Zirkus wegen der drei Kratzer da?«

Jagau starrte geistesabwesend aus dem Küchenfenster, bevor er abrupt aufstand. »Muss los. Mein Chef kann jeden Augenblick im Wald auftauchen.«

»Was war denn da gestern bei euch im Forst los?«, wollte Zimmermann wissen, während er seinem Besucher in den Flur folgte. »Hab von 'nem toten Mädchen gehört, das sie bei euch gefunden haben, 'ne Ausländerin.«

»Erzähl ich dir ein andermal.« Jagau hatte die Haustür bereits geöffnet und trat hinaus. Auf dem Abtreter drehte er sich noch einmal um. »Kein Wort zu niemandem über vorgestern Nacht«, raunte er seinem Kumpel zu. »Kein einziges Wort, hast du mich verstanden?«

Ohne die Antwort abzuwarten, ging er zu seinem Pick-up und fuhr davon.

***

»Was für ein Fall!« Steigenberger atmete einmal tief durch, nachdem Mendelski, Strunz und Co. mit ihrem Bericht und der Präsentation etlicher Fotos fertig waren. »Da haben wir – keine zwanzig Stunden nach dem Leichenfund – schon jede Menge Fakten, mysteriöse Spuren und sogar einen ersten möglichen Verdächtigen. Selbst ein Unfall ist nicht auszuschließen. Positiv ist zu bewerten, dass nicht schon wieder ein Sexualdelikt vorliegt.« Steigenberger räusperte sich. »Ach ja: Falls sich wider Erwarten ein fremdenfeindlich motivierter Anfangsverdacht ergibt, möchte ich umgehend unterrichtet werden. Denn wenn das nach außen dringt, dann geht's hier rund.« Er erhob sich von seinem Stuhl und trat ans Fenster.

Die Kollegen wussten, was nun folgen würde: Ihr Chef, dem ein Elefantengedächtnis nachgesagt wurde, würde jetzt ein kurzes, prägnantes, aber auch recht eigenwilliges Resümee ziehen. Lässig an die Fensterbank gelehnt, begann er.

»Fassen wir zusammen: Yadira Martinéz, weiblich, achtzehnjährig, gebürtig aus der Dominikanischen Republik, seit einem Dreivierteljahr in Deutschland, seit vier Monaten wohnhaft bei der Familie Kreinbrink in Eschede, kam vorgestern Nacht – wahrscheinlich irgendwann zwischen Mitternacht und zwei Uhr morgens in der Früh – durch Ertrinken an einem bisher unbekannten Ort ums Leben. Hämatome an Kopf, Schultern und Händen geben Rätsel auf; sie können sowohl von einem Unfall herrühren als auch in vorsätzlicher Gewalteinwirkung ihren Ursprung haben. Dasselbe gilt für das leicht lädierte Amulett, das die Tote um den Hals trug. Es ist also alles möglich: ein bedauernswerter Unfall, Totschlag oder vorsätzlicher Mord. Selbst einen Suizid kann man nicht ausschließen. Die Letzten, die das Opfer vor dessen Ableben gesehen haben, sind bis dato Kai Kreinbrink, Finn Braukmann, Hanno Stucke und Mira Köhne – alles Freunde von Yadira. Sie waren in der Todesnacht zusammen, haben Spanisch gelernt und noch ein wenig gefeiert. Um Mitternacht sind sie auseinandergegangen. Das Opfer hat sich angeblich in sein Zimmer zurückgezogen. Gestern, am frühen Nachmittag, wird dann Yadiras Leiche während einer Drückjagd im Wald bei Eschede gefunden.«

Steigenberger stöhnte auf: »Ausgerechnet im Revier von Mark von Bartling. Die Tote lag, wie für eine Trauerfeier sorgfältig aufgebahrt, auf einem Streckenplatz der Jäger. Keiner hat gesehen, wie und wann die Leiche dorthin gekommen ist. Die einzig nennenswerte Spur ist ein in den Erdboden gescharrtes mysteriöses Zeichen, ein Z-ähnliches Gebilde. Die Befragungen der Gastfamilie und der an der Drückjagd beteiligten Jäger ergeben zunächst keine heiße Spur. Erwähnenswert ist lediglich ein gewisser Joachim Pagel, Lehrer aus Eschede, Teilnehmer an der Jagd, der sich merkwürdig benahm und über die Tote mehr zu wissen scheint, als er zugibt. Frau Vogelsang wird sich heute Nachmittag um diesen Herrn kümmern.«

»Darauf können Sie Gift nehmen«, murmelte Ellen Vogelsang.

»Dann unsere bisher verheißungsvollste Spur: die Drohbriefe, die uns durch Finn Braukmann übergeben wurden. Sie weisen darauf hin, dass Yadira Martinéz – eigentlich ein sonniges Gemüt und allseits beliebt – nicht nur Freunde hatte. Ein erster Hinweis seitens Finn Braukmann geht in Richtung Eldingen, wo die erste Gastfamilie des ehemaligen Au-pair-Mädchens lebt. Genauer gesagt, handelt es sich um das Familienoberhaupt Matthias Stadler, der das Mädchen belästigt haben soll. Ich denke, hier sollten Sie zuerst ansetzen.«

Die letzten Worte hatte Steigenberger an Mendelski gerichtet, den Leiter des Fachkommissariats 1, der entspannt zurückgelehnt und regungslos auf seinem Stuhl saß und mit seinen Gedanken für einen Augenblick ganz woanders zu weilen schien.

»Herr Mendelski!« Steigenberger hatte sich von der Fensterbank gelöst und stand stocksteif im Raum.

»Bin ganz Ihrer Meinung«, antwortete Mendelski wie aus der Pistole geschossen, aber ohne sich groß zu rühren. »Frau Schnur und ich werden uns sofort auf den Weg nach Eldingen machen. Den Rest meiner Truppe habe ich in Gedanken auch schon verplant. Wenn Sie weiter keine Fragen haben, würden wir gern in unsere Büros zurückgehen und weitermachen.«

Der Kriminaldirektor hatte keine weiteren Fragen.

***

In ganz Eschede war an diesem Freitagvormittag keine Tageszeitung mehr aufzutreiben. Weder Supermärkte, Kioske noch die Tankstelle hatten auch nur eine einzige »Cellesche Zeitung« oder »Bild« übrig.

»Da kommst du aber zwei Stunden zu spät«, sagte der Kioskbetreiber, ein alter Mann mit Glasauge und Viertagebart. »Die waren alle schon um acht weg. Kein Wunder bei der Sensation: Hübsches schwarzes Mädchen bei der Jagd tot aufgefunden. Wenn das nicht …«

»Herr Schmittke!« Finn Braukmann musste sich zusammenreißen, um nicht laut loszuschreien. Seine Nerven lagen blank, da er die halbe Nacht nicht geschlafen hatte und erst gegen fünf Uhr in der Früh eingenickt war. Doch er beherrschte sich und sagte in halbwegs normaler Tonlage: »Bitte! Sie haben doch sicher noch ein eigenes Exemplar über. Darf ich da wenigstens mal kurz reinschauen?«

»Hm«, brummte der Kioskbesitzer, dem nicht entgangen war, dass es seinem jungen Kunden bitterernst war. »Wenn's denn unbedingt sein muss.« Er griff unter den Tresen und holte eine »CZ« hervor. »Aber sei vorsichtig. Halt sie nicht so in den Wind. Meine Erika will sie auch noch lesen.«

»Selbstverständlich.« Finn nahm die Zeitung und wandte sich ab.

Ihm fiel sofort die Schlagzeile auf der ersten Seite ins Auge: *Totes Mädchen aufgebahrt im Wald gefunden.*

Während Finn den Artikel las, sagte Lothar Schmittke mehr zu sich selbst als zu seinem Kunden: »Schon wieder so 'ne Negativschlagzeile über Eschede, die in die Welt hinausgeht. Erst die Waldbrandkatastrophe von 1975, dann das ICE-Unglück 1998. Und jetzt dieser grauenhafte Mädchenmord. Vielleicht gar ein zweiter Fall Dora Klages.«

Finn Braukmann horchte auf. »Was sagten Sie eben?« Er hatte den Text bereits überflogen. In dem Artikel stand nichts von den Drohbriefen, und auch sonst waren kaum Details erwähnt. Die Tote wurde Yadira M. genannt, seit Kurzem wohnhaft in Eschede. Bezüglich der Todesursache schwieg man sich aus. »Sagten Sie Dora Klages?«

»Ja, genau.« Schmittke rieb sich sein Glasauge. »Du weißt doch, die Dora, die sie da am Loher Weg massakriert haben.«

»Wie meinen Sie denn das?«

»Nu tu doch nicht so, Junge«, wunderte sich der Kioskbetreiber. »Ich mache doch nur 'nen Vergleich. Da wurde auch ein junges Mädchen im Wald umgebracht. Böse Sache damals.«

»Das ist über hundert Jahre her.«

»Na ja, ich will ja nur sagen, dass das seinerzeit auch hohe Wellen geschlagen hat.«

»Sonst nichts?«

»Nein! Sag mal, was ist los mit dir?« Schmittke setzte seine Hornbrille auf und musterte Finn neugierig. »Kanntest du das Mädchen? Ich meine, dich hier schon mal mit einer Farbigen gesehen zu haben.«

»Kann schon sein.« Finn faltete rasch die Zeitung und gab sie zurück. »Danke.«

Da er keine Lust hatte, noch länger mit Schmittke zu palavern, stieg er auf sein Fahrrad und radelte los. Er bog in die Albert-König-Straße ein. Es wurde höchste Zeit, sich mit Kai zu treffen.

***

»Eldingen.« Mendelski klappte die Sonnenblende hoch. »Meine Güte. Wann war ich denn das letzte Mal hier?«

»Keine Ahnung.« Maike Schnur musste ordentlich auf die Bremse treten, um die im Ort erlaubten fünfzig Stundenkilometer zu erreichen. »Ich war, glaube ich, noch nie hier.«

»Du hast ja nicht so viele Dienstjahre auf dem Buckel wie ich.«

»In diesem Kaff gibt's sogar eine Polizeistation?«

»Ja. Und sogar eine besonders hübsche, soweit ich mich erinnern kann. Sie ist von außen lustig angemalt, so 'n bisschen im Hundertwasser-Stil.«

»Uelzen lässt grüßen. Dass unser Innenminister so was noch nicht verboten hat ...«

»Schau mal, die Kirche.« Mendelski wies nach links. Soeben passierten sie den Glockenturm der St. Marienkirche. Die Uhr an dem gedrungenen Holzturm, der separat neben dem aus Natursteinen gebauten Kirchenschiff stand, zeigte fünf nach halb elf.

»Asbach uralt, aber äußerst interessant«, erläuterte der Kommissar. »Der Glockenturm steht extra. Das ist außergewöhnlich. Ein Abbild der Kirche von Eschede.«

Maike Schnur hörte gar nicht zu. Sie war als Fahrerin mit ganz anderen Dingen beschäftigt. »Das Navi sagt, ich soll hier rechts abbiegen, aber hier ist gar keine Abzweigung.«

»Immer mit der Ruhe.« Mendelski widmete sich wieder der Straße. »Dort vorn geht's lang.«

Wenige Minuten später standen sie vor dem Haus der Stadlers, einem protzigen Bungalow, bei dem die Farbe Weiß dominierte: schneeweiße Wände, weiße Fensterrahmen, weiße Türen und weiße Garagentore. Ein weiß angestrichener Metallzaun umgab das penibel gepflegte Grundstück; weiße Kiesel dienten als Wegematerial im Ziergarten und auf der Auffahrt, und unterhalb einer weißen Statue, die zwei schnäbelnde Reiher darstellte, plätscherte ein Springbrunnen – natürlich in Weiß.

»Ein Glück, dass es noch keine weißen Dachziegel gibt«, lästerte Maike Schnur, nachdem sie aus dem Wagen gestiegen waren. Sie war von dem vielen Weiß derart geblendet, dass sie ihre Sonnenbrille zückte. »So ein Haus passt doch überhaupt nicht in die Heide.«

»Jedem Tierchen sein Pläsierchen«, erwiderte Mendelski, während er den weißen Klingelknopf über dem weißen Namensschild am weißen Steinportal betätigte. Doch im Haus blieb es still.

»Da können Sie lange klingeln«, hörten sie eine tiefe, weibliche Stimme hinter sich rufen.

Sie drehten sich um und entdeckten eine dunkelhaarige Frau mittleren Alters, die aus dem geöffneten Fenster im ersten Stock des gegenüberliegenden Hauses schaute. Sie beugte sich mit ihrer ausladenden Oberweite weit über die Federbetten, die zum Lüften auf der Fensterbank lagen.

»Ist Herr Matthias Stadler nicht daheim?«, fragte Mendelski, nachdem er um das Auto herumgegangen war. »Nach unseren Kenntnissen ist er selbstständig und hat sein Büro hier im Haus.«

»Die Stadlers sind verreist«, erwiderte die Frau. »Schon über eine Woche.«

»Hm.« Mendelski schaute etwas ratlos zu seiner Kollegin.

»Die ganze Familie?«, fragte Maike.

»Ja. Vater, Mutter, die beiden Kleinen und das neue Kindermädchen.«

»Stadlers haben ein neues Au-pair-Mädchen?«

»Wenn man so ein Kindermädchen nennt, dann ja.«

»Wohin sind sie denn?«, fragte Mendelski.

»Auf die Kanaren. In irgend so 'n teuren Club. Robinson, glaube ich.«

»Seit einer Woche, sagten Sie?«

»Genau. Oder sind es jetzt schon zehn Tage?« Sie rückte ihren Busen zurecht. »Auch egal. Sie kommen jedenfalls erst nächsten Mittwoch zurück.«

»Okay, danke für die Information.«

»Gibt es was Dringendes? Kann ich was ausrichten?«

»Nein, danke.« Mendelski nickte freundlich zu der Frau hinauf. »Wir kommen ein anderes Mal wieder.«

»Die Tour hätten wir uns sparen können«, maulte Maike, nachdem sie wieder im Auto saßen. »Ein Anruf bei den Kollegen hier in Eldingen hätte genügt, und wir wären genauso schlau gewesen.«

»Ach ja?«, erwiderte Mendelski, der sich über die Einstellung seiner jungen Mitstreiterin ärgerte. »Und was wäre gewesen, wenn die Stadlers zu Hause gewesen wären? Dann hätte der Eldinger Kollege zu ihnen gesagt: ›Warten Sie bitte schön, da kommt gleich jemand aus Celle, von der Mordkommission, und befragt Sie zu Yadira Martinéz. Die ist nämlich gestern …‹«

»Schon gut, schon gut«, fuhr Maike dazwischen. Sie war sichtlich genervt. »Habe verstanden. Als Ergebnis unseres Ausflugs in die Pampa können wir unseren ersten und bisher einzigen Verdächtigen jedenfalls von der Liste streichen.«

»Wir werden überprüfen lassen, ob Stadler wirklich auf den Kanaren weilt. Wenn ja, hat er tatsächlich ein wasserdichtes Alibi.«

»Wasserdichtes Alibi bei einer Wasserleiche«, leierte Maike herunter. »Klingt gut …«

Mendelski blieb ernst. »Als Verfasser der Drohbriefe kommt er aber weiterhin in Betracht.« Er hantierte mit einem Faltplan, den er im Handschuhfach gefunden hatte. »Noch mal: Wenn tatsächlich ein Fremdverschulden zum Tod von Yadira Martinéz geführt haben sollte, müssen die Drohbriefe nicht zwangsläufig mit der eigentlichen Tat in Zusammenhang stehen.«

»Naheliegend ist es aber schon.« Maike grübelte. »Wie hieß es doch gleich: ›Unter kalten Mörderhänden musste sie ihr Leben enden‹. Klingt grausig – und brutal.«

»Bringt uns jetzt aber nicht richtig weiter.« Mendelski schien gefunden zu haben, was er suchte. »Meinetwegen kannst du losfahren.«

»Wohin jetzt?«

»Nach Eschede.« Er ließ seinen Sicherheitsgurt einschnappen. »Zu den Kreinbrinks.«

***

Unter der Wucht der Spaltaxt zerbarst der Eichenklotz in zwei Teile. Obwohl es sich um abgelagertes und besonders zähes Holz handelte, benötigte Rolf Wiegand nur einen einzigen Schlag. Die beiden nahezu gleich großen Holzscheite flogen wie Geschosse in hohen Bögen nach rechts und links.

Eines der beiden Holzstücke landete in den Speichen von Finn Braukmanns Fahrrad, der gerade um die Ecke des Schuppens geradelt kam. Es warf ihn samt Fahrrad zu Boden.

»Ka-ka-kannst du nicht be-be-besser aufpassen?«, stotterte der Gärtner mit weit aufgerissenen Augen. Sein Gesicht war vor Anstrengung purpurrot angelaufen und von schweißverklebten Haarsträhnen eingerahmt. Der massige Mann, bekleidet mit einem schwarz-grün karierten Kanadahemd, brauner Latzhose und schwarzen Sicherheitsstiefeln, beugte sich über den Jungen, um ihm wieder auf die Beine zu helfen. »Da-da-das ist doch gefährlich hier«, radebrechte er. Dabei deutete er auf den Hackeklotz, in den die Spaltaxt tief eingedrungen war.

»Entschuldigung, Herr Wiegand«, sagte Finn besänftigend, nachdem er sein Fahrrad aufgerichtet hatte. Er prüfte es kurz auf seine Funktionsfähigkeit und stellte es an der Schuppenwand ab. »Wusste ja nicht, dass Sie hier Holz hacken.«

»Sch-sch-schon gut.« Mit dem Hemdsärmel wischte er sich über die schweißnasse Stirn. »Ist ja nichts passiert. Zu-zu-zum Glück.«

»Da haben Sie recht.«

Der Gärtner schlug gekonnt mit der rechten flachen Hand auf das äußerste Ende des Stiels der Spaltaxt, die sich dadurch aus dem Hackeklotz löste. »Ei-ei-ein Unglück reicht. Hast sicher schon gehört?«

»Von Yadira? Natürlich«, antwortete Finn, während er sich den Dreck von der Jeans klopfte.

»Di-di-dich hat sie besonders gemocht.«

Der Junge lief rot an. »Wo … woher …« Nun war er es, der plötzlich stotterte. »Wie … wie kommen Sie darauf?«

Rolf Wiegand, dessen Gesicht nur Traurigkeit zu kennen schien, murmelte: »Ich hab ja Augen.« Dann wurde er wieder lauter: »Aa-aa-aber genug geplaudert, ich m-m-muss jetzt weiterarbeiten.« Er griff nach dem nächstbesten Holzstück und postierte es auf dem Hackeklotz.

»Wissen Sie zufällig, ob Kai zu Hause ist?«, fragte Finn flink.

Der Gärtner wies wortlos mit der Spaltaxt zum Haus.

»Da bist du ja endlich«, begrüßte Kai Kreinbrink seinen Besucher an der Haustür. »Mensch, Finn, hättest dich ruhig mal melden können.«

»Und du?«

»Ich hab gestern Abend versucht, dich zu erreichen. Mehrere Male. Bei deinem Handy war aber immer nur die Mailbox dran.«

»Hatte keine Lust.« Finn winkte ab. »Außerdem war ich mit den Bullen unterwegs.«

»Bitte?«

Finn drängte sich an Kai vorbei in den Flur. »Los, lass uns in die Küche gehen«, sagte er. »Ich brauch 'nen Kaffee.«

***

»Nettes Fleckchen hier«, bemerkte Maike Schnur, als sie am Ortsausgang von Eldingen über die Lutterbrücke in Richtung Norden fuhren. »Das ist ja ein richtig rauschender Bach.«

»Wohl wahr«, stimmte Mendelski zu. Er verdrehte den Kopf weit nach rechts, um besser sehen zu können. »Da gibt es eine Staustufe und obendrein eine Wassermühle. Deshalb ist die Lutter hier so breit.«

»Ideal, um jemanden ins Wasser zu werfen.« Maikes Stimme hatte den Ton gewechselt.

Mendelski wiegte den Kopf. »Gewagte Theorie«, gab er zu bedenken. »Wir sind bestimmt zwanzig Kilometer vom Fundort der Leiche entfernt. Und dazwischen gibt es jede Menge Stellen wie diese hier. Allein die vielen Brücken über die Aschau und den Quarmbach, dann die vielen Teiche ...«

»Ich dachte nur. Wegen Eldingen und dem Stadler.«

»Der ist erst mal außen vor. Moment mal.« Mendelski beugte sich vor, um das Autoradio lauter zu stellen. Auf NDR 2 liefen gerade die Elf-Uhr-Nachrichten.

»... sind heute Morgen gegen sieben Uhr dreißig bei Bargfeld im Landkreis Celle zwei Wölfe gesehen worden. Ein Jäger will beobachtet haben, wie sich die beiden Tiere auf einer Weide einer Heidschnuckenherde näherten, dann aber durch einen Traktor gestört wurden. Die Wölfe seien darauf nach Norden, in Richtung Marwede weitergezogen. – Das Wetter ...«

»Bargfeld! Das ist doch gleich hier um die Ecke«, rief Mendelski aufgeregt, nachdem er das Radio wieder leiser gestellt hatte. »Höchstens drei Kilometer von hier. Wenn das kein Zufall ist.«

»Du und deine Wölfe«, lästerte Maike mit einem breiten Grienen. »Ihr Jäger seid doch seltsame Geschöpfe.«

»Sagt dir Bargfeld eigentlich was?«, versuchte er rasch das Thema zu wechseln. Denn mit Maike über Natur, Jagd und Landleben zu diskutieren, endete doch nur im Streit. »Das Bargfeld von ...«

»… Arno Schmidt«, vollendete sie rasch den Satz.

Mendelski pfiff durch die Zähne. »Alle Achtung. Ich dachte, bei euch jungen Leuten stehen Bücher ganz anderer Autoren im Regal …«

»Stimmt ja auch.« Ihre Stimme klang gekünstelt schnippisch. Dann lachte sie. »Mensch, Robert, wo lebst du denn? Ich hab noch kein einziges Buch von Arno Schmidt in den Händen gehabt, trotzdem kenne ich einige seiner Texte. Heute macht man das im Internet.«

»Ach so«, lenkte er ein und war froh, dass sein Mobiltelefon bimmelte.

»Eigentlich ist das ja meine Sache«, hörten sie Ellen Vogelsang durch die Freisprechanlage sagen, nachdem Mendelski sein Handy in die Halterung gesteckt hatte. Ihre Stimme klang ärgerlich. »Aber der Schisshase hat sich krankgemeldet. Und sich so vor einem Besuch hier im Präsidium gedrückt. Daher kam mir die Idee, ob ihr ihm mal zu Hause auf die Pelle rücken könnt? Ihr seid ja da ganz in der Nähe.«

»Du meinst den Lehrer?«, fragte Maike Schnur, während sie das Auto über die einsame Landstraße lenkte. Sie befanden sich in einer gottverlassenen Gegend irgendwo zwischen Heese und Endeholz. »Den Joachim Pagel aus Eschede?«

»Genau den. Braucht ihr die Adresse?«

»Nein. Hab die Liste der Jäger dabei. Auftrag wird erledigt. Oder, Robert?«

Mendelski ließ sich Zeit mit der Antwort. »Aber erst heute Nachmittag«, sagte er mürrisch. »Den Vormittag über haben wir volles Programm. Sag mal, Ellen, gibt es schon Neuigkeiten von der Grote oder aus dem Labor?«

Als Antwort rauschte es nur im Handy.

»Meinst du nicht«, sagte Ellen Vogelsang nach einer Kunstpause, in der sie – da war sich Maike Schnur sicher – die Augen genervt gen Bürodecke verdreht hatte, »dass ich euch dann sofort davon in Kenntnis gesetzt hätte?«

»Hmm«, gab Mendelski kleinlaut von sich. »Da hast du auch wieder recht.«

***

»Und von Todesursache und -zeitpunkt haben sie nichts gesagt?« Kai schob den Zucker über den Küchentisch. Die dunklen Ränder unter seinen Augen und die roten Augenlider zeugten von einer durchwachten Nacht.

»Nein, kein Sterbenswörtchen – nicht mal 'ne Andeutung«, erwiderte Finn, während er zwei gehäufte Löffel Zucker in seinem schwarzen Kaffee versenkte. »Die kommen schließlich von der Kripo aus Celle. Das sind Profis, keine Dorfsheriffs.«

»Aber sie hatten doch eine Ärztin im Wald, da werden sie doch in etwa wissen, ob es ein Unfall oder ein Gewaltverbrechen war.«

»Mag sein.« Finn zuckte mit den Schultern. »Mir haben sie jedenfalls nichts verraten. Außerdem wollte ich es gestern auch gar nicht wissen.«

»Wie meinst du das?«

»Na ja, gestern stand ich ziemlich unter Schock, als ich von Yadiras Tod erfuhr.« Finn schaute Kai direkt an. Dann presste er heraus: »Das hat verdammt wehgetan.« Ihm stiegen die Tränen in die Augen.

Kai hielt mit beiden Händen die Tischkante umklammert und blickte seinen Freund an. Er brachte kein Wort hervor.

»Deshalb habe ich mich auch nicht bei dir gemeldet«, fuhr Finn nach einer Weile fort. Er schniefte verdächtig. »Heute aber, mit etwas Abstand, da krieg ich richtig Wut im Bauch. Ich meine, wir müssen selbst was machen.«

»Das wird aber auch Zeit.« Kai erhob sich von seinem Stuhl, ging zum Fenster und starrte in den Garten hinaus. »Diese Drohbriefe«, sagte er mit zitternder Stimme. »Warum ist Yadira damit nicht zu mir oder meiner Schwester gekommen? Warum hat sie die ausgerechnet dir gegeben?«

Finn schwieg.

»Hatte sie denn kein Vertrauen zu uns? Wo wir sie so gastfreundschaftlich aufgenommen haben?«

»Ganz im Gegenteil.« Finn stand ebenfalls auf und trat neben Kai ans Fenster. »Sie wollte euch mit dieser Angelegenheit verschonen«, sagte er. »Eben *weil* ihr schon so viel für sie getan habt. Das Ganze war ihr sehr unangenehm.«

Kai fuhr herum und boxte Finn mit voller Wucht gegen den Oberarm. »Das war immerhin 'ne Morddrohung!«, schrie er. »Und, wie wir jetzt wissen, leider nicht nur 'ne Drohung, sondern bitterböser Ernst. Warum hast nicht wenigstens du was unternommen?«

Obwohl sein Arm höllisch schmerzte, blieb Finn regungslos. »Weil sie es nicht wollte«, sagte er kaum hörbar. »Yadira hatte da einen Verdacht, glaube ich.«

»Einen Verdacht?«

»Hat sie dir nie erzählt, warum sie von den Stadlers in Eldingen fortwollte?«

In diesem Augenblick ließ ein Klirren sie zusammenzucken. Beide drehten sich um und sahen zur Speisekammertür hinüber, die eine Handbreit geöffnet war. Sie schauten sich stirnrunzelnd an. Kai wollte sich gerade auf den Weg machen, um nach dem Rechten zu sehen, als Maya mit erhobenem Schwanz durch den Türspalt geschlüpft kam. Die dreifarbige Katze miaute und mimte die Verhungerte, während sie Kai verführerisch um die Hosenbeine strich.

»Nein, jetzt gibt es nichts«, erwiderte Kai, indem er die Speisekammertür zuzog. »Du wirst zu fett.«

Dass sich noch jemand in der Speisekammer verbergen könnte, der partout unentdeckt bleiben wollte, kam Kai nicht in den Sinn.

»Du meinst also, dass der Stadler dahinterstecken könnte?«

Sie hatten wieder am Küchentisch Platz genommen. Kai schlug mit der Faust derart heftig auf die Tischplatte, dass Maya mit einem entsetzten Fauchen das Weite suchte.

»Dieses Schwein! Er sollte sich lieber um seine Frau und seine beiden Kinder kümmern.«

»Er hätte jedenfalls so was wie ein Motiv«, erwiderte Finn. »Zurückgewiesene Zuneigung, verletzte Eitelkeit, Bloßstellung, Eifersucht oder so …«

»Verletzte Eitelkeit oder Bloßstellung vielleicht. Aber Eifersucht? Weswegen denn? Yadira hatte doch gar keinen Freund.«

Hätte Kai bei diesen Worten nicht auf die Kaffeetasse in seinen Händen, sondern in Finns Gesicht geschaut, wäre ihm ein Anflug von Röte in dessen Gesicht nicht entgangen.

»Ich … ich mein ja nur …« Finn gingen die Vokabeln aus. »Vielleicht dachte er, dass du …«

»Papperlapapp. Ich habe den Kerl doch noch nie zu Gesicht bekommen.«

Finn versuchte, das Gespräch in eine andere Richtung zu lenken. »Was wollen wir jetzt machen?«, fragte er.

»Lass uns noch mal die vorletzte Nacht durchgehen. Wir machen eine Checkliste.« Kai nahm einen Kugelschreiber zur Hand und blätterte in einer »Land & Forst«, die auf dem Tisch lag. Rasch hatte er eine Werbeseite für Futtermittel gefunden, auf der genügend Platz zum Kritzeln war. »Mittwochnacht«, begann er, »oder besser Donnerstag in der Früh um halb eins: Wir vier, Hanno, Mira, du und ich sehen Yadira zum letzten Mal. Hier in diesem Haus.«

»Hast du schon mit Hanno und Mira gesprochen?«, fragte Finn.

»Na klar. Gestern Abend. Wir haben mehrmals miteinander telefoniert. Mira hat nur geheult.«

»Die beiden wollten doch heute zum NABU-Seminar nach Meißendorf. Sind sie tatsächlich gefahren?«

»Ja, sind sie.« Kai malte dort, wo Platz war, einen Rahmen aufs Papier, während er weitersprach. »Sie haben sich bei der Polizeistation hier in Eschede fürs Wochenende abgemeldet. Die Tschakos meinten, sie könnten ruhig fahren, da sie ja im Landkreis Celle blieben und jederzeit für Fragen erreichbar seien.«

»Dass die einfach so zur Tagesordnung übergehen …«

»Das hat mich auch gestört«, entgegnete Kai. »Sie wollten aber wohl dem ganzen Rummel hier in Eschede – mit den Pressefritzen und so – entfliehen, besonders Mira.«

»Haben sie irgendeine Vorstellung, irgendeinen, den leisesten Verdacht, was da in der Nacht passiert sein könnte?«

»Nein, nichts. Gar nichts. Dass Yadira tot ist, haben sie doch erst gestern Nachmittag von mir erfahren. Wir könnten ihnen aber von den Drohbriefen erzählen. Vielleicht fällt ihnen dazu was ein.«

»Gute Idee.« Finn schenkte sich einen zweiten Kaffee ein. »Schreib mal auf: Hanno und Mira anrufen«, sagte er. »Zurück zu vorgestern Nacht. Du hast also nichts bemerkt, nachdem wir gegangen waren und du in deinem Zimmer warst?«

Kai schüttelte den Kopf. »Null, nichts.«

»Wer war noch im Haus?«

»Die Hogreve und später auch mein Vater. Er ist so gegen ein Uhr gekommen.«

»Hast du das noch gehört?«

Kai überlegte einen Augenblick. »Nee, nicht wirklich. Sonst kriege ich ja meistens mit, wie das Auto auf die Einfahrt rollt – oder zumindest das Zuschlagen des Garagentors. Aber an dem Abend … mir sind die Rum-Drinks ganz schön zu Kopf gestiegen. Ich bin in voller Montur ins Bett und habe geschlafen wie ein Stein.«

»Du hast aber auch zugelangt …«, sagte Finn tadelnd. »Mist, so kommen wir nicht weiter.«

»Wir kennen doch den Todeszeitpunkt gar nicht«, verteidigte sich Kai. »Yadira kann gestern Morgen, als mein Vater und ich zur Jagd fuhren, noch gelebt und in ihrem Bett gelegen haben.«

»Wie sieht's denn in ihrem Zimmer aus? Hat sie dort geschlafen?«

»Wohl nicht«, gab Kai kleinlaut zu. »Ihr Bett war unbenutzt. Überhaupt: Das ganze Zimmer war penibel aufgeräumt. Ganz untypisch für Yadira.«

»Wer war das denn? Die Hogreve?«

»Gestern hat sie der Polizei nichts davon erzählt.«

»Wir können sie ja noch mal fragen.«

»Eigentlich müsste sie im Haus sein. Wenn wir hier fertig sind, schau ich mal nach.«

»Schreib das am besten auch auf.« Finn rieb sich die müden Augen. »Wer könnte uns noch helfen?«, fragte er. »Dein Vater?«

»Ich glaube, der hat alles gesagt«, erwiderte Kai. »Kennst doch meinen Alten. Der ist im Kopf so voll mit seiner Arbeit.«

»Trotzdem. Er war doch der Letzte, der in der Nacht nach Hause kam. Vielleicht stand draußen auf der Straße ein Auto …«

»Das hat ihn der Kripomann schon gefragt. Aber er kann sich an nichts Außergewöhnliches erinnern.«

»Und ihr beiden seid gestern Morgen zur Jagd gefahren. Ohne, dass euch was aufgefallen ist?«

»Ja, verdammt noch mal!« Kai wurde langsam wütend. »Wie oft soll ich das noch sagen?«

»Wann genau?«, fuhr Finn unbeirrt fort.

»Was, wann genau?«

»Wann genau seid ihr zur Jagd losgefahren?«

»Kurz nach acht. Um halb neun war Treffen.«

»Und hier im Haus hast du nur die Hogreve gesehen? Habt ihr zusammen gefrühstückt?«

»Das habe ich doch schon tausendmal gesagt! Mensch, Finn, was soll das? Du fragst ja genau wie die Bullen.«

»Und draußen auf dem Hof war auch alles okay?«

»Jaaaa doch.« Kai reagierte zunehmend genervter.

»Ihr seid also ins Auto und los …«

»Warte mal. Der Wiegand werkelte draußen im Garten herum«, fiel da Kai ein. »Harkte Laub, glaube ich. Das ist aber normal. Der fängt immer schon um sieben an.«

»Haben die Kripoleute sich den schon vorgeknöpft?«

»Glaube nicht.«

»Gut, dann machen wir das eben. Schreib auf.«

Kai war noch nicht mit dem Schreiben fertig, als es an der Haustür schellte. Er erhob sich und verließ die Küche.

Finn stand ebenfalls auf und nutzte die Pause, um die Toilette aufzusuchen. Der viele Kaffee …

Kaum hatte er die Küchentür hinter sich gelassen – aus dem Hausflur erklangen bereits verschiedene Stimmen –, da öffnete sich wie von Geisterhand langsam die Speisekammertür.

Gerade so weit, dass eine Gestalt hindurchhuschen konnte.

FÜNF

Die Küstenstraße zwischen Santo Domingo und dem Flughafen – dem *Aeropuerto Internacional Las Américas* – war eigentlich ihre Lieblingsstraße auf der Insel. Auch bei Nacht.

Die vierspurige Prachtstraße, deren üppiger Mittelstreifen mit Oleander- und Hibiskussträuchern bepflanzt war und deren Ränder unzählige Kokospalmen und Mandelbäume säumten, lag malerisch im Mondenschein.

Vom Meer wehte eine frische Brise; haushohe Wellen donnerten gegen die felsige Steilküste. Dort, wo die Fahrbahn sich bis auf wenige Meter dem Meeresufer näherte, fegte zuweilen eine gewaltige Gischtwolke über den Asphalt und erschrak so manchen unbedachten Autofahrer. Ein kleiner Küstenfrachter, der gerade den *Puerto Ozama* anzulaufen schien, tanzte auf den Kämmen der aufgewühlten See.

Das Taxi, ein ehrwürdiger Chevrolet Malibu Classic Baujahr 1975, zeigte wegen der zahlreichen ausgebesserten Karosserieteile eine undefinierbare Grundfarbe. Sein Fahrer, ein Weißer und nahezu dreimal so alt wie sein Auto, trug pechschwarzes, gegeltes Haar und einen hauchdünnen, wie zu einem Strich gezogenen Oberlippenbart in seinem faltenreichen Gesicht. Seine Ähnlichkeit mit dem legendären Schauspieler Clark Gable war frappierend.

Sein Fahrgast saß – etwas verloren wirkend – auf der breiten Rückbank. Durch das rechte Seitenfenster starrte sie in den wolkenlosen und sternenklaren Abendhimmel. Sie suchte mit ihren Blicken den Mond, der vor Kurzem am fernen Horizont des Karibischen Meeres aufgegangen war.

Mit Schrecken schaute sie auf die kreisrunde, blass leuchtende Scheibe am Himmel. Es war Vollmond, ein weiteres schlechtes Omen für ihre weite Reise in die Fremde.

***

Sie hatten an dem großen Wohnzimmertisch Platz genommen. Robert Mendelski und Maike Schnur auf der einen, Kai Kreinbrink und Finn Braukmann auf der anderen Seite. Auf dem Tisch zwischen ihnen standen zwei Mineralwasserflaschen und vier schlichte Gläser.

»Trifft sich gut, dass Sie auch hier sind«, sagte Mendelski an Finn gewandt. »Das erspart uns einen Extrabesuch bei Ihnen. Wir haben da nämlich noch eine Frage an Sie.«

Bevor Finn reagieren konnte, meldete sich Kai zu Wort. »Wissen Sie schon, wie Yadira ums Leben gekommen ist?«

»Wir haben einen Anhaltspunkt.« Mendelski nickte bedächtig. »Wir müssen allerdings den endgültigen Obduktionsbefund abwarten und dürfen aus ermittlungstaktischen Gründen nichts verraten. Haben Sie bitte dafür Verständnis.«

»Habe ich aber nicht«, brauste Kai auf. »Yadira gehörte quasi zur Familie. Da haben wir wohl ein Recht darauf, so schnell wie möglich zu erfahren, was mit ihr passiert ist.«

»Ja, das haben Sie – durchaus.« Mendelski blieb gelassen. »Aber den Zeitpunkt dafür bestimmen wir. Und es geht sicher schneller, wenn Sie mit uns kooperieren, anstatt zu streiten.«

Kai biss sich auf die Unterlippe, schwieg aber.

»Haben Sie schon bei den Stadlers in Eldingen nachgefragt?«, fragte Finn, um dem Gespräch eine andere Wendung zu geben. »Sie wissen schon, die Familie, bei der Yadira als Au-pair-Mädchen war.«

Mendelski warf Maike Schnur einen vielsagenden Blick zu und überließ ihr die Antwort.

»Matthias Stadler ist mit seiner Familie verreist«, sagte sie. »Seit über einer Woche, auf die Kanaren. Wir überprüfen das gerade über Interpol.«

Finn und Kai schauten sich ratlos an. Damit hatten sie nicht gerechnet.

»Das sollten Sie unbedingt kontrollieren«, forderte Kai. »Heutzutage gibt es durchaus Möglichkeiten, mal kurz aus dem Urlaub nach Hause zu jetten, ein Verbrechen zu begehen, um danach wieder im Feriendomizil unterzutauchen.«

»Wir werden eine genaue Alibi-Überprüfung veranlassen, verlassen Sie sich drauf.«

Kai hob wie in Zeitlupe den Zeigefinger seiner rechten Hand. Man konnte sehen, wie es in seinem Kopf ratterte. »Also …«, sagte er mit einem Gesichtsausdruck, der sowohl Bitterkeit als auch Schadenfreude ausdrückte. »Wenn Sie nach dem Stadler fahnden, heißt das, dass Sie nicht von einem Unfall ausgehen, habe ich recht?«

Mendelski sah sich genötigt einzuschreiten.

»Noch einmal im Klartext, meine Herren«, sagte er streng. »Solange wir nicht zweifelsfrei wissen, ob jemand anderes als Yadira selbst für ihren Tod verantwortlich ist, ermitteln wir in alle Richtungen.«

Die beiden jungen Männer schwiegen betreten.

»Okay. Dann können wir ja weitermachen.« Mendelski wandte sich wieder an Kai: »Ihr Freund Finn hat Ihnen doch sicherlich von den Drohbriefen erzählt?«

Kai nickte. Finn bekam einen roten Kopf, hatte er doch versprochen, das mit den Drohbriefen für sich zu behalten.

»Nicht weiter schlimm«, tröstete ihn Mendelski. »Jedenfalls solange Sie damit nicht hausieren gehen.«

An Kai gerichtet fuhr er fort: »Das ist der eine Anhaltspunkt, den wir haben. Und es ist wohl so, dass Sie auch nicht wissen, wer und was hinter diesen Drohungen steckt?«

Wieder nickte Kai.

»Des Weiteren«, fuhr Mendelski fort, »ist es schon sehr merkwürdig, wo, wann und wie Yadiras Leiche abgelegt wurde: nämlich auf einem Streckenplatz mitten im Wald, am helllichten Tag während einer Drückjagd, und dazu noch kunstvoll in Fichtenzweige gebettet. Das ist der zweite Anhaltspunkt, den wir haben. Fällt Ihnen dazu was ein?«

Kai und Finn schüttelten die Köpfe.

»Yadira hatte mit der Jagd und der Natur hier bei uns nicht viel am Hut«, erklärte Kai. »Ich hab sie ein paarmal mit auf die Pirsch und auf den Ansitz genommen. Doch das hätte ich mir schenken können. Das Wild interessierte sie nicht, die Kiefernwälder waren ihr zu eintönig, die Heidelandschaft zu platt. Viel lieber mochte sie die Berge und das Meer – und zwar in tropischen Gefilden. So, wie sie es aus ihrer karibischen Heimat in der Dominikanischen Republik kannte.«

»Vielleicht gibt es eine Verbindung zu den Grünröcken, den Jägern?«, wandte Maike Schnur ein. »Etliche Teilnehmer der Drückjagd kannten Yadira.«

»Eschede ist nicht Celle«, hielt Kai dagegen. »Wir haben hier weniger als viertausend Einwohner. Hier kennt jeder jeden. Yadira war ein kontaktfreudiger und geselliger Mensch – und ihr exotisches Aussehen tat ein Übriges.«

»Dann hilft Ihnen das hier eventuell weiter.« Mendelski hatte in die Innentasche seiner Jacke gegriffen und holte ein Foto hervor. »Das ist der dritte Anhaltspunkt.«

Finn und Kai beugten sich über das Foto, das nun auf dem Tisch lag.

»Dieses Zeichen haben wir gestern am Streckenplatz entdeckt«, sagte Mendelski. »Zu Füßen der Toten. Anscheinend mit dem Fuß hastig in den Waldboden gekratzt.«

»Ein Z, würde ich sagen«, ließ Finn verlauten. »Ein Z mit Mittelstrich.«

Kai zog das Foto zu sich heran. Er drehte es so, dass das Z nicht mehr hochkant stand, sondern quer lag. Nachdenklich schüttelte er den Kopf. »Das kann auch was anderes sein«, sagte er schließlich. »Etwas, was in den Wald passt – und zur Jagd. Besonders jetzt, wo die Wölfe zurückgekommen sind. Denn für mich ist das eine Wolfsangel.«

***

Geräuschvoll und mit heftigem Vibrieren der gesamten Maschine hatte der letzte Schleudervorgang seinen Höhepunkt erreicht. Die Umdrehungen der Trommel wurden fortan Sekunde um Sekunde langsamer und auch deutlich geräuschärmer, bis die Waschmaschine mit einem metallisch klingenden Klack zum Stillstand kam.

Irene Hogreve öffnete den Verschluss der Trommel, schob mit dem Fuß eine Plastikwanne unter die Öffnung und holte eine Unmenge feuchter, kunterbunter Wäscheknäuel hervor. Nachdem sie die Maschine geleert hatte, klemmte sie sich die Wanne unter den rechten Arm und erhob sich.

Sie wählte die Tür des Wirtschaftsraums, die nach draußen in den Garten der Kreinbrinks führte. Dort empfing sie ein angenehm schöner Oktoberspätvormittag, der die dichten Regenwolken des Vortages vergessen machte. Die Sonne schien vom nahezu wolkenlosen Himmel, und eine leichte Brise sorgte für ein Rascheln im herbstlichen Laub der Hofeichen. Das ideale Wetter zum Wäschetrocknen draußen auf der Leine.

Die Haushälterin hatte noch keinen zweiten Schritt in den Garten gesetzt, als sie plötzlich den Gärtner sah. Abrupt blieb sie stehen.

Rolf Wiegand hockte in dem Rosenbeet unterhalb des Wohnzimmerfensters und tat so, als ob er Unkraut zupfen würde. Irene Hogreve erkannte jedoch sofort, dass der Gärtner sich keineswegs um die Rosen kümmerte.

Der Bursche lauscht doch, dachte sie. Sie schaute zu dem gekippten Fenster hinauf, aus dem leise Stimmen nach draußen drangen.

Da trafen sich ihre Blicke.

Der Gärtner senkte beschämt den Kopf, nahm den Drahtkorb auf, der neben ihm zwischen den Rosenstauden stand, und schlich mit gekrümmtem Rücken an der Hauswand entlang davon.

Die Haushälterin folgte ihm eher unabsichtlich, denn die Wäschewiese lag in derselben Richtung. Als sie das Wohnzimmerfenster passierte, warf sie einen flüchtigen Blick ins Haus, konnte aber wegen der spiegelnden Scheiben nichts erkennen.

»Verfo-fo-folgen Sie mich?«, fragte Rolf Wiegand gereizt, nachdem er neben dem Holzschuppen stehen geblieben war.

Wortlos deutete sie auf die Wäschewanne unter ihrem Arm.

»Aa-aa-ach so.«

Irene Hogreve stellte die Wanne auf den Hackeklotz, um zu verschnaufen. »Puh, ist der schwer«, ächzte sie. Dann blickte sie zu dem Gärtner hinüber und fragte so beiläufig wie möglich: »Was gab's denn da eben zu hören?«

»Nichts«, kam es – ganz ohne Stottern – wie aus der Pistole geschossen.

»Wenn die Kriminalpolizei im Haus ist«, ließ sie nicht locker, »ist das doch sehr spannend, oder? Kommen Sie, Herr Wiegand, erzählen Sie schon.«

»Aa-ach, lassen Sie mich doch in Ruhe.«

Forschend beobachtete sie ihn. »Was war eigentlich gestern mit Ihnen los?« Ihre Stimme klang mit einem Mal alles andere als kumpelhaft.

Wie ein Dauerregen prasselten ihre Fragen auf den Gärtner nieder. »Haben Sie Yadira gestern Morgen noch irgendwo gesehen? Ist

Ihnen sonst irgendwas aufgefallen? Wo waren Sie, als ich Sie zum Mittagessen gerufen habe, so gegen halb eins? Erst am Nachmittag habe ich Sie wieder im Garten entdeckt. Haben Sie einfach ein paar Stündchen blaugemacht?«

Rolf Wiegands Gesichtsausdruck wurde mit jeder Frage düsterer. Er öffnete den Mund, um etwas zu entgegnen, aber die Haushälterin gönnte ihm keine Pause.

»Mit solchen Fragen müssen Sie bei der Polizei rechnen«, fuhr sie fort. »Seien Sie vorsichtig! Dass man Sie verhören wird, ist so sicher wie das Amen in der Kirche. Es wird also besser sein, sich darauf einzustellen.« Unnachsichtig schaute sie ihm in die Augen. »Überlegen Sie sich gut, was Sie denen antworten.«

Ihm reichte es. Entnervt winkte er ab, nahm seinen Drahtkorb und verschwand in Richtung Komposthaufen.

Irene Hogreve schaute dem Gärtner kopfschüttelnd nach, nahm die Wanne wieder auf und ging zur Trockenwiese hinüber. Dort sortierte sie die nasse Wäsche und hängte sie sorgfältig auf.

Für eine Frau mittleren Alters war die Zusammenstellung der Kleidungsstücke allerdings etwas befremdlich: duftige Blusen aus durchscheinendem Stoff, bemerkenswert klein ausfallende T-Shirts mit tiefem Ausschnitt und superkurze modische Tops in knalligen Farben.

Als die Haushälterin schließlich spitzenbesetzte BHs und einige aus winzigen Stoffdreiecken bestehende Stringtangas mit altmodischen Holzklammern an der Leine befestigte, zog sie ein verächtliches Gesicht. Missbilligend betrachtete sie die in ihren Augen untragbare Unterwäsche und murmelte mit heruntergezogenen Mundwinkeln: »Das reicht nicht mal für ein ordentliches Taschentuch. Wer schon so herumläuft …«

Die Wäschestücke, die in der milden Oktobersonne flatterten, gehörten ausnahmslos Yadira.

***

Eine Wolfsangel.

Er hätte sich ohrfeigen können. Dass er da nicht selbst draufgekommen war. Er, der Heidjer, Jäger und fleißige Hermann-Löns-Leser. Ein Z mit Mittelstrich – wie peinlich.

»Sie könnten recht haben«, sagte Mendelski kleinlaut. »Vielleicht ist es tatsächlich eine Wolfsangel.«

»Was für 'ne Angel?« Maike Schnur schaute sich das Foto noch einmal an. »'ne Angel für Wölfe?«

Sie tauschte einen Blick mit Finn. Denn der schien mit dem Begriff »Wolfsangel« ebenfalls nicht viel anfangen zu können, wie er durch Achselzucken zu verstehen gab.

»Sie liegen gar nicht so falsch«, erklärte Kai. »Mit so einem Mordsinstrument aus Eisen hat man früher Wölfe gefangen. Die eine Zacke wurde in einen Baum getrieben, so in zwei Meter Höhe, die andere mit Fleisch beködert. Sprang dann ein Wolf nach dem Köder, blieb er mit dem Unterkiefer an dem Haken hängen und verendete jämmerlich.«

Maike schüttelte sich. »Ich sag's doch, Jäger sind pervers.«

»Frau Schnur, bitte!«, entfuhr es Mendelski. »Auf diese Art hat man Wölfe vor Jahrhunderten gejagt, als Schusswaffen ausschließlich dem Adel vorbehalten waren. Die arme Landbevölkerung hat solche Fallen aus der Not heraus verwendet, um ihre Nutztiere zu schützen.«

»Schon gut. Hab's nicht so gemeint.« Sie deutete auf das Foto. »Und wozu der Mittelstrich?«

»Das ist eine Querstrebe«, erwiderte Kai. »Sie fungiert als Abstandhalter zum Baum.«

»Eine grausame Falle.« Maike schob das Foto weit von sich. »Mir ist die Z-wie-Zorro-Variante sympathischer.«

Finn rutschte unruhig auf seinem Stuhl hin und her. »Was hat so 'n altertümliches Ding aus Eisen mit Yadira zu tun?«, wollte er wissen.

»Gute Frage«, entgegnete Mendelski. »Wahrscheinlich hat uns derjenige, der sie auf dem Streckenplatz abgelegt hat, damit einen Hinweis geben wollen.«

»Hinweis? Auf was denn? Auf die Todesursache?«

»Vielleicht.« Der Kommissar versuchte, seine Gedanken zu ordnen. »Wolfsangeln finden sich in etlichen Ortswappen. Doch weniger im Celleschen, sondern mehr in der Region Hannover. Das hat unter anderem mit Hermann Löns und seinen Jagdgründen zu tun. Er pflegte unter seine Unterschrift eine Wolfsangel zu setzen. Dort, wo sein ›Wehrwolf‹ und andere Bücher spielen, wie in Burgwedel und in der Wedemark, beinhaltet nahezu jedes Dorfwappen in irgendeiner Form eine Wolfsangel.«

»Hilft uns das jetzt weiter?«, fragte Kai mit skeptischem Blick. »Anstatt Heimatforschung zu betreiben, sollten wir lieber mal ins Internet gucken. Ich habe da 'ne schlimme Vermutung.«

***

Er sollte Pirschwege harken. So ein langweiliger Mist.

Das einsetzende Herbstwetter und der Wind der letzten Tage hatten Laub und Feinreisig auf die Pfade geweht, die zu den Hochsitzen und Ansitzböcken führten. Von Bartling erwartete am Wochenende namhafte Jagdgäste vom Landwirtschaftsministerium in Hannover und hatte seinem Forstwirt eine Liste der zu überprüfenden Kanzeln in die Hand gedrückt.

Lustlos kratzte Karl-Heinz Jagau mit der Fächerharke über den Waldboden eines hundertzwanzigjährigen Kiefernaltholzbestandes, der dringend der Säge bedurfte. Doch da von Bartling wie viele andere Großgrundbesitzer in der Lüneburger Heide dem Jagdbetrieb gegenüber der Forstwirtschaft den Vorrang gab, unterblieb vielerorts die Waldpflege.

Immer wieder blieb er mit seinem Arbeitsgerät an hervorstehenden kräftigen Wurzeln hängen, die zu den umstehenden Kiefern gehörten und wie armdicke Fußangeln quer über den Pirschweg ragten.

Da muss ich nachher noch mal mit der Axt ran, dachte er, sonst gibt's Ärger mit dem Chef. Gar nicht auszudenken, wenn so ein Sesselpuper von Staatssekretär mit seinen Stiefeln an einer dieser Wurzeln hängen bleibt und lang hinschlägt.

Erschöpft lehnte er sich an einen Baum, streifte seine Handschuhe ab und kramte eine Zigarette hervor. Einmal mehr schaute er unwillig auf die Uhr, doch dieser Vormittag wollte einfach nicht vorübergehen. Immer noch zwanzig Minuten bis zur Mittagspause …

Ob ich es noch mal bei Doris versuchen soll?, fragte er sich, während er die Zigarette mit einem Feuerzeug anzündete. Mit den Fingerkuppen der rechten Hand fuhr er vorsichtig über die Schrammen auf seiner Wange, auf denen sich inzwischen dicke Krusten aus Schorf gebildet hatten.

Piet hatte ihm auch nicht helfen können. Jagau wusste immer noch nicht, was vorgestern Nacht in den entscheidenden Stunden passiert war und – vor allem – woher er die Schrammen hatte.

In diesem Augenblick hörte er Motorengeräusch.

Zuerst dachte er, dass es sich um von Bartling handeln würde, und griff automatisch zur Harke. Es sah immer blöd aus, wenn man vom Chef während der Arbeitszeit bei einer Pause erwischt wurde.

Doch das Motorengeräusch stammte nicht vom großvolumigen Diesel-Geländewagen seines Chefs. Das klang wie ein stinknormaler Pkw mit einem Vier-Zylinder-Benzinmotor.

Neugierig lugte er hinter einem Traubenkirschenbusch hervor, der ihm die Sicht auf den Waldweg versperrte.

Es war Pagel.

Er kannte seinen dunkelblauen Volvo-Kombi. Joachim Pagel fuhr öfter hier lang, da er einen Pirschbezirk in von Bartlings Revier hatte. Außerdem war er der Hauptbenutzer der kleinen Jagdhütte, die jenseits des Waldes am Rand des großen Moores lag.

Was, zum Kuckuck, treibt der Pagel mitten am Tag hier im Busch?, fragte sich Jagau. Er überlegte. Ach ja, Herbstferien. Lehrer müsste man sein.

Aber warum rast er denn so, fragte er sich weiter. Er müsste die vielen Schlaglöcher in dem ausgefahrenen Waldweg doch langsam kennen.

Zu spät. Ein dumpfes Schlagen verriet dem heimlichen Beobachter, dass der Unterboden des Volvos hart auf dem Erdreich aufgesetzt hatte.

Unbeirrt jagte der Wagen mit gleichbleibender Geschwindigkeit weiter. Hohe Wasserfontänen und dunkler Schlamm spritzten über die Kühlerhaube und zum Teil bis auf die Windschutzscheibe, doch das schien den Fahrer wenig zu kümmern. Als das Auto auf der Höhe des Busches war, hinter dem sich Karl-Heinz Jagau verbarg, konnte dieser deutlich erkennen, dass Pagel allein im Wagen saß. Die rechte Hand hielt der Lehrer ans Ohr. Offenbar telefonierte er. Trotz des hohen Tempos. Sein Gesichtsausdruck – so empfand es jedenfalls der Forstwirt – war alles andere als entspannt.

Deutlich sah Jagau, dass Pagel in sein Handy brüllte.

***

»Ich hab's befürchtet.«

Kai Kreinbrink nahm den Kopf ein wenig zurück, damit auch die anderen sehen konnten, was auf dem Bildschirm zu lesen war. Im Nachbarraum, der als Bibliothek und Arbeitszimmer seines Vaters fungierte, stand unter anderem auch ein PC. Kai hatte die erstbeste Internetseite zum Stichwort Wolfsangel aufgerufen.

»*›Verwendung verboten‹*«, las er laut vor. »*›Die Wolfsangel – wie auch Hakenkreuz und Siegrune (in doppelter Ausführung als SS-Abzeichen bekannt) – steht auf der Liste verbotener Zeichen. … Bis 1945 galt die Wolfsangel als Zeichen des Deutschen Jungvolkes, der späteren Hitlerjugend … Später verwendete die ›Junge Front‹, im Jahr 1982 als verfassungsfeindlich verboten, die Wolfsangel als Erkennungszeichen … Ausgenommen von dem Verbot sind lediglich bereits bestehende Wappen von Gemeinden oder Vereinen, die das Wolfsangel-Symbol enthalten.‹*«

»Das bedeutet ja, dass …« Finn schnappte nach Luft, da ihm seine Vermutung ungeheuerlich erschien.

»… dass hinter Yadiras Tod ein fremdenfeindlicher Aspekt stehen könnte, genau«, vollendete Kai den Satz.

»Dazu würden auch die Drohbriefe passen«, ergänzte Finn aufgebracht. »Aber wer macht so was – hier bei uns?«

»Im Raum Eschede gibt es, wie überall, ein paar Neonazis«, ergänzte Kai. »Meist verkappte Einzelgänger. Sollte etwa einer von denen …«

Finn zuckte ratlos mit den Schultern.

Mendelski hatte die beiden jungen Männer ganz bewusst erst einmal gewähren lassen. Jetzt ruderte er zurück.

»Eine Spur unter vielen«, sagte er, um die erhitzten Gemüter zu beruhigen. »Mehr nicht. Ich muss Sie jetzt bitten, Diskretion und vor allem einen kühlen Kopf zu bewahren. Es kann durchaus sein, dass wir die richtige Spur verfolgen. Genauso wahrscheinlich ist es aber, dass man uns eine Finte unterschiebt und wir völlig danebenliegen. Überlassen Sie also bitte uns die nötigen Nachforschungen – und halten sich selbst aus den Ermittlungen heraus. Haben wir uns verstanden?«

»Aber ja.« Kai erhob sich und führte seine Gäste zurück ins Wohnzimmer. »Das ist ja immerhin Ihr Job; wir werden uns da nicht einmischen.«

Mendelski glaubte ihm kein Wort, ließ sich aber nichts anmerken. »Wann kommt Ihr Vater heim?«, fragte er stattdessen. »Wir haben auch noch ein paar Fragen an ihn.«

»Heute ist Freitag, nicht wahr?« Kai überlegte. »So gegen vier, schätze ich.«

»Gut, dann schauen wir heute Nachmittag noch einmal vorbei. Bis dahin haben wir sowieso hier in Eschede zu tun.« Mendelski kramte eine Visitenkarte hervor. »Falls Sie uns zwischendurch dringend erreichen müssen, hier meine Handynummer.«

Als sie wenig später zu ihrem Auto gingen, bemerkten die beiden Celler Kripo-Leute nicht, dass sie heimlich von zwei Personen beobachtet wurden.

Rolf Wiegand, mit dem Rücken an die dickste Hofeiche gelehnt, lugte recht stümperhaft hinter seiner Deckung hervor. Hätten Mendelski und Maike Schnur ihre Umgebung mit etwas mehr Aufmerksamkeit gemustert, wären sie dem Gärtner schnell auf die Schliche gekommen. Wiegand stand die Erleichterung ins Gesicht geschrieben, als er sah, dass die Kriminalbeamten endlich von dannen zogen.

Irene Hogreve verhielt sich geschickter. Sie stand am Bügelzimmerfenster im Dachgeschoss, hielt ihr Gesicht hinter der Gardine im Dunkeln und starrte den beiden Ermittlern nach.

In den Händen hielt sie einen frisch gebügelten Minirock von Yadira. Ein unanständig kurzes Stück Stoff, wie die wohlerzogene Haushälterin befand.

Ein Stockwerk tiefer herrschte Unruhe.

»Hey, was ist mit dir los?« Finn, der sich wieder an den Küchentisch gesetzt hatte, schaute genervt hinter Kai her, der wie ein aufgescheuchtes Huhn durchs Erdgeschoss rannte. »Kann ich dir irgendwie helfen?«

Endlich blieb Kai stehen. »Ich such nur mein Handy und mein Schlüsselbund.«

»Willst du weg?«

»Darauf kannst du Gift nehmen.« Kais Gesicht zeigte wilde Entschlossenheit. »Und du kommst mit.«

»Wo soll's denn hingehen?« So langsam machte Finn die Euphorie seines Freundes Bange.

»Gleich«, wiegelte Kai ab. Er deutete stirnrunzelnd auf den Küchentisch. »Wo ist die ›Land & Forst‹ geblieben? Die, in der wir vorhin unsere Notizen gemacht haben?«

Finn schaute sich suchend um. »Keine Ahnung. Als die Kripo kam, haben wir sie hier auf dem Tisch zurückgelassen und sind ins Wohnzimmer rüber.«

»Die Hogreve?« Kai war sich nicht schlüssig. »Auch egal. Ich werde sie später fragen. Los jetzt.«

Finn erhob sich, blieb dann aber wie angewurzelt stehen. »Sag mir erst, was du vorhast.«

Kai trat ganz nah an ihn heran und flüsterte: »Ich glaub, ich weiß, wer hinter der Wolfsangel steckt.«

»Und wer, bitte schön?«

»Das sag ich dir unterwegs.«

***

»Sag mal, spielt Hannover 96 heute nicht in Wolfsburg?« Mendelski streckte ungeniert seine langen Glieder und gähnte hörbar. »Wölfe, wohin man schaut …«

»Du meinst das heutige Freitagspiel?« Maike Schnur guckte sich im Restaurant um, es schien jedoch niemand Anstoß am Verhalten ihres Kollegen genommen zu haben. »Keine Ahnung. Ich weiß nur, dass meine Hertha morgen zu Hause gegen die Bayern spielt.«

»Na, das gibt ja wieder eine Klatsche.«

»Warten wir's ab.«

Sie bestellten Aschauteicher Forellenfilets, in Mandelbutter gebraten – eine Spezialität des »Deutschen Hauses« in Eschede.

Nachdem sie ihre Getränke bekommen hatten, legte Mendelski los: »Wolfsangel … tssss … und das passiert mir!«

»So was kommt in den besten Familien vor«, tröstete ihn Maike, während sie an ihrem Wasser nippte. »Auch in Jägerfamilien.«

»Ich hatte mal 'nen Nachbau von so 'ner Wolfsangel in der Hand. Bei Wilhelm Hanebuth, ehemaliger Bürgermeister von Großburgwedel, der sich als Wappenforscher betätigt hat. Ich wollte das vorhin den beiden Jungen nicht auch noch auf die Nase binden. Aber so ein Stück Eisen kann – zweckentfremdet natürlich – auch eine fürchterliche Schlagwaffe sein.«

»Denkst du etwa, dass es da Zusammenhänge mit den Hämatomen der Toten gibt?« Maike runzelte die Stirn. »Erst bewusstlos geschlagen und dann in irgendein Wasser geworfen.«

»Möglich, vielleicht«, erwiderte er, während er unschlüssig den Kopf wiegte. »Aber ich weiß nicht recht …«

»Und die Fremdenfeindlichkeitstheorie?«

»Immer langsam mit den jungen Pferden.« Mendelski klopfte suchend seine Jacke ab. »Hast du vielleicht Block und Stift dabei?«, fragte er. »Meine Sachen sind im Auto. Ich muss mal wieder etwas kritzeln, um den Überblick nicht zu verlieren.«

Maike kramte aus ihrer Handtasche das Gewünschte hervor und reichte es ihm.

»Gehen wir chronologisch vor«, sagte er, während er in Großbuchstaben DROHBRIEFE schrieb. »Da meint es jemand nicht gut mit der exotischen Schönheit aus der Dominikanischen Republik. Dieser Jemand sendet drei Drohbriefe, damit Yadira das Weite sucht. Wer macht so was?«

Maike nahm ihre Finger zu Hilfe und zählte spontan auf: »Jemand, der eifersüchtig ist, der missgünstig oder neidisch ist, der sich rächen möchte, der unter ihr leidet, der sich von ihr bedroht fühlt, der fremdenfeindlich ist, der vielleicht einfach nur einen üblen Scherz machen möchte, der gerne bunte Papierschnitzel aufklebt, der …«

»Genug, genug.« Mendelski hob beide Hände. »Ein bisschen mehr Ernsthaftigkeit bitte. Kennen wir jemanden, der in eine der Kategorien passt?«

»Bisher nicht – abgesehen von Matthias Stadler, der ja auf den Kanaren weilen soll.«

»Hm … also nächste Frage: Meinte der Verfasser der Drohbriefe es ernst und schritt zur Tat, oder wollte er nur bluffen, und der Zufall kam ihm zu Hilfe?«

»Du meinst Mord oder Unfall? Das wissen wir erst, wenn das Obduktionsergebnis vorliegt.«

Mendelski schaute auf seine Armbanduhr. »Apropos Obduktion. Es wundert mich schon, dass keiner anruft. Ellen wird uns doch nicht vergessen haben?«

»Sicher nicht.« Maike guckte böse. »Ellen ist die Zuverlässigkeit in Person.«

»Okay, dann weiter im Programm: die Leichenablage im Wald.« Mendelski schrieb STRECKENPLATZ. »Wozu das Ganze? Leg mal los mit deinem Brainstorming.«

***

Durch das geöffnete Küchenfenster drang der kräftige Geruch von Sauerkraut und Kassler in den Garten der Kreinbrinks. Irene Hogreve hatte sich weit aus dem Fenster gelehnt und spähte in die Runde.

»Herr Wiegand«, rief sie mit schriller Stimme. »Herr Wiegand, das Mittagessen ist fertig.«

Keine Antwort. Genau wie gestern, dem Tag, an dem Yadira gefunden worden war. Keine Menschenseele war in dem weitläufigen, parkähnlichen Areal zu sehen. Es blieb still – bis auf das monotone Rauschen der alten Bäume und spärliches Vogelgezwitscher.

Dass Kai kurz vor der Mittagessenszeit mit seinem Freund Finn – den sie schon seiner ausgefallenen Kleidung und der langen Haare wegen auf den Mond wünschte – einfach auf und davon war, ohne sich abzumelden, kannte sie schon; das machte ihr nicht viel aus. Kai verzieh sie so manches. Doch dass der Gärtner den zweiten Tag in Folge …

Sie drehte sich abrupt um und schaute auf die Küchenuhr über der Anrichte. Zwanzig Minuten vor eins. Das ist ungewöhnlich, dachte die Haushälterin. Der Wiegand ist doch sonst immer die Zuverlässigkeit in Person. Sowohl, was die Arbeit betrifft, als auch, wenn es um die Mittagspause geht. Zur Frühstückspause um neun kam er zwar nicht ins Haus, da versorgte er sich mit selbst geschmierten Stullen und einer riesigen Thermoskanne voll pechschwarzen Kaffees. Zu Mittag jedoch, das hatte sich in den letzten Jahren so eingebürgert, erschien er stets pünktlich um halb eins in der Küche.

Kreinbrink senior aß meist in Celle zu Mittag – er hatte ein kleines italienisches Lieblingsrestaurant in der Nähe seiner Kanzlei. Kai war wegen seiner Ausbildung auch selten tagsüber zu Hause. Trotzdem kochte Irene Hogreve jeden Mittag. Für sich, für den Gärtner und in den letzten vier Monaten auch oft für – sie stockte bei dem Gedanken – für Yadira.

Sauerkraut, Kassler und Salzkartoffeln, das war nicht gerade ihre Leibspeise, musste sich die Haushälterin eingestehen. Yadira hatte Nudel- oder Reisgerichte bevorzugt. In allen Variationen, mit Hackfleisch, mit Geflügel, gern auch mit Fisch oder vegetarisch.

Sie hatten sich gut verstanden, der Wiegand und das hübsche Mädchen aus der Karibik. Yadira hatte ihm in ihrer fröhlichen Art während des Essens ein paar Brocken Spanisch beigebracht, er half ihr dafür beim Lernen der deutschen Namen von Blumen, Sträuchern, Bäumen und anderen Gartenpflanzen. Schon deshalb hatte sich der Gärtner in der letzten Zeit immer sehr auf die Mittagspause gefreut.

Ob er unter dem Verlust litt und deshalb nicht auftauchte? Oder ob er ihr böse war, weil sie ihn vorhin so forsch angegangen war? Irene Hogreve wusste es nicht.

Was sie außerdem nicht wusste, war, dass Rolf Wiegand auch in den nächsten Tagen nicht zum Mittagessen erscheinen sollte.

***

»Erstens: die Fundstelle. Er hat sie dort abgelegt, damit man sie rasch findet«, legte Maike los, die diese unkonventionelle Art der Analyse liebte. »Es war Jagd, der Wald wimmelte von Jägern, der Streckenplatz sollte noch am selben Tag benutzt werden. Nach einem Verstecken der Leiche sieht das jedenfalls nicht aus. Zweitens: die Art der Aufbahrung. Da meinte es jemand gut mit der Toten. Sie war ansehnlich hergerichtet. Würde mich gar nicht wundern, wenn dahinter so was wie eine Liebeserklärung steckt. Der Leichenableger ging ein gehöriges Risiko ein, entdeckt zu werden, aber das scheute er nicht. Irgendetwas muss ihn mächtig getrieben haben. Und er muss sich gut auskennen im Wald. Er wusste von der Jagd und dem geplanten Ablauf, er kannte den Streckenplatz und wusste auch, dass dort die gesamte Jagdgesellschaft noch am gleichen Tag auftauchen würde.«

Maike gönnte sich eine Verschnaufpause, da sie merkte, dass Mendelski, der sich fleißig Notizen machte, mit dem Schreiben nicht nachkam. Während der Stift weiter übers Papier flog, stellte er eine Zwischenfrage. »Du tippst also auf einen Grünrock als Leichenableger?«

»Warum nicht? So einer konnte sich doch im Wald am unauffälligsten bewegen. Besonders dann, wenn er an der Jagd beteiligt war.«

»Du meinst, da hatte einer der Jagdteilnehmer die Leiche vielleicht sogar bei sich im Auto, bevor er sie dann bei einer günstigen Gelegenheit am Streckenplatz ablegte?«

»Hm … also … das klingt dann doch eher unwahrscheinlich …«

Mendelski rieb sich mit dem Stift die Nase. »Sei's drum. Die entscheidende Frage lautet aber: Warum sollte man die Tote so schnell finden, und warum ausgerechnet dort auf dem Streckenplatz?«

»'ne Leiche im Kofferraum kann einem schon ganz schön den Schweiß auf die Stirn treiben. Er musste sie loswerden.«

Mendelski schien nicht zufrieden. »Aber doch nicht ausgerechnet dort, wo es von Jägern nur so wimmelt? Steckt nicht vielleicht eher ein Hinweis dahinter?«, schlug er vor. »Ein Tipp, ein Fingerzeig, ein Wink mit dem Zaunpfahl?«

»Für wen denn? Für uns Ermittler?«

»Möglich.«

»In welche Richtung könnte so ein Hinweis gehen?« Maike beantwortete die Frage selbst: »Eigentlich doch nur in Richtung der Jäger, speziell vielleicht in Richtung Jagdveranstalter und Revierinhaber, in Richtung von Bartling also.«

»Das wäre viel zu einfach«, brummte Mendelski.

»Wenn du's lieber kompliziert hast, dann eben genau das Gegenteil.«

»Wie bitte?«

»Ein Ablenkungsmanöver.«

»Eine falsche Fährte?« Des Kommissars Züge hellten sich auf. »Eigens für uns arrangiert?«

»Jedenfalls eine Fährte weg vom Tatort«, legte Maike nach. »Weg vom Gewässer, in dem das Mädchen ertrunken ist. Macht doch Sinn.«

Die Kellnerin erschien und servierte das Essen. Sie unterbrachen ihre Analyse. Mendelski hasste es, beim Essen über einem Fall zu brüten.

***

Ein Land Rover, ein dunkelgrünes, ziemlich verschmutztes Defender-Modell älterer Bauart, raste die Rebberlaher Straße hinauf, passierte die Eschenhalle und die Flohrmühle und bog dann links ab.

Am Steuer saß Kai Kreinbrink, zu seiner Rechten Finn Braukmann. Sie unterhielten sich angeregt.

»Los, komm«, drängelte Finn. »Nun sag mir endlich, wohin wir fahren.«

»Das wirst du in zwei Minuten sehen«, erwiderte Kai ruhig. »Natürlich direkt zu einem Verdächtigen.«

»Zu einem der Mordverdächtigen? Spinnst du?«

»Ganz und gar nicht. Vertrau mir.«

»Mensch, Kai, was machst du? Das ist doch Sache der Kripo.«

»Keine Bange.« Kai bremste, ließ einen entgegenkommenden Lieferwagen passieren und bog dann rechts ab. »Eigentlich verdächtige ich ihn nicht wirklich«, fuhr er fort. »Dazu kenne ich ihn zu gut. Deshalb habe ich auch den Bullen erst mal nichts gesagt.«

»Nun mach's nicht so spannend …«

»Du kennst ihn übrigens auch.«

Finn guckte Kai groß an.

»Die Wolfsangel hat mich drauf gebracht.«

»Du sagtest es bereits.« Finn wurde langsam ärgerlich.

»Er hat aber nichts mit den Rechten zu tun. Das wäre mir jedenfalls neu.«

»Ach nee.« Finn flüchtete sich in Sarkasmus.

»Es ist einer von uns«, erzählte Kai unbeirrt weiter. »Ein Jäger.«

»Hab ich's mir doch gedacht.«

»Ich will ihm in die Augen schauen, wenn ich ihn frage. Es wäre ungeheuerlich, wenn er was mit Yadiras Tod zu tun hat.«

Der Land Rover stoppte vor einem kleinen Einfamilienhaus aus rotem Backstein, dessen Vorgarten von einer mannshohen Buchsbaumhecke umgeben war.

»Hier?« Finn schaute seinen Freund ungläubig an. »Das ist doch das Haus von unserem ehemaligen Pauker Pagel?«

***

»Bleibt die Wolfsangel«, sagte Mendelski, nachdem das benutzte Geschirr abgetragen worden war und sie einen Espresso schlürften.

»Wolfsangel«, wiederholte er, während er schrieb. »Nach den Drohbriefen und dem Streckenplatz unser dritter Anhaltspunkt. Es könnte sich einmal mehr sowohl um einen Hinweis als auch um eine falsche Fährte handeln.«

»Der Hinweis ginge in Richtung Fremdenfeindlichkeit, sprich: rechte Szene.« Maike gab einen halben Löffel Zucker in ihren Espresso. »Oder fällt dir noch was anderes ein?«

»Nein. Wir werden wohl den Verfassungsschutz einschalten müssen. Soweit ich weiß, gibt es Neonazi-Gruppierungen, die sich in der Tradition der Werwölfe sehen und bei ihren Anschlägen und Grabschändungen gern Zeichen wie die Wolfsangel hinterlassen.«

»Werwölfe, uh, wie gruselig …«

»Nein.« Mendelski musste schmunzeln. »Ich rede nicht von der Sagengestalt, die du als Horrorwesen aus dem Kino kennst. Die hat ihren Ursprung in der germanischen Mythologie. Ich bin in der Neuzeit: Ende des Zweiten Weltkrieges gab es eine Freischärlerbewegung in Deutschland, die sich Werwolf nannte. Die haben Attentate, Anschläge und Sabotageakte gegen die alliierten Besatzungsmächte verübt.«

»Ich erinnere mich dunkel«, ließ Maike verlauten. »Elfte Klasse, Geschichts-Leistungskurs bei Frau Eichhorn. Hatte Hitler nicht ebenfalls ein Faible für den Wolf?«

»Bravo.« Mendelski nickte anerkennend. »Hast gut aufgepasst. Ja, wegen seines Vornamens. Adolf kommt von Adelwolf, übersetzt: der edle Wolf, das deutete jedenfalls Hitler so. Deshalb hat er seine Hauptquartiere an der Ostfront auch Wolfsschanze, Wolfsschlucht und Werwolf genannt.«

»Und Wolfsburg?«

»Wolfsburg?« Das Echo kam aus der Tiefe des Raumes. Eine zweite Stimme prophezeite düster: »Die verlieren heute haushoch gegen 96.«

Ohne sich umzudrehen, stöhnte Maike Schnur auf. Nachdem der Schreck verflogen war, schimpfte sie los: »Heiko und Jo! Liebe Kollegen, geht's nicht ein bisschen diskreter?«

***

Schon wieder ein Auto. Konnte man denn nicht mal in Ruhe sein Mittagsschläfchen halten? Hier war ja heute ein Verkehr wie auf der B191.

Karl-Heinz Jagau hatte sich aufgerichtet, um besser sehen zu können. Dabei schraubte er die Rückenlehne des Fahrersitzes zurück in die Senkrechte.

Jetzt habe ich mir für die Mittagspause schon einen der einsamsten Waldwege und eine noch einsamere Parklücke in einem dichten, schlecht einsehbaren Douglasienhorst ausgesucht, schimpfte er innerlich, und da kommt doch tatsächlich ein Störenfried daher.

Es war nicht von Bartling – zum Glück, denn er hatte die Pause schon um zwanzig Minuten überzogen –, und es war auch nicht der Pagel. Deren Autos kannte er mittlerweile recht gut.

Es war ein grüner VW Caddy, der da auf dem schlechten Sandweg angehoppelt kam, einer dieser Möchtegern-Pick-ups, wie Jagau in Gedanken hämisch kommentierte.

»So ein Auto fährt in Eschede doch nur einer«, murmelte der Forstwirt, während er nach dem Fernglas auf der Rückbank tastete. Kurz darauf hielt er das Okular vor die Augen und musterte interessiert das Fahrzeug, das in weniger als dreißig Meter Entfernung sein Versteck passierte.

»Tatsächlich, Rolf Wiegand.« Karl-Heinz Jagau wunderte sich nicht wenig. »Was macht denn der hier im Forst?«

Jagau kannte den Wiegand zwar schon recht lange, aber nicht besonders gut. Vor seiner Forstwirtschaftslehre hatte er ein Praktikum im Garten- und Landschaftsbau gemacht und dabei einen Motorsägenlehrgang bei der Deula absolviert – zusammen mit dem damals frisch gebackenen Gärtner Wiegand, der denselben Kurs besuchte.

Später waren sie sich immer wieder auf verschiedenen Drückjagden über den Weg gelaufen, auf denen beide als Treiber tätig waren. Soweit Jagau wusste, hatte Wiegand versucht, den Jagdschein zu machen, war aber gescheitert – man munkelte, es würde am überstrengen Prüfer Joachim Pagel liegen. Jedenfalls war Wiegand danach auch als Treiber nie mehr in Erscheinung getreten.

Grünschnitt, den er illegal im Wald entsorgen wollte, hatte der Gärtner nicht geladen, stellte Jagau erleichtert fest. Die Ladefläche des Caddy war leer.

»Er hat mich nicht gesehen. Ist vielleicht auch besser so.« Karl-Heinz Jagau setzte das Fernglas ab und schaute dem Wagen mit bloßen Augen hinterher. Er kam ins Grübeln.

Wem würde er heute wohl noch im Wald begegnen?

***

Nachdem Heiko Strunz und Jo Kleinschmidt Platz genommen und eine Kleinigkeit zu essen bestellt hatten, zog Strunz ein zusammengefaltetes Stück Papier aus der Brusttasche. »Ein Fax vom Innenministerium in Hannover«, sagte er und reichte das Blatt an Mendelski weiter. »Die machen Druck. Das Dominikanische Konsulat hat sich an sie gewandt, mit der Bitte um unverzügliche Aufklärung des Falls Yadira Martinéz. Hannover hätte nun gern so rasch wie möglich gewusst, ob ein Unfall oder ein Gewaltverbrechen vorliegt. Und ob wir Hilfe vom LKA benötigen.«

»Immer diese Hetze«, knurrte Mendelski. Ohne sich das Papier anzuschauen, legte er es beiseite. »Erzähl mal lieber von euren Nachforschungen heute Vormittag.«

Strunz und Kleinschmidt hatten, bevor sie in Celle losgefahren waren, bei Hanno Stucke und Mira Köhne angerufen, um ihren Besuch anzumelden. Dabei hörten sie, dass die Freunde von Yadira, Kai und Finn sich nicht in Eschede, sondern in Meißendorf bei einem NABU-Seminar aufhielten. Also waren sie zunächst zum Gut Sunder gefahren, um dort die beiden jungen Leute zu befragen. Das Paar habe einen sehr niedergeschlagenen Eindruck gemacht, berichtete Strunz, und im Wesentlichen die Aussagen von Kai Kreinbrink und Finn Braukmann bestätigt. Sie hätten leider keine weiteren sachdienlichen Aussagen zum Tod von Yadira machen können.

Danach waren Strunz und Kleinschmidt nach Eschede gefahren. Nach einer Lagebesprechung in der örtlichen Polizeistation an der Uelzener Straße hatten sie, unterstützt von den Kollegen aus Eschede, mit der Befragung der direkten Nachbarn und weiterer Bewohner der Straße, in der die Kreinbrinks wohnten, begonnen. Die Leute dort hatten alle erklärt, vorgestern Nacht tief und fest geschlafen und nichts Außergewöhnliches bemerkt zu haben.

Lediglich eine der befragten Personen hatte etwas auszusagen gehabt. Eine dreiundneunzigjährige Frau, die direkt an der Feldmark wohnte, litt unter Schlafstörungen und hatte deswegen nicht schlafen können. Sie meinte, gegen zwei Uhr in der Nacht ein für diese Gegend ungewöhnliches Geräusch vernommen zu haben. Ein Geräusch, das sie zuletzt als junge Frau – sie stammte aus einem kleinen Dorf bei Insterburg in Ostpreußen – in Vollmondnächten gehört hatte.

Jo Kleinschmidt präzisierte: »Sie glaubte, das Heulen eines Wolfes gehört zu haben.«

»Das Heulen eines Wolfes?« Maike Schnur warf den Kopf herum und schaute Mendelski zweifelnd an. »Das wird ja immer verrückter!«

»Ich nehme an, sie hat einen jaulenden Hund gehört«, erklärte Strunz rasch. »Wisst ihr, das ist eine alte Frau, die allein lebt und ein bisschen wunderlich wirkt. Ich glaube, wir können ihre Aussage vernachlässigen.«

»Von den jüngst eingewanderten Wölfen hier in der Gegend steht ja jeden Tag was in der ›Celleschen‹.« Kleinschmidt grinste vielsagend. »Da war wohl der Wunsch der Vater des Gedanken.«

»Oder reichlich Phantasie.«

»Wir sollten trotzdem nichts übereilen«, warf Mendelski ein. »Wie ihr vorhin bemerkt habt, hatten wir auch gerade das Thema Wolf. Was für ein Zufall, nicht wahr? Lasst mich mal kurz berichten …« Er schilderte in knappen Worten den Vormittag: den Besuch in Eldingen und das sehr wahrscheinliche Ausscheiden des Matthias Stadler aus dem Verdächtigenkreis, das aufschlussreiche Gespräch mit Kai und Finn und die mögliche Deutung des Z-Zeichens vom Waldboden als sogenannte Wolfsangel.

»Also eventuell doch ein rechtsradikaler oder, präziser ausgedrückt, fremdenfeindlicher Hintergrund«, bemerkte Strunz nachdenklich. »Das wird Steigenberger überhaupt nicht gefallen.«

»Irgendwas stört mich daran.« Missmutig stocherte Mendelski mit dem Teelöffel in seiner leeren Espressotasse herum. »Ich weiß nur nicht, was. Die Verhaltensmuster der Rechten sind anders …«

»Wolfsangel?«, fragte Kleinschmidt nachdenklich. »Ist das vom Ursprung her nicht eine altgermanische Rune?«

»Da ist man sich nicht ganz einig …« Mendelski stockte und hob seine linke Hand, während seine rechte in die Hosentasche fuhr. Wenig später hielt er ein vibrierendes Handy in der Hand. »Mendelski? – Ja, Ellen. Was gibt's? – Schieß los.« Der Kommissar lehnte sich zurück und lauschte in sein Mobiltelefon. Die anderen schwiegen gespannt.

Fünf Minuten später steckten vier Personen, drei Männer und eine Frau, im »Deutschen Haus« die Köpfe über dem Tisch zusammen. Der Älteste von ihnen wiederholte mit unterdrückter Stimme, was ihm soeben am Telefon berichtet worden war.

SECHS

Der Airbus 340 der Iberia hatte kaum von der Betonpiste in Las Americas, dem internationalen Flughafen von Santo Domingo, abgehoben und war noch im Begriff, sein Fahrwerk einzufahren, da überflog die Maschine auch schon das offene Meer.

Trotz des rauen Seewindes war es ein ruhiger Start. Flug Nummer IB 3500 konnte idealerweise direkt gegen den Südwind anfliegen. Und doch war ihr mulmig zumute. Stocksteif und angespannt saß sie in ihrem Sitz. Mit beiden Händen umklammerte sie den kleinen Glücksbringer am Lederband um ihren Hals.

Es war ihr erster Flug in einem so großen Düsenflugzeug. Mit einer einmotorigen Propellermaschine war sie schon einmal geflogen.

Ramón, der beste Freund ihres großen Bruders, hatte sie letztes Jahr in seiner Cesna zu einem Arbeitseinsatz mitgenommen. Zu einem viertelstündigen Flug, um über den weitläufigen Baumwollfeldern im Cibao-Tal Pestizide zu versprühen. Ramón, der alte Macho, war natürlich besonders waghalsig geflogen, sodass ihr Gesicht schon nach wenigen Minuten grün angelaufen war und sie sich schließlich übergeben musste.

Von ihrem Fensterplatz kurz vor der Tragfläche schaute sie in die Nacht hinaus. Tiefschwarz lag das Karibische Meer unter ihnen. Erst als das Flugzeug sich nach links neigte, um vom Süd- auf Ostkurs umzuschwenken, sah sie die vielen Lichter.

Boca Chica, die Badewanne Santo Domingos, war hell erleuchtet. Hier hatte sie so manchen Sonntagnachmittag verbracht, wenn sie bei ihrer Tante Anselma in der Hauptstadt zu Besuch war. Als Nichtschwimmerin – wo sollte man in den Bergen auch schwimmen lernen? – schätzte sie den beliebten Badeplatz mit dem herrlichen Sandstrand, an dem das Wasser durch ein vorgelagertes Riff recht ruhig und nicht tiefer als eineinhalb Meter war.

Etwas weiter östlich tauchten die Lichter von Juan Dolio auf, ein Stück weiter die Küste entlang erkannte sie San Pedro de Macorís. Rote Blinklichter warnten in schwindelerregender Höhe vor den Schornsteinen der Zuckerfabriken, die es hier zuhauf gab.

Schnell gewann das Flugzeug an Höhe. La Romana war noch auszumachen, dann wurde es langsam dunkel um Flug IB 3500. Die Maschine hatte den östlichsten Zipfel von Hispañola erreicht und flog nun auf den Atlantischen Ozean hinaus.

Eine Träne rollte langsam ihre Wange hinab. Würde sie ihr geliebtes Eiland jemals wiedersehen?

***

»Scheint nicht da zu sein«, stellte Kai fest, während er durch das heruntergedrehte Seitenfenster über die Buchsbaumhecke lugte. »Sein Volvo steht jedenfalls nicht im Carport.«

»Wie kommst du auf Pagel?« Finn schüttelte ungläubig den Kopf. »Weil er Yadira privat ein paar Deutschstunden gegeben hat? Der schrullige Kerl! Der tut doch keiner Fliege was zuleide.«

»So richtig glaub ich ja auch nicht daran.« Kai guckte gequält. »Deswegen bin ich ja selbst hergefahren, statt ihm die Bullen auf den Hals zu hetzen.«

»Also, was nun?«

»Es ist wegen der Wolfsangel. Erinnerst du dich nicht mehr an seinen Geschichtsunterricht?«

»Nee, da hab ich gepennt.«

»Pagels Steckenpferd ist die Geschichte des Dritten Reiches, auch wenn er kein Sympathisant der rechten Szene ist. Wir haben bei ihm mal die Insignien der Nazis durchgenommen, deren Herkunft beleuchtet und so. Unter anderem auch die Wolfsangel.«

»Ich erinnere mich dunkel.«

»In der Jagdscheinausbildung ging's dann weiter. Löns, Löns und noch mal Löns. Pagel las dauernd aus den alten Schinken vor. Meist aus dem ›Wehrwolf‹. ›Die Wolfsangel steht für Wehrhaftigkeit‹, hat er immer gepredigt. So, wie Hermann Löns sie verehrte, hat auch Pagel die Wolfsangel und ihre Symbolik verehrt.«

»Davon weiß ich gar nichts«, entgegnete Finn. »Ich hab schließlich keinen Jagdschein.«

»Na, überleg mal.«

»Du meinst also, Pagel könnte etwas mit der Wolfsangel im Wald zu tun haben. Nur, warum sollte er –«

»Na, denk doch ans Schützenfest«, unterbrach ihn Kai.

»Wieso?«
»Mensch …«
Finn stutzte. »Ach, du meinst das mit dem Tanzen?«
»Natürlich. Ich weiß das noch ganz genau. Yadira war supergut drauf und hat den Pagel zum Tanzen aufgefordert. Oder besser: mit beiden Händen auf die Tanzfläche gezogen. Um mit ihm einen Mambo oder so aufs Parkett zu legen. Sie, in ihrem sexy Sommerkleid …«
»Sie sah umwerfend aus.« Finns Blick verklärte sich.
»Dem Pagel gefiel das doch, jedenfalls am Anfang. Der verklemmte Junggeselle und ungelenke Dorfschullehrer fühlte sich geschmeichelt, gebauchpinselt. Doch dann wurde ihm sein trampelhaftes Gehopse plötzlich peinlich. Das ganze Zelt guckte nämlich zu – und vor allem jede Menge Schüler mit Fotohandys. Das hat er in der folgenden Woche in der Penne immer wieder zu spüren bekommen, die Fotos gingen rum wie ein Lauffeuer. Selbst im Internet gab es Bilder und Kommentare. Im Nachhinein, das habe ich neulich beim Entenstrich in Habighorst mitbekommen, fühlte er sich von Yadira bloßgestellt, absichtlich. Die Leute erzählten, er hätte ihr das total übel genommen.«
»Und aus war's mit dem privaten Deutschunterricht?«
»Ja.« Kai nickte.
»Du hast recht, wir sollten ihn zur Rede stellen.«

***

»Interessante Neuigkeiten von Ellen«, verkündete Mendelski mit verhaltener Stimme. Er schaute sich um, um sicherzustellen, dass in der Gaststätte kein unerwünschter Zuhörer etwas mitbekam. »Kommt mal ein bisschen näher.«
Strunz, Kleinschmidt und Maike steckten die Köpfe zusammen.
»Zunächst zum Labor«, begann der Kommissar. »Dort haben sie im Fichtengrün vom Streckenplatz jede Menge Spuren entdeckt. Eine Unzahl von Fasern, die verschiedenen Kleidungsstücken, Arbeitshandschuhen und wahrscheinlich auch einer Wolldecke zuzuordnen sind. Dann Kopfhaare von mindestens zwei verschiedenen Personen – die Tote ausgenommen. Das klingt sehr vielversprechend.«

Mendelski unterbrach seinen Bericht, da die Bedienung an den Tisch getreten war.

»Alles in Ordnung?«, fragte die adrett gekleidete junge Frau mit dem wippenden Pferdeschwanz unsicher. »Haben Sie vielleicht noch einen Wunsch?«

Nachdem alle verneint hatten, zog sie wieder von dannen.

»Die Auswertung der Gipsabdrücke von den Reifenspuren und der Wolfsangel ist noch nicht abgeschlossen. Aber es hat sich jemand mit der Analyse der Drohbriefe befasst. Die drei Schreiben scheinen von ein und derselben Person erstellt worden zu sein. Die einzelnen Buchstaben wurden sehr sorgfältig ausgeschnitten und aufgeklebt, es gibt keinerlei orthographische Fehler, der Verfasser kennt sich mit der Escheder Geschichte aus. Es dürfte sich darum um einen peniblen, ordnungsliebenden Erwachsenen aus dem Raum Eschede handeln. Einen Dummejungenstreich schließen die Kollegen jedenfalls aus.«

»Was die alles aus ein bisschen Papier heraussaugen«, wunderte sich Maike. »Fehlen nur noch Geschlecht, Konfession und Familienstand.«

»Und die Adresse natürlich«, witzelte Kleinschmidt.

»Was ist mit dem Wasser?«, fragte Strunz. »Ich meine das Wasser, das wir aus der Leiche geborgen haben.«

»Der Reihe nach.« Mendelski setzte seine geheimnisvolle Miene auf. »Zunächst zur Gerichtsmedizin.«

Nach einem Kontrollblick durch die Gaststätte fuhr er fort: »Frau Dr. Grote hat im Magen der Toten unverdaute Überreste von Chili con Carne gefunden, was der Aussage von Yadiras Freunden entspricht. Wichtiger aber ist: Sie hatte null Komma neun Promille Alkohol im Blut. Das ist wahrscheinlich den hochprozentigen Cocktails zuzuschreiben, die die Clique am Abend zuvor konsumiert hat.«

»Null Komma neun geht aber noch«, bemerkte Kleinschmidt. »Wenn man bedenkt, was die Kids heute so schlucken.«

»Jedenfalls ist es ein Mosaiksteinchen mehr«, meinte Mendelski. »Erst recht, wenn man bedenkt, dass sie ertrunken ist. Nun zu den Hämatomen an Kopf, Armen und Schultern: Sie sind dem Mädchen kurz vor dem Ertrinken zugefügt worden. Dr. Grote sagte sogar unmittelbar davor. Sie haben eine nahezu identische Beschaffenheit, was Größe und Form entspricht, sodass man davon ausgehen kann, dass sie von einem oder mehreren gleichartigen Gegenständen mit einem Durchmesser von circa fünf Zentimetern herrühren. Es dürfte sich aller Wahrscheinlichkeit nach um einen stumpfen, jedoch nicht besonders glatten Gegenstand handeln, da leichte Hautverletzungen – sprich: kleine Risse in der Epidermis – aufgetreten sind. Leider hat der Leichnam zu lange im Wasser gelegen, sodass keine Materialspuren in den betroffenen Hautpartien gefunden werden konnten.«

»Und die Intensität der Hämatome?«, wollte Strunz wissen. »Haben die Stöße, Hiebe, Würfe oder was auch immer dazu geführt, dass das Opfer zum Beispiel bewusstlos wurde?«

»Du meinst die Hämatome am Kopf?« Mendelski zog die Augenbrauen hoch. »Ich ahne, worauf du hinauswillst: Erst bewusstlos, dann ins Wasser … Aber dazu hat Dr. Grote wohl noch nichts Abschließendes gesagt.«

»Gibt es weitere Anzeichen von Gewalt? Kampfspuren? Was hat die Fingernägelanalyse ergeben?«

»Fehlanzeige. Die Fingernägel sind unversehrt. Und alles, was sich unter ihren Nägeln einmal verborgen haben mag, wurde durch den stundenlangen Aufenthalt im Wasser herausgewaschen.«

Mendelski schaute schweigend in die Runde.

»Aber ein Bonbon hast du doch noch für uns«, erriet Maike, die ihren Vorgesetzten doch etwas besser kannte als Strunz und Kleinschmidt.

»Stimmt.« Der Kommissar blieb ernst. »Frau Dr. Grote hat bei der Autopsie des Mädchens ein Lungenödem festgestellt. Lungenödeme werden bei Wasserleichen festgestellt, die aus Salzwasser geborgen werden …«

»Salzwasser?«, unterbrach ihn Kleinschmidt. »Also Meerwasser? Hier, mitten in der tiefsten Heide?«

»Langsam, ich war noch nicht fertig«, knurrte Mendelski. »Ich wiederhole: Lungenödeme werden bei Wasserleichen festgestellt, die aus Salz- oder Meerwasser geborgen werden, aber auch bei denen, die in gechlortem Wasser ertrunken sind.«

»Chlorwasser!« Strunz pfiff durch die Zähne. »Also in einem Schwimmbecken?«

»Das klingt schon naheliegender«, bemerkte Maike. »Denn das nächste Meer ist verdammt weit weg …«

Strunz sah Mendelski an. »Die Wasseranalyse aus dem Labor wird Gewissheit bringen, nehme ich an.« Er grinste. »Nun sag's schon …«

»Das Labor sagt, es handelt sich eindeutig um Chlorwasser. Eine genaue Analyse folgt.«

»Dann los, zum Schwimmbad.« Maike winkte die Bedienung herbei. »Wir möchten zahlen.«

***

Sie hatte kaum etwas gegessen. Das, was vom Kassler Braten, dem Sauerkraut und den Salzkartoffeln übrig war, brachte sie nach nebenan in die Speisekammer.

Normalerweise machte es Irene Hogreve nichts aus, auch einmal allein zu Mittag zu essen. Das kam öfter vor, besonders in der Woche, wenn alle unterwegs waren. Am Wochenende war dafür meist volles Haus, mit Kreinbrink senior und oft auch dessen Tochter Kathrin.

Heute herrschte ungewohnte Stille. Doch Irene Hogreve fand keine Ruhe. Selbst das Mittagsschläfchen, das sie sich mit schöner Regelmäßigkeit täglich von dreizehn Uhr dreißig bis vierzehn Uhr dreißig gönnte und das ihr eigentlich heilig war, ließ sie sausen.

Sie legte die Küchenschürze ab und ging hinaus auf den Hof. Nachdem sie einen Streifzug durch den weitläufigen Garten unternommen und dabei – wie zu erwarten – Rolf Wiegand nicht gefunden hatte, begab sie sich zum Holzschuppen.

Die Tür war nicht abgeschlossen. Sie drückte die Klinke herunter und trat in den fensterlosen, intensiv nach frischem Holz riechenden Raum. Neben dem Kaminholz war hier auch das Werkzeug des Gärtners untergebracht. Irene Hogreve öffnete Türen und Schubladen eines ausrangierten Küchenschranks, in dem sich etliches Kleingerät für den Garten befand. In der dritten Schublade von oben fand sie, was sie suchte. Eilig kehrte sie ins Haus zurück und verschloss sorgfältig sämtliche Außentüren. Bei dem, was sie jetzt vorhatte, wollte sie nicht gestört werden.

Leise stieg sie die Treppe zum Obergeschoss hinauf.

Vor Yadiras Zimmer blieb sie stehen. Die Tür war verschlossen. Ein Polizeisiegel – ein schlichter, mit Stempeln versehener Streifen aus Papier – klebte in Kopfhöhe am Holz und verband den Türrahmen mit der eigentlichen Tür. Das amtliche Siegel sollte ein unerlaubtes Betreten des Raumes durch Unbefugte verhindern, denn die Arbeit der Spurensicherung in diesem Raum stand noch aus.

Die Haushälterin kümmerte sich nicht darum.

In der Hand hielt sie ein Klappmesser. Ein sogenanntes Okuliermesser. Dieses extrem scharfe Spezial-Messer wird im Gartenbau und in Baumschulen zur Veredelung von Pflanzen eingesetzt und ist normalerweise im Geräteschrank eines jeden guten Gärtners zu finden. Ein Werkzeug, das an Schärfe jedes andere ihrer Messer in der Küche übertraf.

Irene Hogreve klappte die Klinge aus.

***

Während sie das Restaurant verließen, hielt Mendelski – höflich, wie er war – den anderen die Tür auf, als plötzlich das Handy, das er zufällig in der Hand hielt, zu vibrieren begann. Überrascht zuckte er zusammen.

Mierda! Scheißtechnik, schimpfte er innerlich, während er im Gehen aufs Display schaute. Ich muss unbedingt den Rufton wieder einschalten. »Nanu«, murmelte er. Dann drückte er die grüne Taste. »Du schon wieder, Ellen?«

Langsam schritt er zum Parkplatz hinüber und lauschte gespannt ins Telefon. Strunz, Kleinschmidt und Maike waren schon vorausgegangen.

»So, gegoogelt hast du … – Ja, verstehe ich. Klar. Im Internet, Google Earth, ja. – Eschede? Haben die das auch aus der Vogelperspektive? – Schön, schön. – Chlorwasser? – Genau, das Schwimmbad, ist klar. – Ja, da wollten wir gerade hin. – Wie, nicht das einzige? – Einen Swimmingpool? Wo denn? – Einen bestimmten? – Nu mach's nicht so spannend …«

Wieder schwieg der Kommissar und lauschte.

»Diablos!«, entfuhr es ihm schließlich. So laut, dass sich die anderen drei, die bei den Autos warteten, umdrehten. »Gut gemacht, Ellen.« Mendelski hastete zum Wagen, während er weitertelefonierte. »Wir lassen also das Freibad erst einmal links liegen. Komm so schnell wie möglich, am besten gleich mit Verstärkung. Wir fahren schon mal vor.«

Strunz, Kleinschmidt und Maike stand die Neugierde ins Gesicht geschrieben.

***

»Irgendwo müssen die doch stecken«, murmelte Irene Hogreve. »Sie wird sie doch nicht weggegeben oder vernichtet haben.« Letzteres fände sie – das musste sich die Haushälterin eingestehen – weniger schlimm.

Sie stand mitten im Zimmer und schaute sich um. Die Tür mit dem zerschnittenen Siegel hatte sie hinter sich zugezogen. Ob sie für ihr Vorhaben die Deckenlampe anknipsen sollte? Sie verwarf den Gedanken.

Auf Zehenspitzen trat sie zum Fenster und schob die Gardinen zur Seite. Da das Haus unter Denkmalschutz stand, waren bei der aufwendigen Komplettsanierung vor zehn Jahren die Fenster – sehr zum Verdruss des Bauherrn Konrad Kreinbrink – in ihrer ursprünglichen Größe erhalten geblieben. Und in einem originalgetreu renovierten niedersächsischen Vierständer-Fachwerkhaus gab es nun mal nur vergleichsweise winzige Fenster – mit entsprechend dunklen Räumen.

Für einen kurzen Augenblick kam ihr die Sonne zu Hilfe. Ihre Strahlen bahnten sich einen Weg durch die dichten, eilig am Herbsthimmel dahinziehenden Wolken, und in Yadiras Zimmer wurde es deutlich heller.

Obwohl sie schon gestern, am Donnerstagmorgen, das Zimmer auf den Kopf gestellt und danach penibel aufgeräumt hatte, durchsuchte sie es ein zweites Mal. Zuerst nahm sie sich den Schreibtisch und den Kleiderschrank vor. Danach kam das Bett an die Reihe, wobei sie diesmal sogar die Matratze aus dem Bettkasten heraushob und untersuchte.

Ihr Zorn wuchs mehr und mehr, denn sie fand keine Spur von dem, was sie suchte.

Sie war gerade dabei, den Teppich aufzurollen, um auch darunter nachzugucken, als sie Motorengeräusche von draußen vernahm. Erschreckt ließ sie den Teppich fahren, erhob sich hastig und trat ans Fenster. Vorsichtig lugte sie an der Gardine vorbei, um in den Hof hinunterzuspähen.

Zwei Autos waren vorgefahren. Vier Personen stiegen aus, zwei davon waren ihr schon bekannt: Es war das ungleiche Ermittler-Paar Mendelski/Schnur, das bereits zweimal hier gewesen war. Die anderen beiden hatte sie gestern Nachmittag im Wald gesehen, auf dem Streckenplatz, dort, wo die Leiche von Yadira gefunden worden war.

Vier Polizisten auf einmal, dachte sie erschrocken. Unangemeldet. Sie machten einen zielstrebigen und energischen Eindruck. Was hatte das zu bedeuten?

Irene Hogreve beobachtete, wie sich die Gruppe aufteilte. Während der Kommissar und seine Mitarbeiterin zur Haustür gingen, eilten die anderen beiden um das Haus herum und verschwanden in Richtung Garten.

Nun musste es schnell gehen. Man durfte sie hier auf gar keinen Fall finden. Mit dem Fuß schob sie den Teppich in die alte Position, stellte den Stuhl wieder vor den Schreibtisch und richtete die Gardinen neu. Ein prüfender Blick durch den Raum – alles war, wie sie es vorgefunden hatte. Nur das mit dem Okuliermesser zerschnittene Polizeisiegel …

Es klingelte an der Haustür.

»Verflucht«, zischte sie. Aus der Schürzentasche kramte sie hastig eine Rolle Tesafilm hervor, schnitt ein etwa drei Zentimeter langes Stück ab und klebte es zur Hälfte von hinten an die Schnittstelle des Siegels. Dann zog sie behutsam die Tür hinter sich ins Schloss.

Es klingelte ein zweites Mal.

Obwohl ihre Hände zitterten, fügte sie die beiden Enden des zerschnittenen Siegels auf dem Klebeband geschickt wieder zusammen. Von außen war davon nun nichts mehr zu sehen. Man musste schon sehr genau hinschauen, um den feinen Schnitt im Papier zu erkennen.

Zufrieden warf sie einen letzten Blick auf ihr Werk und stieg eilig die Treppe hinunter.

Die Türglocke erklang zum dritten Mal.

***

Hier sind die bestimmt nicht langgefahren. Karl-Heinz Jagau dachte an Pagel und Wiegand. Mit ihren nicht gerade geländetauglichen

Autos hätten die sich auf diesem zerwühlten Weg todsicher festgefahren.

Der Forstwirt fragte sich, was der Lehrer und der Gärtner zu dieser Stunde hier im Wald zu suchen hatten. Ob sie verabredet waren? Nein, ganz bestimmt nicht. Die beiden waren sich nicht besonders grün. Man munkelte in Eschede, dass sie kein einziges Wort mehr miteinander gesprochen hätten, seit der Pagel den Wiegand bei der Jägerprüfung mit Pauken und Trompeten hatte durchfallen lassen.

Trotz Allradantrieb hatte der Pick-up seine liebe Not mit dem aufgewühlten Waldweg. Jagau fluchte und gab ordentlich Gas, um nicht stecken zu bleiben. Er kurbelte wie wild am Lenkrad, schrammte um Haaresbreite an dem Holzpolter vorbei, das auf der Wegbankette dicht neben der ursprünglichen Fahrspur frisch gelagert worden war, und kam schließlich jenseits des großen Schlammlochs zum Stehen. Er stellte den Motor ab.

Puh, dachte er, das war knapp. Was muss ich hier auch herumgurken? Bei dem vielen Regen der letzten Wochen ist doch klar, dass dieser Weg durch den Holzeinschlag in die Grütze gefahren wird.

Er steckte sich eine Zigarette an und kurbelte das Fenster herunter. Dann schaute er zu dem Harvester hinüber, der rund vierzig Meter entfernt auf einer Gasse im Wald stand.

Wieder kamen ihm die Schrammen in den Sinn, die Kratzer in seinem Gesicht, deren Herkunft er sich nicht erklären konnte. Wenn die nicht von Doris stammten …

Hatte er in der fraglichen Nacht doch noch jemanden getroffen? Am Ende das Mädchen, das tot im Wald lag? Hatte er versucht, sie anzubaggern? Und war abgewiesen worden?

Beklommen beobachtete er den Harvester.

Die Maschine, ein moderner Holz-Vollernter, war gerade dabei, eine zopftrockene Altkiefer zu fällen. Der Fahrer musste das Aggregat mehrmals neu ansetzen, da der dicke Stammfuß nicht so leicht zu durchtrennen war. Nach mehreren Schnitten wankte schließlich der Baum und fiel in die gewünschte Richtung.

Vielleicht hatte ihm das temperamentvolle Mädchen die Fingernägel durchs Gesicht gezogen, weil er zu viel gefordert hatte. Dann, das musste er sich schockiert eingestehen, wäre er sicher nicht allzu zimperlich mit ihr umgegangen.

Erst jetzt hatte der Harvesterfahrer den Pick-up im Blickfeld. Jagau hob den Arm zum Gruß, denn er kannte den Maschinenführer gut. Jan kam aus Finnland und führte als freier Holzeinschlagsunternehmer seit Jahren für von Bartling Durchforstungen durch. Vollernter im Holzeinschlag einzusetzen, war rationeller und ökonomischer, als diese Knochenarbeit mit der Motorsäge durchzuführen.

Konnte man für etwas bestraft werden, wovon man gar nichts wusste? Ihn überlief es kalt. Er hatte sich selbst gerade zugetraut, sturztrunken jemanden umgebracht zu haben. Aber daran … an so was Grässliches … daran müsste man sich doch erinnern. Erfolglos durchforstete er sein Gedächtnis.

Dann durchzuckte ihn ein noch viel schlimmerer Gedanke: Wenn er der Täter war, würde ihm kein Mensch, nicht mal seine Kumpels, glauben, dass er nichts davon wusste. Verfluchter Suff.

Er musste sich zusammenreißen.

Jagau schaute auf seine Armbanduhr. Noch eine gute Stunde bis zum Feierabend.

Einen Auftrag hatte er noch zu erfüllen. Er musste zum Streckenplatz, um die vier Schwedenfeuer abzuholen, die gestern übrig geblieben waren. Nach dem Leichenfund und dem Abbruch der Jagd hatte man ja auf das übliche Streckelegen verzichtet und somit auch nicht die Schwedenfeuer angezündet. Er hatte die Stammfackeln zurücklassen müssen, da die Pritsche seines Pick-ups zum Transport des erlegten Wildes benötigt worden war.

Er ließ den Motor an, winkte noch einmal zu Jan hinüber und fuhr dann los. Wieder ging es durch tiefen Morast und schwarze Pfützen.

»Die Rallye Paris – Dakar ist nichts dagegen«, schimpfte Jagau.

Er warf die Zigarettenkippe in den Schlamm, schloss das Fenster und jagte mit laut aufheulendem Motor davon.

***

»Schön, Sie zu sehen«, sagte Mendelski, nachdem Irene Hogreve die Haustür geöffnet hatte. »Meine Kollegin und ich dachten schon, es ist niemand zu Hause.«

»Sieh an, mal wieder die Polizei aus Celle«, entgegnete die Haushälterin spitz, während sie mit den Handflächen über ihre Schürze strich, als ob sie direkt aus der Küche käme und noch nasse Hände hätte. »Außer mir ist aber niemand da. Herr Kreinbrink kommt immer erst spät am Nachmittag heim, und der Kai ist mit Finn Braukmann unterwegs.«

»Nicht weiter schlimm.« Mendelski setzte sein gewinnendes Lächeln auf. »Vielleicht können Sie uns ja auch helfen?«

»Wenn Sie meinen …«

»Wir haben eine Frage, die Sie sicher leicht beantworten können.«

»Bitte.«

»Haben die Kreinbrinks einen Swimmingpool in ihrem Garten?«

Irene Hogreve hatte beide Hände in ihrer Schürze vergraben. Als ihre rechte Hand das zusammengeklappte Okuliermesser in der Tasche ertastete, umklammerte sie den hölzernen Griff mit aller Kraft.

»Ja, haben sie.« Ihr Gesichtsausdruck zeigte Verwunderung. »Darf ich fragen, warum Sie das wissen möchten?«

»Nicht jetzt, später vielleicht.« Mendelski wurde förmlich. »Können wir den Pool mal sehen?«

»Jetzt gleich?«

»Ja, bitte.«

»Na gut, wenn Sie darauf bestehen …« Nachdem sich die Haushälterin vergewissert hatte, dass sie ihr Schlüsselbund bei sich trug, zog sie die Haustür ins Schloss. »Hier entlang, bitte«, sagte sie, während sie vorausging. »Wir können um das Haus herumgehen.« Eine Spur lauter fügte sie hinzu: »So, wie Ihre Kollegen.«

Das saß. Ohne sich umzuschauen, ging sie weiter. Mendelski und Maike Schnur warfen sich verstohlene Blicke zu, schwiegen jedoch zu dem versteckten Vorwurf. Frau Hogreve hatte ja recht: Strunz und Kleinschmidt hätten nicht aufs Grundstück laufen sollen, ohne vorher zu fragen.

Sie hatten Mühe, der mit kurzen, schnellen Schritten dahineilenden Haushälterin zu folgen. Es ging um zwei Hausecken herum und dann auf einem schmalen, schnurgeraden Plattenweg über eine große, akkurat gemähte Rasenfläche, die einem Golfplatz zur Ehre gereicht hätte.

»Wo der Gärtner nur steckt«, murmelte Irene Hogreve.

»Was sagten Sie eben?« Maike Schnur, die direkt hinter ihr war, ging einen Schritt schneller, um besser hören zu können.

»Ach nichts.« Die Haushälterin winkte ab.

Fünfzig Schritte weiter bog der Fußweg um zwei Eiben, deren weit ausladende Äste bis zum Erdboden reichten. Als er aus dem Schatten der Bäume trat, blieb Mendelski mit einem erstaunten *»Caramba!«* plötzlich stehen. Vor ihnen lag eine Idylle, die gut in einen Katalog für naturnahe Individualreisen nach Skandinavien oder Kanada gepasst hätte.

In der Mitte einer kleinen Senke stand ein rustikal aussehendes Blockhaus.

Auf dem tief heruntergezogenen Satteldach wucherte wildes Gras; die naturbelassenen, entrindeten Rundhölzer schienen außer Motorsäge und Axt kein anderes Werkzeug gesehen zu haben. Einzig Tür und Fenster wiesen eine künstliche Farbe auf: ein dunkles, kräftiges Grün.

An der Front des Holzhauses erinnerte eine Veranda an einschlägige Westernfilme. Auch die obligatorische Sitzbank und der Schaukelstuhl fehlten nicht. Den Giebel zierte eine mächtige Elchschaufel, die Alter und UV-Bestrahlung gebleicht hatten.

Auf der einen Seite der Hütte gab es eine Feuerstelle mit einem Schwenkgrill, umgeben von grob behauenen Baumstämmen und ein paar Findlingen, die als Sitzgelegenheiten dienten.

Auf der anderen Seite lag der Pool. Ein rechteckiges, im typischen Hellblau gehaltenes Schwimmbecken von ungefähr zehn mal fünfundzwanzig Metern.

Am Rand des Pools standen Strunz und Kleinschmidt. Sie starrten ratlos in die Tiefe.

***

Endlich wurde der Weg besser.

Rechts und links der Fahrbahn hatte man die Kiefernbestände zwar schon mit roter Farbe markiert, doch erst nach dem Fällen und dem anschließenden Holzrücken mit schwerem Gerät würde der aufgeweichte Weg auch hier in Mitleidenschaft gezogen werden.

Karl-Heinz Jagau wollte gerade das Autoradio einschalten, als sein Handy klingelte; der Klingelton ähnelte dem Jagdhornsignal »Aufbruch zur Jagd«.

»Bin auf dem Weg zum Streckenplatz«, sagte er auf von Bartlings Frage nach seinem Standort. »Ja, um die Schwedenfeuer zu holen. Die hab ich ja gestern zurücklassen müssen. – Wegen der vielen Stücke Wild, die ich in die Kühlkammer … – Genau, dann wollte ich Feierabend machen. – Die Polizei? Nein, die hab ich heute nicht im Wald gesehen. Nur den Pagel und den Wiegand. – Ja, den Gärtner. – Keine Ahnung, was der … – Okay, mach ich. Dann bis später.«

Er verstaute sein Handy wieder in der Brusttasche, bog an einer Waldwegekreuzung rechts ab und startete einen zweiten Versuch, das Autoradio einzuschalten.

Doch daraus wurde wieder nichts.

Er hatte sich gerade nach vorn gebeugt, um den entsprechenden Knopf am Radio zu drücken, als er den Feuerschein entdeckte. Rund zweihundert Meter entfernt, wo am Wegesrand der Streckenplatz liegen musste, loderten Flammen zwischen den Bäumen auf.

Hätte nach einer langen Trockenperiode akute Waldbrandgefahr für die leicht entzündbaren Nadelholzwälder bestanden, wäre Karl-Heinz Jagau, der die Escheder Waldbrandkatastrophe 1975 als zehnjähriger Pöks miterlebt hatte, sicher ins Rotieren gekommen. Doch nach dem vielen Regen der letzten Tage und Wochen sah er einem offenen Feuer relativ gelassen entgegen.

Nur wer, verflixt, entfachte hier mitten im Wald ein Lagerfeuer? Oder hatte er es mit einem Brandanschlag zu tun? Und wenn ja, auf was?

Eine leise Ahnung stieg in ihm auf.

Er trat aufs Gas. Je näher er der Stelle kam, desto größer wurden die Flammen. Rauch sah er so gut wie keinen. Er wusste auch, warum. Das Brennmaterial war knochentrocken. Und sehr harzhaltig.

Als er den Streckenplatz schließlich erreichte, sah er, dass jemand seine Schwedenfeuer angezündet hatte.

***

»Der ist leer«, knurrte Strunz.

»Richtig leer«, fügte Kleinschmidt hinzu. »Nicht die kleinste Pfütze. Ist doch merkwürdig nach dem Regen der letzten Tage.«

»Allerdings.« Mendelski trat an den Beckenrand. »Entweder verfügt der Pool über einen exzellenten Abfluss, oder jemand hat ihn regelrecht trocken gewischt.«

Der Kommissar wandte sich an Frau Hogreve, die mit Maike Schnur etwas abseits stehen geblieben war. »Das sind meine Kollegen Strunz und Kleinschmidt von der Kripo Celle – Frau Hogreve, Haushälterin bei den Kreinbrinks.«

Die Genannten nickten einander zu.

»Frau Hogreve, können Sie uns sagen, wann der Pool zuletzt Wasser enthielt?«

»Sie stellen aber auch Fragen.« Die Haushälterin guckte skeptisch. »Muss ich das jetzt beantworten? Nicht, dass ich nachher Ärger mit Herrn Kreinbrink bekomme. Außerdem ...«

»Ja?«, hakte Mendelski nach.

Irene Hogreve strich sich mit der Hand übers Kinn. »Um den Pool kümmert sich eigentlich der Gärtner«, erklärte sie. »Ich bin eher selten hier draußen. Soweit ich weiß, hat er letztes Wochenende von Herrn Kreinbrink den Auftrag erhalten, das Wasser abzulassen. Im Oktober badet ja niemand mehr.«

»Also war am letzten Wochenende noch Wasser im Pool?« Kleinschmidt stellte diese scharfsinnige Frage.

»Muss wohl«, erwiderte die Haushälterin schnippisch.

»Heute ist Freitag«, übernahm Mendelski wieder, »die Woche ist fast vorüber. Was meinen Sie, hat Ihr Gärtner den Auftrag unverzüglich ausgeführt? Also am Montag oder Dienstag?«

Irene Hogreve zuckte mit den Schultern. »Da müssen Sie ihn schon selbst fragen.«

»Wo finden wir ihn?«

»Wenn ich das wüsste. Heute Vormittag war er noch da und hat Holz gehackt, zum Mittagessen hab ich ihn aber nicht gesehen. Normalerweise sagt er Bescheid, wenn er geht.«

»Kommt er denn jeden Tag?«

»Nein, nur dreimal die Woche. Meistens montags, mittwochs und freitags.«

»Ist er per Handy zu erreichen?«

»Nicht immer.« Sie lächelte etwas spöttisch. »Da ist der Wiegand eigen. Er schaltet es nur selten ein.«

»Haben Sie die Nummer?«

»Ja natürlich. Aber die kenne ich nicht auswendig.« Sie guckte unzufrieden. »Die hab ich an der Pinnwand hängen, in der Küche.«

»Okay. Sind Sie so nett und gehen mit Frau Schnur ins Haus, um die Nummer zu holen? Wir schauen uns derweil ein bisschen hier um.«

»Tun Sie das. Das Blockhaus ist nicht abgeschlossen. Drinnen finden Sie jede Menge Trophäen, Felle und sogar eine echte finnische Sauna. Soll ich Ihnen …«

»Nein, danke.« Mendelski wirkte nun streng. »Bitte holen Sie jetzt mit Frau Schnur die Telefonnummer. Das ist wichtiger.«

Nachdem die beiden Frauen gegangen waren, trat Mendelski vor das Blockhaus und schaute zur Elchschaufel hinauf. »Ruf Ellen an«, sagte er zu Heiko Strunz, der mit Jo Kleinschmidt hinter ihm stand. »Wir brauchen die ganze Truppe hier. Ich glaube, wir sind auf der richtigen Spur.«

***

»Lass uns besser nach Hause fahren«, meinte Kai Kreinbrink, nachdem er mit seinem Land Rover eine Runde auf dem Parkplatz der Schule gedreht hatte. Pagels dunkelgrüner Volvo war nirgends zu sehen.

»Ja, hier steckt er auch nicht.« Finn Braukmann kurbelte das Seitenfenster hoch. »Welcher Lehrer ist auch so dämlich und hockt während der Ferien in der Penne?«

»Wär doch eigentlich ein super Versteck«, erwiderte Kai mit grimmigem Blick. »Aber vielleicht hat er sich auch aus Eschede verpisst. Aus Angst vor unangenehmen Fragen.«

»Dieser feige Hund.« Finn trommelte mit den Fingern auf dem Armaturenbrett herum. »Sag mal … der Pagel ist doch auch Jäger. Könnte er da nicht irgendwo im Wald stecken?«

Kai schlug sich mit der flachen Hand gegen die Stirn. »Ich Idiot«, stieß er aus, während er auf die Bremse trat. »Natürlich, du hast recht. Die Jagdhütte! Da treibt er sich doch immer rum. Dass ich da nicht eher draufgekommen bin.« Er wendete den sperrigen Land Rover mitten auf der Rebberlaher Straße.

»Ist das dein Handy?«, brüllte Finn gegen den Krach des heulenden Motors.

Mit einem Fluch auf den Lippen fingerte Kai sein Mobiltelefon aus der Hosentasche und fuhr rechts ran.

»Ja, was gibt's?« Wortlos lauschte er eine Weile, dann sagte er mit einem Seufzer: »Okay, wir kommen.«

Er trat wieder aufs Gas und fuhr los.

»Was is'n los?«, fragte Finn.

»Das war die Hogreve. Ich muss heim. Bei uns ist schon wieder die Kripo aus Celle aufmarschiert. Dieses Mal aber vier Mann hoch.«

»Was wollen die denn?«

»Die interessieren sich plötzlich für unseren Pool. Und für das Blockhaus.«

Gut, dass Kai Kreinbrink in diesem Augenblick stur auf die Fahrbahn vor sich schaute. Hätte er zur Seite geguckt, wäre ihm sicher nicht entgangen, dass sein Freund bei dieser Nachricht zusammengezuckt war.

***

»Hätte nicht erwartet, hier hinten im Garten so ein kleines Paradies zu finden«, sagte Mendelski und trat an die mannshohe Hainbuchenhecke, die hinter dem Blockhaus verlief und das Grundstück zu begrenzen schien.

Kleinschmidt seufzte. »Steuerberater müsste man sein.« Mit den Händen hatte er ein Guckloch in dem dichten Grün der Hecke aufgetan, durch das er nun spähte. »Da draußen verläuft ein Weg. Der scheint in die Feldmark zu führen.«

»Und in den Ort«, mutmaßte Mendelski. »Interessant, interessant …«

»Hier gibt's auch ein Schlupfloch.« Kleinschmidt hatte sich gebückt. »Sieht aus, als hätten sich hier Hunde oder andere Tiere einen Weg durch die Hecke gebahnt.«

»Oder Zweibeiner.« Mendelski fasste seinen jungen Kollegen am Arm. »Lass gut sein, Jo. Das ist was für die Spurensicherung. Da solltest du besser mit entsprechender Ausrüstung rangehen.«

Kleinschmidt erhob sich mit einem Ächzen. »Oh, mein Hintern«, jammerte er. »Das kommt davon, wenn man sich zum Bowlen mitschleifen lässt.«

»Muskelkater?«

»Und wie. An Stellen, an denen man es nicht für möglich hält.«

»Du solltest lieber richtigen Sport treiben.« Mendelski grinste schadenfroh. »Und nicht nur mit 'nem Geländewagen in Sandkuhlen herumgurken.«

»Ach, was weißt du denn schon vom Offroad-Fahren.« Kleinschmidt winkte ab. »Aber egal jetzt. Du scheinst dir ja ziemlich sicher zu sein, dass wir den Tatort gefunden haben.«

»Roberts Spürnase hat ihn selten getrogen«, ließ Heiko Strunz verlauten. Er deutete auf den leeren Pool. »Scheint tatsächlich so, als wäre der gerade erst gereinigt worden. Kein Blatt, kein Grashalm, kein Fünkchen Dreck; da hat jemand Klarschiff gemacht, aber gründlich. Bei einer Wasserleiche, die hier aus dem Haus stammt und in deren Lunge Chlorwasser gefunden worden ist, finde ich das mehr als verdächtig.«

Mendelski nickte. »Trotzdem werde ich das Gefühl nicht los, dass jemand Katz und Maus mit uns spielt.« Er wandte sich Strunz zu. »Oder?«

»Ja, und wir sind die Maus«, antwortete der bissig. »Das Zimmer der Toten sah genauso aufgeräumt aus wie der Pool hier. Da scheint jemand großen Wert darauf zu legen, nicht die kleinste Spur zu hinterlassen.«

Mendelski nickte. »Und als Gipfel der Inszenierung serviert er uns die Leiche auf dem Streckenplatz.«

»Scheint von langer Hand geplant, meinst du?«, fragte Kleinschmidt.

Mendelski schüttelte den Kopf. »Ich weiß nicht, ob die ganze Aktion vorher in allen Details geplant wurde … oder ob es nur nach Planung aussehen soll.«

»Vielleicht sollte ich da mal hinuntersteigen«, schlug Strunz vor, der am Rand des Pools niedergekniet war.

»Nein, warte lieber, bis Ellen und die anderen Kollegen da sind.« Mendelski schaute ungeduldig auf die Uhr. »Ich will kein Risiko eingehen.«

»Wir können im Abfluss bestimmt noch eine Wasserprobe ziehen«, versuchte Kleinschmidt Optimismus zu verbreiten. »Und wahrscheinlich findet sich dort unten auch noch irgendwo ein Haar, ein pechschwarzes, lockiges Mädchenhaar … Bei so 'nem Pool gibt's doch Filter und Siebe.«

»Vielleicht.« Mendelski starrte versonnen auf den Beckenboden. Dann drehte er sich abrupt um und wies zum Blockhaus. »Wir vergeuden Zeit. Solange wir auf Ellen warten, sollten wir uns die Hütte vorknöpfen.«

Sie stülpten sich Latexhandschuhe über und betraten die Veranda.

***

»Wusst ich's doch«, verkündete Irene Hogreve, nachdem Maike Schnur von der Toilette zurückgekehrt war. »Der Wiegand hat sein Telefon nicht an.«

»Sie sollten eigentlich nur die Nummer heraussuchen«, erwiderte Maike tadelnd. »Und nicht selbst anrufen.«

»Entschuldigung. Habe ich nicht gewusst.« Die Haushälterin spielte das Unschuldslamm.

»Aber ich habe Sie doch sprechen hören.«

»Sie haben aber gute Ohren! Ja, ich habe mir erlaubt, Kai Kreinbrink anzurufen und ihm Bescheid zu geben, dass Sie und Ihre Kollegen hier sind. Seinen Vater habe ich nicht erreichen können. Der ist wohl gerade in einer wichtigen Besprechung in seinem Büro in Celle. Schließlich müssen die Herrschaften wissen, was auf ihrem Grund und Boden vorgeht.«

»Schon gut.« Maike wies zur Haustür. »Wir gehen zurück. Was ist mit Kai? Kommt er her?«

»Ja. Er ist mit Finn hier in Eschede und auf dem Weg nach Hause.«

***

Bevor sie eintraten, schaute Mendelski durch das rautenförmige Fenster, das in Kopfhöhe in die Tür eingelassen war. Durch vier weitere Fenster an den Seitenwänden – zwei rechts, zwei links –, deren Vorhänge aufgezogen waren, fiel natürliches Licht und tauchte das Innere des Blockhauses in einen freundlichen, ausreichend hellen Dämmerschein. Der Raum, den sie einsehen konnten, war menschenleer.

Mendelski drückte die Klinke herunter und trat ein.

In bewährter Polizeimanier verschafften sich die drei Kripobeamten zunächst einen Überblick, bevor sie ins Detail gingen. Strunz und Kleinschmidt steuerten gezielt auf die beiden Türen zu, die zu weiteren Zimmern im hinteren Bereich des Blockhauses führten. Mendelski stellte sich in der Mitte des Hauptraumes auf und schaute sich um.

Auf den ersten Blick registrierte er einen großen ovalen Tisch, sechs Stühle, Ofen, Couch, Bücherregal, Stehlampe, Küchenzeile – und jede Menge Trophäen. Die Wände hingen voll mit ausgestopften Kreaturen, Fellen, Geweihen, Gehörnen und Fotos von Jagderfolgen aus aller Welt. Die Kreinbrinks schienen des Öfteren nach Afrika gereist zu sein und auch dort gejagt zu haben.

»Schlafraum mit zwei Betten, zwei Nachttischen und einem Schrank«, rief wenig später Strunz, während er den Kopf durch die Tür steckte. »Personen negativ.«

»Badezimmer mit Einbausauna, Toilette, Dusche und dem Üblichen«, meldete Kleinschmidt aus dem anderen Raum. »Ebenfalls kein menschliches Wesen.«

»Na gut.« Mendelski bückte sich zu dem Bullerjan-Ofen hinab, der mitten im Raum stand, und öffnete die Ascheklappe. »Dann wollen wir mal …«

Sie begannen mit der genauen Durchsuchung des Blockhauses. Kleinschmidt nahm sich die Küchenzeile vor, wo der Kühlschrank und ein gut gefüllter Abfalleimer sein besonderes Interesse fanden. Strunz war in den Schlafraum zurückgekehrt und widmete sich dort intensiv den beiden Betten.

Nachdem er festgestellt hatte, dass der Ofen aschefrei war, ging Mendelski an den Wänden entlang und betrachtete die unzähligen Trophäen, Exponate und Bilder.

Er musterte den kunstvoll ausgestopften Baummarder mit der Maus im Fang – eine Meisterleistung der Präparierkunst; er bestaunte das Brett mit der Sammlung abnormer Rehgehörne, bei der auch ein klassisches Korkenziehergehörn nicht fehlte, und er zählte die Enden des ungeraden Achtzehnenders, dessen prächtiges

Geweih über der Tür hing und bei dem eine Wolfssprosse abgebrochen war.

Als Nächstes begutachtete er das Bücherregal. Hier fand er neben einer Reihe von deutschen und internationalen Kriminalromanen auch eine erkleckliche Sammlung klassischer Jagdliteratur.

Als er sich eine bereits ziemlich zerfledderte Ausgabe von Löns' »Wehrwolf« anschauen wollte, hörte er Schritte auf der Veranda.

***

Sie waren feinsäuberlich zu einem zimmergroßen Rechteck aufgestellt. Etwa dort, wo gestern noch das Fichtengrün und die Leiche des Mädchens gelegen hatten.

Die vier Schwedenfeuer brannten lichterloh, homogen, wie aus einem Guss. Der frische Wind fachte die Feuer zusätzlich an. Er blies durch die von der Motorsäge in die Stämme geschnittenen Schlitze und versorgte die Flammen mit neuem Sauerstoff.

Eigentlich hätte Karl-Heinz Jagau stolz auf seine Baumfackeln sein können, so prächtig brannten sie. Er selbst hatte die stammtrockenen Kiefernstämme ausgesucht, gefällt und fachmännisch zurechtgesägt.

Nur hätten sie lieber gestern beim Streckelegen so schön brennen sollen, um für die Jagdgesellschaft die Strecke zu beleuchten. So aber verbrannten sie ohne Zuschauer und völlig nutzlos.

Erst jetzt stieg der Forstwirt aus seinem Wagen. Er ging um das brennende Karree herum und musterte jedes einzelne Feuer. Nach dem Stand des Abbrennens zu urteilen, mussten die Schwedenfeuer vor ungefähr einer halben Stunde angezündet worden sein.

Doch von wem?

Jagau lief den Waldweg entlang und so gut es eben ging in die umliegenden Hochwaldbestände. Ihm, der im Forst zu Hause war wie kaum ein anderer, wurde es plötzlich unheimlich zumute.

Weit und breit war keine Menschenseele zu entdecken, geschweige denn ein Fahrzeug.

Er wandte sich wieder den Schwedenfeuern zu – und dem Platz, den sie umsäumten. Gestern Nachmittag hatten hier die Leute von der Celler Kripo jeden Quadratzentimeter Boden genau untersucht. Das gesamte Fichtengrün vom Streckenplatz hatten sie eingesammelt – und soweit er wusste, auch Gipsabdrücke genommen, von Fußspuren oder dergleichen.

Sein Blick schweifte über das dunkle Erdreich des Streckenplatzes, eine Mischung aus relativ festem Sand und humosen Stoffen. Der spärliche Grasbewuchs mit Drahtschmiele war mehr oder weniger zertrampelt.

Fuß vor Fuß setzend, trat er näher, zwischen zwei Schwedenfeuern hindurch, bis er inmitten der vier lodernden Stammfackeln stand. Dort lag exakt in der Mitte des Karrees ein armlanger Fichtenast.

Haben die Bullen den etwa vergessen?, fragte er sich.

Dann erst erkannte er das Besondere daran. Auch ohne bestandene Jagdscheinprüfung wusste er, was es mit diesem Ast auf sich hatte.

Karl-Heinz Jagau griff zum Handy.

***

»Robert, seid ihr da drin?«, hörte er Maikes hohe Stimme fragen. Im nächsten Augenblick steckte sie vorwitzig den Kopf durch die Blockhaustür. Mendelski antwortete nur mit einem vieldeutigen Brummen. »Leider Fehlanzeige«, sagte sie, nachdem sie und Frau Hogreve das Holzhaus betreten hatten.

»Was meinst du?«, fragte Mendelski stirnrunzelnd. Er schob das Buch zurück in seine alte Position.

»Na, den Gärtner.« Maike rümpfte ihre Nase. »Wo bist du denn mit deinen Gedanken?«

»Oh, sorry.«

»Sein Handy ist ausgeschaltet. Wie Frau Hogreve vermutet hat.«

Die Haushälterin, die mit verschränkten Armen neben Maike stand, nickte.

»Dann müssen wir ihn eben zu Hause aufsuchen«, sagte Mendelski. »Wenn wir hier fertig sind. Frau Hogreve, Sie haben sicher die Adresse von Herrn Wiegand?«

»Leider nein«, erwiderte die Haushälterin. »Die kann Ihnen Kai aber gleich geben. Der muss jeden Augenblick eintreffen.«

»Okay. Sind Sie dann bitte so nett und …«

Ein deftiger Fluch in englischer Sprache und aus weiblichem

Munde unterbrach ihn. Er schaute zur Seite und sah Maike, die entsetzt auf den Boden vor dem Bücherregal starrte.

»Ein Zebrafell«, schrie sie beinahe.

»Ja, und?«

»Mit Einschusslöchern! Mensch, Robert, welcher Jäger bringt es fertig, ein Zebra zu erschießen? Das ist doch so, als ob man ein Pferd jagen würde. Total krank.«

»Sie haben ja überhaupt keine Ahnung.« Das kam von Irene Hogreve. »Tut mir leid, wenn ich das so deutlich sagen muss. Sie wissen offenbar nicht viel von den Wildtieren in Afrika.«

Maike schaute verdutzt drein. Erst blickte sie auf die Haushälterin, dann auf Mendelski. Doch der zuckte nur mit den Schultern und wartete ab, was passierte.

»Herr Kreinbrink hatte gar keine andere Wahl«, erklärte Irene Hogreve mit Nachdruck. »Vor zwei Jahren war er auf einer Farm in Namibia zu Gast, um dort zu jagen. Doch bevor er Gazellen, Warzenschweine und dergleichen schießen durfte, musste er zunächst ein Zebra erlegen. Das hatte der Farmer so von ihm gefordert. Zebras sind in der Region nämlich eine Plage und fügen der Landwirtschaft großen Schaden zu. Deshalb müssen sie kurz gehalten werden.«

»Was ist das für eine Logik?« Maike Schnur schüttelte den Kopf. »Dann würde ich doch lieber aufs Gazellen- und Warzenschweinjagen verzichten. Bevor ich auf ein Zebra schieße. Dieses Jägervolk ist und bleibt mir äußerst suspekt!« Sie zog ein angewidertes Gesicht. Da sie keine Lust hatte, weiter über das Thema Jagd zu diskutieren, wandte sie sich Kleinschmidt zu. Der hatte gerade den Inhalt des Mülleimers am Wickel und war froh, Unterstützung zu bekommen.

»Was machen Sie denn da?« Irene Hogreves Stimme klang plötzlich schrill. »Wozu durchwühlen Sie denn den Müll?«

»Frau Hogreve«, übernahm wieder Mendelski das Kommando. »Wir untersuchen einen unnatürlichen Todesfall. Wie wir diese Aufgabe ausführen, müssen Sie schon uns überlassen. Sind Sie jetzt bitte so nett und verlassen das Blockhaus? Sie können ja draußen oder im Haus drüben warten.«

»Haben Sie eigentlich einen Durchsuchungsbefehl?« Die Haushälterin verschränkte energisch die Arme vor der Brust. »So was brauchen Sie doch, um hier herumzustöbern, oder?«

Mendelski seufzte. »Durchsuchungsbeschluss, bitte schön. Der ist unterwegs. Die Spurensicherung muss jeden Augenblick eintreffen und mit ihr Hauptkommissarin Vogelsang, die das Dokument mitbringt.«

»Gut, gut, dann geh ich eben«, gab sich Frau Hogreve widerwillig geschlagen und ging zur Tür. »Hoffentlich tadelt mich Herr Kreinbrink deshalb später nicht.«

Mendelski schloss die Tür hinter ihr. Als sein Blick dabei die Wand rechts neben der Tür streifte, stutzte er.

Obwohl im übrigen Blockhaus nahezu jeder Quadratmeter Wand mit irgendeinem jagdlichen Utensil behangen war, fand sich hier ein leerer Platz. Zwei Haken, einer in Knie-, der andere in Kopfhöhe, schräg übereinander angebracht, steckten verwaist in den Rundbalken. Ungefähr in der Mitte zwischen ihnen entdeckte Mendelski ein postkartengroßes, vergilbtes Schild, auf dem etwas in kunstvoller Schreibschrift und mit schwarzer Tinte geschrieben stand.

»Was starrst du denn die leere Wand an?« Maike Schnur war hinter ihm aufgetaucht und versuchte neugierig, über seine Schulter zu schielen.

»Kannst du das lesen?«, fragte er leise. »Ich hab meine Brille im Auto vergessen.«

»Klar doch«, sagte sie. »Wenn du mich näher ranlässt.«

Mendelski rückte ein Stück zur Seite.

Maike las vor: *»Die Wolfsfeder – Mit dieser Saufeder wurde am 18. Dezember 1949 in Dalle der letzte wild lebende Wolf im Landkreis Celle erlegt. Obertreiber Hinrich Eilers aus Scharnhorst führte die Waffe während einer Drückjagd, als der angeschossene Wolf von den Hunden gestellt wurde. Mit einer gehörigen Portion Courage und einer spitzen Klinge konnte Eilers den Wolf von seinen Qualen erlösen.«*

»Schon wieder Wölfe«, murmelte Mendelski und sah Maike ratlos an.

SIEBEN

Sie schlief, als die Maschine zum Landeanflug auf Madrid-Barajas ansetzte. Endlich.

Bis dahin hatte sie während des neunstündigen Fluges kein Auge zugetan – obwohl ihr Nachbarplatz frei geblieben war und sie es sich in der ansonsten engen Economyclass relativ bequem gemacht hatte. Doch immer wenn sie eingenickt war, hatte sich einer dieser schrecklichen Alpträume ihrer bemächtigt.

In jedem Traum war eines ihrer Familienmitglieder in große Gefahr geraten. Mal war es ihr kleiner Neffe José-Manuel, der an ihrem Lieblingsstrand Playa Grande in der Nähe von Rio San Juan von einer riesigen Welle ins Meer hinausgespült wurde, mal der von ihr über alles geliebte Großvater Wilmer, der auf einem Ritt in die Berge der Cordillera Central mit seinem Maulesel strauchelte und in einen Abgrund stürzte. Besonders massiv bedrückte sie die Vision eines verheerenden Brandes, der durch einen Blitzeinschlag in das Blechdach einer Hahnenkampfarena in Los Montones Abajo verursacht wurde – mit siebenundzwanzig Todesopfern und unzähligen Verletzten. Im Traum waren ihre zwei Brüder und ihr Vater unter den Zuschauern gewesen.

Als jetzt mit lauten Geräuschen das Fahrwerk ausgefahren wurde, schreckte sie hoch. Sie schob die Sonnenblende an ihrem Fenster in die Höhe und schaute hinaus.

Ihr erster Blick auf die Alte Welt war ernüchternd. Europa lag – wenn sie denn einen Blick durch die Wolkenfetzen erhaschen konnte – grau in grau unter ihr. Am Regen, der das Flugzeugfenster hinabrann, vorbei sah sie auf karges Bergland mit spärlichem Bewuchs und auf vereinzelte, durch regennasse Straßen verbundene Siedlungen. Spanien, das Land, das sie bisher nur aus Fernsehberichten über die gängigen Touristikziele kannte, hatte sie sich ganz anders vorgestellt.

Sie schaute auf den Bildschirm in der Rückenlehne ihres Vordermannes und fröstelte. Für den Zielort Madrid zeigte die Wetterkarte nur vierzehn Grad Celsius an. Und Regen. Das wusste sie aber schon. Ortszeit war fünfzehn Uhr siebenundzwanzig. Sie hatte nur knapp zwei Stunden Aufenthalt. Danach ging der nächste Flieger in Richtung Frankfurt. Ob es in Deutschland noch kälter sein wird als hier in Spanien?, fragte sie sich besorgt.

Als Minuten später die Flugzeugräder den Boden berührten, nahm sie rasch ihr Amulett in die rechte Hand und schickte ein Stoßgebet gen Himmel.

***

»Was, in Gottes Namen, tun Sie hier?«, schnauzte er.

Kai Kreinbrink war völlig außer Atem. Zum einen, weil er die Strecke vom Hof, wo er sein Auto abgestellt hatte, bis zum Blockhaus hinten im Garten in einem beachtlichen Sprint zurückgelegt hatte. Finn hatte ihm kaum folgen können. Zum anderen, weil er sich immens über das Vorgehen der Polizei aufregte. Kurz vor ihm war Ellen Vogelsang mit zwei weiteren Kollegen von der Polizeiinspektion Celle eingetroffen. Die waren gerade dabei gewesen, neben dem Pool diverse Gerätschaften auszupacken und sich weiße Overalls überzustreifen, als er vorbeigerauscht war.

»Anstatt den Pagel zu suchen«, echauffierte er sich, »vergeuden Sie Ihre Zeit hier bei uns im Garten.«

»Jetzt hören Sie mal zu.« Mendelski griff Kai am Arm und schob ihn kurzerhand aus dem Blockhaus hinaus und auf die Veranda. Maike Schnur und Finn folgten ihnen. »Wir haben gute Gründe, hier zu sein.«

»Dann erklären Sie mir das bitte«, rief Kai, dessen Gesicht vor Erregung rot angelaufen war. »Was hat unser Blockhaus mit Yadiras Tod zu tun?«

»Genau das versuchen wir herauszufinden.« Mendelski blieb erstaunlich gelassen. »Es wäre besser, wenn Sie mit uns zusammenarbeiten würden, anstatt nur herumzuschimpfen.«

Kai hob beide Arme. »Okay, okay«, erwiderte er nach einer kurzen Verschnaufpause. »Was wollen Sie wissen?«

In diesem Augenblick kam Kleinschmidt aus dem Blockhaus. »Ich helfe lieber hier draußen mit«, sagte er zu Mendelski, ohne darauf zu achten, wer mithören konnte. »Ich denke, der Pool hat Priorität.«

Erst als er Kais verwunderten Gesichtsausdruck bemerkte, erkannte er seinen Fauxpas. Gleichzeitig traf ihn Mendelskis bohrender Blick.

»Oder ich nehm mir die Hecke vor …« Bei dem Versuch, seinen Fehler gutzumachen, manövrierte er sich nur noch tiefer in den Schlamassel. »Das Schlupfloch …«

»Mach das«, unterbrach ihn Mendelski mit Nachdruck und einem erbosten Blick. Dann wandte er sich wieder Kai zu. »Herr Kreinbrink, können Sie uns sagen, wann …« Er brach ab, als er bemerkte, dass sein Gegenüber nicht zuhörte.

»Der Pool?«, murmelte Kai, während er sich umdrehte. Er sah, wie Ellen Vogelsang und ein weiterer Kriminaltechniker in den leeren Swimmingpool hinabstiegen. Außer dem Overall trugen sie schneeweiße Plastiküberschuhe und Latexhandschuhe. In den Händen hielten sie Beweismitteltüten. »Soll das bedeuten … ja, glauben Sie, dass Yadira …?« Kais Blick suchte den seines Freundes Finn. »Aber … aber man hat sie doch meilenweit von hier entfernt, im Wald …«

»Wann wurde das Wasser im Pool abgelassen?«, fragte Mendelski, ohne darauf einzugehen. »Frau Hogreve hat gesagt, dass der Pool am letzten Wochenende noch gefüllt war.«

»Da hat sie recht.« Kai wirkte plötzlich wie in Trance. Er sprach leise und bedächtig, wie zu sich selbst. »Letztes Wochenende war tatsächlich noch Wasser drin. Hab mich auch drüber gewundert. Die Badesaison ist ja schon seit Wochen vorbei.«

»Ihr Vater hat den Gärtner beauftragt, das Wasser abzulassen und den Pool zu reinigen?«

»Ja, sogar mehrmals, glaube ich. Der Wiegand mag die Arbeit am Pool nicht besonders. Er ist mit Leib und Seele Gärtner, aber kein Bademeister. Vielleicht hat er deshalb den Pool erst diese Woche geleert. Glauben Sie etwa …«

»›Diese Woche‹ ist mir nicht genau genug«, hakte Mendelski energisch nach. »Denken Sie nach. Wann waren Sie das letzte Mal hier draußen?«

Kai reagierte gar nicht auf die Frage. Er wirkte immer noch apathisch. »Ist sie denn ertrunken?« Er schaute Finn mit großen Augen an. »Klar doch, sie konnte ja nicht schwimmen. Sie ist in den Bergen aufgewachsen. Da gibt's nur Flüsse, reißende Gebirgsbäche zwischen riesigen Felsen. Da kann man nicht schwimmen, nur planschen. Sie hat uns vorgeschwärmt von diesen Flüssen, von dem glasklaren, eisig kalten Wasser, dem ohrenbetäubenden Tosen …«

»Meinen Sie das im Ernst?« Finn wandte sich an Maike Schnur, die neben ihm stand. »Ertrunken? Wie kann das … wie soll das denn passiert sein?«

Bevor Maike oder auch Mendelski eine Antwort geben konnten, brüllte Kai plötzlich los: »Dann ist der Gärtner schuld!« Aufgewühlt setzte er nach: »Yadira muss in jener Nacht noch mal draußen gewesen sein. Sie hatte zu viele Cocktails getrunken, fühlte sich vielleicht schlecht. Um frische Luft zu schnappen, ging sie zum Blockhaus, zu ihrem Lieblingsplatz …«

Seine Stimme wurde leiser und leiser.

»Und dann ist sie auf den rutschigen Fliesen ausgerutscht, gestrauchelt, ins Wasser gestürzt und …« Den Rest des Satzes verschluckte er.

Mendelski holte tief Luft, um zu einer Erwiderung anzusetzen.

»Und das nur, weil dieser Idiot von Wiegand den Pool nicht abgelassen hat!«, schrie Kai ansatzlos. »Das soll er büßen!«

»Moment, Moment«, fuhr jetzt Mendelski dazwischen. »Noch wissen wir gar nicht, ob es tatsächlich …«

»Robert?« Das war Ellen Vogelsangs energische Stimme. Sie kam vom Rand des Swimmingpools. »Kommst du bitte mal? Ich hab hier was.«

***

Irene Hogreve hatte den Fenstergriff in der Hand und war gerade im Begriff, das Küchenfenster zu schließen, als sie Kai und Finn in den Garten laufen sah. Sie stieß das Fenster wieder auf und versuchte, den beiden etwas nachzurufen, aber das war vergebliche Liebesmüh.

Insgeheim hoffte sie, dass sich die Kriminalpolizei – wenn sie richtig gezählt hatte, tummelten sich im Garten mittlerweile mindestens sieben Beamte – gegenüber den beiden Jungens etwas respektvoller benähme als gegen sie selbst. Obschon er meist eine harte Schale zur Schau trug, war ihr Kai doch sensibel und so verletzlich. Wie gern hätte sie ihn in diesen schweren Tagen etwas mehr unter ihre Fittiche genommen.

Ob die da draußen was finden?, fragte sich die Haushälterin, während sie das Fenster zuzog. Plötzlich stutzte sie. Sie war mit dem rechten Oberschenkel sacht an den Heizkörper gestoßen, wobei sie etwas Hartes in ihrer Schürzentasche gespürt hatte. »Verdamm mich«, schimpfte sie laut mit sich. »Das hätte ich ja fast vergessen.«

Wenige Minuten später, um Punkt siebzehn Uhr, schnappte sich Irene Hogreve einen leeren Wäschekorb und eilte in den Garten hinaus. Ein zufälliger Beobachter sollte annehmen, sie sei auf dem Weg zur Trockenwiese, um die längst trockene Wäsche von der Leine zu holen. Stattdessen bog sie zum Holzschuppen ab, wo sie sich so unauffällig wie möglich nach allen Seiten umschaute. Als sie sicher war, dass niemand sie beobachtete, stellte sie den Wäschekorb auf dem Hackeklotz neben der Tür ab und trat rasch in den Holzschuppen.

In Windeseile holte sie das Okuliermesser aus der Schürzentasche und legte es an seinen angestammten Platz im ausrangierten Küchenschrank zurück. Doch als sie die Schublade wieder zuschieben wollte, klemmte diese. Sie ruckelte an der Lade, als das nicht fruchtete, zog sie sie wieder ein Stück heraus und versuchte es ein zweites Mal. Wieder blieb die Schublade auf halbem Wege stecken.

Irene Hogreve wurde nervös. Mit beiden Händen stemmte sie sich gegen den Schrank. Ächzend vor Anstrengung bemerkte sie nicht, dass hinter ihr, in der Tür, ein Schatten aufgetaucht war.

Auf leisen Sohlen betrat ein Mann den Holzschuppen und schloss die Tür hinter sich.

***

Nachdem er am Pool in die Knie gegangen war, reichte ihm Ellen Vogelsang die Beweismitteltüte. Mendelski nahm sie in beide Hände und hielt sie in die Höhe, um den Inhalt besser erkennen zu können. Viel schien die federleichte, durchsichtige Hülle in DIN-A4-Größe nicht zu enthalten. Der Kommissar musste sehr genau hinschauen, um überhaupt irgendetwas darin zu entdecken.

»Das stammt aus dem Ablaufsieb«, erklärte Ellen Vogelsang nicht ohne Stolz. »Das Teil hatte sich in einem der Löcher verklemmt, und es war ziemlich schwierig, es unversehrt zu bergen. Ansonsten ist das Sieb picobello sauber, wie der übrige Pool übrigens auch.

Kein Härchen, kein Krümchen, kein Blatt … nichts. Da hat jemand einen gründlichen Großputz veranstaltet.«

»Wovon redest du?« Mendelski knetete unwirsch die Plastiktüte. Seine Brille hatte er mal wieder im Auto gelassen.

»Unten rechts, da in der Ecke«, half ihm Ellen Vogelsang. »Es ist winzig.«

»Ach, jetzt hab ich's.« Mendelski faltete die Tüte so, dass das sichergestellte Objekt nicht mehr aus seiner Ecke rutschen konnte. »Aber … was, zum Teufel, ist denn das?«, fragte er und betastete die Tüte vorsichtig.

»Hast du keine Idee?«

»Sieht aus wie ein Stückchen Holz, Koralle oder so. Mit einer relativ scharfen Bruchstelle an der einen und einer gleichmäßigen Abrundung an der anderen Seite.«

»Sehr gut!«

»Und nun?« Mendelski schaute sie fragend an.

»Könnte das nicht auch ein Stück von einem Knochen sein? Von einem abgebrochenen, winzigen …« Ellen Vogelsang hatte ihre Stimme gesenkt und nickte vielsagend.

»… Vogelknochen«, beendete er leise den Satz.

»Bingo«, flüsterte sie.

***

Der Schreck fuhr ihr in die Glieder. Irene Hogreve wollte laut aufschreien und versuchte gleichzeitig, sich umzudrehen, doch schon hatte sich ihr eine große Hand von hinten auf den Mund gelegt.

Eine andere Hand umklammerte ihre Schulter, sodass sie, wie in einem überdimensionalen Schraubstock, zu keiner Regung mehr fähig war. Gegen ihren Rücken presste sich der Körper eines Mannes, der mindestens einen Kopf größer war als sie.

»Ga-ganz ruhig«, hauchte der Mann ihr stotternd ins Ohr, während strenger Harzgeruch in ihre Nase stieg. Der Kerl musste, so viel registrierte sie noch, kürzlich frisches Nadelholz angefasst haben. Da er ihr mit seiner riesigen Pranke nicht nur den Mund, sondern auch ihre Nase zuhielt, war sie einer Ohnmacht nahe.

Plötzlich lockerte er seine Hand an ihrem Mund.

»I-Ich bin's, Frau Hogreve«, flüsterte er. »I-ich, der Wiegand.

We-wenn Sie mir versprechen, nicht zu schreien, la-lasse ich Sie los.«

»Ich … ich versprech's«, prustete sie, während sie nach Luft rang. »Mensch, Wiegand, was soll das? Nehmen Sie Ihre Finger weg.«

Er lockerte auch den Griff der zweiten Hand und trat einen Schritt zurück. Irene Hogreve drehte sich abrupt um und sah ihm ins Gesicht.

Sie erschrak. In Rolf Wiegands blutunterlaufenen Augen spiegelten sich Entsetzen, Ratlosigkeit – und schiere Angst. Schweißgebadet roch er entsprechend streng, verklebte Haarsträhnen hingen ihm wirr ins Gesicht.

»De-der Garten ist voller Bu-bullen«, stieß er hervor. »Su-suchen die etwa nach mir?«

»Warum?« Irene Hogreve hatte ihre Contenance wiedererlangt. »Sollten sie denn?«, fragte sie kühl.

Wiegand reagierte nicht. »Sie … sie sind am Pool, nicht wahr?«, fragte er und trat einen Schritt zur Seite. Mehr zu sich selbst als zu der Haushälterin fügte er hinzu: »D-d-da werden sie aber nichts finden.«

»Verstehe. Sie haben alles sauber gemacht.«

»Ga-gar nichts verstehen Sie«, brauste er auf.

»Wiegand, Sie machen mir Angst.« Irene Hogreve wich zurück und stieß mit dem Rücken gegen die nur halb geschlossene Schublade des Gärtnerschrankes.

»Wa-was hatten Sie eigentlich hier zu suchen?« Ziemlich schroff schob er die zierliche Frau beiseite und griff in die Schublade. »Da-das ist d-doch … mein Schrank.«

Mit groben Fingern fasste er das Okuliermesser, klappte es auf und hielt der Haushälterin die rasiermesserscharfe Klinge unter die Nase.

»N-nun, reden Sie!«

Irene Hogreve wich das Blut aus dem Gesicht. »Mensch … Wiegand«, stammelte sie. »Reicht … reicht denn das nicht? Das mit Yadira?«

Wieder stieg ihr der strenge Harzgeruch in die Nase.

***

»Was war da im Pool?« Kai ließ sich nur widerwillig von Maike Schnur in das Innere des Blockhauses drängen. »Ihre Kollegin hat da doch was gefunden.«

Ohne auf seine Fragen einzugehen, wandte sich Maike an Finn: »Bitte kommen Sie mit rein. Wir müssen noch einiges klären.«

Als die beiden jungen Männer wenig später am Tisch saßen, betrat auch Mendelski die Hütte. Er flüsterte Maike die Neuigkeit von dem Fundstück ins Ohr und wandte sich dann an Kai, dem man ansah, dass er vor Ungeduld kaum an sich halten konnte.

»Sie können noch so viel fragen«, sagte Mendelski achselzuckend. »Ich werde Ihnen nichts sagen.«

»Wie Sie meinen«, erwiderte Kai laut und mit leichtem Spott in der Stimme. Er hielt sein Mobiltelefon in der Hand. »Ich habe gerade mit meinem Vater telefoniert. Er wird jeden Augenblick hier eintreffen. Und der wird sich von Ihnen nicht so leicht abspeisen lassen. Er ist ziemlich in Rage.«

Äußerlich völlig unbeeindruckt setzte sich Mendelski mit an den Tisch. »Sie sagten vorhin, dass Yadira nicht schwimmen konnte«, sagte er in ruhigem Ton. »Hat sie den Swimmingpool überhaupt benutzt?«

»Nein, natürlich nicht.« Kai hatte sich wieder beruhigt. »Der Pool ist durchgehend einen Meter achtzig tief. Yadira war doch höchstens einen Meter siebzig groß.«

»Einen Meter vierundsiebzig«, warf Maike ein. »So steht's jedenfalls in ihren Papieren.«

»Meinetwegen auch das«, erwiderte Kai. Er warf Finn einen besorgten Blick zu. Sein Freund saß, zusammengesunken wie ein Häuflein Elend, auf seinem Stuhl und starrte auf die Tischplatte.

Mendelski ließ nicht locker. »Hätte ja sein können, dass sie auf 'ner Luftmatratze oder mit einem Schwimmreifen im Wasser war. Der Sommer war doch recht warm …«

»So 'n Quatsch.« Kai schüttelte den Kopf. »Für eine Dominikanerin gibt's in Deutschland kaum Badewetter. Außerdem hatte Yadira einen Höllenrespekt vor tiefem Wasser; sie mied daher den Pool wie die Pest.«

»Okay.« Mendelski zückte sein Notizbuch. »Lassen wir mal den Pool links liegen und wenden uns dem Blockhaus zu. Als wir vorhin kamen, war die Tür nicht abgeschlossen. Steht die denn immer offen?«

»Na klar. Bei Ihnen in Celle sieht das vielleicht anders aus, aber hier in Eschede ist die Welt noch in Ordnung. Außerdem … auf unser Grundstück verläuft sich kein Fremder.«

»Wie oft nutzen Sie denn dieses Kleinod?« Mendelski ließ seinen Blick durch das Hütteninnere schweifen.

»Ziemlich oft. Im Frühjahr und Sommer verbringen wir viel Zeit am Pool und grillen hier auch ab und an. Im Blockhaus selbst sind wir mehr im Herbst und Winter, zur Jagdzeit. Wir haben sonst keine Jagdhütte, daher ist das so eine Art Hüttenersatz, in dem wir schon so manchen Bekannten zum Jäger geschlagen haben.«

»Und etliches Wild tot getrunken?«

»Klar, das gehört doch dazu. Außerdem übernachten hier oft Gäste. Ist ja Platz genug.«

Unwillkürlich schaute Mendelski zu Maike Schnur hinüber. Und richtig: Sie verdrehte genervt die Augen. Mit jagdlichem Brauchtum würde sich Maike in diesem Leben nicht mehr anfreunden, da war sich der Kommissar sicher.

»Ihre Familie scheint jagdlich sehr aktiv zu sein«, fuhr Mendelski fort. »Wenn man die vielen Trophäen, Schwarten und Fotos so betrachtet.«

»Stimmt.«

»Sogar in Afrika haben Sie gejagt, wie ich sehe. Das kann man mit dem Jagdbetrieb hier in Deutschland wohl kaum vergleichen, oder?«

»Nein, das ist schon was ganz anderes. Mein Vater hat Kontakte nach Namibia. Ich war auch schon zweimal dort.«

»Daher das Zebrafell?«

»Genau. Vater hat sich zum Sammler entwickelt, ich weniger. Er bringt von seinen Jagdreisen jede Menge so Zeugs mit.«

»Um die Sachen hier im Blockhaus auszustellen?«

»Richtig.«

Vor der nächsten Frage machte Mendelski eine kurze Pause. Und stellte sie dann eher beiläufig.

»Haben Sie eine Ahnung, wo die Wolfsfeder geblieben ist?«

»Die Wolfsfeder?« Kai, der mit dem Rücken zur Tür saß, fuhr herum und zog die Stirn in Falten. »Die müsste doch …« Er stockte, als er den leeren Platz an der Wand sah. »Verflixt! Wo ist die denn hin? Neulich hat sie noch hier gehangen. Finn, erinnerst du dich?

Letzte Woche haben wir sie doch noch Yadira gezeigt. Als es um die Wölfe hier in der Region ging.«

Finn nickte nur apathisch.

»Ich habe nur das Schild entdeckt«, erläuterte Mendelski.

»Und ich hab's vorgelesen«, konnte sich Maike Schnur nicht verkneifen zu sagen. »Interessante Geschichte.«

»Vielleicht hat sie mein Vater irgendwohin mitgenommen«, mutmaßte Kai. »Um sie jemandem zu zeigen. Sie können ihn ja fragen, wenn er kommt.«

»Woher hat Ihr Vater denn das gute Stück?«

»Wenn ich das noch zusammenkriege.« Kai stützte beide Ellenbogen vor sich auf den Tisch und legte die Hände an die Wangen. »Ich glaube, er hat sie vor Jahren mal von einem Förster gekauft. Von einem pensionierten Forstamtsleiter aus Unterlüß, der wohl Geld brauchte.«

»Und damit hat man damals tatsächlich den letzten Wolf zur Strecke gebracht?« Mendelski guckte skeptisch.

»Ja, so wird's erzählt.«

»Mit einer Wolfsfeder? Oder Saufeder?« Maike zog ihre Nase kraus. »Wie sieht so 'n Ding denn aus?«

»Wie ein Speer«, antwortete Kai, »'ne Klinge an einem circa zwei Meter langen Holzstab.«

»Wirft man die etwa?«, wollte sie wissen.

»Nein.« Kai grinste. »Die benutzt man wie einen Spieß. Man sticht damit auf das Wildschwein ein. Wenn es zum Beispiel von Hunden gestellt ist.«

Maike schüttelte sich vor Ekel.

»Aber das ist lange her«, relativierte Kai rasch. »Heutzutage jagt kaum noch jemand mit 'ner Saufeder. Heute benutzt man Feuerwaffen.«

»Ich hab dir mal eine gezeigt«, fügte Mendelski hinzu. »Weißt du noch, unser desaströses Schneeabenteuer? Damals in der Jagdhütte auf dem ehemaligen Truppenübungsplatz bei Bergen?«

Maike warf ihm einen vorwurfsvollen Blick zu. »Das werde ich wohl kaum jemals vergessen – der Höhepunkt ermittlerischen Treibens.«

»Da hing auch eine an der Wand.«

»Jetzt mal Klartext«, fuhr Kai gereizt auf. »Was reiten Sie eigentlich so auf unserer Wolfsfeder herum? Ich dachte, es ginge Ihnen um den Pool?«

»Und dessen Umgebung ...« Mendelski stockte, griff in die Jackentasche und kramte sein Handy hervor. Der Klingelton war immer noch ausgeschaltet, das Telefon vibrierte lediglich.

Die Nummer auf dem Display sagte ihm nichts. Er wollte den Anruf wegdrücken, besann sich aber anders.

»Mendelski«, sagte er ins Telefon und erhob sich langsam vom Tisch. Während er wortlos einer aufgeregten Männerstimme zuhörte, öffnete er die Hüttentür und trat auf die Veranda hinaus.

***

Jetzt wartete er schon eine geschlagene Stunde. Von Bartling hatte ihn am Telefon dazu verdonnert, sich nicht von der Stelle zu rühren, nichts anzurühren und unbedingt auf ihn zu warten. Die Sache wäre zu heikel, um Ferndiagnosen abzugeben oder übereilt Entscheidungen zu treffen. Auf keinen Fall sollte er noch jemandem von seiner Entdeckung erzählen, schon gar nicht der Polizei. Das würde von Bartling schon selbst übernehmen, wenn er das für richtig hielte.

Sein Chef war überfällig. Als Karl-Heinz Jagau ihn vor einer Stunde angerufen hatte, war von Bartling gerade mit dem Auto auf dem Rückweg von Hannover nach Eschede gewesen, auf der A37, der Moorautobahn bei Schillerslage. Von dort benötigte man – selbst im Berufsverkehr quer durch das verstopfte Celle – eigentlich höchstens vierzig Minuten.

Jagau saß im Auto, rauchte und schaute den Schwedenfeuern zu, die allmählich niederbrannten und in sich zusammenfielen. Immer öfter schaute er auf die Uhr.

Inzwischen ärgerte er sich schwarz, dass er so kurz vor Feierabend noch zum Streckenplatz gefahren war.

Die blöden Schwedenfeuer hätten auch noch bis Montag Zeit gehabt. Kein Mensch würde so schwere und unhandliche Baumfackeln klauen. Aber nein, das hatte er nun von seiner Beflissenheit. Seit einer Dreiviertelstunde war Feierabend, und er hockte hier im Busch.

Dabei hatte er heute Abend unbedingt zu Doris fahren wollen, um sie noch einmal in Ruhe auf die Schrammen in seinem Gesicht anzusprechen. Vielleicht war ihr ja in der Zwischenzeit etwas eingefallen, was seine bohrenden Zweifel beseitigen könnte. Gestern war sie von dem Saufgelage in der Nacht zuvor ja noch ziemlich verkatert gewesen, und da konnte es schon mal passieren, dass man peinliche Erinnerungen verdrängte. Mit unangenehmen Lücken im Gedächtnis hatte er ja frische Erfahrungen.

Langsam wurde es ihm zu bunt. Mit einem Fluch auf den Lippen schnippte er die Zigarettenkippe in die Pfütze neben seinem Wagen, in der bereits ein halbes Dutzend ihrer Art schwammen. Er stieg aus und pfefferte die Autotür hinter sich ins Schloss.

Gelangweilt schlenderte er zu den glühenden und dampfenden Überresten der vier Schwedenfeuer. Eigentlich sollte er sich ja nicht von der Stelle rühren, hatte ihm von Bartling aufgetragen, um etwaige Spuren nicht zu verwischen. Doch Unmut und vor allem Neugier waren größer als seine Vernunft.

Er umkreiste das Karree in einem Sicherheitsabstand von rund zehn Metern, den ominösen Fichtenzweig in der Mitte stets im Blick. Als er ungefähr die Hälfte des Weges geschafft hatte, blieb er plötzlich wie angewurzelt stehen.

Vor ihm auf dem Waldboden lag noch ein Fichtenzweig. Zwar nur halb so groß wie der Ast zwischen den Schwedenfeuern, aber genauso präpariert: Die Rinde des Mitteltriebes war mit einem Messer abgeschabt worden, ganz frisch, sodass das gelblich helle, harzige Holz darunter zum Vorschein kam.

Jagau wusste, dass man diese Zweige in der Jägersprache Brüche nannte, dass es verschiedene von ihnen gab und dass sie alle etwas Besonderes bedeuteten – er wusste nur nicht genau, was. Den Schützenbruch, klar, den kannte er. Der wurde dem Erleger eines Stück Schalenwildes oder eines Fuchses beim Streckelegen vom Jagdherrn überreicht. Wie oft hatte er schon für von Bartling solche Fichtenzweige brechen müssen – bloß nicht schneiden, sonst verstieß man gegen das jagdliche Brauchtum.

Doch der Bruch zu seinen Füßen war ihm ein Rätsel. Das dicke Ende mit der Bruchstelle wies auf den großen Bruch in der Mitte des Schwedenfeuer-Karrees, die gewachsene Spitze in das Kiefern-Altholz nebenan.

Moment mal.

Dort drüben zwischen den beiden dicken Bäumen lag ein weiterer Zweig, der in genau dieselbe Richtung wie die Astspitze zeigte.

Ist das hier 'ne Art Schnitzeljagd?, fragte sich Jagau verwundert. Er ging ein paar Schritte in das Altholz hinein, vorsichtig Fuß vor Fuß setzend.

Tatsächlich – da lag noch einer.

Im gleichen Augenblick hörte er, dass sich ein Auto mit hoher Geschwindigkeit dem Streckenplatz näherte.

***

Die Sonne stand bereits sehr tief. Ihre langen Strahlen hatten sich unter die Kronen der Hofeichen gemogelt, um die knorrigen Stammfüße der hundertfünfzig Jahre alten Baumriesen zu bescheinen. Das darüber liegende, herbstlich goldfarbene Laubdach erstrahlte im außergewöhnlich klaren Abendlicht.

Die Tür des Holzschuppens öffnete sich mit einem Knarren.

Rolf Wiegand fluchte innerlich. Er hatte versäumt, die Türscharniere des Schuppens zu ölen.

Als die Tür eine Handbreit geöffnet war, traf ein langer Sonnenstrahl die schweißnasse Stirn des Gärtners. Irritiert zuckte er zurück. Wieder im Dunkeln, rieb er sich die Augen und startete einen zweiten Versuch. Mit zusammengekniffenen Augen lugte er vorsichtig um die Ecke.

Wieder schnellte sein Kopf zurück.

Zwei Personen kamen mit schnellen Schritten über den Rasen auf ihn zugelaufen.

Er hatte sie sofort erkannt. Es war das seltsame Paar von der Kripo Celle. Der ältere Mann mit dem leicht nach vorn gebeugten Gang und die junge Frau mit der frechen Frisur. Mit angehaltenem Atem stand Wiegand wie zur Salzsäule erstarrt auf der Schwelle zum Schuppen und wagte nicht sich zu rühren. Da die beiden schon recht nah gekommen waren, traute er sich auch nicht, die Tür zuzuziehen. In der leicht geöffneten Position gab sie den Blick ins dunkle Innere des Schuppens frei.

»Das ist ja höchst seltsam«, hörte er die junge Frau sagen. »Mysteriös geradezu.«

»Warten wir's ab«, antwortete der Mann. »Wahrscheinlich hat sich da nur jemand einen makabren Scherz erlaubt.«

Die Stimmen entfernten sich in Richtung Hof.

Rolf Wiegand atmete tief durch. Mit dem Rücken an einen Pfosten gelehnt, wischte er sich mit dem Handrücken den Schweiß von der Stirn. Das war gerade noch mal gut gegangen.

Auf dem Hof klappten zwei Autotüren, ein Motor wurde angelassen, und das Fahrzeug brauste mit im Kies knirschenden Reifen davon.

Vorsichtshalber wartete er noch einige Minuten und wagte sich dann erneut an die Tür.

Er stand schon draußen, die eine Körperhälfte von der Abendsonne beschienen, die andere im Schatten, als er erneut Motorengeräusch vernahm. Es kam wieder vom Hof. Dieses Mal fuhr kein Fahrzeug davon, es kam eins.

Rolf Wiegand zog es vor, noch einmal im Schatten des Holzschuppens unterzutauchen. Gehetzt zog er die Tür bis auf einen schmalen Spalt zum Spähen hinter sich zu.

Sollten die beiden Polizisten zurückgekehrt sein?, fragte er sich mit einem Anflug von Panik. Seinetwegen?

Bevor er den Gedanken zu Ende spinnen konnte, klappte eine Autotür. Kurz darauf hastete eine Person am Schuppen vorbei in Richtung Garten.

Wiegand hatte durch den winzigen Spalt in der Tür sofort erkannt, um wen es sich handelte. Der Herr des Hauses, Kreinbrink senior, eilte über den Rasen zum Blockhaus hinüber.

Der Gärtner folgte ihm aufmerksam mit den Augen. Er beobachtete, wie Konrad Kreinbrink die beiden Eiben erreichte, die den Rasen begrenzten, und dann stehen blieb. Kai und Finn waren vor ihm aufgetaucht. Die drei unterhielten sich kurz – Kai fuchtelte dabei wild mit den Armen –, dann verschwanden sie gemeinsam im Blockhaus.

Jetzt oder nie, dachte Wiegand.

Vorsichtig schob er die knarrende Holztür auf und trat hinaus. Bevor er die Tür wieder hinter sich schloss, warf er noch einmal einen flüchtigen Blick ins Schuppeninnere.

Die Sonne stand so tief, dass ihre langen Strahlen bis in den letzten Winkel des Schuppens reichten. Einem Scheinwerfer gleich erfasste das Licht neben mit Spinnenweben überzogenen Brennholzscheiten und staubbedeckten Brettern auch ein Paar Schuhe.

Die gepflegten, glänzenden Damenlederschuhe passten nicht recht in das schmuddelige Ambiente des Schuppens.

Außerdem schienen Füße darin zu stecken.

***

Mit deutlich mehr als den erlaubten fünfzig Stundenkilometern rasten sie über die Uelzener Straße und bogen dann in die Hermannsburger Straße ein. Maike Schnur liebte diese schnellen Einsatzfahrten mit dem magnetischen Blaulicht auf dem Autodach.

»Vielleicht will uns jemand vom Pool weglocken?« Sie warf einen fragenden Blick auf Mendelski neben sich. Der besann sich erst jetzt darauf, den Sicherheitsgurt anzulegen, und fummelte am Gurtschloss herum. »Aber wenn ja, warum?«

»Kann schon sein«, grummelte Mendelski, dem es bei ihrer rasanten Fahrweise nicht gelang, den Gurt zu verriegeln. Außerdem schien er mit seinen Gedanken bereits bei ihrem nächsten Einsatzort zu sein.

»Die anderen sind ja noch da«, beschwichtigte Maike sich selbst. »Sie werden schon aufpassen, dass nichts verschüttgeht.«

Mendelski brummte etwas Unverständliches.

Maike war in Debattierlaune und hatte ihr Mundwerk dem Fahrstil angeglichen. »Du meinst also«, sagte sie, während sie im vierten Gang die Eisenbahnbrücke hinaufjagte, »es könnte das fehlende Stück vom Amulett des Mädchens sein, das Ellen im Pool entdeckt hat.«

Er nickte wortlos.

»Da entwickelt sich ja eine superheiße Spur«, fuhr sie redselig fort. »Alles deutet darauf hin, dass Yadira im Pool der Kreinbrinks umgekommen ist. Tod durch Ertrinken. Dazu passen das Chlorwasser in ihrer Lunge und das abgebrochene Amulett-Teil im Ablaufsieb. Sie konnte nicht schwimmen, sie hatte null Komma neun Promille Alkohol im Blut, es war finstere Nacht …«

»Willst du auf einen Unfall hinaus?«, rang sich Mendelski endlich einen vollständigen Satz ab.

»Könnte doch sein.«

Sie durchfuhren die Marinesiedlung und brausten weiter Richtung Starkshorn. Die Dämmerung setzte ein; rechts und links der Straße legten sich erste Nebelschwaden auf Felder und Wiesen.

»Warum ist dann das Wasser abgelassen worden?«, fragte Mendelski und hob skeptisch die Augenbrauen. Im Stakkato-Stil setzte er nach: »Woher stammen die seltsamen Hämatome? Wer hat die Leiche in den Wald geschafft, ausgerechnet auf den Streckenplatz? Wer hat die Drohbriefe geschrieben? Und warum? Wer hat die Wolfsangel in den Waldboden gemalt? Warum? Was hat die plötzlich verschwundene Wolfsfeder damit zu tun? Nein, meine Liebe. Das war kein Unfall. Alles deutet darauf hin, dass da jemand …« Er verlor sich in düsterem Gegrummel.

»Ist ja schon gut.« Maike seufzte ergeben. »Ich wollt ja nur sagen, dass …«

»Spuren über Spuren, Schlag auf Schlag«, unterbrach sie Mendelski, der sich langsam in Rage redete. »Kaum haben wir eine Spur entdeckt, da taucht schon die nächste auf. Uns bleibt nicht mal Zeit, das alles zu analysieren, so setzt man uns unter Dampf. Ich komme mir vor wie bei einem Puzzle, bei dem ständig neue Teile auf den Tisch geworfen werden. Fast so, als ob uns jemand ärgern will. Bin gespannt, was uns als Nächstes erwartet. Bartling klang am Telefon sehr aufgeregt.«

»Muss ich hier nicht abbiegen?« Maike trat auf die Bremse. Sie hatten Starkshorn hinter sich gelassen und befanden sich im tiefsten Wald.

***

»Kann ich Sie bitte allein sprechen?«, forderte Heiko Strunz, während er sich die Latexhandschuhe abstreifte.

Konrad Kreinbrink gab seinem Sohn und dessen Freund durch einen Wink zu verstehen, dass sie sich zurückziehen sollten. Zögernd machten sich Kai und Finn auf den Weg zum Haus. Nur zu gern hätten sie aus erster Quelle mehr über den aktuellen Ermittlungsstand erfahren.

»Lassen Sie uns in die Hütte gehen«, schlug Strunz vor. »Da sind wir ungestört.«

»Gerne.« Bevor Kreinbrink senior die Veranda betrat, schaute er zum Pool hinüber, wo Ellen Vogelsang und Jo Kleinschmidt immer noch den Grund des Schwimmbeckens nach etwaigen Spuren absuchten. »Wo ist Hauptkommissar Mendelski hin, sagten Sie?«

»In den Wald.« Strunz öffnete die Blockhaustür und trat ein. »Von Bartling hat uns angerufen. Am Streckenplatz, dort, wo das Mädchen gefunden wurde, hat es ein Feuer gegeben. Merkwürdig, nicht wahr?«

»Allerdings.« Kreinbrink setzte sich an den Tisch. »Trotzdem: Erzählen Sie mir bitte zunächst, was Sie auf meinem Grundstück veranstalten – und warum.«

Strunz rückte sich einen Stuhl zurecht. »Das werde ich tun«, sagte er in bedächtigem Tonfall. »Soweit es der Ermittlungsstand zulässt. Es gibt triftige Hinweise für die Annahme, dass Yadira Martinéz in Ihrem Pool ertrunken ist.«

Schweigen. Dann die zweifelnde Frage: »Im Schwimmbecken?« Kreinbrink zog die Stirn in Falten. »War denn da in der fraglichen Nacht überhaupt noch Wasser drin?«

»Davon gehen wir derzeit aus. Ihr Gärtner könnte uns darüber wahrscheinlich Auskunft geben.«

»In der Tat. Haben Sie schon mit ihm gesprochen?«

»Er war nicht aufzutreiben. Frau Hogreve, Ihre Haushälterin, hat alles versucht, ihn aber nirgendwo erreicht.«

»Merkwürdig. Wiegand ist sonst die Zuverlässigkeit in Person.«

Strunz drehte sich zur Seite und deutete auf die Wand neben der Eingangstür. »Dann soll ich Sie im Auftrag von Hauptkommissar Mendelski fragen, ob Sie wissen, wo die Wolfsfeder geblieben ist.«

»Bitte was?« Kreinbrink starrte verblüfft auf den leeren Platz an der Wand. Danach ließ er seinen Blick durch die gesamte Hütte streifen. »Keine Ahnung«, sagte er schließlich. »Die hing da seit Jahren, ohne dass sie jemand angerührt hat. Merkwürdig. Da muss ich meinen Sohn fragen.«

»Der weiß auch nicht, wo das gute Stück geblieben ist«, entgegnete Strunz. Er schaute Kreinbrink ernst in die Augen. »Ich muss Ihnen noch eine Frage stellen. Eine Routinefrage: Wo waren Sie vorgestern Nacht zwischen Mitternacht und zwei Uhr morgens?«

Konrad Kreinbrink, ein gestandener Mann, den eigentlich so schnell nichts aus der Bahn werfen konnte, lief im Gesicht puterrot an und wandte den Blick ab.

»Wenn Sie mir so kommen«, blaffte er schließlich, »muss ich wohl meinen Anwalt hinzuziehen.«

***

»Da sind Sie ja endlich«, sagte von Bartling von der Höhe seiner zwei Meter herab, als sie beim Streckenplatz eintrafen. Sie waren zweimal falsch abgebogen, bevor sie endlich den richtigen Waldweg gefunden hatten.

»Tut mir leid«, entschuldigte sich Mendelski, während er die Autotür hinter sich schloss. »Die Waldwege hier in der Heide sehen alle ziemlich gleich aus. Und überall dieser monotone Kiefernbusch. Außerdem wird es langsam dunkel.«

Nachdem auch Maike Schnur ausgestiegen war, fügte von Bartling hinzu: »Herrn Jagau kennen Sie ja bereits.«

Der Forstwirt, der neben seinem Arbeitgeber stand, grüßte wortlos.

»Gestern der Leichenfund, der Jagdabbruch und Ihre Ermittlungen«, fuhr von Bartling fort, dem anzusehen war, dass er unter Druck stand. »Und heute das. Mein Revier kommt nicht zur Ruhe, Sie stellen alles auf den Kopf, mein guter Ruf ist in Gefahr.«

»Wenn's nur das wäre …«, murmelte Maike so leise, dass es nur für Mendelski hörbar war.

»Wie bitte?« Ohne eine Antwort abzuwarten, redete von Bartling einfach weiter. »Ich bitte jedenfalls um Diskretion, Sie verstehen, meine Position als Politiker und Geschäftsmann …«

»Weswegen haben Sie uns überhaupt hergerufen?«, fragte Mendelski gereizt. Er war kurz davor, dass ihm der Kragen platzte.

»Sehen Sie selbst.« Von Bartling trat einen Schritt zurück und wies auf die vier Aschehäufchen, aus denen nur noch dünne Rauchfahnen aufstiegen. »Als Herr Jagau gegen sechzehn Uhr hier eintraf, um die Schwedenfeuer abzuholen, brannten die lichterloh. Irgendjemand hat sie in einem Viereck aufgestellt, ungefähr dort, wo gestern der Fichtenteppich für die Strecke lag. Und die Leiche der jungen Frau …«

Mendelski und Maike traten näher zu den abgebrannten Holzfackeln. »Sie haben niemanden gesehen?«, fragte der Kommissar Jagau.

»Nein, niemanden«, erwiderte der Forstwirt. »Auch kein wegfahrendes Auto. Nichts.«

»Wie lange haben Ihrer Meinung nach die Feuer bereits gebrannt, als Sie hier ankamen?«

»Ich schätze, so 'ne halbe Stunde.«

»Aber das Schönste kommt ja noch«, mischte sich von Bartling ein. »Die Brüche … Kommen Sie!« Er ging voran und führte sie in die Mitte des Karrees. »Hier liegt ein Hauptbruch«, erklärte er und wies auf den armlangen Fichtenzweig am Boden. »Fachmännisch mit einem Messer befegt.« An Mendelski gewandt, fügte er hinzu: »Sie als Jäger kennen seine Bedeutung ja.«

Er drehte sich zu Maike Schnur um. »Jäger benutzen Brüche unter anderem zur Verständigung oder als Markierung. Dieser hier, ein Hauptbruch, bedeutet: ›Achtung!‹«

Maike Schnur bückte sich, um den Ast genauer zu betrachten. »Im Zeitalter des Handys ist diese Art der Verständigung wohl nicht ganz zeitgemäß«, ließ sie in spöttischem Tonfall verlauten. »So was erkennt doch kein normaler Mensch.«

»Von jagdlichem Brauchtum scheinen Sie nicht viel zu halten«, erwiderte von Bartling pikiert. »Als Städterin haben Sie …«

»War das alles?«, unterbrach Mendelski ihn ungeduldig, während er seinen Blick schweifen ließ. »Am Telefon sprachen Sie von mehreren Brüchen.«

»Exakt.« Von Bartling deutete mit dem Zeigefinger auf eine Stelle am Boden außerhalb des Karrees. »Dort drüben liegt der Nächste. Ein ›Folgebruch‹, auch ›Leitbruch‹ genannt. Etwas weiter im Hochwald liegt ein weiterer, und dann noch einer. Alles Folgebrüche. Als ob uns der ominöse Brücheleger irgendwohin führen möchte.«

Sie gingen zu dem ersten Leitbruch hinüber.

»Halbe Armlänge, wieder vorschriftsmäßig gebrochen und nicht abgeschnitten«, referierte von Bartling. »Rinde des Mitteltriebes befegt, wieder wurde eine gerechte Baumart genommen. Das kann nur ein Jäger gemacht haben.«

»›Gerechte‹ Baumart? Was soll das heißen?« Maike guckte fragend zu Mendelski hinüber.

Von Bartling kam ihm zuvor. »Für Brüche können nur frische Zweige von fünf sogenannten ›gerechten‹ Baumarten verwandt werden«, dozierte er hochtrabend. »Und zwar Fichte, Kiefer, Eiche, Erle und … äh … verflixt, eben wusste ich's doch noch …«

»Tanne«, ergänzte Mendelski nicht ohne Schadenfreude. »Soweit ich mich entsinne, nur die Weißtanne. Sind Sie den Brüchen gefolgt?«

»Ich? Nur ein paar Meter in den Wald hinein.« Von Bartling wandte sich an Jagau. »Und Sie?«

»Auch nur bis zum dritten Bruch«, bestätigte der Forstwirt. »Laut Ihrer Order sollte ich mich ja nicht vom Fleck rühren.«

»Immerhin hat man hier gestern eine Leiche gefunden, deshalb habe ich die Angelegenheit als äußerst wichtig eingestuft«, erklärte von Bartling. »Und Sie sofort angerufen.«

»Na ja, ›sofort‹ erscheint mir etwas übertrieben«, konterte Mendelski trocken und schaute vielsagend auf seine Armbanduhr. »Wenn Herr Jagau gegen sechzehn Uhr die brennenden Schwedenfeuer entdeckt und Sie umgehend informiert hat, sind seitdem mehr als drei Stunden vergangen.«

»Ich habe im Stau gestanden.« Von Bartlings Augen funkelten angriffslustig. »Auf der Moorautobahn zwischen Hannover und Celle. Ich wollte mir zunächst selbst ein Bild machen, bevor ich Sie am Ende grundlos belästige. Aber egal. Was wollen Sie jetzt machen?«

Mendelski schaute Maike an und fragte. »Haben wir Taschenlampen dabei?«

Sie nickte.

»Dann wollen wir besser mal nachschauen, wohin uns die Brüche führen.«

***

»Oben ist sie auch nicht.«

Konrad Kreinbrink kam die Treppe heruntergelaufen. Im Flur erwarteten ihn Kai und Finn.

»Das ist äußerst seltsam«, rief der Hausherr mit sorgenvoller Miene und nahm die Brille ab. »Es ist so gar nicht ihre Art, ohne Bescheid zu geben, das Haus zu verlassen. Wann habt ihr sie denn zuletzt gesprochen?«

»Heute Nachmittag, so gegen vier«, erwiderte Kai. »Finn und ich waren gerade mit dem Auto unterwegs im Ort, als sie mich übers Handy anrief. Sie war ganz aufgeregt und erzählte von der Polizei im Garten, die einfach so übers Grundstück gestiefelt sei. Wir sind sofort hergefahren und haben beim Blockhaus nachgeschaut.«

»Und da?«

»Stießen wir auf die Polizei. Aber die Hogreve …« Kai überlegte. »Ich hatte auch anderes im Kopf, als nach ihr zu suchen. Ich glaubte, sie wäre hier im Haus.«

»Mich hat sie nicht erreichen können, da ich in einer Besprechung war«, sagte Kreinbrink nachdenklich. »Sie hat aber eine Nachricht auf der Mailbox hinterlassen. Das muss so gegen vier gewesen sein.«

»Vielleicht wissen ja die von der Polizei, wo Frau Hogreve ist«, meldete sich Finn zu Wort. »Soweit ich weiß, war sie es, die der Polizei das Blockhaus und den Pool gezeigt hat.«

»Gute Idee«, rief Kai. »Los, am besten fragen wir schnell …«

Sein Vater stoppte ihn. »Das lasst ihr mal schön bleiben!«, sagte er streng. »Einer von denen ist mir eben ziemlich komisch gekommen. Ich werde also erst mal meinen Anwalt anrufen. Bis auf Weiteres erzählen wir der Polizei nichts mehr, ist das klar?«

Kai und Finn machten große Augen. Als sie aber merkten, wie ernst Konrad Kreinbrink es meinte, nickten sie schließlich.

»Falls ihr mich sucht, ich bin im Arbeitszimmer.« Damit zog sich der Hausherr zurück.

Zögernd begaben sich die beiden Freunde in die Küche.

»Das gibt Stunk, wie?«, sagte Finn und setzte sich in einen der Designer-Stühle am Küchentisch.

Kai machte sich an der Kaffeemaschine zu schaffen. »Hab keine Ahnung, was da draußen inzwischen gelaufen ist«, sagte er. »Wahrscheinlich lässt sich mein Vater von den Bullen nicht alles bieten.«

»Möglich. Würde ich an seiner Stelle auch nicht tun.«

Die Kaffeemaschine begann zu gluckern, während Kai zwei Becher aus dem Schrank holte.

»Was mich viel mehr beschäftigt als die Querelen zwischen meinem Vater und der Polizei«, sagte er, »ist, dass erst der Wiegand so mir nichts, dir nichts verschwindet und nun auch die Hogreve. Da stimmt doch was nicht.«

Finn strich sich die langen Haare aus der Stirn. »Merkwürdig ist das schon«, erwiderte er nachdenklich. »Ob die Polizei nach dem Wiegand fahndet?«

»Ich hoffe doch«, brauste Kai auf. »Der hat doch eindeutig Dreck am Stecken. Wie's ausschaut, hat er den Pool nicht rechtzeitig abgelassen, obwohl mein Vater …« Er stockte. »Ach ja, das wollte ich ihn ja sowieso noch fragen.«

Er stellte die beiden Tassen auf den Tisch. »Bin gleich wieder da«, rief er Finn zu und verschwand im Flur. Als er sich dem Arbeitszimmer näherte, hörte er bereits eine aufgebrachte, laute Stimme. Unwillkürlich blieb Kai vor der nur angelehnten Zimmertür stehen.

»Das kannst du mir nicht antun!«, hörte er. Es klang wie eine Mischung aus Drohen und Flehen.

Anscheinend versuchte sein Vater, seine erregte Stimme zu dämpfen. Doch Kai konnte jedes Wort verstehen.

»Ich brauche deine Aussage für die Polizei. – Nein, wir können nicht länger schweigen. Versteh doch bitte … dafür ist die Situation einfach zu heikel. – Ist mir jetzt scheißegal, was dein Mann denkt. Es geht um einen Unglücksfall, der hier geschehen ist, eventuell sogar um Totschlag oder Mord. – Du musst nur bestätigen, dass ich vorgestern Nacht bei dir war. – Wie bitte? – Ja, natürlich als Alibi. – Nein, die Polizei posaunt das schon nicht herum, die sind zur Diskretion verpflichtet. – Bitte? – Ja, mach ich. Glaub mir, es wird schon alles gut gehen – Ich dich auch.«

Der Telefonhörer wurde aufgelegt. Dann trat Stille ein, unheimliche Stille. Sein Vater schien sich in seinem Zimmer nicht von der Stelle zu rühren.

Ob er gemerkt hat, dass ich hier an der Tür stehe und alles mitkriege?, fragte sich Kai. Sein Herz schlug bis zum Hals. Er hielt den Atem an.

Erleichtert hörte er, wie eine Rufnummer getippt wurde.

Wenige Sekunden später sprach sein Vater wieder: »Kreinbrink hier. Herrn Rechtsanwalt Windhalm bitte. – Ja, danke, ich warte.«

Kai machte vorsichtig einen Schritt rückwärts.

Sein Vater und eine fremde Frau? Die auch noch verheiratet war? Was er da nicht ganz freiwillig erlauscht hatte, beschäftigte ihn so sehr, dass er völlig vergaß, wonach er seinen Vater eigentlich hatte fragen wollen.

Im Arbeitszimmer sagte sein Vater: »Konrad hier, hallo, Gernot. Ich brauche dringend deine Hilfe. Hier bei uns ist etwas sehr Unangenehmes geschehen …«

Mehr hörte Kai nicht. Mehr wollte er auch nicht hören. Verstört schlich er zur Küche zurück.

ACHT

Um siebzehn Uhr fünfundvierzig, auf die Minute genau eine halbe Stunde zu spät, hob die Maschine der Iberia in Madrid-Barajas ab.

Ihr Flugzeug hatte auf dem Rollfeld in einer Warteschlange von mehreren Düsenjets warten müssen. Wenn sie die krächzende Lautsprecheransage richtig verstand, hatte der starke Regen, der seit ungefähr einer Stunde über dem Zentrum der Iberischen Halbinsel niederging, die Verspätung verursacht.

Bei diesem Flug hatte sie nicht so viel Glück gehabt wie bei dem vorherigen. Die Maschine war bis auf den letzten Platz besetzt, sodass auch neben ihr jemand saß. Ihr Pech war, dass es sich bei dem Herrn links von ihr nicht nur um den beleibtesten Passagier des gesamten Fluges, sondern auch um den redseligsten und lautesten handelte.

Wie sie in weniger als fünf Minuten – ihr Englisch war besser, als sie ihrem Gesprächspartner eingestand – von ihm erfuhr, war er ein US-Amerikaner aus dem Bundesstaat Oregon mit dem schönen Namen William Goldstein, dreiundsechzigjährig, Holzhändler, geschieden. Er hatte zwei erwachsene Söhne und befand sich allein auf einer sechswöchigen Europa-Rundreise. In Deutschland wollte er unter anderem Wiesbaden-Erbenheim besuchen, wo er in den sechziger Jahren als GI stationiert gewesen war.

»Good old Germany«, schwadronierte er in breitestem Amerikanisch. *»I love it. I love the forests, the food, the Sauerkraut, the beer, the Fräuleins … hohoho …«*

Sie schaltete einfach ab. Er stellte zum Glück kaum Fragen, und wenn, waren diese rhetorischer Art.

Zur Flughalbzeit, nach einer guten Stunde, wandte sich Mr Goldstein seinem anderen Nachbarn zu. Der ältere Herr, der in Sachen Leibesfülle mit dem Ami sehr gut mithalten konnte, zeigte sich von dessen lauten Prahlereien sichtlich beeindruckt.

Derweil schaute sie gebannt dem Sonnenuntergang über den Wolken zu. So etwas Schönes hatte sie noch nie gesehen.

Sie musste an zu Hause denken. Dort war es jetzt erst Mittag, die heißeste Zeit des Tages. Ihre Mutter würde in der Hängematte dösen, unter dem alten Mangobaum, an einem luftigen Plätzchen, wo stets ein Windhauch ging.

Als ihr die Tränen kamen, zwang sie sich, an etwas anderes zu denken. Sentimentalitäten konnte sie sich nicht leisten.

Die letzten Sonnenstrahlen tauchten den Himmel am Horizont in tiefrotes Glühen. Ihre erste Nacht in Europa brach an.

Sie sehnte die Landung in *Alemania* herbei und freute sich auf ihr Hotelzimmer in Frankfurt, das sie zusammen mit dem Flug bereits daheim gebucht hatte. Nach der langen transatlantischen Reise war sie sehr müde.

Sie ahnte nicht, dass sie in dieser Nacht kein Auge zutun würde.

***

Nachdem Maike Schnur mit dem Handy ein paar Fotos von den Brüchen und den heruntergebrannten Schwedenfeuern geschossen hatte, brachen sie auf.

Mendelski stapfte vorneweg, ihm folgte von Bartling, der sich aus seinem Auto neben einem Fernglas auch seine Büchse geholt hatte; er wollte nicht ohne Waffe auf diese ungewöhnliche Pirsch gehen. Ihm folgte Maike Schnur, das Schlusslicht bildete Karl-Heinz Jagau.

Der Forstwirt war alles andere als erbaut gewesen, als von Bartling ihn angewiesen hatte, sich ihnen anzuschließen. Schließlich hatte er seit Stunden Feierabend. Außerdem verspürte er – bei aller Neugier, was da in »seinem« Revier so Seltsames vor sich ging – wenig Lust, Räuber und Gendarm zu spielen oder gar der Polizei als Handlanger zu dienen.

Die Dämmerung setzte bereits ein, dennoch kamen sie noch ohne Taschenlampen zurecht. Im Gänsemarsch ging es in das Kiefern-Altholz. Bei dem Bruch, der neben einem moosbewachsenen Baumstubben lag, blieben sie stehen.

»Die gewachsene Spitze des Fichtenzweiges zeigt dort hinüber«, erklärte von Bartling. Er schaute durch sein Fernglas. »Wie es scheint, sollen wir der Rückeschneise folgen.«

»Dann mal los.« Mendelski schritt wieder voran.

Bereits nach gut fünfzig Schritt stießen sie auf den nächsten Bruch, der eine Richtungsänderung im rechten Winkel nach rechts anzeigte. Demzufolge sollten sie die Schneise verlassen und einem Hochwildwechsel folgen, der sich durch ein Fichtenstangenholz schlängelte.

»Sauen bevorzugen die Deckung der tief betrauften Fichten«, dozierte von Bartling. »Aber dieser Wechsel wird auch gern vom Rotwild und von den Rehen benutzt.«

»Die reinste Autobahn«, frotzelte Mendelski. »Was Wunder, dass es hier keinen Stau gibt.«

Von Bartling erwiderte stolz: »Sie haben auf der Drückjagd ja gesehen, was hier los ist. Über Wildarmut können wir uns momentan wirklich nicht beklagen.«

Dort, wo der Wechsel einen Feuerschutzstreifen überquerte, lag der nächste Bruch, der wieder eine Richtungsänderung anzeigte. Die Marschroute verlief nun ein gutes Stück weit parallel zu dem dichten Laubholzstreifen, der aus Traubenkirschen, Birken und Ebereschen bestand. Wäre die Sonne nicht schon untergegangen, hätten sich die vier Wanderer am satten Gelb der Herbstfärbung erfreuen können.

Der nächste Bruch erforderte deutlich mehr Spürsinn und Geduld als die vorherigen. Zweihundert, dreihundert Meter suchten sie vergebens nach dem Fichtenzweig. Von Bartling, der die ganze Zeit das große Wort führte, wollte schon die Suche abbrechen und umkehren, als Mendelski den Bruch entdeckte. Der führte sie in einen bürstendichten, düsteren Fichtenbestand, der dringend einer Durchforstung bedurfte.

Mendelski knipste seine Taschenlampe an. Maike Schnur folgte seinem Beispiel.

»Hier müssen wir aufpassen«, sagte der Kommissar. »Auf dem Waldboden liegen etliche Fichtenzweige, die der Wind abgerissen hat. Nicht dass wir einen Bruch übersehen.«

»Wo soll das nur hinführen?« Von Bartling verlor so langsam jedes Interesse an der Schnitzeljagd. »Diese Sucherei – das bringt doch nichts. Am Ende treibt da einer einen üblen Scherz mit uns.«

»Hilft nichts«, erwiderte Mendelski trocken. »Da müssen wir jetzt durch.«

Inzwischen war es stockdunkel im Wald. Obwohl sich am Himmel im Westen noch rotblauer Schimmer zeigte, drang durch das dichte Kronendach der Fichten kaum Licht.

Nur langsam kamen sie voran. Zum einen wurden sie von den sperrigen Totästen der Fichten, die hier bis zum Erdboden reichten, behindert. Zum anderen mussten sie den Waldboden sorgfältig nach weiteren Brüchen absuchen. Mit nur zwei Taschenlampen dauerte das einfach seine Zeit.

Sie brauchten eine halbe Stunde, um den Fichtenwald zu durchqueren. Drei weitere Brüche hatten die Richtung, die sie eingeschlagen hatten, mehr oder weniger bestätigt.

Als sie eine Lichtung erreichten, sagte von Bartling verwundert: »Da vorn müsste meine Jagdhütte sein.« Es schien, als ob er diesen Weg nur selten einschlug, um zu seiner Hütte zu gelangen. Und schon gar nicht im Stockfinstern. »Soll das etwa das Ziel sein?«

»Ihre Jagdhütte?« Mendelski ließ den Strahl seiner Taschenlampe durchs Unterholz wandern. »Wo denn, bitte schön?«

»Die können Sie von hier noch nicht sehen. Da steht zu viel Buschwerk drum herum. Aber es sind tatsächlich nur noch ein paar Meter. Kommen Sie, ich zeige Ihnen, von wo aus man die Hütte sehen kann.«

Sie wollten sich gerade in Bewegung setzen, als Jagau, weiterhin das Schlusslicht der Vierergruppe, plötzlich rief: »Warten Sie! Leuchten Sie doch mal bitte hierhin, an diesen Stamm, in Kopfhöhe etwa.«

Mendelski drehte sich um und tat ihm den Gefallen.

»Carajo!«, stieß er hervor, als der Strahl seiner Taschenlampe das seltsame Gebilde am Stamm der Randfichte erfasste. An einem Aststummel hing ein bis auf die Spitze vollständig gefegter, in Ovalform zusammengebundener frischer Fichtenzweig.

»Ein Warnbruch«, flüsterte von Bartling beeindruckt. An Maike gewandt, ergänzte er: »Der soll vor Gefahren warnen, zum Beispiel vor einer Falle.«

»Tatsächlich, ein Warnbruch.« Mendelski war näher getreten, um den Zweig genauer zu betrachten. »Das Harz ist noch frisch. Doch vor was soll uns dieser Bruch warnen?«

»Eine Falle gibt's hier nicht«, meinte von Bartling. »Ich meine eine Falle im herkömmlichen Sinne, im jagdlichen.«

»Es sei denn, da hat jemand gerade ganz frisch eine Falle aufgestellt«, widersprach Maike.

»Halte ich für unwahrscheinlich«, entgegnete Mendelski.

»Bleibt nur die Hütte. Ist doch naheliegend, oder?«

Der Kommissar zögerte einen Augenblick. Dann sagte er: »Also los. Schauen wir nach.«

***

Die Luft wurde langsam knapp.

Am meisten Sorgen bereitete ihr das Klebeband im Gesicht. Wiegand hatte es in aller Eile auf ihren Mund gepresst, um sie am Schreien zu hindern. Sicherheitshalber hatte er den Klebestreifen gleich mehrmals um Nacken und Kinn geschlungen. Irene Hogreve hatte es schnell aufgegeben, sich zu wehren.

Im Eifer des Gefechts mit dem Gärtner war das Klebeband vor ihre Nasenlöcher gerutscht. Es drohte, ihr auch die Luftzufuhr durch die Nase abzuschneiden. Sosehr sie auch Grimassen schnitt, den Unterkiefer auf- und zuklappte – soweit es das Klebeband überhaupt zuließ – oder den Kopf schüttelte: Das Klebeband blieb, wo es war, und schränkte ihre Atmung erheblich ein.

Von den Klebebändern an den auf dem Rücken zusammengebundenen Händen und an den Füßen ging dagegen weniger Gefahr aus. Sie war zwar in ihrer Bewegungsfreiheit erheblich eingeschränkt, doch diese Fesseln wirkten nicht unmittelbar lebensbedrohlich.

Mit all ihrer Willenskraft zwang sie sich, ruhig zu bleiben. Jede Panik würde den Sauerstoffbedarf unnötig in die Höhe treiben und ihre Situation verschlimmern.

Denn ihr blieb nur eine realistische Chance: Sie musste bei klarem Verstand bleiben, bedächtig ein- und ausatmen und überlegen, was zu tun war.

Konzentriert analysierte sie ihre Lage: Sie lag gefesselt und geknebelt auf dem staubigen Boden im hintersten Winkel des Holzschuppens. Um sie herum war es stockfinster, da der Schuppen kein Fenster besaß und das spärliche Tageslicht, das anfangs noch durch die eine oder andere Ritze in der Bretterwand geschimmert hatte, inzwischen geschwunden war.

Trotz ihrer misslichen Lage hatte sie noch registriert, dass Wiegand erst beim zweiten Anlauf, den Schuppen unbeobachtet zu verlassen, erfolgreich gewesen war. In seiner Eile hatte er die

Schuppentür von außen lediglich zugeschoben, aber nicht abgeschlossen.

Ihrem Zeitgefühl zufolge musste es inzwischen ungefähr sieben Uhr abends sein. Vor einer Weile hatte sie gehört, wie mindestens zwei Personen an dem Schuppen vorbeigingen. Die Stimmen kamen ihr fremd vor; deshalb vermutete sie, dass es sich um Beamte der Kripo Celle gehandelt haben musste. Am Nachmittag hatte es von denen im Garten nur so gewimmelt. Vielleicht waren sie ja mittlerweile mit ihren Untersuchungen fertig – und wieder abgerückt.

Sie fragte sich, ob man schon nach ihr suchen würde. Derweil bugsierte sie sich durch wiederholtes mühsames Aufbäumen aus der unbequemen Bauchlage in eine etwas bequemere Seitenlage. Wahrscheinlich war Konrad Kreinbrink längst zu Hause eingetroffen; der Hausherr würde sich bestimmt wundern, wo sie steckte. Er konnte doch davon ausgehen, dass sie, die Zuverlässigkeit in Person, es nie wagen würde, ihren Arbeitsplatz – sprich: das Kreinbrink'sche Haus und Grundstück – zu verlassen, ohne sich vorher abzumelden.

Auch Kai machte sich bestimmt ihretwegen schon Sorgen. Wie sie ihn kannte, würde er nicht zögern, überall herumzulaufen und nach ihr zu schauen. Der gute Junge ... Vielleicht würde er ja auch zum Holzschuppen kommen ...

Sie rief sich zur Ordnung und verwarf den Gedanken. Kein Mensch käme auf den Gedanken, sie hier zu suchen. Das hatte sie nun davon, dass sie sich unerlaubterweise an den Sachen anderer Leute zu schaffen gemacht hatte.

Eine lange, einsame, kalte und sehr unbequeme Nacht stand ihr bevor, wenn sie nicht selbst in Aktion treten würde. Sie durfte einfach nicht länger so passiv herumliegen und auf Hilfe von außen hoffen.

Also beschloss sie, sich aufzuraffen, alle ihr verbliebene Energie zu mobilisieren und ihre Befreiung selbst in die Hand zu nehmen.

Aber wie?

Tastend hatte sie längst ihre unmittelbare Umgebung erkundet. Da gab es nur Holzscheite, ein paar Bretter und jede Menge Dreck. Weit und breit war nichts zu spüren, woran man eventuell das Klebeband hätte durchscheuern können.

Dann erinnerte sie sich, in der Nähe des Wiegand'schen Werkzeugschrankes diverses Gartenwerkzeug wie Spaten, Harke, Astkneifer und dergleichen gesehen zu haben. Da musste sie hin, um das Klebeband an ihren Händen bearbeiten zu können. Sie schätzte die zu bewältigende Strecke auf fünf bis sechs Meter.

Entschlossen startete sie einen Versuch, sich durch raupenähnliches Robben auf dem Boden fortzubewegen. Doch das klappte nicht, ohne die Mithilfe der Arme und Beine kam sie nicht vom Fleck. Verdrossen blieb sie liegen, denn wieder wurde ihr die Luft zum Atmen knapp.

Da kam ihr die Idee, ihren Körper zu strecken und sich rollend fortzubewegen. Sie machte sich lang, so gut es ging, und rollte schräg und unbeholfen über den Boden – aber sie kam vorwärts.

Sie schlug sich die Hände wund, stieß mehrmals schmerzhaft mit dem Kopf gegen herumliegende Holzscheite, scheuerte sich die Knie blutig – doch schließlich erreichte sie den Werkzeugständer. Von der ungewohnten Anstrengung und der Atemnot wurde ihr fast schwarz vor Augen.

Reiß dich zusammen, rief sie sich selbst zur Räson. Ihre Finger ertasteten eine Axt, die neben einer Motorsense auf dem Boden stand. Zum Glück wies die scharfe Kante zu ihr. Vorsichtig begann sie, das Klebeband an ihren Handgelenken an der Schneide der Axt zu reiben. Es war schwierig, quasi blind die Stelle zu erwischen, wo das geschliffene Metall nur die Fesseln, aber nicht ihre Haut oder gar die Pulsadern durchtrennen würde.

Nach fünf endlos scheinenden Minuten ungewohnter Gymnastik gab das Gewebe um ihre Hände nach. Fast schon in Panik zerrte sie sich das klebrige Band vom Kopf und zerriss die Fesseln an den Füßen. Sie war frei.

Auf dem schmutzigen Boden sitzend, atmete Irene Hogreve erst einmal tief durch. Es dauerte eine Weile, bis sie durch Massieren die Durchblutung und Geschmeidigkeit ihrer erstarrten Finger halbwegs wiederhergestellt hatte. Dann befühlte sie den tauben Mund, ertastete eine stark geschwollene Oberlippe und spürte den metallischen Geschmack von Blut. Jetzt, wo sie sich wieder bewegen konnte, machte sich brennender Schmerz an Händen, Ellenbogen und Knien bemerkbar, wo ihre ungelenken Bewegungen zu etlichen Hautabschürfungen geführt hatten.

Endlich zog sie sich am Schrank hoch und kam mühselig auf die Beine. Mit unsicheren Schritten tastete sie sich zur Tür vor.

Man gut, dass der Wiegand die Schuppentür nicht noch verriegelt hat, freute sich die Haushälterin. Sie drückte beherzt den Griff hinunter und spürte, dass sich die Tür mit einem Knarren öffnen ließ.

Draußen schlug ihr kühle und frische Abendluft entgegen. Sie hob den Kopf und lauschte dem leisen Rauschen im Kronendach der Eichen über ihr. Eine Amsel, die auf dem Hackeklotz gesessen hatte, flog laut schimpfend davon.

Der Gedanke, um Hilfe zu rufen, kam ihr erst gar nicht. Jetzt, wo sie das Schwierigste hinter sich hatte, würde sie die restlichen Meter bis zum Haus auch noch schaffen.

Obwohl der bewölkte Himmel Mond und Sterne verbarg, war es hier nicht so finster wie im Schuppen, was ihr die Orientierung erleichterte. Als sie um die Schuppenecke bog, sah sie das Haus vor sich. Im Wohnzimmer, im Arbeitszimmer und in Kais Zimmer unter dem Dach brannte Licht. Das Küchenfenster war dunkel.

Durch die Waschküchentür betrat sie leise das Haus. Ohne Licht zu machen – schließlich kannte sie im Wirtschaftsraum jede Fliese, jedes Utensil –, schlich sie in die kleine Toilette, die dort eigens für sie eingebaut worden war. Erst nachdem sie die Tür hinter sich verriegelt hatte, schaltete sie das Licht ein.

Sie erschrak bis ins Mark.

Das Spiegelbild zeigte ein schmutzstarres, bleiches Gesicht.

Unter wirrem, staubverklumptem Haar schauten sie zwei tief in den Höhlen liegende, blutunterlaufene Augen an. An Stirn, Wangen und Nase war die Haut aufgekratzt, blutige Schrammen unterbrachen eine grauschwarze Dreckschicht, die Oberlippe war aufgeplatzt.

Schockiert schaute sie an sich hinunter: Körper und Kleidung hatten ebenfalls arg gelitten. Jeder Geisterbahn hätte ich so alle Ehre gemacht, dachte sie bitter.

Angewidert knipste sie das Licht aus und kehrte in den Wirtschaftsraum zurück.

In diesem Augenblick vernahm sie Geräusche aus der benachbarten Küche. Durch die Ritzen der Tür drang Licht, eine ihr vertraute Männerstimme sagte etwas, was sie nicht verstand.

»Mein Gott«, murmelte sie. »Bloß das nicht.« Beschämt dachte sie: Wenn Herr Kreinbrink jetzt hereinkommt und mich so sieht – als Vogelscheuche! Lieber sterbe ich.

Auf Zehenspitzen schlich sie zur Tür, die zum Flur hinausführte. Sekunden später schloss sie leise die Tür ihrer kleinen Einliegerwohnung hinter sich.

***

»Sollten wir nicht besser Verstärkung anfordern?«, flüsterte Maike Schnur, während sie sich einen Weg durch das dichte Unterholz bahnten.

»Ach was«, brummte Mendelski, mit dem Strahl seiner Taschenlampe den günstigsten Weg durch das Dickicht suchend. »Wir sind doch zu viert. Was soll da schon schiefgehen?« In gebückter Haltung schlich er weiter.

Maike folgte ihm mit mulmigen Gefühlen. Der Warnbruch und das, was von Bartling darüber berichtet hatte, vor allem aber das Stichwort »Falle« hatte sie beeindruckt. Sie ahnte, dass ihre so harmlos scheinende Schnitzeljagd da vorn in der Jagdhütte enden würde – und dass sie dort vielleicht jemand erwartete. Vorsichtshalber rückte sie ihre Waffe im Holster zurecht.

Von Bartling und Jagau hatten einen anderen Weg um die Hütte genommen. Sie wollten sich auf der gegenüberliegenden Seite wiedertreffen. Dort befand sich der Hütteneingang; obendrein gab es einen Abstellplatz für zwei Autos. Zur Sicherheit hielten Mendelski und von Bartling über Mobiltelefon ständigen Kontakt.

»Wir sind vorne angekommen«, hörte Mendelski von Bartlings flüsternde Stimme sagen. »Hier steht ein Auto.«

»Wir kommen.«

Wenig später trafen sie sich vor der Hütte, wo ein einzelnes Auto geparkt stand.

»Der Volvo gehört Joachim Pagel«, erklärte von Bartling mit leichter Enttäuschung in der Stimme. »Der jagt bei mir und nutzt auch die Hütte. Da es drinnen dunkel ist, nehme ich mal an, er ist auf dem Ansitz.«

»Pagel … Joachim Pagel.« Mendelski überlegte. »Kommt mir irgendwie bekannt vor.«

»Der war gestern auch auf der Drückjagd«, half ihm von Bartling. »Vielleicht haben Sie ihn dort kennengelernt.«

»Der Lehrer«, fügte Maike Schnur hinzu. »Der stand eigentlich heute auf unserer Besucherliste.« Mendelski bremste ihre Redseligkeit.

»Ach so, der. Alles klar«, sagte er schnell. Er wandte sich wieder an von Bartling. »Sie meinen also, Pagel sitzt jetzt auf einem Hochsitz hier in der Nähe?«

»Ich denke schon.« Von Bartling hob den Kopf und schaute in den Nachthimmel. »Allerdings … es ist ja mittlerweile stockfinster, da müsste er eigentlich bald hier auftauchen. Ohne Mond macht es ja keinen Sinn, da draußen sitzen zu bleiben.«

»Die Motorhaube ist kalt«, sagte Maike, die ihre Hand auf die Kühlerhaube des Volvos gelegt hatte. »Er scheint schon eine Weile hier zu sein.«

»Ein Ansitz erledigt sich nicht in einer Viertelstunde«, erklärte von Bartling in bestem Oberlehrer-Tonfall. »Der Pagel wird irgendwann am späten Nachmittag eingetroffen sein, sich für die Jagd fertig gemacht haben und dann losmarschiert sein. Für das eigentliche Ansitzen auf dem Hochsitz muss man noch mal eineinhalb bis zwei Stunden anrechnen.«

»Vielleicht ist er aber auch schon gegen Mittag hier eingetroffen«, meldete sich da Jagau zu Wort. »Da habe ich ihn nämlich ins Revier fahren sehen.«

Von Bartling schaute seinen Forstwirt verwundert an. »Stimmt. Sie sagten es ja schon am Telefon.«

»Wann war denn das genau?«, wollte Mendelski wissen.

»So gegen zwölf, kurz vor meiner Mittagspause.« Jagau, jetzt im Mittelpunkt des Interesses, setzte nach: »Da ist er mit seinem Auto an mir vorbeigerast.«

»Das ist aber eine ungewöhnliche Zeit«, meinte von Bartling nachdenklich. Dann hob er unvermittelt den Zeigefinger. »Ich habe ja ganz vergessen: Es sind doch Schulferien, da hat Pagel frei – und vielleicht wollte er einfach nur mal seine Ruhe haben.«

»Apropos Ruhe.« Jagau schob sich noch einmal in den Vordergrund. »Da ist heute noch jemand mit dem Auto bei mir vorbei. Circa eine Stunde später.«

»Wie Sie schon sagten«, meinte von Bartling. »Der Wiegand.«

»Genau. Rolf Wiegand, der Gärtner …«

»… von den Kreinbrinks?«, rief Maike dazwischen. Aufgeregt stupste sie Mendelski in die Seite.

»Ja, richtig.«

»Wenn Sie sich da mal nicht getäuscht haben«, meldete von Bartling Zweifel an. »Was hätte ausgerechnet der Wiegand hier im Wald zu suchen?«

Jagau zuckte mit den Achseln. »Keine Ahnung, aber der war's«, sagte er. »Ganz bestimmt.«

»Da haben Sie aber gut aufgepasst«, lobte Mendelski den Forstwirt. »Wer weiß, vielleicht hat ja einer von den beiden die Brüche ausgelegt.«

»Und noch andere Dinge angestellt«, konnte sich Maike nicht verkneifen zu sagen.

Mendelski ließ den Strahl seiner Taschenlampe über die Jagdhütte huschen. Dann wandte er sich an von Bartling. »Das mit dem Pagel kann noch dauern. Am besten schauen wir uns derweil mal in der Hütte um.«

Leise fügte er an sich selbst gerichtet hinzu: »Hier stimmt doch irgendetwas nicht.«

***

Sie traute sich nicht, das elektrische Licht im Badezimmer anzuknipsen.

Schritt für Schritt tastete sie sich vorsichtig am Waschbecken entlang zum Fenster. Erst als sie den Vorhang zugezogen hatte, griff sie nach den Streichhölzern und zündete eine Kerze an. Beides lag griffbereit neben der Badewanne, denn sie liebte es, bei Kerzenschein, einem Glas Portwein und seichter Musik aus dem Kofferradio zu baden.

Irene Hogreve verzichtete darauf, viel Licht zu machen, denn man könnte es draußen auf dem Hof sehen. Dann würde Kai oder sein Vater sicher sofort nach ihr schauen – und sie in diesem fürchterlichen Zustand antreffen. Das wollte sie unbedingt vermeiden.

Sie verkniff sich auch den Blick in den Spiegel. Im schummrigen Kerzenlicht sah ihr Gesicht wahrscheinlich noch grässlicher aus.

Nachdem sie ihre Hände und Unterarme gründlich gewaschen hatte, ließ sie eiskaltes Wasser über einen Waschlappen laufen. Damit betupfte sie die Wunden im Gesicht.

Anschließend streifte sie die verdreckte Kleidung ab, warf die schmutzigen Sachen in den Wäschekorb und entsorgte die zerrissene Strumpfhose in dem kleinen Mülleimer mit Klappdeckel. Nackt kletterte sie in die Badewanne – ihre kleine Wohnung besaß keine separate Duschkabine –, zog den Plastikvorhang vor und stellte die Brause an.

Wo das Wasser auf die Stellen traf, an denen die Haut abgeschürft war, brannte es höllisch; trotzdem ließ sie den heißen, aber sanften Wasserstrahl minutenlang über Hinterkopf und Schultern rinnen. Die Haut verfärbte sich von der Hitze puterrot, doch es tat ihr gut.

Nachdem sie sich vorsichtig abgetrocknet hatte, zog sie ihren Frotteebademantel an. Selbst jetzt wagte sie noch keinen Blick in den Spiegel. Aus dem Apothekenschränkchen neben der Tür holte sie sich zwei Aspirintabletten, die sie mit etwas Wasser im Zahnputzbecher auflöste und mit einem Schluck herunterspülte.

Mit der brennenden Kerze in der Hand ging sie in ihr Schlafzimmer hinüber. Ihr Bett war – wie stets – ordentlich gemacht. Sie stellte die Kerze neben die Nachttischlampe und blies sie aus. Den Bademantel behielt sie an, als sie unter die Bettdecke kroch. Mit an den Leib gezogenen Beinen kuschelte sie sich ein, schloss die Augen und war in wenigen Augenblicken eingeschlafen.

Die digitale Anzeige von Irene Hogreves Radiowecker auf dem Nachttisch schaltete auf 21:12 Uhr.

***

»*Diablos!*« Mendelski riss erstaunt die Augen auf. »Was haben wir denn hier?«

Sie standen vor der dunklen Jagdhütte. Der Lichtkegel der Taschenlampe, der zuvor im Zickzackkurs über Eingangstür, Fenster und Dachüberstand geglitten war, verharrte nun auf einem Punkt direkt über der Tür.

»Was meinen Sie?«, fragte von Bartling, obwohl er deutlich erkennen konnte, um was es ging. Im Lichtkegel war ein Zeichen zu sehen, das man mit einem Brenneisen in den Querbalken über der Tür eingebrannt hatte, schwarz, querliegend, Z-förmig.

»Eine Wolfsangel«, antwortete Maike Schnur. »Schon wieder!« Sie biss sich auf die Unterlippe, als sie merkte, dass sie besser geschwiegen hätte.

»Na und?« Von Bartlings Bemerkung klang schnippisch. »Die Wolfsangel da oben, die ist nicht neu. Der Pagel hat die vor Jahren mal da eingebrannt. Was ist daran so besonders? Und was meinten Sie mit ›Schon wieder‹?«

Mendelski warf einen verstohlenen Blick auf Jagau und beschloss kurzerhand, von Bartling und seinem Forstwirt reinen Wein einzuschenken. »Gestern haben wir am Streckenplatz etwas ganz Ähnliches entdeckt. Zu Füßen der Leiche hatte jemand eine Wolfsangel in den Sand gemalt. Wir vermuten, dass das derjenige fabriziert hat, der auch das tote Mädchen dort abgelegt hat.«

»Donnerwetter!«

»Daher unsere Verwunderung.« Mendelski ging näher an die Tür heran und fuhr fort: »Ziemlich genau an der Stelle am Streckenplatz, wo sich die Wolfsangel befand, lag der erste der Brüche, die uns schließlich hierhergeführt haben. Zu einer weiteren Wolfsangel. Ist doch merkwürdig, oder?«

»In der Tat.« Von Bartling schien das Gehörte erst einmal verdauen zu müssen. »Ich habe keinerlei Idee, was das Ganze soll. Sie etwa, Herr Jagau?«

»Ich? Äh … nein«, stammelte der Forstwirt verdattert. »Keine Ahnung.«

»Können wir da mal hineinschauen?«, schlug Mendelski vor. »Vielleicht finden wir ja in der Hütte eine Antwort.«

»Natürlich, einen Moment, bitte.« Von Bartling trat zum Fensterladen rechts neben der Tür. »Leuchten Sie doch mal hierher.«

Der Strahl der Taschenlampe erfasste jetzt von Bartling, dessen rechte Hand hinter einem losen Brett verschwunden war.

»Der Schlüssel ist nicht an seinem Platz«, sagte er ärgerlich. »Hat der Pagel ihn doch tatsächlich mit auf den Hochsitz genommen … das ist eindeutig gegen unsere Absprache.«

»Sie verstecken den Schlüssel einfach so hinter einem Brett?«, wunderte sich Maike Schnur. »Bricht denn da niemand ein?«

»Ach wissen Sie, junges Fräulein! Wenn jemand unbedingt in

die Hütte möchte, dann schafft er das auch. Ob mit Gewalt oder ohne. Außerdem: In der Hütte ist nichts zu holen. Daher lassen wir auch die Fensterläden offen.«

»Heile Welt hier draußen«, murmelte Maike. »Was jetzt?«

»Die Tür ist gar nicht abgeschlossen«, hörten sie plötzlich Jagau sagen. »Schauen Sie ...« Der Forstwirt hatte die Klinke heruntergedrückt und die Tür einen Spalt weit geöffnet.

»Halt! Warten Sie!«, rief Mendelski. »Lassen Sie besser mich vorgehen.

***

»War da nicht eben ein Licht?«

»Wo?«

»Da oben im Schlafzimmer der Hogreve?«

»Woher weißt du denn, wo die Hogreve ihr Schlafzimmer hat?« Kai schaute seinen Freund mit hochgezogenen Augenbrauen an.

»Ich hab da eben ein Flackern gesehen.«

Kai strengte seine Augen an. »Nö, da ist alles duster«, sagte er. »Die ist ja auch gar nicht da. Weiß der Teufel, wo die steckt ...«

Kai musste sich insgeheim eingestehen, dass ihm das Verschwinden der Haushälterin wenig Kummer bereitete. Viel mehr machte ihm zu schaffen, was er vorhin – mehr oder weniger unbeabsichtigt – aus dem Arbeitszimmer mitbekommen hatte. Wie es schien, hatte sein Vater mit einer Frau telefoniert. Mit einer verheirateten Frau. Es hatte sehr vertraut geklungen. Sein Vater und eine Geliebte? Nach all den Jahren ... Und sein Vater hatte sich bei dieser Frau um ein Alibi für die vorletzte Nacht bemüht. Brauchte er das denn?

»Hey, träumst du?« Finn unterbrach die Gedankengänge seines Freundes. Denn Kai hatte ihm von alledem nichts erzählt.

»Schon okay. Ich dachte nur ...«

»Vielleicht ist sie ja mit dem Wiegand durchgebrannt«, flachste Finn, während er sich sein Fahrrad schnappte. Gemeinsam schlenderten sie über den Hof in Richtung Straße.

»Hör mir bloß mit Wiegand auf.« Kai packte die kalte Wut. »Wenn der schuld ist an Yadiras Tod, dann Gnade ihm Gott.«

»Und wie geht's nun weiter?« Bevor Finn sein Fahrrad bestieg, klickte er den Dynamo an den Vorderreifen.

»Morgen ist Samstag. Da kommt er sowieso nicht zu uns. Entweder findet ihn die Polizei, um ihn auszuquetschen – oder wir machen das. Hast du morgen früh Zeit?«

»Ich denke schon. Sonst nehme ich sie mir …« Mit bitterer Stimme fügte Finn hinzu: »Das sind wir Yadira schuldig.« Dann schwang er sich auf den Sattel.

»Also bis morgen dann.«

Als Kai zurück zum Haus ging, warf er noch einmal einen Blick zu den beiden Fenstern der Hogreve hinauf. Dort war alles dunkel, nicht mal ein noch so schwacher Lichtschimmer war zu sehen.

***

Wie tot lag er da. Vor dem Sofa, auf einer Sauschwarte hingestreckt, bäuchlings und alle viere weit von sich.

Der Lichtstrahl der Taschenlampe geisterte über die Gestalt. Das Gesicht blieb im Dunklen, da es zum Sofa gewandt war.

»Mein Gott!«, rief von Bartling entsetzt. Er hatte hinter Mendelski die Jagdhütte betreten und schaute dem Kommissar über die Schulter. »Was ist passiert?«

»Langsam!«, befahl Mendelski. »Bleiben Sie, wo Sie sind.«

Er ging vorsichtig neben dem Mann am Boden in die Hocke, prüfte Atmung und Puls, schaute in das Gesicht – und gab Entwarnung.

»Der ist nicht tot«, sagte er, die Nase rümpfend. »Nur halb. Man kann es schon riechen: Der liegt im Delirium, blau wie eine Strandhaubitze.«

»Mensch, Pagel!« Von Bartling kniete sich nun ebenfalls auf die Holzdielen. »Was zum Kuckuck ist denn in den gefahren?«

»Es ist also Pagel?«

Von Bartling nickte.

»Gibt es hier irgendwo Licht?«, fragte Maike Schnur, die mit Jagau in der Tür stehen geblieben war.

»Ja, eine Gaslampe«, antwortete der Forstwirt. »Ich mach das mal schnell …« Als er sich am Tisch entlangtastete, um die Gaslampe zu holen, trat er gegen eine leere Flasche. Laut polternd landete diese an der Hüttenwand.

»Passen Sie doch auf!«, brauste von Bartling auf – offenbar am Ende seiner Nerven.

Maike hob die Flasche auf und schnupperte daran. »Ich glaub, da war Whisky drin«, bemerkte sie mit vor Ekel gerümpfter Nase. »Da haben wir den Grund für sein Nickerchen.«

Kurz darauf erhellte die Gaslampe den spartanisch eingerichteten Hüttenraum. Ein Tisch, vier Stühle und ein abgewetztes Sofa – viel mehr gab es nicht.

Mendelski versuchte, Pagel zu wecken. Dazu drehte er ihn auf den Rücken und hob seinen Kopf leicht an. Mit der flachen Hand schlug er vorsichtig gegen seine Wangen.

»Muss der aber einen getankt haben«, kommentierte von Bartling die Aktion. »Soll Ihnen Herr Jagau nicht besser einen Eimer Wasser holen?«

»Nicht nötig«, erwiderte Mendelski, der mit dem Klapsen aufgehört hatte. »Da tut sich schon was.«

Tatsächlich: Pagel schlug die Augen auf und blinzelte ins Licht. Als er Mendelski erkannte, hob er reflexartig die Hand.

»Was … was … wollen Sie denn von mir?«, röchelte er. Als er den Kopf hob, nahm er im schummrigen Licht der Gaslampe weitere menschliche Gestalten wahr. Wehleidig jammerte er los: »Ich war's nicht, ich war's wirklich nicht … Ich hab nur …«

»Mensch, Pagel«, herrschte ihn von Bartling an. »Reißen Sie sich doch zusammen.«

»Nein, lassen Sie ihn nur.« Mendelski ärgerte sich schwarz darüber, dass von Bartling Pagel unterbrochen hatte. Denn Betrunkene sind redseliger als Nüchterne – und meist sprechen sie die Wahrheit. Er wandte sich rasch wieder dem Lehrer zu: »Was wollten Sie sagen? Was haben Sie nur …«

Doch Pagel hatte Lunte gerochen. »Von Bartling, sind Sie's?« Er versuchte sich aufzurichten, plumpste jedoch unbeholfen in die Rückenlage zurück.

»Ja, ich bin's.« Von Bartling beugte sich vor. »Was, zum Teufel, ist mit Ihnen passiert?«

»Passiert?«, lallte der Lehrer, während er einen zweiten Versuch startete, sich aufzurichten. »Ich hab mir nur einen gezwitschert … nichts weiter … hihi.«

»Herr Pagel«, fuhr Mendelski energisch dazwischen. »Wer war hier bei Ihnen?«

»Wie, hier bei Ihnen?«, käute Pagel wieder, nachdem er es endlich in die Sitzposition geschafft hatte. »Ups … oh Mann, is' mir schlecht.«

Bevor er sich lautstark würgend übergab, schafften es von Bartling und Jagau gerade noch, den Lehrer vor die Hüttentür zu schleppen. Danach zerrten sie ihn zu einer Pumpe, die sich hinter der Hütte befand, und hielten seinen Kopf unter den kalten Wasserstrahl. Als sie die Prozedur beendet hatten, bugsierten sie Pagel auf die Rückbank seines Volvo, wo er im Halbschlaf vor sich hin dämmerte.

Inzwischen hatten Mendelski und Maike die Hütte untersucht, aber nichts Besonderes entdecken können. Nur einen prall gefüllten Aschenbecher, dessen Inhalt sie in einer Beweismitteltüte sicherten, und ein schmuckloses Wasserglas, das sie wie die Whiskyflasche mitnahmen. Nachdem sie sich die Wolfsangel über der Eingangstür noch einmal eingehend angesehen hatten – ohne Zweifel, die eingebrannte Markierung hatte schon einige Jahre auf dem Buckel – und Maike ein paar Fotos mit dem Handy geschossen hatte, gingen sie zum Volvo hinüber, dessen hintere Türen offen standen.

Ein Versuch, Pagel noch einmal zu wecken, scheiterte. Der Lehrer war bedrohlich röchelnd und schnarchend auf der Rückbank des Wagens eingeschlafen. Sternhagelvoll widerstand er jedem Versuch, ihm ein sinnvolles Wort zu entlocken.

»Mit dem können Sie jetzt wohl nichts anfangen«, meinte von Bartling, während er die Autotür zuschlug. »Haben Sie in der Hütte noch etwas gefunden?«

»Nichts von Belang«, erwiderte Mendelski. »Vor allem keine Jagdutensilien.«

»Im Auto liegt auch kein Gewehr, keine Munition, nichts.« Von Bartling, der sich von Mendelski dessen Taschenlampe ausgeliehen hatte, leuchtete systematisch das Wageninnere ab. »Vielleicht wollte er einfach nur seine Ruhe haben.«

»Zu dumm, dass wir nicht mit ihm sprechen können. So kommen wir nicht weiter«, entgegnete Mendelski ärgerlich. Er war mit dem Ergebnis ihrer nächtlichen Pirsch überhaupt nicht zufrieden. »Das ist doch alles sehr merkwürdig: Die brennenden Schwedenfeuer am Fundplatz der Leiche, die Brüche, die zur Hütte führen, und da liegt der Pagel sturzbetrunken auf der Erde.« Er schaute seinem Gegenüber skeptisch ins Gesicht. »Sie kennen den Pagel doch ganz gut. Ob er das alles selbst inszeniert hat?«

»Keine Ahnung.« Von Bartling zog die Schultern hoch. »Wer weiß, ob er sich morgen früh noch an irgendetwas von heute Abend erinnert. Ich denke, wir bringen ihn jetzt nach Hause und ins Bett.«

»Okay, gut. Dann also Feierabend für heute. Morgen ist schließlich auch noch ein Tag.«

Das hörte Maike mit Freuden. Denn sie war noch verabredet.

»Wie kommen wir denn am schnellsten zu unseren Autos?«, fragte sie von Bartling.

»Wir steigen alle in den Volvo und fahren am Streckenplatz vorbei. Hab schon gesehen, der Schlüssel steckt.«

***

Die Dunkelheit kam ihm gerade recht. Eine dichte Wolkendecke verbarg immer noch Mond und Sterne. Der dichte Trauf der Randbäume, unter dem er sich verborgen hielt, schluckte jegliches Restlicht. Selbst im Wald hinter ihm konnte man keine fünf Meter weit sehen.

Auch wenn ihm in den letzten Tagen nicht alle Götter beigestanden hatten, so meinte es jetzt wenigstens Petrus gut mit ihm.

Ihm war klar, dass ihn der verirrte Lichtstrahl einer Taschenlampe treffen könnte; dann wäre er entdeckt. Daher bewegte er sich sehr vorsichtig, als er, hinter dem Stamm einer alten Kiefer verborgen, zur Jagdhütte hinüberlugte.

Doch diejenigen, die er schon eine ganze Weile beobachtete, achteten nicht auf ihre Umgebung. Sie interessierten sich für Joachim Pagel, für dessen Auto und die Jagdhütte.

Aus der Deckung heraus beobachtete er, wie zwei Männer den Lehrer zum Volvo schleppten und ihn auf die Rückbank verfrachteten. Der eine musste der stattlichen Zwei-Meter-Statur nach von Bartling sein. Bei dem Kleineren tippte er auf den Waldarbeiter Jagau.

Sein Plan war aufgegangen. Die Fährte, die er mit den Brüchen gelegt hatte, funktionierte: Endlich kümmerte sich die Polizei um Pagel. Um diesen liederlichen Dreckskerl, der sich Yadira gegenüber so mies benommen hatte. Und mit dem er selbst auch noch eine Rechnung offen hatte.

Innerlich aufgewühlt, aber regungslos beobachtete er, wie das Licht in der Hütte erlosch und die Tür zugezogen und abgeschlossen wurde. Jemand machte sich mit der Taschenlampe an dem Fensterladen neben der Tür zu schaffen. Er vermutete, dass dieser Jemand dort den Jagdhüttenschlüssel versteckte. Dann stiegen alle vier zu Pagel ins Auto und fuhren davon.

Nachdem er vorsichtshalber weitere fünf Minuten in seinem Versteck gewartet hatte, brach auch er auf.

Um zu seinem Fahrzeug zu gelangen, bedurfte es eines guten Stücks Fußmarsch. Zum Glück konnte er einen gut ausgebauten Waldweg benutzen. Im Wald selbst hätte er sich in dieser Finsternis die Haxen oder gar das Genick gebrochen.

Eine Viertelstunde später war er am Ziel. Sein Auto stand unversehrt in einer ehemaligen kleinen Sandkuhle – zwischen jungen Birken, deren welkes Laub leise im Nachtwind raschelte.

Bevor er einstieg, lauschte er in die dunkle Nacht. Das Rauschen der Blätter im Wind wirkte beruhigend auf seine angekratzten Nerven. In der Ferne schreckte ein Reh. Vielleicht hat eine Rotte Sauen es gestört, dachte er beim Einsteigen. Oder der böse Wolf, der sich ja neuerdings in den heimischen Wäldern herumtreiben sollte. Über sein verhärmtes Gesicht huschte ein schräges Grinsen.

Er ließ den Motor an und legte den ersten Gang ein. Ohne die Scheinwerfer einzuschalten, fuhr er los.

***

Gegen zweiundzwanzig Uhr dreißig kam vor Pagels Haus in Eschede eine Auto-Karawane zum Stehen. Vorneweg von Bartlings Geländewagen, dahinter der Volvo, den Mendelski steuerte und auf dessen Rückbank der Lehrer seinen Rausch ausschlief. Maike Schnur folgte mit dem Kripo- Dienstwagen, zum Schluss kam der Pick-up von Jagau.

Bevor sie am Streckenplatz in ihre Autos gestiegen waren, hatten Mendelski und Maike noch die Brüche in der Nähe der abgebrannten Schwedenfeuer sichergestellt und in ihren Kofferraum verfrachtet. Damit sollte sich nächste Woche das Labor vergnügen. Den

Warnbruch von der Jagdhütte und die Folgebrüche wollten sie am Samstag holen.

»Herr Jagau und ich kümmern uns noch um Pagel«, erklärte von Bartling, als sie ausgestiegen waren. »Dann fahren wir nach Hause.«

»Machen Sie das«, entgegnete Mendelski. »Morgen früh stehen wir aber wieder auf der Matte. Falls Sie noch ein vernünftiges Wort mit Herrn Pagel wechseln sollten: Er möchte sich bitte zu unserer Verfügung halten.«

»Ich werde mein Bestes tun. Dann also gute Nacht.«

Mendelski und Maike wollten gerade in ihr Auto steigen, als sich der Kommissar noch einmal umwandte. »Ach ja, Herr Jagau«, sagte er zu dem Forstwirt, der gerade seinen Pick-up abschloss. »Bevor ich's vergesse: Das Fichtengrün für den Streckenplatz – das haben Sie doch geschnitten?«

»Ja, hab ich.«

»Und dann haben Sie es mit Ihrem Wagen transportiert? Auf- und abgeladen und so weiter?«

»Genau.«

»Dabei haben Sie doch sicher Arbeitshandschuhe getragen?«

»Selbstverständlich. Fichte pikst sehr und harzt.«

»Sie haben die Handschuhe nicht zufällig in Ihrem Wagen?«

»Ja. Aber was soll die Fragerei?« Hatte Jagau zunächst noch bereitwillig geantwortet, wurde er nun langsam ungehalten.

»Ich will es Ihnen erklären«, entgegnete Mendelski mit einem Lächeln. »Unser Labor hat im Fichtengrün des Streckenplatzes diverse Faserspuren entdeckt, winzige Partikel, die für unsere Ermittlungen von Bedeutung sein können. Wenn die Fasern nun aber von Ihren Handschuhen stammen, sind sie für unsere Ermittlungen ohne Belang. Wenn die Fasern nicht von Ihnen sind, könnten sie etwas mit der Leiche zu tun haben – oder besser gesagt mit demjenigen, der die Leiche dort abgelegt hat.«

»Verstehe«, erwiderte Jagau, dem die Erleichterung anzumerken war. »Und darum wollen Sie die Handschuhe gern mitnehmen?«

»Das wäre furchtbar nett.«

»Moment, das werden wir gleich haben.« Jagau öffnete die hintere Tür seiner Doppelkabine und holte ein Paar Arbeitshandschuhe hervor. »Das sind die, die ich vorgestern getragen habe«, sagte er, während er Mendelski die Handschuhe reichte.

Der Kommissar bedankte sich artig und wünschte freundlich eine gute Nacht.

Dass man im Fichtengrün des Streckenplatzes auch Haare hatte sichern können, hatte Mendelski wohlweislich verschwiegen.

***

»… gab es für Hannover 96 in Wolfsburg diesmal nichts zu holen. Im Freitagsspiel der Fußballbundesliga schlugen die Wölfe die Roten auf eigenem Platz verdient mit drei zu zwei Toren. Zur Halbzeit hatte es bereits …«

Mendelski schaltete das Autoradio aus. Um seinen Ärger und Frust zu unterdrücken, gähnte er gekünstelt und rieb sich die müden Augen.

»Ausgerechnet gegen die Wölfe«, murrte er.

»Hertha hat's morgen gegen die Bayern auch nicht leicht«, versuchte Maike ihn zu trösten. Als eingefleischter Fußballfan wusste sie nur zu gut, wie er sich gerade fühlen musste.

Auf der B 191 zwischen Eschede und Garßen waren zu dieser späten Stunde nur wenige Fahrzeuge unterwegs. Die schnurgerade, nahezu autobahnbreite Straße, die überwiegend durch einsame Wälder führte, lud geradezu zum Rasen ein.

Maike gab ordentlich Gas. Sie wollte rasch heim, in den wohlverdienten, verspäteten Feierabend.

»Vorsicht, vergiss das Wild nicht«, warnte sie Mendelski. »'nen Hirsch auf der Haube – das ist bei dieser Geschwindigkeit nicht ohne.«

Maike murmelte etwas Unverständliches und raste mit unverminderter Geschwindigkeit weiter. Mendelski beugte sich demonstrativ zu ihr rüber, um auf den Tacho sehen zu können.

»Hundertvierzig! Mensch, Maike, wenn jetzt eine Rotte Sauen …«

»Ich denk, Wildschweine gibt's genug«, konterte sie trocken. »Und Rehe und Rotwild auch. Sagst du doch immer, oder? Um einen Wolf hingegen würd's mir direkt leidtun.« Sie kicherte boshaft. »Von der Spezies gibt's ja nicht so viele.«

Immerhin fuhr sie nun ein bisschen langsamer.

»Was für ein Tag«, wechselte Mendelski das Thema, nachdem er sich zurückgelehnt hatte. »Die Ereignisse überschlagen sich geradezu. Wir schaffen es ja kaum, die neuen Erkenntnisse auszuwerten und zu beurteilen.«

Maike schwieg geflissentlich.

»Beginnen wir mit heute Morgen«, fuhr Mendelski ungerührt fort. »Im vorläufigen Obduktionsbericht der Grote war doch …«

»Nein, jetzt bitte nicht mehr«, unterbrach Maike ihn brüsk. »Irgendwann muss doch auch mal Schluss sein. Morgen ist auch noch ein Tag. Ich habe jetzt Feierabend.« Ihr Gesichtsausdruck ließ keinen Zweifel daran, dass es ihr bitterernst war.

»Okay, hast recht«, sagte er versöhnlich. »Schlimm genug, dass wir morgen wieder am Samstag ranmüssen. Alles Weitere dann um zehn bei der Lagebesprechung in der Jägerstraße.«

Zu der anberaumten Besprechung der Mordkommission würde es jedoch nicht kommen. Denn der Samstag sollte noch turbulenter verlaufen als der Freitag.

***

Verdammt spät war es geworden. Zu Doris brauchte er jetzt nicht mehr zu fahren. Sie würde ihn bestimmt nicht mehr in ihre Wohnung lassen. Also musste er seinen Besuch auf den nächsten Tag verschieben.

Obendrein war er hundemüde. So spät war er lange nicht mehr von der Arbeit heimgekommen. Die Stunden würde er als Überstunden aufschreiben, da gab's kein Vertun. Schließlich war er ja nicht freiwillig und spaßeshalber so lange im Wald geblieben, sondern auf Weisung seines Arbeitgebers. Ob von Bartling sich aber darauf einlassen würde, das war alles andere als sicher.

Karl-Heinz Jagau hatte sich kurzerhand einen Strammen Max gebrutzelt und bereits die zweite Flasche Bier geöffnet, als er sich am Couchtisch niederließ. Er wollte beim Abendbrot ein wenig durchs Fernsehprogramm zappen, um endlich mal an etwas anderes zu denken als an das tote Mädchen.

Doch das, was er heute erlebt hatte, ließ ihn so schnell nicht los. Die brennenden Schwedenfeuer auf dem Streckenplatz, die wegweisenden Brüche, der anschließende Marsch durch den nächtlichen Wald zur Jagdhütte. Was hatten wohl Pagel und Wiegand mit dem Fall zu tun?

Moment, was war denn das eben?

Die Fernbedienung wanderte von seiner linken Hand in die rechte. Er wählte die Taste mit dem roten Pfeil, um zu dem Sender zurückzukehren, den er zuvor für gerade mal ein, zwei Sekunden eingeschaltet gehabt hatte.

Er hatte richtig gesehen. Auf dem Bildschirm war eine offensichtlich leblose Frau zu sehen, die halb entkleidet und mit einer blutenden Kopfwunde in einer Lärchenschonung lag. Aus dem Beitrag des Moderators hörte er, dass es sich bei der Sendung nicht um einen Kriminalfilm, um einen fiktiven Fall, sondern um eine Dokumentation handelte.

Die junge Frau, eine Prostituierte aus Hamburg, war vor zwei Jahren von einem Jäger in den Harburger Bergen gefunden worden. Vergewaltigt, stranguliert und letztendlich mit einem stumpfen Gegenstand erschlagen. An der Leiche hatte man damals jede Menge genetisches Material sichergestellt, das man nicht dem Opfer zuordnen konnte: Samenflüssigkeit, Haare, einige Tropfen Blut und winzige Hautpartikel, die man unter den Fingernägeln der Ermordeten gefunden hatte. Die Kriminalpolizei mutmaßte damals, dass sich die Frau heftig gewehrt und ihrem Peiniger einige böse Kratzer zugefügt hatte.

Schlagartig war Karl-Heinz Jagau hellwach. Er legte die Fernbedienung zur Seite und fuhr sich nachdenklich mehrmals mit der Hand über die Wange. Die drei Schrammen waren noch deutlich zu spüren.

Der Bericht im Fernsehen schreckte ihn restlos auf. Mit zunehmender Verunsicherung verfolgte er den Rest der Dokumentation.

Anhand des genetischen Fingerabdrucks war es der Mordkommission gelungen, jetzt – zwei Jahre später – einen bis dato unbescholtenen Familienvater der grausamen Tat zu überführen. Er war einer der unzähligen Freier gewesen, die sich einem DNA-Test hatten unterziehen müssen.

Der Moderator erklärte, dass die Polizei bei solchen Ermittlungen nicht nur auf groß angelegte Massentests zurückgriff, sondern von Verdächtigen zuweilen auch verdeckt DNA-Material beschaffte, um dieses mit den am Tatort gefundenen Spuren zu vergleichen. Hierzu würden gern Haarbürsten, Mützen oder auch Handschuhe sichergestellt.

Handschuhe?

Karl-Heinz Jagau sprang auf.

»Dieser Arsch!«, zischte er. »Deswegen also die Arbeitshandschuhe. Von wegen Fasern … So ‘n Quatsch!«

Er griff nach der Bierflasche und leerte sie mit einem Zug.

NEUN

Sie konnte einfach nicht einschlafen.

Lag es an der Zeitverschiebung? Oder daran, dass sie so aufgeregt war, in wenigen Stunden ihr Reiseziel zu erreichen? Sie wusste es nicht. An dem Lärm jedenfalls, der aus einer Diskothek gegenüber dem Hotel zu ihr herüberdrang, konnte es nicht liegen. Eine solche Geräuschkulisse kannte sie von zu Hause, von der Open-Air-Disco *El Lobo Loco*, die nur einen Steinwurf von ihrem Elternhaus in San José de las Matas entfernt lag.

Die Fahrt mit dem Taxi vom Flughafen Frankfurt zum Hotel war sehr unterhaltsam gewesen. Der Taxifahrer hatte sich als Exil-Kubaner entpuppt; er war ganz aus dem Häuschen gewesen, eine Passagierin von einer Nachbarinsel in der Karibik zu chauffieren – und noch dazu so eine hübsche. Auf der zehnminütigen Fahrt hatte er ihr sein halbes Leben erzählt, während im Hintergrund Musik von Buena Vista Social Club lief.

Sie zog die Decke über die Schulter und wälzte sich von einer Seite zur anderen. Es nützte nichts. Sie blieb hellwach. Schließlich knipste sie entnervt die Nachttischlampe an und setzte sich auf die Bettkante.

Unentschlossen starrte sie auf den kleinen Zettel, der neben dem Telefon auf dem Nachttisch lag. Darauf hatte sie eine Telefonnummer notiert. Schließlich griff sie zum Telefon. Ihre Hand zitterte, als sie die ersten Ziffern eintippte: 0514 …

Sie brach ab und legte den Hörer auf.

Nein, sagte sie sich, keine gute Idee. Erstens ist es schon viel zu spät, und zweitens reicht es, wenn ich morgen aus – wie heißt noch einmal diese kleine Stadt? – aus Celle anrufe.

So würde die Überraschung umso größer sein.

***

Als Mendelski aufwachte, war stockfinstere Nacht. Sein Schädel dröhnte vor Kopfschmerzen. Er schob das Kopfkissen zurecht, drehte sich auf den Rücken und lauschte in die Dunkelheit. Außer dem

Piepen in seinem linken Ohr hörte er nichts. Das penetrante Tinnitusgeräusch übertönte das Ticken des Weckers auf dem Nachttisch und das sanfte Atmen seiner Frau neben ihm.

Zwei Minuten blieb er auf dem Rücken liegen, in der leisen Hoffnung, vielleicht doch wieder einzuschlafen.

Aber die Schmerzen waren zu stark. Ihm blieb nichts übrig, als aufzustehen und – wie schon tausendmal zuvor – seine Tabletten zu schlucken.

Um Carmen nicht zu wecken, schlüpfte er vorsichtig unter der Bettdecke hervor und rutschte aus dem Ehebett. Auf Zehenspitzen verließ er das Schlafzimmer und zog leise die Tür hinter sich zu. Ohne Licht zu machen, stieg er die Treppe hinab; diesen Weg kannte er buchstäblich im Schlaf.

»Guten Morgen, Pic«, flüsterte er mit schmerzverzerrtem Gesicht, nachdem er das Wohnzimmer betreten und das Licht angeknipst hatte. Der Kater Picasso, der auf einem der Korbstühle hockte, hob nur kurz seinen Kopf und schlummerte dann weiter. Das kluge Tier wusste schon, dass sein Herrchen jetzt keine Zeit für Futter oder Streicheleinheiten hatte.

Mendelski trottete in sein Arbeitszimmer, öffnete die Schreibtischschublade und nahm die Tablettenschachtel heraus. Erst jetzt wagte er einen Blick auf die Uhr, eine altmodische Wanduhr mit Holzgehäuse, die er von seiner Großmutter geerbt hatte.

»Dios mio!«, entfuhr es ihm. Es war vier Uhr zweiunddreißig.

Das kommt davon, wenn man es nach einem langen, anstrengenden Tag noch wagt, kurz vor Mitternacht mit seiner Frau ein Gute-Nacht-Gläschen zu trinken, tadelte er sich selbst. Und dass ihm Rotwein, selbst der gute Rioja von der Schwägerin in Barcelona, in letzter Zeit nicht sonderlich bekam, hätte er eigentlich wissen müssen.

Beim Gang in die Küche tat ihm jeder Schritt weh. An diesem Morgen waren es Kopfschmerzen der heftigen Art. Also füllte er ein Glas mit Leitungswasser und spülte zwei Tabletten hinunter.

Den Weg zum Briefkasten konnte er sich sparen, die Zeitung würde noch nicht da sein. Die kam immer erst gegen fünf Uhr dreißig. Das war schade, denn er genoss es, frühmorgens in aller Ruhe in der Zeitung zu blättern, während er darauf wartete, dass die Schmerzen nachließen.

Mendelski schlurfte zurück in sein Arbeitszimmer und setzte sich an den Schreibtisch. Außer der Tischlampe, die einen eng umgrenzten Lichtkegel auf die Schreibunterlage warf, hatte er alle anderen Lichter ausgeknipst.

Mit beiden Händen massierte er Stirn und Nasenwurzel. Um sich abzulenken, verfiel er ins Grübeln.

Donnerstag und Freitag hatten es in sich gehabt. In den vergangenen beiden Tagen war so viel geschehen, dass er befürchtete, den Überblick zu verlieren.

Bald schon, um Punkt zehn Uhr, musste er in der Jägerstraße seinem Chef Steigenberger und den anderen Kollegen der Mordkommission Rede und Antwort stehen. Vielleicht würden auch Vertreter des Innenministeriums und des Dominikanischen Konsulats an der Besprechung teilnehmen. Da war es sicher nicht verkehrt, die Zeit sinnvoll zu nutzen und sich schon einmal ein paar Notizen zu machen.

Aus dem Faxgerät fischte er einen leeren DIN-A4-Zettel und griff sich einen Bleistift aus der Ablage. Doch er schrieb nicht. Er zeichnete. Kreise, Linien, Pfeile. Er skizzierte Bäume, ein stattliches Haus, eine Hütte.

Doch für sein Vorhaben war das Blatt viel zu klein. Als er sich nach etwas Größerem umsah, fiel sein Blick auf den großformatigen Rien-Poortvliets-Jagdkalender an der Wand. Er erhob sich, nahm den Kalender kurzerhand vom Haken und legte ihn mit der Rückseite nach oben auf den Schreibtisch. Jetzt hatte er genügend Platz.

Mit einem schwarzen Filzstift begann er von Neuem. Schon bald fügte er den Zeichnungen Worte hinzu. Zwischen die skizzierten Bäume am oberen Rand des Blattes schrieb er in Großbuchstaben zwei Begriffe: YADIRA MARTINÉZ und STRECKENPLATZ. Unter dem Namen Yadira Martinéz listete er auf: *Wasserleiche, Chlor, Hämatome, Amulett.* Unter Streckenplatz schrieb er *Wolfsangel, Haare/Fussel, Schwedenfeuer, Brüche* und schließlich die Namen *Jagau, von Bartling, Pagel, Wiegand.*

Rechts oberhalb der Skizze, die ein Gebäude darstellen sollte, schrieb er JAGDHÜTTE und darunter die Worte *Brüche, Wolfsangel/Pagel, Wiegand.*

Den Namen Eschede setzte er in den großen Kreis im Zentrum

des Blattes, an dessen unterem Rand die Umrisse eines großen Hauses zu erkennen waren. Die Überschrift POOL folgte mit den Unterbegriffen *Chlor, Amulett, Blockhaus, Wolfsfeder* und den Namen *Kai, Finn, Kreinbrink senior, Wiegand, Hogreve.*

In den freien Raum unterhalb der Zeichnungen notierte er den Begriff *Drohbriefe.*

Dann lehnte sich Mendelski zurück und betrachtete lange sein Werk. Die Kopfschmerzen begannen zu weichen, die Tabletten schlugen an. Ein wohliges Gefühl machte sich langsam in ihm breit.

Am meisten interessierten ihn die Namen, die er aufgeschrieben hatte. Dreimal hatte er den Namen des Gärtners notiert, so oft wie keinen anderen. Wiegand hatte mit dem Pool zu tun, er war im Wald gesehen worden und jetzt auf mysteriöse Weise untergetaucht. Er kreiste den Namen des Gärtners dreimal ein.

Dann legte er den Stift zur Seite und gähnte. Trotz des Koffeins in den Tabletten fühlte er sich plötzlich schläfrig.

Für die weitere geistige Ermittlungsarbeit begab sich Mendelski ins Wohnzimmer. Noch immer im Schlafanzug, fröstelte es ihn – also legte er sich aufs Sofa und zog die Wolldecke bis zum Kinn hoch.

Doch die anspruchsvolle Ermittlungstätigkeit im Liegen überforderte ihn. Die Augen fielen ihm zu, seine Gedanken schweiften weiter und weiter ab.

Drei Minuten später war er eingeschlafen.

***

Als der Hahn vom Nachbarhof mit einem krächzenden Krähen die ersten Sonnenstrahlen ankündigte, war sie schon zwei Stunden auf den Beinen.

Um kurz vor sechs war Irene Hogreve aufgestanden – nach einer unruhigen, endlos erscheinenden Nacht. Wie gerädert war sie ins Badezimmer geschlurft. Dort hatte sie eine geschlagene Stunde damit zugebracht, die Blessuren im Gesicht und an den Händen zu behandeln, damit sie sich einigermaßen unter die Leute trauen konnte. Um die Kratzer und Hautabschürfungen an Armen und Beinen zu verbergen, hatte sie eine lange Hose und eine Bluse mit langen Ärmeln angezogen.

Sie trat ans Fenster. Der klare blaue Herbsthimmel versprach einen schönen Tag. Ein kurzer Blick auf die Armbanduhr verriet, dass sie bereits zwanzig Minuten zu spät dran war. Sonnabends und auch am Sonntag stand sie gewöhnlich um sieben Uhr dreißig in der Küche, um sich ihrer Haushaltstätigkeit zu widmen.

Sie atmete tief durch, dann fasste sie sich ein Herz und verließ ihre Wohnung.

Als sie die Küche betrat, stockte ihr der Atem. Kai, der normalerweise am Wochenende bis in die Puppen schlief, saß am Küchentisch, über die »Cellesche Zeitung« gebeugt, einen dampfenden Kaffeepott in der Hand. Der rutschte ihm fast aus den Fingern, als sie eintrat. Wie eine Fata Morgana starrte er sie an.

»Frau Hogreve«, rief er verwundert. »Wo kommen Sie denn her?«

»Von oben natürlich«, erwiderte sie prompt und ging mit schnellen Schritten zu dem Haken neben der Speisekammertür, an dem ihre Schürze hing.

»Wir haben Sie überall gesucht.« Kai hatte sich erhoben und ging auf sie zu. »Als Sie gestern Nachmittag spurlos verschwunden waren, haben wir uns Sorgen gemacht.«

»So? Warum denn?« Sie wandte sich rasch der Arbeitsplatte zu, damit Kai ihr Gesicht nicht aus der Nähe betrachten konnte.

Doch der Junge ließ nicht locker. »Das war schon merkwürdig gestern Nachmittag. Sie haben mich doch angerufen, um mir zu sagen, dass die Polizei bei uns im Garten sei. Und dann ... waren Sie weg. Der Wiegand ist übrigens auch verschwunden.«

»Na ja, ich bin ja wieder da. Mir war nur nicht gut«, log Irene Hogreve und sagte doch die Wahrheit. »Ich hatte nach langer Zeit mal wieder Migräne. Da habe ich mich hingelegt.«

»Und was ist mit Ihrer Lippe passiert?«

Hat er es doch gemerkt, dachte sie ertappt, während sie kaltes Wasser in einen Kessel laufen ließ. Der gute Junge macht sich ja doch Sorgen um mich.

»Nichts, gar nichts«, erwiderte sie, bereute aber bereits im nächsten Augenblick ihre Reaktion. »Jedenfalls nichts Schlimmes. Ich habe mich an der Tür vom Arzneischrank gestoßen. Zu dumm, nicht wahr?«

»Und Ihre Hände? Da sind ja ganz frische Kratzer.«

»Ach das. Das ist von den Rosen«, kam es wie aus der Pistole geschossen. Sie versuchte, das Thema zu wechseln. »Ist dein Vater auch schon auf?«

»Weiß nicht.«

In diesem Augenblick öffnete sich die Tür, und Konrad Kreinbrink trat ein.

»Guten Morgen allerseits«, sagte der Hausherr, ohne den beiden mehr als einen Wimpernschlag Blickkontakt zu widmen. Er ging zum Tisch und griff nach der Zeitung. »Ach, da sind Sie ja wieder«, sagte er beiläufig, während er die Schlagzeilen des Wochenendes überflog. »Alles in Ordnung?«

Irene Hogreve, die sich angesprochen fühlte, sah zu Kai hinüber und setzte gerade zu einer Antwort an, als ihr Kreinbrink senior zuvorkam.

»Ach Kai, bevor ich's vergesse, wir sind doch heute Abend bei Warneckes zum Entenstrich eingeladen. Um halb sechs an der Aschaubrücke, du weißt schon …«

»Papa, bitte.« Kai war außer sich. »Entenstrich … Einladung … Haben wir nicht andere Sorgen? Yadira ist gerade mal zwei Tage tot.«

»Aber das Leben muss weitergehen«, sagte sein Vater kühl. »Was meinst *du*, sollten wir tun?«

»Ein wenig Trauer könnte nicht schaden«, murmelte der Junge. Und lauter sagte er: »Wir sollten lieber helfen, die Sache aufzuklären, immerhin stecken wir bis zum Hals mit in dem Schlamassel. Die Kripo nimmt an, dass Yadira ertrunken ist – in unserem Swimmingpool. Und der Wiegand, der für den Pool zuständig ist, hat sich verdünnisiert. Das macht ihn doch total verdächtig.«

»Da könntest du recht haben. Aber darum soll sich besser die Polizei kümmern. Das ist wirklich nicht unser Bier.« Konrad Kreinbrink verspürte offensichtlich wenig Lust, mit seinem Sohn zu diskutieren. Sein fahriger Blick suchte die Haushälterin. »Frau Hogreve, Sie heute in langer Hose?«, sagte er. »Das hab ich, glaube ich, bei Ihnen noch nie gesehen.«

Kai verdrehte genervt die Augen, während Irene Hogreve sich langsam umdrehte. Vor Verlegenheit und Scham lief ihr Gesicht rot an.

»Was ist denn mit Ihrer Lippe passiert?« Kreinbrink trat einen Schritt auf sie zu. »Und Ihre Hände? Wer war das?«

Sie senkte den Kopf und schwieg.

»Nun sagen Sie schon … mein Gott, etwa der Wiegand?«

Als er spontan nach ihren Unterarmen griff, zuckte sie vor Schmerz zusammen.

»War es der Gärtner?«, hakte er nach.

»Ja«, hauchte sie. Tränen liefen ihr über die Wangen, während Kai große Augen bekam.

»Was ist denn passiert?«

»Er … er hat mich im Holzschuppen eingesperrt«, flüsterte sie stockend. »Und mit Klebeband gefesselt und geknebelt.«

»Das gibt's doch nicht! Warum macht der so was? Warum?«

Sie zuckte mit den Schultern. Von dem heimlich ausgeliehenen Okuliermesser erzählte sie natürlich nichts.

»Und Sie haben überhaupt keine Ahnung, weshalb?« Konrad Kreinbrink ging aufgeregt in der Küche auf und ab. »Nicht die leiseste Idee? Hat es vielleicht was mit Yadira zu tun? Haben Sie am Ende vorgestern Nacht was gesehen?«

Irene Hogreve schüttelte heftig den Kopf.

»Wie sind Sie denn da herausgekommen?«

»Ich konnte mich selbst befreien, spät in der Nacht. Bin dann in meine Wohnung.«

»Um Gottes willen … warum haben Sie uns denn nicht sofort geweckt?«

Wieder zuckte sie mit den Schultern. »Es war doch schon so spät … ich wollte Sie nicht stören.«

»Frau Hogreve.« Kreinbrink guckte grimmig drein. »Wir müssen die Polizei verständigen.« Dann schaute er zu seinem Sohn hinüber. »Gern tu ich's ja nicht. So, wie die sich gestern benommen haben. Aber uns bleibt wohl nichts anderes übrig.«

Er griff zum Telefon.

***

Irgendwo klingelte ein Telefon.

Mendelski tauchte aus dem Tiefschlaf auf und musste sich erst einmal orientieren. Es dauerte einen Moment, bis er feststellte, dass er zu Hause im Wohnzimmer auf dem Sofa lag und dass es draußen bereits hell war.

Das Telefon bimmelte unerbittlich weiter.

Carmen wird wach, kam es ihm plötzlich in den Sinn. Reicht doch, wenn *einer* von uns beiden am Samstagmorgen geweckt wird. Es wird sowieso dienstlich sein, das habe ich im Urin.

Er rappelte sich auf, verhedderte sich in der Wolldecke und ging kurz in die Knie.

»*Coño!*«, schimpfte er. Die Decke unbeabsichtigt ein Stück hinter sich herschleppend, hastete er zum Vertiko, wo sich die Telefonanlage befand.

»Was gibt's?« Seine Stimme klang barsch, als er endlich den Hörer in der Hand hielt.

»Jo hier«, erwiderte Kleinschmidt etwas verlegen am anderen Ende der Leitung. »Sorry, dass ich schon so früh störe, aber wir haben zwei interessante Neuigkeiten.«

»Hat das nicht Zeit bis um zehn?« Mendelski räusperte sich, um den Frosch im Hals zu beseitigen. »Wie spät ist es eigentlich?«

»Zehn nach acht.«

»Und da treibst du dich schon in der Jägerstraße herum?«

»Ja«, knurrte Kleinschmidt. Offenbar war ihm die Frage peinlich. »Hatte Dünnpfiff heute Nacht, konnte nicht schlafen.«

Mendelski fragte sich im Stillen, ob das mit den Verdauungsproblemen tatsächlich der Wahrheit entsprach. Maike hatte angedeutet, dass Kleinschmidt seit geraumer Zeit Beziehungsprobleme hatte.

»Na dann … schieß los.«

»Also erstens: Das winzige Knochenfragment, das wir gestern im Pool bei Kreinbrinks sichergestellt haben, ist tatsächlich das fehlende Stück zu dem Amulett von Yadira Martinéz.«

»Davon war ich überzeugt. Weiter?«

»Soeben hat Kreinbrink senior angerufen. Seine Haushälterin, Frau Hogreve, ist gestern am Spätnachmittag von Wiegand, dem Gärtner, gefesselt und geknebelt und in den Holzschuppen eingesperrt worden.«

»Das ist ja 'n Ding.« Mendelskis Interesse war erwacht.

»Erst spät in der Nacht hat sie sich selbst befreien können.«

»Und?«

»Sie ist wohlauf.«

»Ach … ich meinte, was hat Wiegand damit bezweckt? Hat er sich irgendwie geäußert, ihr gegenüber?«

»Nicht dass ich wüsste.« Jo Kleinschmidt schien zu überlegen. »Nein, mehr hat Kreinbrink dazu nicht gesagt.«

»Okay, dann knöpfen wir uns den Gärtner mal vor. Den hatte ich sowieso auf dem Plan.«

»Reicht das für 'ne Fahndung?«

»Noch nicht.« Mendelski grübelte. »Am besten schickst du erst mal die Kollegen aus Eschede hin. Die sollen den Wiegand ausfindig machen und zur Station mitnehmen. Die Vernehmung übernehmen wir aber. Gleich nach unserer Besprechung heute früh fahren Maike und ich nach Eschede.«

»In Ordnung. Dann bis nachher.«

***

Nach dem Frühstück schlich Kai sich unbemerkt aus dem Haus. Sein Vater hatte sich in sein Büro zurückgezogen, um zu telefonieren. Kai wollte lieber gar nicht wissen, mit wem. Nach der unfreiwilligen Lauschaktion gestern war er bedient. Wenn es etwas zu sagen gab, sollte sein Vater ihm gefälligst freiwillig darüber Auskunft geben.

Auch Frau Hogreve bekam nicht mit, dass er das Haus verließ. Sie hantierte in der Küche, geschäftig wie immer. Allerdings schien sie noch nervöser als vorher zu sein, nachdem sein Vater die Polizei benachrichtigt hatte. Es hieß, sie sollten sich für einen baldigen Besuch der Kripo Celle bereithalten.

Kai fragte sich, warum sie ihm nicht gleich die Wahrheit über ihre Verletzungen gesagt hatte. Wieso tischte sie ihm so ein Ammenmärchen auf? Gegen den Schrank gelaufen … haha.

Sein Vertrauen zu den Mitmenschen in seiner nächsten Umgebung war auf dem Tiefpunkt angelangt. Sowohl sein Vater wie auch Frau Hogreve schienen ihre kleinen Geheimnisse zu haben.

Oder waren es eher große?

Der Land Rover war unter dem Schauer geparkt. Das Risiko, dass sein Vater und die Hogreve ihn wegfahren hören würden, nahm er in Kauf. Er stieg ins Auto, zog die Tür vorsichtig hinter sich zu, startete den Motor und tuckerte im zweiten Gang vom Hof.

Jetzt klingelt gleich das Handy, dachte er, während er auf das Mobiltelefon schielte, das in der Mittelkonsole lag.

Er erreichte die Südstraße, ohne dass sein Handy sich meldete. Zu Hause schien niemand sein Gehen bemerkt zu haben.

***

Fuhr da nicht eben der Kreinbrink junior?

Karl-Heinz Jagau hatte mit seinem Pick-up von der Garten- auf die Rebberlaher Straße abbiegen wollen, als der Land Rover herangebraust kam. Um ein Haar hätte der Forstwirt dem Land Rover die Vorfahrt genommen.

Was rast der denn so? Und dann so ein Gesicht … Guckt nicht nach rechts, nicht nach links. Jagau schüttelte den Kopf und fuhr ebenfalls in Richtung ICE-Brücke.

Er hatte seine eigenen Sorgen. Der Bericht im Fernsehen über die DNA-Proben hatte ihm eine unruhige Nacht beschert. Nach der vierten oder fünften Flasche Bier war er kurz davor gewesen, bei der Kripo in Celle anzurufen und sich über diesen hinterlistigen Kommissar zu beschweren. Wie hieß der doch gleich? Mandelski oder so.

Jagau sah noch, wie das Auto rechts in die Grünackerstraße abbog, während er weiter geradeaus fuhr.

Er musste endlich zu Doris. Um Klarheit über die Ereignisse von Mittwochnacht zu bekommen – und um dieses grässliche Hirngespinst loszuwerden, er habe vielleicht etwas mit dem Tod des ausländischen Mädchens zu tun.

Als er wenig später bei Doris vor der Haustür stand, wurde erst nach mehrmaligem Klingeln geöffnet. Durch den schmalen Spalt, den die Sicherungskette zuließ, sah er aber nicht das Gesicht von Doris, sondern die spitze Nase seines Kumpels Piet.

»Ey, was willst du denn schon so früh?«, krächzte Piet so heiser wie eine rostige Gießkanne. »Ist doch Wochenende.«

»Ich muss mit Doris reden«, erwiderte Jagau, dem der Frust anzusehen war. »Hatte ja keinen Schimmer, dass du hier bist. Los, mach schon auf, es ist wichtig.«

»Später. Komm später wieder.« Piet strich sich sein zotteliges Haar aus der Stirn. »Doris ist noch gar nicht ansprechbar. Gestern Nacht ist es wieder verdammt spät geworden.« Er fasste sich an die Stirn. »Oh Mann, mein Schädel.«

»Scheiß Gesaufe!«, fluchte Jagau und machte auf dem Absatz kehrt.

***

Finn war schon wach. Er hatte sogar schon gefrühstückt. Sie konnten also sofort los.

Es war nicht weit zu Rolf Wiegands kleinem gelben Bungalow, quasi gleich um die Ecke. Kai parkte den Land Rover vorsichtshalber eine Straße vorher. Der Gärtner sollte sie nicht kommen hören. Sonst würde er sich womöglich einschließen oder gar verbarrikadieren.

Als sie um die Ecke bogen und Wiegands kleines Häuschen sehen konnten, zuckten sie zusammen.

Geistesgegenwärtig zog Kai seinen Freund hinter einen Heckenvorsprung.

»Mensch, die Bullen«, flüsterte er. »Vor dem Haus vom Wiegand steht eine Streife.«

»Ist doch okay«, erwiderte Finn laut, der Kais Versteckspiel nicht verstehen konnte. »Dann schnappen sie ihn endlich.«

»Wart's mal ab.« Kai lugte vorsichtig um die Ecke. »Siehste? Die beiden stehen nur blöd rum. Der Wiegand macht einfach nicht auf.«

»Lebt er denn allein da?«

»Keine Ahnung. Glaub aber schon.«

Auch Finn sah nun vorsichtig um die Ecke. »Vielleicht ist er ja wirklich nicht zu Hause. An seiner Stelle würde ich auch sehen, dass ich wegkomme.«

»Aber da steht doch sein Auto in der Einfahrt.«

»Dann ist er irgendwie anders getürmt. Mit dem Zug – oder was weiß ich.«

Die beiden uniformierten Polizisten versuchten, durch die mit Gardinen verhangenen Fenster einen Blick ins Innere des Hauses zu erhaschen, klopften gegen die Scheibe, riefen Wiegands Namen – aber ihre Aktion wirkte ziemlich hilflos. Schließlich ging einer von ihnen zum Streifenwagen zurück und setzte sich auf den Beifahrersitz, um über Funk Instruktionen einzuholen. Er winkte kurz darauf seinen Kollegen herbei. Unverrichteter Dinge fuhren sie davon.

»Diese Pfeifenheinis!« Kai war erbost. »Los, das können wir doch besser.«

»Wie denn?«

»Das siehst du gleich … los jetzt.«

»Sollten wir nicht lieber …«

Ohne zuzuhören, ging Kai schnellen Schrittes voran. Finn folgte.

Sie überquerten die Straße und bogen auf ein unbebautes Grundstück ein, das an das mit dem gelben Bungalow grenzte. Die hier wild aufgelaufenen Birken und Kiefern gaben genügend Deckung, sodass sie unbemerkt bis an Wiegands Jägerzaun gelangten.

»Wenn der Wiegand da im Haus ist, hat er bestimmt mitgekriegt, dass die Bullen wieder abgezogen sind«, raunte Kai seinem Freund zu. »Dann wird er vielleicht unvorsichtig und guckt aus dem Fenster. Um nachzuschauen, ob die Luft rein ist.«

»Wenn du meinst.« Finn schien das Räuber-und-Gendarm-Spiel nicht sonderlich zu behagen.

Mit jeweils einem großen Schritt überstiegen die beiden hochgewachsenen jungen Männer den hüfthohen Zaun. Sie landeten im ungepflegten Obst- und Gemüsegarten von Rolf Wiegand, in dem offensichtlich nicht nur das Unkrautjäten seit Langem unterblieben war. Der Zustand des Gartens stellte seinem Besitzer ein schlechtes Zeugnis aus – für einen Gartenprofi sicher keine Empfehlung.

»Der rechnet doch bestimmt nur auf der Straßenseite mit Besuch«, flüsterte Kai, während sie hinter einem Stachelbeerbusch hockten. »Los, wir schleichen uns zur Rückseite.«

Auf allen vieren gelangten sie in den hinteren Bereich des Grundstücks. Dort versteckten sie sich hinter einem reichlich vergammelten Carport. Darin stand ein leerer Pkw-Anhänger, daneben warteten ein Stapel Holzpfähle, ein großer Haufen Verbundpflastersteine und etliche andere Materialien auf eine sinnvollere Verwendung.

»Du nimmst das rechte Fenster, ich das neben der Hintertür«, schlug Kai vor. »Es sind zwar bei beiden die Vorhänge zugezogen, aber vielleicht können wir mal lauschen, ob sich drinnen was tut. Und dann haben wir ihn.«

»Wenn er aber tatsächlich zu Hause sein sollte, rufen wir die Polizei, okay?« Finn bekam langsam kalte Füße. So hatte er sich das nicht vorgestellt, als Kai ihm vorgeschlagen hatte, mal eben nach dem Wiegand zu sehen.

»Ja«, entgegnete Kai halbherzig. »Also los jetzt.«

Er löste sich aus dem Schatten des Carports und huschte die wenigen Meter zum Bungalow hinüber. Unter dem Fenster neben der Hintertür duckte er sich. Während Finn gebückt zu dem ihm zugedachten Fenster schlich, schob sich Kai langsam an der Hauswand hoch, bis sein Kinn etwa Fensterbretthöhe erreicht hatte.

Als er, um besser lauschen zu können, seinen Kopf nach vorn schob und seine Nasenspitze nur noch wenige Zentimeter von der Fensterscheibe entfernt war, passierte es.

Der Vorhang wurde aufgerissen und ein Gesicht presste sich an die Scheibe. Wiegands Gesicht. Nur wenige Zentimeter oberhalb des Fensterbretts. Fast Auge in Auge mit Kai.

Erschrocken schrie der Junge auf. Wie von einem Katapult abgeschossen, schnellte er zurück und landete unsanft auf dem Hosenboden.

Jetzt sah auch Finn das bleiche Gesicht.

Wiegands schweißnasse Stirn klebte an der Fensterscheibe. Darunter sah man sein eingefallenes, unrasiertes Antlitz.

Aus blutunterlaufenen Augen starrte der Gärtner die beiden Jungen an.

***

»Sie sind's? So früh am Samstagmorgen?«

Unausgeschlafen und verkatert stand Pagel in der halb geöffneten Haustür.

»Wollen Sie mich nicht hereinlassen?«, fragte von Bartling. »Ich muss mit Ihnen reden.«

»Wenn's denn sein muss.« Unwillig gab Pagel die Türe frei.

Wenig später saßen sich die beiden Männer am Esstisch im Wohnzimmer gegenüber.

Von Bartling kam gleich zur Sache. »Folgendes«, sagte er. »Die Polizei wird bald auftauchen und Sie zu gestern befragen. Ich möchte aber vorher einiges klären, um eventuellen Schaden von Ihnen, der Jägerschaft und von meinem Revier abzuwenden.«

»Was ist denn schon passiert?«, brauste Pagel auf. »Ich habe einen über den Durst getrunken. Gut, meinetwegen auch mehr als einen. Und? Ist das etwa verboten?« Der Lehrer holte tief Luft.

Von Bartling wollte etwas erwidern, aber Pagel kam ihm zuvor.

»Und mussten Sie mich unbedingt aus der Hütte zerren, noch dazu mit der Polizei, und mich dann nach Hause schleifen? Diese Aktion war ja wohl restlos übertrieben.«

»Mensch, Pagel«, schnauzte jetzt von Bartling. »Es geht nicht um Ihr Trinkgelage. Mir ist es doch völlig schnurz, wie oft Sie sich einen auf die Lampe gießen.« Der Zweimetermann funkelte sein Gegenüber zornig an. »Haben Sie's noch nicht begriffen? Es geht um den Tod dieses Mädchens.«

Das saß.

Pagel klappte den Mund auf, brachte aber keinen Ton über die Lippen.

»Glauben Sie, ich schnüffle hinter Ihnen her?«, setzte von Bartling nach. »Dazu habe ich weder Lust noch Zeit. Ich war gestern Abend mit der Polizei unterwegs, weil eine Spur vom Streckenplatz zu Ihnen in die Jagdhütte führte.«

Pagel schüttelte entsetzt den Kopf. »Zu mir? Das kann doch gar nicht … Wieso denn das? Mit dem Mädchen hab ich nicht das Geringste zu tun«, rief er. »Das schwöre ich!«

Von Bartling schien nicht überzeugt.

»Dann erklären Sie mir doch bitte schön mal, warum jemand am Streckenplatz nur einen Tag nach Auffinden der Leiche die Schwedenfeuer anzündet und fachgerecht präparierte Brüche bis zur Jagdhütte legt? Und genau da finden wir *Sie*, sternhagelvoll.«

»Himmelherrgott noch mal, das weiß ich doch nicht.« Pagel goss sich mit zittriger Hand Mineralwasser in ein Glas. »Hab nicht die geringste Ahnung.«

»Und noch etwas.« Von Bartling beugte seinen langen Oberkörper über den Tisch. »Sie haben doch seinerzeit die Wolfsangel da über der Tür zur Jagdhütte eingebrannt. Ihr Faible für Heimatkunde, Wolfsangeln und dergleichen ist ja hinreichend bekannt. Aus der Schule, den Jagdscheinkursen und so weiter.«

»Hm … ja … und?«, stotterte der Lehrer.

»Was sagen Sie denn dazu, dass jemand auf dem Streckenplatz, direkt neben dem toten Mädchen, eine Wolfsangel in den Sand gemalt hat?«

Aus Pagels Gesicht wich jede Farbe.

»Das … das muss ein Irrer getan haben«, stammelte er. »Einer, der mich da reinreiten will. Ich habe doch nie … ich würde doch nie …« Entsetzt hielt er inne. »Wer würde mir so etwas zutrauen? Sie etwa? Trauen Sie mir zu, jemanden umzubringen?«, flüsterte er heiser.

»Es geht ja gar nicht darum, was man Ihnen zutraut.« Von Bartlings Tonfall wurde plötzlich versöhnlicher. »Also, ich glaube nicht, dass Sie ein Mörder sind. Sonst wäre ich jetzt nicht hier.« Die Augen unter der hohen Stirn schauten spürbar freundlicher drein. »Sehen Sie, wir – und insbesondere Sie – müssen sehr umsichtig zu Werke gehen. Ich habe folgenden Vorschlag …«

***

Mit der Hilfe seines Freundes kam Kai schnell wieder auf die Beine.

Als sie bemerkten, dass Wiegand nicht mehr am Fenster war, näherten sie sich erneut vorsichtig dem Haus.

Kai nahm all seinen Mut zusammen. »Herr Wiegand«, rief er. »Machen Sie auf. Wir müssen mit Ihnen reden.«

»Guck doch«, raunte Finn. »Er zieht den Vorhang wieder vor.«

Tatsächlich. Wie von unsichtbarer Hand wurde im Inneren des Hauses die Gardine zugezogen.

»Hey!«, brüllte Kai außer sich. »Was soll denn das?« Er bückte sich und hatte plötzlich einen faustgroßen Stein in der Hand.

»Mensch, mach so was nicht«, rief Finn noch, aber zu spät. Glas splitterte, die Gardine wölbte sich, und der Stein landete laut polternd im Hausinneren auf dem Fliesenboden.

Danach trat Ruhe ein. Unheimliche Ruhe. Kai – sichtlich erschreckt über seine Kurzschlussreaktion – und Finn verharrten regungslos im Garten und lauschten atemlos.

Dreißig lange Sekunden tat sich nichts. Dann hörten sie durch die geborstene Scheibe, wie die Haustür auf der Straßenseite des Hauses ins Schloss fiel.

»So ‘ne Scheiße«, rief Kai. »Er türmt! Los, komm.«

So schnell sie konnten, rannten sie um den Bungalow herum zur Vorderseite. Kai stieß eine Schubkarre um, die mit modrigem Laub gefüllt war, Finn stolperte über eine im hohen Gras liegende Harke.

Sie kamen zu spät.

Als sie die Straße erreichten, sahen sie gerade noch, wie Wiegand davonradelte.

»Mist«, fluchte Kai. Das Fahrrad musste neben der Haustür oder in der Einfahrt gestanden haben. »Schnell, zum Auto«, rief er Finn zu. »Den kriegen wir!«

Nur zwei Minuten später jagten die beiden jungen Männer im Land Rover die Siedlungsstraße entlang, in der Wiegand verschwunden war.

»Wo will der denn nur hin?«, fragte Finn aufgekratzt. »Das macht doch alles keinen Sinn.«

»Schätze mal, der ist irgendwie durchgeknallt«, erwiderte Kai. »Erst die Bullen, dann wir ...«

»Sollten wir nicht lieber ...«

»Nein!«, fuhr Kai auf. »Bis die hier sind, ist Weihnachten und der Wiegand über alle Berge. Mein Gott, wo ist der Kerl bloß hin?«

Der Land Rover stand an der Abzweigung Sägemühlen- und Kriegerstraße. Sie wussten nicht mehr weiter. Von Wiegand und seinem Fahrrad war weit und breit nichts zu sehen.

»Fahr mal zur Rebberlaher Straße«, schlug Finn vor. »Vielleicht fährt er zum Ortszentrum.«

Kai bog links ab und gab ordentlich Gas. Der schwere Wagen schoss vorwärts. Ein Rentner, der mit einem Dackel an der Leine gerade aus seinem Vorgarten auf den Bürgersteig treten wollte, wich erschrocken zurück. Wild gestikulierend schimpfte er dem viel zu schnell fahrenden Geländewagen hinterher.

Kurz bevor sie die Hauptstraße erreichten, sahen sie ihn.

»Da vorn fährt er«, rief Finn. »Pass auf, der biegt rechts ab. In einem Höllentempo. Er will gar nicht *in* den Ort, er will raus.«

»Auf der Brücke kriegen wir ihn«, triumphierte Kai. »Das ist unsere Chance.«

Die Eisenbahnbrücke in Eschede genoss traurige Berühmtheit. Dort war im Jahr 1998 der ICE 884 »Wilhelm Conrad Röntgen« von Hannover kommend entgleist und hatte die Betonbrücke zerschlagen. Etliche Waggons waren unter den Trümmern begraben worden – zusammen mit einhunderteins Zugpassagieren, die bei dieser Katastrophe ihr Leben ließen. Die damals zerstörte Brücke war später wieder neu aufgebaut worden, für eine Landstraße, die aus Eschede hinaus in Richtung des idyllischen Heideorts Rebberlah führte.

Der Land Rover bog ebenfalls rechts ab und brauste die Steigung hinauf. Auf halber Höhe hatte das Auto den Fahrradfahrer eingeholt. Doch der fuhr unbeirrt weiter, schaute nicht nach rechts, nicht nach links.

»Mensch, Wiegand«, brüllte Kai durchs geöffnete Beifahrerfenster. »Halten Sie an, um Himmels willen.«

Doch der Gärtner reagierte nicht. Wie von Sinnen radelte er stur weiter geradeaus, mit hochrotem Kopf und verkniffenen Gesichtszügen.

»Na warte, ich kann auch anders.« Mit Vollgas überholte Kai den Radler, zog den Geländewagen plötzlich nach rechts an die Straßenseite und bremste abrupt.

»Raus, den packen wir uns«, schrie er.

Noch bevor sie einen Fuß auf die Straße setzen konnten, war Wiegand an ihnen vorbei. Geschickt hatte er den Land Rover einfach links überholt.

Kai und Finn rissen die Autotüren wieder zu. Die wilde Jagd begann von Neuem.

Jetzt war Wiegand nur noch wenige Meter entfernt vom höchsten Punkt der Brücke, wo die Landstraße die ICE-Doppeltrasse überquerte.

Plötzlich drehte er sich zu ihnen um.

In seinen Augen stand das schiere Entsetzen. Offenbar hatte er erkannt, dass seine Verfolger ihn in null Komma nichts wieder einholen würden.

Mit radierenden Reifen bremste er das Fahrrad und stieg ab. Wie ein Kinderspielzeug hob er es mit beiden Armen hoch über seinen Kopf und schleuderte es dem heranrasenden Land Rover entgegen.

»Nein«, schrie Kai und trat auf die Bremse.

Zu spät. Der Drahtesel geriet genau zwischen die Vorderräder, wurde mitgeschleift und riss tiefe Riefen in den Asphalt. Funkensprühend und mit ohrenbetäubendem Kreischen kam das Auto auf der Brücke zum Stehen.

»Ja, spinnt denn der?« In Panik hielt sich Finn noch immer die Ohren zu.

Totenbleich hockte Kai auf dem Fahrersitz, sprachlos, das Lenkrad mit zitternden Händen umklammernd. Den Motor hatte er bei dem mörderischen Bremsmanöver abgewürgt.

Mit so einer Wurfattacke, mit so viel Aggressivität hatte er nicht gerechnet.

Als er sah, dass der Gärtner weiterlief, stieg eine unheilvolle Ahnung in ihm auf.

Vom Entsetzen gelähmt, beobachtete er, wie Wiegand gehetzt die paar Schritte zur Brückenkuppe rannte und das Geländer erreichte. Erst schaute der Gärtner hinunter auf die Bahntrasse, dann in die Ferne, in Richtung Süden.

Mit rasender Geschwindigkeit näherte sich von dort ein ICE.

Später sollte Kai sagen, er hätte das Geschehen wie in Zeitlupe wahrgenommen.

Verblüffend behände kletterte der massige Mann über das Geländer und stieg auf das Wellblech, das als Berührungsschutz für die Hochspannungsleitungen der Bahn diente.

Unsicher drehte er sich um und schaute zum Land Rover hinüber. Dann rutschte er auf dem abschüssigen Blech aus, ruderte hilflos mit den Armen und verschwand in der Tiefe.

Donnernd raste der ICE unter der Brücke hindurch.

***

Warum kamen die denn nicht?

Irene Hogreves Ungeduld wuchs. Ebenso ihr Unbehagen. Sie erwischte sich dabei, dass sie aus mehr oder weniger nichtigen Gründen in den Flur lief, von wo aus man durch ein Fenster die Hofzufahrt und den Parkplatz einsehen konnte. Mal goss sie die Blumen auf dem Fensterbrett, die sie erst gestern versorgt hatte und deren Untersetzer überliefen, mal wischte sie den Staub von den unzähligen Gehörnen und Geweihen, eine Tätigkeit, die sie in ihrem siebenjährigen Haushälterdasein im Hause Kreinbrink bisher noch nie verrichtet hatte.

Vor über einer Stunde hatte Konrad Kreinbrink bei der Kripo in Celle angerufen und dem Diensthabenden ihre gestrige Begegnung mit dem Gärtner Wiegand im Holzschuppen geschildert. Der Beamte habe sehr interessiert zugehört, hatte der Hausherr ihr berichtet. Sie rechnete daher damit, heute noch von der Polizei vernommen zu werden.

Konrad Kreinbrink hatte sich nach dem Frühstück kommentarlos in sein Arbeitszimmer zurückgezogen. Wenn Irene Hogreve sich mal wieder auf dem Flur betätigte und angestrengt die Ohren spitzte, vermochte sie ab und an, seine unterdrückte Stimme zu hören. Er schien zu telefonieren.

Plötzlich drangen Motorengeräusche an ihr Ohr.

Wenn das nur endlich die Kripo aus Celle ist, dachte sie, während sie zum Fenster eilte. Vielleicht war es aber auch Kai, der heimkehrte. Der Junge hatte sich mal wieder, ohne sich abzumelden, mit dem Land Rover davongemacht.

Es war die Polizei. Jedoch nicht die Beamten, die sie erwartet hatte. Das Auto, das gerade auf dem Hof anhielt, war nicht von der Kripo. Aus dem Streifenwagen stiegen zwei Uniformierte, die sie mit der hiesigen Polizeistation in Verbindung brachte.

Sie war enttäuscht. Mit etwas mehr Interesse seitens der Ordnungshüter hatte sie schon gerechnet. Nicht, dass sie die Arbeit der »Dorfsheriffs«, wie Konrad Kreinbrink die Escheder Polizisten stets etwas abfällig bezeichnete, nicht zu schätzen wusste. Allerdings wäre die Kriminalpolizei aus Celle im Zusammenhang mit einem Kapitalverbrechen wohl der kompetentere Ansprechpartner gewesen.

Irene Hogreve rief den Hausherrn, öffnete die Haustür und bat die Polizisten herein. Doch die interessierten sich nicht für ihre Geschichte – sie suchten Rolf Wiegand, den Gärtner.

»Er scheint nicht zu Hause zu sein«, berichtete der Ältere der beiden, nachdem sie von ihr ins Wohnzimmer geführt worden waren und sich am Esstisch niedergelassen hatten. Irene Hogreve servierte Mineralwasser und setzte sich dann dazu. »Jedenfalls hat niemand geöffnet.«

»Warum haben Sie denn nicht die Tür aufgebrochen?«, fragte Konrad Kreinbrink streng.

»Wir hatten Order aus Celle, auf die Kollegen von der Kripo zu warten. Außerdem hätte es ja sein können, dass er hier bei Ihnen ist, um im Garten zu arbeiten.«

»Darüber hätten wir Sie längst informiert«, schnaufte der Hausherr ungehalten. Er hatte alle Mühe, sich zu beherrschen. »Stand denn sein Auto vor der Tür?«

»Der grüne kleine Pick-up?«

»Genau.«

»Ja, der stand da.«

»Dann ist er auch zu Hause.«

Der Beamte zuckte bedauernd mit der Schulter. »Dann müssen wir eben auf die Kollegen aus Celle warten. Außerdem sollen wir noch die Aussage von Frau Hogreve aufnehmen. Allerdings wäre es wohl am einfachsten für alle Beteiligten, wenn sie kurz mit uns zur Wache käme. Sie verstehen, mit dem Computer dort geht die Schreiberei viel einfacher.«

»Von mir aus.« Konrad Kreinbrink wandte sich an die Haushälterin. »Aber seien Sie bitte bis Mittag zurück. Ich erwarte heute Abend wichtigen Besuch.«

Irene Hogreve nickte wortlos und erhob sich. Sie verschwand in der Küche, nahm die Schürze ab und griff nach ihrer Strickjacke. Während sie mit den beiden Polizisten das Haus verließ, fragte sie sich, welch »wichtiger« Besuch da wohl ins Haus stand.

***

Erst hatten sie noch das Rauschen des sich rasch entfernenden Zuges im Ohr. Denn der ICE war einfach weitergerast. Wahrscheinlich hatte der Lokführer gar nichts von dem mitbekommen, was an der Brücke passiert war.

Doch dann legte sich eine unheimliche Stille über die Eisenbahnbrücke. Kein Auto, kein Fahrradfahrer näherte sich. Niemand wollte die Gedenkstätte für das ICE-Unglück von 1998 besuchen, die sich im Westen der Eisenbahntrasse befand. Die Landstraße schien völlig verwaist.

Die beiden jungen Männer schauten sich betroffen an.

»Oh mein Gott«, flüsterte Finn.

»Das habe ich doch nicht gewollt«, jammerte Kai und schlug die Hände vors Gesicht.

Finn legte ihm die Hand auf den Oberarm. »Natürlich nicht. Los komm … wir müssen nachschauen.«

Zögernd öffneten sie die Autotüren und stiegen aus. Finn ging um den Kühler des Land Rover und das unterhalb der Stoßstange verkantete, völlig demolierte Fahrrad herum auf die Fahrerseite.

»Ich schaff das nicht«, sagte Kai. »Ich kann da doch jetzt nicht runtergucken …«

»Okay.« Finn steckte die rechte Hand in die Hosentasche und holte sein Handy hervor. »Dann rufe ich die 110 an.«

Kai nickte erleichtert.

Finn hatte die drei Nummern bereits eingetippt und auf die grüne Taste gedrückt, als sie es hörten.

Zunächst fiel es schwer, das Geräusch zu lokalisieren. Ein unklares, leises Geräusch. Es schien von der Bahntrasse zu kommen, von der Bahntrasse unterhalb der Brücke. Sie spitzten die Ohren.

Es klang wie ein menschliches Geräusch. Als ob jemand vor Schmerzen wimmerte.

Sie sprinteten die wenigen Meter zum Brückengeländer, stiegen hinüber und kletterten auf das Schutzblech. Doch anders als Wiegand hielten sie sich weiterhin am Brückengeländer fest.

Wiegand lag neben dem Gleisbett. Offenbar hatte ihn der ICE nicht erfasst. Von der Brücke aus gesehen, schien der Gärtner relativ unversehrt zu sein.

Er war bei Bewusstsein. In Seitenlage hielt er seine Beine angewinkelt, die Hände umklammerten die Knöchel. Er stöhnte leise.

Finn fand zuerst die Fassung wieder. Als er sein Handy ans Ohr hielt, merkte er, dass sein Notruf funktioniert hatte und bereits eine Verbindung mit der Rettungsleitstelle bestand.

»Eschede, ICE-Brücke, Rebberlaher Straße«, sagte er klar und deutlich. »Selbstmordversuch mit einem Schwerverletzten neben den Schienen. Kommen Sie bitte schnell.«

ZEHN

Sie hatte nicht erwartet, in Deutschland so viel Grün zu sehen. Nach ihren Erfahrungen in Spanien, wo sie trotz des Regens rund um Madrid nur karges, wenig bewachsenes Land gesehen hatte, überraschte sie die üppige Vegetation umso mehr.

Kaum hatte der Zug Frankfurt und seine Randbereiche hinter sich gelassen, sauste der ICE mit atemberaubendem Tempo durch grüne Wiesen und Felder. Obwohl der Herbst schon angebrochen war, standen noch viele Kühe auf den Weiden. Auf den Äckern wuchsen Raps, Senf und Phacelia.

Und dann diese Wälder. So etwas kannte sie von daheim nicht. Turmhohe Laubbäume mit gewaltigen Kronen bedeckten dicht an dicht ganze Höhenzüge. Das Laub begann sich zu verfärben, Myriaden bunter Blätter schillerten in allen möglichen Nuancen in der Morgensonne. Zu Hause gab es neben einigen wenigen Relikten des tropischen Regenwaldes überwiegend lückige Kiefernbestände und dornige Trockenwälder.

Sie gähnte herzhaft.

Nun rächte es sich, dass sie in der vergangenen Nacht kaum geschlafen hatte.

Bevor sie einschlief, bemerkte sie noch, wie angenehm sanft, fast erschütterungsfrei und leise der ICE dahinglitt. Sie fuhr zum ersten Mal in ihrem Leben mit der Eisenbahn. Und dann gleich eine Reise in diesem futuristisch anmutenden, schneeweißen Hochgeschwindigkeitszug, einem Wunder der Technik. Daheim in der Dominikanischen Republik existierte nur eine einzige Eisenbahnlinie, eine Güterzugtrasse, auf der Zuckerrohr und andere Feldfrüchte zum Hafen von La Romana transportiert wurden.

Sie schlief tief und fest. Dieses Mal blieben ihr Alpträume glücklicherweise erspart.

***

Es war kurz vor zehn. Mendelski stieg gerade aus seinem Auto, das er auf dem Parkplatz in der Jägerstraße abgestellt hatte, als Maike Schnur in ihrem Renault Clio neben ihm zum Stehen kam. Samstags war der Parkplatz der Polizeiinspektion meist gähnend leer. Einer der wenigen Vorzüge des Wochenenddienstes, wie Mendelski befand.

»Einen schönen guten Morgen«, sagte er gut gelaunt, während er darauf wartete, dass sie ihren Wagen verriegelte. »Ich hoffe, dass du trotz des späten Feierabends gestern noch eine angenehme Nacht hattest.«

Er wusste genau, warum sie Wochenenddienste hasste: Weil sie freitags und samstags gern ausging, gern bis tief in die Nacht auf Achse war und am nächsten Morgen gern lange schlief.

Sie winkte müde und gähnte wortlos.

»Morgenstund' hat Gold im Mund«, trällerte er. »Na, dann wollen wir mal. Die anderen sind sicher auch schon da.«

Maike folgte ihm mit schleppenden Schritten. »Was hast du denn da Schönes?«, fragte sie spitz und zeigte auf den zusammengerollten Karton unter seinem Arm. »Sieht ja aus wie eine altägyptische Tempeltapete ... jede Menge Hieroglyphen.«

»Dieses Kalenderblatt enthält die geistigen Ergüsse meiner morgendlichen Ermittlungsarbeit«, verkündete Mendelski. »Bin schon eine Weile auf den Beinen.«

»Hattest mal wieder Kopfweh?«, erriet sie richtig. »Du Armer.«

Sie hatten gerade die Stufen zum Hauptportal erreicht, als Mendelskis Handy klingelte. Sie blieben stehen.

»Hältst du bitte mal eben?«, sagte er zu Maike und reichte ihr die Kartonrolle. Kurz darauf hielt er das Mobiltelefon ans Ohr.

»Bitte was?« Er lauschte andächtig zwei, drei Minuten, dann sagte er: »Okay. Sind schon unterwegs. – Nein, Maike und ich übernehmen das, ihr macht die Besprechung besser ohne uns.«

Wenige Minuten später rasten sie im Dienstwagen über die Hannoversche Straße in Richtung Innenstadt.

Erst jetzt berichtete Mendelski seiner Kollegin von den Hintergründen ihrer Einsatzfahrt: Rolf Wiegand aus Eschede, der Gärtner der Kreinbrinks, war nach einem Selbstmordversuch mit mehrfachen Beinbrüchen in das Allgemeine Krankenhaus in Celle eingeliefert worden.

»Er ist was? Von der Eisenbahnbrücke gesprungen?«, fragte sie entsetzt. »Vor einen fahrenden Zug?«

»Scheint so.«

Mendelski stützte sich am Armaturenbrett ab, da die Ampel vor ihnen auf Rot gesprungen war und Maike abbremsen musste.

»Und das hat er überlebt?«

»Ja, wohl mit viel Dusel. Scheinbar ist er voller Panik auf das falsche Gleis oder schlicht daneben gesprungen.«

»Wieso macht der denn so was?«

»Kai Kreinbrink und Finn Braukmann waren anscheinend hinter ihm her.«

Maike pfiff durch die Zähne. »Was wollten die denn von ihm, dass er vor 'nen Zug springt?«

Mendelski erzählte ihr von Kleinschmidts Anruf am frühen Morgen. Wiegand, so schien es, hatte am gestrigen Abend Irene Hogreve überwältigt, sie gefesselt und geknebelt im Schuppen eingesperrt und war danach verschwunden.

»Das ist ja der Hammer.« Maike hatte den Thaerplatz überquert und bog nun rechts in die Mühlenstraße ein. »Da haben wir ja wohl unseren Täter.«

»Noch 'ne Neuigkeit.« Mendelski klammerte sich an den Griff über seinem Kopf, als Maike schneidig in die Kurve ging. »Das Knochenstückchen, das wir gestern im Pool gefunden haben, ist tatsächlich ein Stück von dem Amulett der Toten.«

»Na, wer sagt's denn? Fall gelöst!«

***

In der Notaufnahme des Allgemeinen Krankenhauses interessierten sich noch andere für Wiegands Befinden. Kai und Finn standen auf dem Flur und sprachen mit einer Ärztin, einer jungen drahtigen Blondine mit Kurzhaarschnitt.

»Wenn Sie keine direkten Angehörigen von Herrn Wiegand sind«, sagte sie gerade zu den beiden, »darf ich Ihnen keine Auskunft geben. Tut mir leid.«

Sie wandte sich mit fragendem Blick Mendelski und Maike Schnur zu, die zu der kleinen Gruppe gestoßen waren. Kai und Finn traten einen Schritt zurück und schauten verlegen zu Boden.

»Und was kann ich für *Sie* tun?«, fragte die Ärztin reserviert, während sie ihre Hände in den Kitteltaschen vergrub.

Mendelski zog seinen Dienstausweis und stellte sich und seine Kollegin vor. »Dürfen wir Sie kurz sprechen? Es geht um Ihren Patienten Rolf Wiegand.«

»Sicher«, antwortete sie etwas weniger zurückhaltend. »Kommen Sie bitte mit.«

»Und Sie zwei warten hier auf uns«, sagte Mendelski an Kai und Finn gerichtet. Sein strenger Blick duldete keinerlei Widerrede. »Wir haben ja wohl einiges zu besprechen.«

Die beiden nickten betreten und schlichen in den Warteraum. Ihr schlechtes Gewissen hatte sie lammfromm gemacht.

»Er hat einfach riesiges Glück gehabt«, sagte die Ärztin, nachdem sie sich in einem Untersuchungsraum zurückgezogen hatten. Mendelski hatte der Medizinerin kurz die Vorgeschichte und ihren Verdacht gegen Wiegand erläutert. »Im Grunde geht es ihm überraschend gut. Allerdings hat er mehrere, teils schwere Verletzungen erlitten.«

»Welcher Art?«

»Multiple Frakturen der Unterschenkelknochen, dazu jede Menge Hämatome, Hautabschürfungen und eine Platzwunde am Unterkiefer. Er ist zwar bei Bewusstsein, darf aber nicht sprechen, da die Unterlippe genäht werden musste. Sobald der OP frei ist, werden die Beine operiert.«

»Halten Sie ihn für suizidgefährdet?«

»Schwer zu sagen.« Sie zuckte mit den Achseln. »Einigermaßen deprimiert schaut er schon drein. Mit zwei mehrfach gebrochenen Beinen ist seine Bewegungsfreiheit allerdings erheblich eingeschränkt. Außerdem ist ständig jemand in seiner Nähe.«

»Können wir kurz zu ihm?«

Die Ärztin schüttelte resolut den Kopf. »Wie gesagt, er darf nicht sprechen. Und mit dem geschwollenen Gesicht wird er ohnehin kaum ein verständliches Wort herausbringen.«

»Trotzdem.« Mendelski blieb hartnäckig. »Es ist wichtig. Vielleicht hat er einen Mord auf dem Gewissen.«

Die Ärztin seufzte genervt. »Wenn Sie unbedingt darauf bestehen … ich werde mal sehen, was sich machen lässt. Gehen Sie bitte solange in den Warteraum.«

Allein und wie die Unglücksraben hockten Kai und Finn auf den Plastikstühlen im unpersönlich und steril wirkenden Warteraum. Als Mendelski und Maike eintraten, erhoben sich die beiden.

»Bleiben Sie ruhig sitzen«, forderte Mendelski sie auf und schob sich den nächstbesten Stuhl zurecht. Nachdem sich auch Maike gesetzt hatte, sagte er: »Nun erzählen Sie uns erst mal der Reihe nach, was überhaupt passiert ist.«

Kai berichtete. Erst zaghaft und unsicher, dann zunehmend flüssiger und bestimmt, erzählte er vom gestrigen Abend, dem mysteriösen Verschwinden von Frau Hogreve, ihrem plötzlichen Wiederauftauchen heute Morgen und von ihrem Horrorerlebnis mit Wiegand. Damit wollte er sein und Finns Vorhaben rechtfertigen, den Gärtner zur Rede zu stellen. Dass sie die Streifenpolizisten vor Wiegands Haus beobachtet hatten, ließ er wohlweislich unerwähnt. Schließlich berichtete er von der Verfolgungsfahrt zur Eisenbahnbrücke und davon, wie Wiegand ohne Vorankündigung von der Brücke gesprungen war.

»Sie haben wirklich noch im Land Rover gesessen, als Wiegand sprang?«, wollte Mendelski wissen.

»Ganz sicher«, erwiderte Kai. »Wir waren ja völlig geplättet, nachdem er uns sein Fahrrad vor den Wagen geschmissen hatte.«

»Sie haben ihn auch nicht anders bedroht? Mit 'ner Jagdwaffe zum Beispiel? Und ihn so in Panik versetzt?«

»Nein!«, rief Kai außer sich. Er wusste genau, worauf Mendelski anspielte.

»Wirklich nicht, Herr Kommissar«, bestätigte jetzt Finn. »Es war doch eigentlich alles ganz harmlos. Er radelte davon … wir sind mit dem Wagen hinter ihm her … und dann, plötzlich …«

In diesem Augenblick öffnete sich die Tür, und die Ärztin mit dem Kurzhaarschnitt steckte den Kopf herein.

»Sie können jetzt kommen«, sagte sie an Mendelski und Maike gewandt.

»Ein ausgesprochen robuster Mensch«, sagte die Ärztin, als sie den Gang entlangliefen. »Nach *der* Dosis Schmerz- und Beruhigungsmittel, die wir ihm verabreicht haben, müsste er eigentlich schlafen wie ein Murmeltier. Man bekommt fast den Eindruck, dass ihn irgendetwas wach hält. Er wirkt so unruhig.«

»Vielleicht plagt ihn das schlechte Gewissen«, meinte Maike mit einer Spur Gehässigkeit in der Stimme.

Wenig später standen sie an seinem Krankenbett. Rolf Wiegand lag auf dem Rücken, beide Beine steckten in provisorischen Schaumstoffschienen. Der Schlauch einer Infusionsflasche führte zur rechten Armvene. Gesicht und Arme waren mit etlichen Schrammen und blauen Flecken übersät. Der Unterkiefer war verbunden, von seinem Mund sah man lediglich die Oberlippe.

Er sah erbärmlich aus, die Gesichtshaut grau, die schütteren Haare klebrig. Nur die dunklen, weit geöffneten Augen bewiesen, dass noch Leben in ihm steckte. Seine Blicke tasteten die Zimmerdecke ab, wanderten ruhelos von der Tür zu den Fenstern und zurück, verharrten schließlich am Gesicht der Ärztin.

»Herr Wiegand«, sagte die Ärztin leise, während sie sich über das Krankenbett beugte. »Hier sind die beiden Beamten von der Kriminalpolizei, von denen ich Ihnen erzählt habe. Verstehen Sie mich?«

Er nickte leicht.

»Sie wollen mit Ihnen sprechen … trauen Sie sich das zu?«

Wieder das zögernde Nicken.

»Gut. Aber ich bleibe hier bei Ihnen, okay?«

Die Ärztin trat einen Schritt zurück. »Bitte fassen Sie sich kurz«, sagte sie zu Mendelski. »Im OP sind sie gleich so weit.«

Der Kommissar postierte sich ungeschickt neben dem Krankenbett und versuchte, Blickkontakt zu dem Patienten aufzunehmen.

»Herr Wiegand, meine Kollegin Frau Schnur und ich möchten Ihnen gern ein paar Fragen stellen. Es reicht uns, wenn Sie einfach nicken oder den Kopf schütteln. Sind Sie damit einverstanden?«

Jetzt nickte Wiegand ohne Umschweife. Maike holte ihren Notizblock hervor und begann zu schreiben.

»Herr Wiegand, Sie wissen, dass Sie von der ICE-Brücke gestürzt sind?«

Der bandagierte Kopf nickte vorsichtig.

»Das war aber kein Unfall … Sie wollten sich das Leben nehmen. Stimmt das?«

Die dunklen Augen wichen dem Blick des Kommissars aus und schweiften zum Fenster hinüber.

Dann nickte Wiegand langsam.

Sofort setzte Mendelski nach: »Hatten Sie Angst? Vor den beiden im Auto? Fühlten Sie sich von den jungen Männern bedroht?«

Promptes Kopfschütteln.

»Gab es vielleicht einen anderen Grund für Ihr Handeln?«

Behutsames Nicken.

Während der nächsten Frage beugte sich Mendelski über das Krankenbett und suchte erneut den Blickkontakt. Er sprach eine Spur leiser, aber nach wie vor mit Nachdruck. »Hat Ihr Versuch, sich das Leben zu nehmen, mit dem Tod von Yadira Martinéz zu tun?«

Die Augen schlossen sich. Zunächst hielt Wiegand seinen Kopf still. Dann nickte er kaum wahrnehmbar.

»Fühlen Sie sich schuldig an ihrem Tod?«

Wieder dauerte es einige Augenblicke, bis der Gärtner auf die Frage reagierte.

Er nickte.

Mendelski atmete tief durch. Maike, die direkt hinter ihm stand, unterbrach das Schreiben und sah ihn an. Die Ärztin machte große Augen.

»Ist sie im Pool ertrunken?«, fragte Mendelski weiter.

Wiegand nickte.

»Wie ist –« Mendelski brach den Satz ab. Er musste seine Fragen so stellen, dass man mit Ja oder Nein antworten konnte.

»Haben Sie Yadira Martinéz in der Nacht zum Donnerstag gesehen?«

Kopfschütteln.

»Nein? Sie sind Yadira in jener Nacht – genau genommen nach Mitternacht – nicht begegnet?«

Beherzteres Kopfschütteln. Mendelski runzelte die Stirn und wechselte einen skeptischen Blick mit Maike; dann überlegte er, wie er die nächste Frage am besten formulieren sollte.

»Waren Sie in der Nacht von Mittwoch auf Donnerstag auf dem Kreinbrink'schen Grundstück?«

Wieder Kopfschütteln.

Maike zog hörbar die Luft ein.

»Wann dann? Am Donnerstagmorgen?«

Eindeutiges Nicken.

»Und da haben Sie Yadira tot im Pool gefunden?«

Wiegand nickte wieder und schaute dann weg. Jetzt ließ der Kommissar ihm Zeit.

»Sie glaubten an einen Unfall?«

Nicken.

»Hatten Sie den Eindruck, dass das Mädchen schon länger im Wasser lag?«

Wiegand bestätigte.

Mendelski wandte den Kopf für einen Moment zur Seite, um zu überlegen. »Aber warum fühlen Sie sich dann am Tod des Mädchens schuldig?«, fragte er, ohne sich bewusst zu sein, dass Wiegand ihm darauf nicht antworten konnte. Als er die fragenden Augen des Verletzten sah, formulierte er rasch seine Frage um.

»Fühlen Sie sich schuldig, weil Sie als Gärtner für den Pool verantwortlich sind?« Mendelski konnte an Wiegands Blick sehen, dass er richtig getippt hatte. »Sie hatten den Auftrag, das Wasser abzulassen, nicht pünktlich ausgeführt«, sagte er leise.

Ein schwaches Nicken.

»Sie wussten, dass das Mädchen nicht schwimmen konnte?«

Ein verhaltenes Kopfsenken beantwortete die Frage. Wieder wanderte der Blick des Gärtners zum Fenster.

Mendelski merkte, dass Rolf Wiegand die Tränen in die Augen stiegen, und schaute fragend zu der Ärztin hinüber. Die machte ein besorgtes Gesicht, schritt aber nicht ein.

»Sie haben Yadira dann aus dem Wasser gezogen?«, fuhr er nach einer Weile vorsichtig fort.

Wiegand rang ganz offensichtlich um Fassung. Eine Träne kullerte über seine Wange und versickerte in dem Verband um seinen Kopf.

Mendelski wartete geduldig. Schließlich nickte Wiegand zögerlich.

»Und weil Sie sich schuldig fühlten, haben Sie niemandem etwas davon gesagt, nicht den Kreinbrinks oder gar der Polizei.«

Nicken.

»Sie haben dann den Leichnam heimlich in den Wald zum Streckenplatz gebracht?«

Einige Sekunde verstrichen. Dann folgte ein Nicken.

»Mit Ihrem Pick-up?«

Wieder bestätigte Wiegand.

»Warum denn dorthin? Wollten Sie von sich ablenken?«

Wiegand schaute Mendelski an. »Oder haben Sie noch etwas anderes bezweckt?«

Ein zögerliches Nicken.

»Sie wollten auf jemand anderen hinweisen, um ihn in den Fall hineinzuziehen? Oder ihn zu beschuldigen?«

Geradezu erleichtert schloss Wiegand die Augen und nickte.

»Wen denn? Die Kreinbrinks, Vater, Sohn?«

Kopfschütteln.

»Die Jäger allgemein?«

Kopfschütteln.

Mendelski wechselte einen nachdenklichen Blick mit Maike.

»Joachim Pagel?«, fragte er nach einer Weile und schaute den Gärtner forschend an.

Der nickte verhalten.

»Daher das Wolfsangel-Zeichen im Sand.« Mendelski wartete eine Reaktion gar nicht erst ab. »Dann haben Sie auch die Schwedenfeuer angezündet und die Brüche gelegt?«

Wiegand nickte.

»Damit wir uns den Pagel vorknöpfen, das wollten Sie doch damit erreichen?«

Nicken.

»Warum Pagel? Hat das einen bestimmten Grund?«

Mendelski, der sich mehr und mehr über das Krankenbett von Wiegand gebeugt hatte, spürte, dass ihn jemand am Ärmel zupfte. Die Ärztin wies mit dem Zeigefinger auf das Zifferblatt ihrer Armbanduhr, um anzudeuten, dass er zum Ende kommen solle.

»Bin ja gleich so weit«, erwiderte er unwirsch. »Nur noch ein paar abschließende Fragen.« Er wandte sich wieder Wiegand zu.

»Sie wollten also dem Pagel eins auswischen, warum auch immer. Darum haben Sie falsche Spuren gelegt, den Pool abgelassen und ihn fein säuberlich gereinigt. Haben Sie auch die Wolfsfeder an sich genommen?«

Wiegand runzelte die Stirn.

»Sie wissen, was ich meine? Diese besondere Saufeder aus dem Blockhaus?«

Nicken.

»Haben Sie sie beiseitegeschafft?«

Deutliches Kopfschütteln.

»Na gut.« Mendelski wollte sich zu der Ärztin umwenden, als ihm noch eine Sache einfiel. »Was haben Sie denn mit Frau Hogreve angestellt?«, fragte er. »Warum haben Sie sie gestern Abend so malträtiert? War sie Ihnen auf die Schliche gekommen?«

Wiegands Versuch, durch Schulterzucken eine indifferente Antwort zu geben, misslang. Mit schmerzverzerrtem Gesicht brach er die Bewegung ab.

»Okay, hören wir für heute auf«, sagte Mendelski deutlich versöhnlicher als zu Beginn des ungewöhnlichen Gespräches und machte einen Schritt rückwärts. »Aber wir kommen sicher wieder.«

»Ich hab da aber noch 'ne Frage.«

Maike Schnur klemmte ihren Schreibblock unter den Arm, beugte sich über das Krankenbett und schaute dem Verletzten freundlich in die Augen.

»Herr Wiegand, Sie wollten sich das Leben nehmen … Aber sicher nicht nur, weil Sie sich für den Tod von Yadira Martinéz verantwortlich fühlten?«

Er sah sie eine Weile prüfend an. Dann schüttelte er sachte den Kopf.

»Da war noch mehr.« Das war eine Feststellung, keine Frage.

Trotzdem nickte der Gärtner.

Behutsam setzte Maike nach: »Sie sind verzweifelt, weil Sie etwas Wertvolles verloren haben.«

Wieder nickte er, wieder stiegen ihm Tränen in die Augen.

»Sie mochten Yadira wohl sehr gern? Sie … Sie haben sie lieb gehabt, nicht wahr?«

Mit einem tiefen Seufzer wandte Rolf Wiegand sein Gesicht ab.

Nachdem sie sich von der Ärztin verabschiedet hatten, kehrten sie in den Warteraum zurück. In der Tür stießen sie beinahe mit Konrad Kreinbrink zusammen, der gerade zusammen mit Kai und Finn den Raum verlassen wollte.

»Sie auch hier?«, begrüßte ihn Mendelski. »Das trifft sich gut. Dann können wir uns die Fahrt zu Ihnen ja sparen.«

»Wie geht es ihm denn?« Kreinbrink senior mimte den besorgten Arbeitgeber. »Hat er etwas sagen können?«

»Setzen wir uns«, sagte Mendelski. Es war mehr ein Befehl als ein Vorschlag. Er vergewisserte sich, dass keine ungebetenen Zuhörer in der Nähe waren. »Wir müssen Ihnen noch ein paar Fragen stellen. Maike, mach bitte die Tür zu.«

»Nun sagen Sie doch endlich, was mit Rolf Wiegand ist«, drängte Kreinbrink, während er und die Jungen sich widerstrebend setzten.

»Es geht ihm den Umständen entsprechend gut«, entgegnete Mendelski. »Beide Beine sind mehrfach gebrochen, er hat etliche Schürfwunden und eine Verletzung am Unterkiefer. Er kann zwar nicht sprechen, aber wir haben ihm trotzdem einige Antworten entlocken können.«

»Und?«

Mendelski überlegte kurz und schickte einen skeptischen Blick zu Maike hinüber, entschied sich dann aber doch, den dreien reinen Wein einzuschenken. Nachdem er seinen Bericht beendet hatte, herrschte Schweigen.

Konrad Kreinbrink fand als Erster seine Sprache wieder. »Sie glauben ihm also«, stellte er unverhohlen fest. »Folglich gehen Sie von einem Unfall aus?«

Mendelski rümpfte die Nase. »Das wird sich zeigen«, sagte er. »Wir werden noch einiges recherchieren müssen, denke ich.« Leise murmelte er: »Es gibt da noch zu viele Ungereimtheiten.«

»Bitte, was sagten Sie?«, hakte Kreinbrink senior nach.

»Später«, vertröstete ihn der Kommissar. »Von Ihnen hätte ich gern gewusst, warum Wiegand so einen Rochus auf Pagel hat.«

»Das ist kein Geheimnis. Rolf Wiegand hat vor Jahren mal versucht, den Jagdschein zu machen«, erläuterte Kreinbrink. »Er ist aber bei der Prüfung glattweg durchgefallen. Pagel war sein Prüfer und soll ihn – das pfeifen die Spatzen in ganz Eschede von den Dächern – ziemlich schofelig behandelt haben. Nach dem Motto: Das Grüne Abitur ist nur was für Intellektuelle.«

»Daher also Wiegands waidmännische Kenntnisse von dem Streckenplatz, den Brüchen, der Jagdhütte …«

»Und von der Wolfsangel«, ergänzte Kreinbrink. »Pagel hat eine Schwäche für Jagdhistorie, alte Fallen und dergleichen.«

»Er hatte auch eine Schwäche für junge Mädchen«, fügte Kai hinzu. »Besonders für hübsche farbige …«

»Lass das doch jetzt«, herrschte Konrad Kreinbrink seinen Sohn an. »Das ist Schnee von gestern.«

»Nein, das ist vielleicht wichtig«, fuhr Mendelski verärgert dazwischen. »Also erzählen Sie mal, Kai. Was war da zwischen Pagel und Yadira?«

Kai schaute verstohlen zu seinem Vater. Er wagte nicht so recht, gegen seinen alten Herrn aufzubegehren. Finn half ihm aus der Patsche.

»Pagel hat Yadira einige Male privaten Deutschunterricht gegeben«, erzählte er. »Meistens bei uns zu Hause, an den Wochenenden aber auch einige Male in der besagten Jagdhütte im Wald. Zunächst ist das anscheinend ganz okay gewesen, doch irgendwann – so haben wir uns das zusammengereimt – muss der Pagel wohl zudringlich geworden sein.«

Finn schaute zu Kai hinüber. »Jedenfalls war Yadira von einem Tag auf den anderen ziemlich sauer auf ihn und hat sich von da an von Pagel ferngehalten. Ich tippe mal, dass der Wiegand, der ja fast täglich bei den Kreinbrinks arbeitet, das mitbekommen hat.«

»Also ein weiterer Grund für den Gärtner, dem Pagel eins überzubraten«, meinte Mendelski. Er strich sich nachdenklich übers Kinn. Dann schaute er Finn unverwandt an. »Nach dem, was ich da gerade gehört habe, könnte der Lehrer eventuell auch die drei Drohbriefe an Yadira verfasst haben. Ein Motiv hätte er ja, Angst vor Entdeckung.«

»Ach, papperlapapp!«, erwiderte Konrad Kreinbrink ungehalten. »Nun lassen Sie mal die Kirche im Dorf. Joachim Pagel ist ein anständiger und ehrenwerter Waidgeselle, den ich schon viele Jahre kenne. Halten Sie sich doch erst mal an Ihre Unfalltheorie und verifizieren Sie die, bevor Sie fragwürdigen Phantomen nachjagen.«

»Apropos Phantom.« Mendelski hob den Zeigefinger. »Wo die Wolfsfeder geblieben ist, konnte uns Wiegand auch nicht sagen.«

***

Um kurz nach halb zwölf betraten Mendelski und Maike Schnur das Foyer der Polizeiinspektion. Übers Handy hatten sie erfahren, dass die gesamte Mannschaft noch immer im Versammlungsraum im sechsten Stock tagte: Heiko Strunz, Jo Kleinschmidt, Ellen Vogelsang und sogar der Leitende Kriminaldirektor Steigenberger. Der Staatsanwalt hatte ebenfalls kurz vorbeigeschaut, um sich über den Stand der Ermittlungen zu informieren, war dann aber ins Wochenende gefahren.

»Da sind Sie ja endlich«, empfing Steigenberger die beiden etwas verschnupft. »Den anderen hab ich's schon gesagt: Wir erwarten noch heute zwei Vertreter des Dominikanischen Generalkonsulats aus Hamburg hier in Celle. Ich soll ihnen persönlich vom aktuellen Stand der Ermittlungen berichten. Also bitte, was bringen Sie uns für Neuigkeiten?«

Mendelski ließ Maike den Vortritt. Seine junge Kollegin hatte sich einen Kaffee geholt und am Tisch Platz genommen. Jetzt lieferte sie einen umfassenden Bericht über Wiegand und dessen überraschende, wortlose Aussage.

»Also stochern wir nach wie vor im Nebel«, resümierte Steigenberger verärgert. Ihm war die Enttäuschung anzusehen. »Was erzähle ich nun den Leuten vom Konsulat?« Er fuhr sich mit einer unsicheren Geste durch die Haare. »Und dann ruft nachher sicher auch noch das Innenministerium an. – Sei's drum. Sie glauben also dem Gärtner?«

Mendelski und Maike nickten.

»Na gut. Jetzt wissen wir zumindest, wie die Tote in den Wald gekommen ist und was es mit der Wolfsangel, den Brüchen und der Jagdhütte auf sich hat. Ob die sichergestellten Faserspuren und Haare im Fichtengrün und die übrigen Spuren vom Streckenplatz Wiegands Aussage untermauern oder nicht, wird sich zeigen.«

Steigenberger holte erst mal tief Luft. Dann setzte er hinzu: »Immer noch ungeklärt ist aber, was genau in jener Nacht auf dem Kreinbrink'schen Grundstück geschah. Warum trieb sich das Mädchen zu so später Stunde noch im Garten herum, obwohl sie sich bereits zum Schlafengehen verabschiedet hatte? Wie geriet sie in den Pool – ein zu dieser Jahreszeit nicht gerade einladender Ort? Haben wir es mit einem Unfall zu tun, oder hat da jemand nachgeholfen? War sie vielleicht gar nicht allein? Wenn ja, wer leistete ihr Gesellschaft? Kurz: Geht es um unterlassene Hilfeleistung, um Totschlag oder um Mord? Bitte, jetzt sind Sie an der Reihe.«

Nach diesem Wortschwall ihres Chefs wagte zunächst niemand, einen Kommentar abzugeben.

Schließlich versuchte Strunz eine Deutung. »Die Drohbriefe belegen doch, dass da jemand dem Mädchen nicht wohlgesonnen war. Denjenigen müssen wir finden, dann kommen wir sicher ein ganzes Stück weiter. Weiterhin unklar ist auch, wie es zu den merkwürdigen Hämatomen am Leichnam kam. Und drittens müssen wir herausbekommen, ob das ominöse Verschwinden dieses Sauspießes, dieser Wolfsfeder, mit unserem Fall zusammenhängt – und wenn ja, wie.«

»Okay.« Steigenberger lehnte sich zurück und verschränkte die Arme vor der Brust. »Die Drohbriefe könnten uns zu einem möglichen Motiv führen. Soweit ich weiß, kennen wir bisher schon zwei Personen, die auf das Opfer nicht sonderlich gut zu sprechen waren. Dieser Stadler aus Eldingen, wo Yadira Martinéz zuerst lebte, und der Lehrer aus Eschede.«

»Stadler kommt zwar für die Drohbriefe in Betracht«, meinte Maike Schnur. »Für die fragliche Nacht ist er aber außen vor, da er nachgewiesenermaßen auf den Kanaren weilt.«

»Bleibt der Pagel.« Steigenberger war aufgestanden und trat ans Fenster. »Den wollten Sie sich ja sowieso noch einmal vorknöpfen, nicht wahr?«

Mendelski nickte wortlos.

»Vielleicht war ja der Lehrer in jener Nacht auf dem Grundstück«, fuhr der Kriminaldirektor fort, »und hat das Mädchen unter irgendeinem Vorwand nach draußen in den Garten gelockt. Dann kam es zum Streit, das Mädchen fiel in den Pool und ertrank. Haben Sie Pagels Alibi schon überprüft?«

Betretenes Schweigen.

»Ich hatte ihn vorgeladen«, erklärte schließlich Ellen Vogelsang. »Aber er hat sich krankgemeldet und ist in die Jagdhütte gefahren, um sich dort sinnlos zu betrinken.«

»Sinnlos? Das wird sich zeigen.« Steigenberger wandte sich zur Tür. »Also dann, Sie machen wie besprochen weiter. Und haken Sie noch mal in der Gerichtsmedizin nach – und im Labor. Auch wenn Wochenende ist, bei diesem Fall brauchen wir jede denkbare Unterstützung.« Er öffnete die Tür zum Gang, drehte sich aber noch einmal um. »Vielleicht liegt der Wiegand gar nicht so falsch. Vielleicht verdächtigt er den Richtigen.«

***

Sie befanden sich auf der B 191, auf der Höhe des Blitzautomaten in Hornshof, als Mendelskis Handy klingelte. Er nahm das Telefonat an und steckte das Gerät nach einem knappen Wortwechsel in die Halterung der Freisprechanlage, damit Maike mithören konnte. Denn die Anruferin war Frau Dr. Grote.

»Mir haben die Hämatome an der Leiche des Mädchens keine Ruhe gelassen«, erzählte sie. »Deswegen bin ich heute Morgen noch einmal in die Gerichtsmedizin und habe mir die Blutergüsse gründlich vorgenommen.«

»Und?«, fragte Mendelski ungeduldig.

»So gleichförmig, wie sie sind, müssten sie alle gleichen Ursprungs sein.«

»Ja, und weiter?«

»Bei einem der Blutergüsse bin ich dann fündig geworden.«

»So?«

»Sie sind winzig, aber ich habe es geschafft, sie sicherzustellen. Ich habe sie auch schon ins Labor geschickt.«

»Was, in Gottes Namen, meinen Sie denn?« Mendelski schlug mit der flachen Hand auf sein Knie.

»Winzige Splitter. Splitter von dunklem Holz.«

ELF

In Hannover musste sie umsteigen. Vom ICE, der zwar weiter in Richtung Celle fuhr, dort aber nicht hielt, in den Metronom genannten Regionalzug. Ein freundlicher älterer Mann, der sowohl Spanisch als auch Englisch sprach und in die gleiche Richtung fuhr, half ihr, sich in dem Fahrplan zurechtzufinden. Sie musste das Gleis gar nicht erst verlassen und hatte auch nur wenige Minuten Aufenthalt.

In Großburgwedel stieg der freundliche Herr aus, sodass sie die letzten wenigen Kilometer bis zu ihrem Zielort Celle ohne Sitznachbar zurücklegte. Die schnurgerade Bahnlinie führte durch ausgedehnte Kiefernwälder. Verwundert stellte sie fest, dass die Heidekiefern denen aus den Bergen ihrer karibischen Heimat sehr ähnelten.

Als der Metronom in den Hauptbahnhof von Celle einfuhr und sie sich von ihrem Sitz erhob, wurde ihr vor Aufregung schwindlig und ein bisschen übel. Mit letzter Kraft zog sie den Koffer aus der Gepäcknische und hastete zur Tür des Waggons, die sich automatisch geöffnet hatte. Auf wackeligen Beinen stieg sie aus dem Zug.

In der Bahnhofshalle steuerte sie ein öffentliches Telefon an. Nachdem sie den Koffer abgestellt hatte, kramte sie einige Euro-Münzen und den Zettel mit der Telefonnummer aus ihrer Handtasche hervor.

Sie hatte das Geld eingeworfen und bereits die Tasten gedrückt, als sie den Mann wahrnahm.

Direkt neben dem Fernsprecher saß er auf dem Boden, den Rücken gegen einen Fahrkartenautomaten gelehnt. Sein gerötetes, seit Wochen unrasiertes, faltenreiches Gesicht ließ eine Schätzung des Alters nicht zu. Die strähnigen Haare schienen seit Wochen weder Wasser, geschweige denn Shampoo gesehen zu haben. Er war in dreckstarrende Lumpen gehüllt, und auch der Rest seines Äußeren sah völlig verwahrlost aus. Zu seinen Füßen hockte ein struppiger Mischlingshund, der eine Untertasse mit ein paar Geldstücken zu bewachen schien.

In der Dominikanischen Republik gehörten Bettler in das Straßenbild einer jeden Stadt. Doch dass es sie auch im reichen Deutschland gab, hatte sie nicht erwartet.

Der Mann starrte sie mit großen Augen an.

Dann wanderte sein Blick zurück zu der zerknitterten Zeitung, die auf seinem Schoß lag. Es war die »CZ«, die »Cellesche Zeitung« vom Freitag, vom Vortag also.

Ungläubig schüttelte er den Kopf und schaute verblüfft wieder zu ihr hoch. Als er ihren ängstlichen Blick bemerkte, drehte er die Zeitung um und hielt ihr die Titelseite hin.

Sie zuckte zusammen und ließ den Telefonhörer fahren. Mit zitternden Händen griff sie nach der Zeitung und betrachtete entsetzt das Bild.

Die junge Frau auf dem Foto erkannte sie sofort. Es handelte sich um eine hübsche Farbige mit dem gleichen pechschwarzen Lockenkopf, wie sie ihn hatte. Sie sah ihr zum Verwechseln ähnlich. Unter dem Foto stand der Name der abgebildeten Person.

»Die ist tot, mausetot«, krächzte der Penner. »So eine verdammte Ähnlichkeit …«

Als er merkte, dass sie ihn nicht verstand, deutete er auf das Foto und fuhr sich in einer raschen Bewegung mit dem Zeigefinger über die Kehle. »Aus, vorbei, abgemurkst.«

Sie hatte ihn auch ohne weitere Erläuterungen verstanden.

Aus dem Telefonhörer, der am Kabel nach unten baumelte, war eine Stimme zu hören: »Kreinbrink? – Wer ist denn da? – Hallo! – Kreinbrink hier …«

Ohnmächtig sank sie auf die Fliesen.

***

Sie hatten kaum das Wohnzimmer betreten, da entdeckte Mendelski sie auch schon.

Fast achtlos an die Wand gelehnt, zwischen der antiken Glasvitrine, in der etliche historische Jagdutensilien wie Pulverhörner, Hutabzeichen, Jagdtaschen und dergleichen ausgestellt waren, und den beiden Ridinger Stichen mit Hirschmotiven.

Eine Saufeder.

»Was haben wir denn da?«, sagte Mendelski erstaunt, stupste Maike an und trat einen Schritt näher.

»Eine Saufeder«, erwiderte Joachim Pagel, der immer noch nach Alkohol roch und ziemlich mitgenommen wirkte. »Haben Sie daran was auszusetzen?«

»Vielleicht«, giftete Maike, die dem Lehrer am liebsten gleich die Handschellen angelegt hätte.

Ohne die Saufeder zu berühren, studierte Mendelski den etwa zwei Meter langen Spieß. Der Holzstab bestand aus hellem Eschenholz; das messerscharf geschliffene Metall glänzte wie frisch poliert, der Lederriemen, der geschickt um den Stab geflochten war, wirkte wie neu.

»Zweifellos ein Nachbau«, brummte der Kommissar leise. Doch Pagel hatte die Worte, die nicht für ihn bestimmt waren, trotzdem verstanden.

»Zweifellos richtig.« Seine Stimme klang höhnisch. »Die hat mir im letzten Jahr ein Jagdscheinprüfling geschenkt. Als Dank für die äußerst lehrreiche Zeit in meinem Kursus.«

»Es handelt sich also nicht um die Wolfsfeder?« Mendelski guckte etwas enttäuscht. »Um jene legendäre Saufeder, mit der anno dazumal der letzte Wolf in den hiesigen Wäldern erlegt wurde?«

»Leider nicht.« Pagel setzte ein breites Grinsen auf. »Die hätte ich gern. Das gute Stück gehört aber Konrad Kreinbrink. Sie wissen schon, der Steuerberater.«

»Schade eigentlich«, murmelte Maike.

»Aber deswegen sind Sie doch sicher nicht hier?« Pagel war trotz seines angeschlagenen Zustands auf der Hut. Ansatzlos ging er in die Offensive.

»Ich hab übrigens ein Alibi«, sagte er, ohne dass er danach gefragt worden war. »Mark von Bartling wird Ihnen bestätigen, dass ich Mittwochnacht, also in der Nacht, als das Mädchen ums Leben kam, bei ihm in Celle war. Bis weit nach Mitternacht haben wir den anstehenden Jagdtag geplant und, da einige Jagdgäste kurzfristig abgesagt hatten, noch einiges an der Besetzung der Ansitzböcke geändert. Ich bin erst gegen zwei zurück nach Eschede gefahren. Sind Sie jetzt zufrieden?«

Mendelski und Maike schauten sich erstaunt an. Das, was Pagel da gerade von sich gegeben hatte, klang wie auswendig gelernt und aufgesagt.

»Immer langsam mit den jungen Pferden«, erwiderte der Kommissar, nachdem er sich auf einem der Stühle aus vergilbtem Flechtwerk niedergelassen hatte. »Zunächst wollen wir mal von Ihnen wissen, in welchem Verhältnis Sie zu Yadira Martinéz standen. Wie haben Sie sie kennengelernt, was haben Sie zusammen unternommen, und warum kam es zum Bruch zwischen Ihnen?«

Pagel lachte auf. »Ha, da wissen Sie ja schon alles.« Dann wurde er ernst. »Aber wenn's der Wahrheitsfindung dient, erzähl ich's Ihnen eben noch mal. Ich habe nichts zu verbergen.« Er nahm nun ebenfalls Platz. »Zu Beginn, nachdem sie von Eldingen nach Eschede gezogen war, verstanden Yadira und ich uns sehr gut. Ich traf sie des Öfteren bei den Kreinbrinks, meinen Jagdfreunden, und wir vereinbarten, dass ich ihr ab und an Privatunterricht in Deutsch erteilen sollte. Das tat ich denn auch, in unregelmäßigen Abständen. Dann kam Pfingsten diese hässliche Szene beim Schützenfest, wo sie mich vor der gesamten Festzelt-Korona – und vor meinen Schülern – lächerlich gemacht hat.«

»Was ist denn da genau passiert?«, wollte Mendelski wissen.

»Sie … sie hat mich zum Tanzen aufgefordert und auf die Tanzfläche geschleift, und dann hat sie mich nach allen Regeln der Kunst vorgeführt.«

»Geht's etwas genauer, bitte?«

Pagel seufzte. »Es war eine schwüle Nacht, im Zelt war es furchtbar heiß, und sie trug dieses luftige, hauchdünne Kleid …« Für einen Augenblick geriet er ins Schwärmen. »Dieses Kleid brachte ihre langen schlanken Beine und ihre … Weiblichkeit voll zur Geltung. Sie sah einfach hinreißend aus, das muss ich schon sagen. Da konnte ich nicht widerstehen und bin ihr auf die Tanzfläche gefolgt. Beim Tanzen dann hat sie mich umgarnt wie eine Schlange, sie posierte in allen möglichen aufreizenden Stellungen, umkreiste mich mit verführerischen Bewegungen – und das alles nur, damit die anderen im Zelt was zu gaffen hatten.« Pagels Stimme schnappte über. »Dieses Luder!«

»Was geschah dann?«, fragte Mendelski unbeeindruckt.

»So manchen reichte es nicht, nur zu gaffen«, echauffierte sich der Lehrer. »Zwei meiner Schüler haben mit ihren Handys eifrig Fotos geschossen und sogar ein kurzes Filmchen gedreht. Damit sind sie später überall hausieren gegangen – eine unvorstellbare Blamage für mich.«

»Haben Ihre Schüler die Bilder ins Netz gestellt?«, wollte Maike wissen.

»Sie meinen ins Internet? Ich hoffe doch nicht. Jedenfalls ist mir davon noch nichts zu Ohren gekommen.« Pagel verstummte. Mit genervtem Gesichtsausdruck schaute er demonstrativ auf seine Uhr.

»Wie ging's dann weiter mit Ihnen und Yadira?«, fragte Mendelski beharrlich.

»Na ja, ich konnte das natürlich nicht auf mir sitzen lassen.« Pagel schien sich wieder beruhigt zu haben. »Schließlich hatte sie mich vor halb Eschede lächerlich gemacht. Also habe ich sie bei unserer nächsten Deutschstunde in der Jagdhütte zur Rede gestellt. Aber statt sich wenigstens zu entschuldigen, wurde sie auch noch patzig. Seitdem gingen wir getrennte Wege.«

»Sie haben sie in der Jagdhütte nicht etwa belästigt? Sind ihr vielleicht zu nahe gekommen oder gar zudringlich geworden?«

»Um Gottes willen!« Pagel hob abwehrend beide Arme. »Nein!« Er schluckte.

»Sie haben ihr aber doch Drohbriefe geschrieben?« Das kam von Maike.

»Was soll ich? Drohbriefe? Warum denn? Was fällt Ihnen denn noch Verrücktes ein? Jetzt reicht's mir aber!«

»Zweifellos haben Sie sich doch gewünscht, dass das Mädchen schnellstmöglich aus Eschede verschwindet. Oder?«

»Natürlich.« Pagel guckte böse. »Nach allem, was sie mir angehängt hat.«

Mendelski setzte gerade zur nächsten Fragenkanonade an, als sein Handy klingelte. Eigentlich wollte er es unauffällig ausschalten, doch nachdem er gesehen hatte, woher der Anruf kam, nahm er das Gespräch an.

»Ja, was gibt's?«, fragte er, erhob sich von seinem Stuhl und ging hinaus in den Flur. Maike fixierte derweil Pagel mit funkelnden Augen, sagte jedoch nichts. Der Lehrer fühlte sich dadurch immer unbehaglicher in seiner Haut.

Als Mendelski zurückkehrte, hatte sich sein Gesichtsausdruck verändert. Er warf Maike einen vielsagenden Blick zu.

»Wir müssen gehen. Jetzt sofort!«, sagte er. An Pagel gewandt fügte er hinzu: »Sie kommen bitte mit.«

»Wohin denn?«, fragte der Lehrer wie ein trotziges Kind.

»Zu den Kreinbrinks«, erwiderte Mendelski in einem Ton, der keinen Widerspruch duldete.

»Und was soll ich da?«

»Das werden Sie schon sehen.« Er warf einen Blick auf die Saufeder. »Ach ja. Die würde ich gern mitnehmen. Nur leihweise. Sie bekommen sie nachher zurück.«

Pagel zuckte mürrisch mit den Achseln, fügte sich aber in sein Schicksal. »Ich zieh mir nur rasch Schuhe an«, sagte er und verschwand im Flur.

»Was ist denn los?«, fragte Maike leise, als sie allein im Wohnzimmer waren. Ihr war deutlich anzusehen, dass sie den Pagel gern noch etwas gründlicher in die Mangel genommen hätte.

»Das war Heiko«, flüsterte er zurück. »Er, Jo und Ellen sind gerade auf dem Weg zum Allgemeinen Krankenhaus.«

»Zum Wiegand?«

»Nein. Da ist jemand aus der Dominikanischen Republik eingeliefert worden, eine junge Frau.«

»Wie bitte?«

Mendelski konnte nicht mehr antworten, denn Pagel betrat den Raum.

»Also meinetwegen kann's losgehen.«

***

Die junge drahtige Ärztin mit dem blonden Kurzhaarschnitt seufzte.

»Das geht hier ja heute zu wie in einem Gefängniskrankenhaus«, sagte sie, während sie Heiko Strunz und Ellen Vogelsang durch den Gang zur Notaufnahme führte. »Am Morgen waren Ihre Kollegen bei diesem verhinderten Selbstmörder aus Eschede. Und jetzt schon wieder die Polizei – dieses Mal wegen einer geheimnisvollen exotischen Schönheit in Nöten ...« Sie verzog das Gesicht zu einem ironischen Grinsen.

»Wie geht's ihr denn?«, wollte Strunz wissen.

»Eigentlich ganz gut. Körperlich zumindest. Die Rettungssanitäter wollten auf Nummer sicher gehen und haben sie deshalb vorsorglich hergebracht. Sie war bereits wieder bei Bewusstsein, als der RTW auf dem Bahnhof eintraf.«

»Was war denn passiert?«, fragte Ellen Vogelsang.

»Das können wir Ihnen auch nicht sagen. Sie scheint unter Schock zu stehen und sagt nichts. Ihren Papieren nach kommt sie aus der Dominikanischen Republik, wo man bekanntlich Spanisch spricht. Aber ich kann kein Spanisch. Ich hab's mit Englisch und Französisch probiert, aber ohne Erfolg.«

»Gab's denn Zeugen am Bahnhof?«

»Einen Hauptzeugen, ja.« Die Ärztin war vor einer verschlossenen Tür stehen geblieben. »Der hat sich aber wohl verdünnisiert, als die Sanitäter eintrafen. Ein Obdachloser mit Hund. Soll kurz vor ihrem Kollaps mit ihr gesprochen haben.«

»Ein Obdachloser?« Strunz guckte skeptisch. »Ein Penner, der Spanisch spricht? Und eine junge Frau, die daraufhin umkippt? Das wird ja immer verrückter.«

»Sehen Sie?«, sagte die Ärztin und fasste nach dem Türgriff. »Deswegen haben wir Sie angerufen. Jetzt können Sie ja mal Ihr Glück probieren.«

***

Jo Kleinschmidt hockte im Auto und blätterte lustlos im Handbuch des neuen Navigationsgeräts. Während Heiko Strunz und Ellen Vogelsang die mysteriöse Unbekannte im Krankenhaus vernahmen, hielt er draußen auf dem Parkplatz die Stellung. Unter anderem deshalb, um telefonischen Kontakt zu Mendelski und Maike in Eschede zu halten, denn in der Notaufnahme waren Handygespräche strikt untersagt.

Seine Gedanken beschäftigten sich jedoch weder mit dem aktuellen Fall noch mit dem neuen Navigationsgerät. Stattdessen träumte er von seiner verflossenen Liebe.

Die halbe Nacht hatte er wach gelegen und sich das Hirn zermartert, wie er seine Susan zurückerobern könnte. Zigmal hatte er nach dem Telefonhörer gegriffen, die Nummer, die er im Schlaf aufsagen konnte, eingetippt – und es nicht fertiggebracht, die grüne Taste zu drücken.

»Feigling, Feigling, Feigling!«, schalt er sich selbst und schlug erbost, aber gleichzeitig auch recht hilflos auf das Lenkrad des zivilen Dienstwagens ein.

Da bemerkte er Strunz, der allein quer über den Parkplatz auf das Auto zugelaufen kam, mit dem Handy am Ohr. Kurz bevor sein Kollege den Wagen erreichte, beendete er das Gespräch.

»Los schnell, fahr rüber zur Notaufnahme«, rief er, nachdem er die Beifahrertür aufgerissen hatte, und stieg eilig ein.

»Was ist denn los?« Jo Kleinschmidt mochte derlei Kommandos überhaupt nicht, schon gar nicht, wenn es ihm so dreckig ging wie heute. Er zog es vor, dass man ihn einweihte und nicht als Befehlsempfänger behandelte.

»Hab gerade mit Robert telefoniert«, erwiderte Strunz, während er sich anschnallte. »Wir sollen sie hinbringen.«

»Wen – und wohin?«

»Mensch, Jo. Wo bist du denn mit deinen Gedanken? Das Mädchen vom Bahnhof natürlich. Und nach Eschede sollen wir. Komm, fahr endlich los. Ich erzähl's dir unterwegs. Das ist vielleicht 'ne Nummer!«

***

Es war fünfzehn Uhr.

Die Oktobersonne schien noch einmal mit letzter Kraft auf das Kreinbrink'sche Anwesen, auf das riesige Bauernhaus und die pittoresken Eichen. Auf dem Hof unter dem Dach der Bäume befanden sich mehrere Autos, die kreuz und quer geparkt standen. Ein Streifenwagen der Escheder Polizeistation war auch darunter. Die zu den Autos gehörenden Personen hatten sich im hinteren Teil des Gartens zusammengefunden, dort, wo sich das Blockhaus und der Swimmingpool befanden.

Binnen einer Stunde hatte Mendelski sie alle zusammengetrommelt. Alle, die irgendwie mit Yadira Martinéz und ihrem tragischen Ende zu tun hatten. Per Telefon und mit Nachdruck – er hatte gedroht, jeden Einzelnen sonst von der uniformierten Polizei abholen zu lassen.

Konrad und Kai Kreinbrink standen mit Finn Braukmann in der Nähe des Swimmingpools, etwas abseits schwiegen sich Irene Hogreve, Karl-Heinz Jagau und Mark von Bartling an, der reichlich verunsicherte Joachim Pagel wurde von zwei örtlichen Polizisten flankiert. Nur einer fehlte entschuldigt, da er im Krankenhaus in Celle lag: Rolf Wiegand, der Gärtner.

Strunz und seine Begleiter, die aus Celle dazustoßen sollten, waren noch nicht eingetroffen.

Widerstrebend gruppierten sich alle um die Veranda des Blockhauses herum, nachdem Mendelski sie nachdrücklich dazu aufgefordert hatte.

»Ich hoffe, Sie wissen, was Sie tun«, echauffierte sich von Bartling. Er saß mit übereinandergeschlagenen Beinen in einem der Korbsessel, die Frau Hogreve aus dem Blockhaus geholt hatte. »Bei mir zu Hause wartet ministerieller Besuch aus Hannover.«

»Es liegt ganz an Ihnen, wie schnell wir hier fertig sind«, erwiderte Mendelski unbeeindruckt. Dann wandte er sich überhöflich an den Hausherrn. »Herr Kreinbrink, wenn Sie erlauben, beginne ich jetzt.«

»Nur zu.« Kreinbrinks Lächeln wirkte süßsauer.

»Frau Hogreve, meine Herren, ich habe Sie hier zusammengerufen, da es einige Neuigkeiten gibt. Wir stehen kurz vor der Auflösung des Falles Yadira Martinéz.«

Zwischen den erstaunten Gesichtern ringsherum gab sich Maike einige Mühe, eine undurchschaubare Miene aufzusetzen. Niemand sollte ihr anmerken, dass Mendelskis optimistische Prognose nur ein Bluff war. Ob ihr gewagtes Vorhaben funktionieren würde? Sie schaute auf die Uhr. Wo nur die aus Celle blieben …

Mendelski legte los: »Der Gärtner Rolf Wiegand, Sie alle kennen ihn, hat heute früh gestanden, Yadira Martinéz am Donnerstagmorgen leblos in dem Pool da drüben gefunden zu haben. Er war offenbar im Glauben, die jungen Leute hätten mal wieder gefeiert und einen über den Durst getrunken, wie so oft im letzten Sommer, und nahm an, das Mädchen wäre durch einen Unfall ertrunken. Er hat Yadira aus dem Wasser gezogen, und da er sich mitschuldig am Tod des Mädchens fühlte, hat er die Leiche heimlich fortgeschafft. Denn es war seine Aufgabe gewesen, das Wasser abzulassen, den Pool zu säubern und winterfest zu machen. Diese Arbeit hatte er immer wieder aufgeschoben – mit tödlichen Folgen.«

Mendelski blickte sich um und fixierte einen nach dem anderen.

»Statt die Tote irgendwo zu verscharren, hat er sie zum Streckenplatz in von Bartlings Revier geschafft. Er wusste, dass dort eine Drückjagd stattfand – und er wusste auch, wer daran teilnahm. Indem er die Leiche dorthin brachte, wollte er von sich selbst ablenken, andererseits ging es ihm aber auch darum, jemand anderem die Schuld am Tod des Mädchens in die Schuhe zu schieben. Jemandem, von dem alle wussten, dass er noch eine Rechnung mit Yadira offen hatte.«

Alle Blicke richteten sich nun auf Pagel, der mit verschränkten Armen und scheinbar teilnahmslos in den Himmel starrte.

»Als sich unsere Ermittlungen jedoch mehr und mehr auf das Kreinbrink'sche Grundstück und den Pool konzentrierten, sah sich Wiegand in die Enge getrieben und geriet in Panik. Er unternahm noch ein weiteres Ablenkungsmanöver im Wald, wo er eine Spur zur Jagdhütte und Herrn Pagel legte, dann überwältigte, fesselte und knebelte er Frau Hogreve, weil er befürchten musste, sie würde ihn an die Polizei verraten. Schließlich verbarrikadierte er sich in seinem Haus. Als Kai Kreinbrink und Finn Braukmann ihn dort aufstöberten, floh er mit dem Fahrrad und sprang schließlich von der Eisenbahnbrücke. Glücklicherweise hat er den Sprung überlebt und liegt jetzt mit gebrochenen Beinen, aber ohne lebensgefährliche Verletzungen im Krankenhaus.«

»Wer hat Ihnen denn diese zweifelhafte Geschichte aufgetischt?«, fuhr von Bartling dazwischen. »Etwa Wiegand selbst? Der Mann hat allerhand kriminelle Energie bewiesen. Warum glauben Sie ihm? Hat er überhaupt ein Alibi für die Nacht?«

»Das wird zur Stunde überprüft«, erwiderte Mendelski kühl. Dass er damit die Unwahrheit sagte und über den rechthaberischen Kommentar ziemlich verärgert war, ließ er sich nicht anmerken. »Wiegand lebt allein. Da wird es schwierig, jemanden zu finden, der seine Anwesenheit zu Hause bezeugen kann.«

»Na sehen Sie!«

Mendelski überging diesen Einwand. »Kehren wir zur Nacht auf Donnerstag zurück.« Er schaute Kai und Finn an, die einträchtig nebeneinander auf der Holzbank der Veranda saßen. »Kai, Sie sagten, Sie hätten sich gegen Mitternacht von Yadira verabschiedet. Jeder von Ihnen beiden sei in seinem Zimmer verschwunden. Aus irgendeinem Grund ist sie aber noch einmal in den Garten hinunter. Haben Sie eine Ahnung warum?«

»Nein.« Kai rutschte unruhig auf der Bank hin und her. »Das hab ich Ihnen doch schon gesagt.«

»Und Sie haben nichts gehört? Kein heimliches Klopfen, kein

entferntes Handygeräusch, kein Türschlagen, Autogehupe oder dergleichen?«

»Nein, nein und nochmals nein!«, brauste Kai auf. »Wie oft soll ich das noch wiederholen? Was soll das überhaupt?«

»Sie waren immerhin der Letzte, der Yadira lebend gesehen hat.«

»Deswegen muss ich doch noch lange nicht …« Er stockte.

»Was müssen Sie noch lange nicht?«

Kai winkte ab. »Ach, auch egal …«

»Jetzt hören Sie mal gut zu.« Mit zwei schnellen Schritten war Mendelski nahe an die Bank herangetreten und beugte sich zornig zu Kai hinab. »Sie verschweigen uns was!«, donnerte er den Jungen an. »Was ist wirklich passiert in dieser Nacht? Sie wollen mir weismachen, dass Sie beide brav wie die Klosterschüler in Ihrem Zimmer verschwunden sind? Das kaufe ich Ihnen nicht ab. Sie sind noch einmal in den Garten raus, mit Yadira. In sehr angeregter Stimmung. Der Abend war fröhlich, Sie hatten einiges getrunken, Sie haben miteinander getanzt. Yadira war ausgelassen, begehrenswert. Dann haben Sie sich nicht mehr zurückhalten können, Ihnen sind die Pferde durchgegangen.«

»Hören Sie doch auf«, schrie Kai und hielt sich mit beiden Händen die Ohren zu. »Ich halt das nicht mehr aus!«

Aufgebracht trat sein Vater neben die Bank und warf dem Kommissar einen wütenden Blick zu. »Was glauben Sie eigentlich …«, giftete er los.

»Nichts glaube ich«, unterbrach Mendelski ihn schneidend. »Jetzt ist Schluss mit dem Theater. Ich lasse mir nicht länger solche Lügengeschichten auftischen.«

Er hielt dem bohrenden Blick des Hausherrn stand. Der setzte gerade zu einer Erwiderung an, als Finn, der rechts neben Kai saß, den Kopf senkte und etwas murmelte.

»Wollten Sie etwas sagen, Finn?«, fragte Mendelski.

Finn ließ den Kopf gesenkt und sagte kaum hörbar: »Meinetwegen. Sie war meinetwegen noch mal hier unten.«

***

Mit weit überhöhter Geschwindigkeit steuerte Jo Kleinschmidt den zivilen Dienstwagen auf der Celler Heerstraße in Richtung

Norden. Trotz des ruhigen Samstagnachmittagverkehrs auf der Bundesstraße war das versteckt eingebaute Martinshorn eingeschaltet, auf dem Autodach blitzte ein mobiles Blaulicht.

»I'm sorry, but we have to do this.« Ellen Vogelsang versuchte, dem Mädchen auf der Rückbank neben sich zu erklären, warum sie so schnell fuhren. *»We are in a hurry.«*

Vorn spitzte Strunz die Ohren.

»It's okay«, antwortete die junge Frau kaum hörbar, während sie mit beiden Händen die Handtasche auf ihrem Schoß umklammerte. So schnell war sie in der Dominikanischen Republik noch nie Auto gefahren. Selbst mit ihrem Bruder nicht. *»I understand.«* Ihr Latinoakzent war nicht zu überhören und passte zu ihrem exotischen Aussehen.

Ellen Vogelsang versuchte, so behutsam wie möglich nach ihrem Befinden zu fragen. *»Do you feel alright?«*

Sie hatten sie direkt aus der Notaufnahme des Krankenhauses geholt und mitgenommen, nachdem sie erfahren hatten, wer die junge Frau war und welch schlimmer Schicksalsschlag sie getroffen hatte.

»Thanks, I'm okay.« Ihre Augen füllten sich mit Tränen.

Ellen Vogelsang stellte keine weiteren Fragen.

***

Für einen Moment herrschte Stille. Selbst die Vögel im Garten schienen gemerkt zu haben, dass es in dieser Situation geboten war, den Schnabel zu halten.

»Was sagst du?« Kai rückte auf der Bank ein Stück von seinem Freund weg. »Spinnst du jetzt komplett, oder was?«

»Nein, ich spinne nicht«, sagte Finn nun lauter. Er wich dem Blick seines Freundes aus und schaute Mendelski an. »Wir haben uns heimlich getroffen, Yadira und ich. Hier im Blockhaus.«

»Erzählen Sie, aber der Reihe nach«, forderte der Kommissar ihn auf.

Finn richtete seinen zusammengesunkenen Körper etwas auf. »Irgendwann am Abend«, berichtete er, »nachdem ich mehrere Male mit Yadira getanzt hatte, kam es zu der heimlichen Verabredung. Wir wollten uns später noch einmal am Blockhaus treffen.

Ich tat, als würde ich nach Hause gehen. Aber in Wahrheit hab ich mich durch die Hecke zurück aufs Grundstück geschlichen. Yadira war zunächst auf ihr Zimmer gegangen. Als es ruhig geworden war im Haus, ist sie klammheimlich wieder raus und zu mir gekommen.«

»Warum denn diese Heimlichtuerei?«

Finn überlegte einen Augenblick. »Eigentlich aus zwei Gründen«, sagte er. »Einmal wollte Yadira nicht, dass es jemand mitkriegt. Denn sie wollte Kai nicht wehtun.« Er stockte. »Sie müssen verstehen, er war verknallt in sie und hatte so viel für sie getan. Und … ich wollte es auch nicht. Aus genau demselben Grund. Weil ich Angst hatte, Kai zu verletzen.«

»Du mieses Arschloch«, entfuhr es Kai. Er sprang von der Bank auf und schien sich auf seinen Freund stürzen zu wollen.

»Stopp!«, herrschte Mendelski ihn an. »Reißen Sie sich zusammen. Ich habe keine Lust auf so ein Geschrei.« Auf weitere Kostproben von Kais Jähzorn konnte er gut verzichten. »Für Eifersuchtsdramen ist jetzt nicht der richtige Zeitpunkt. Machen Sie weiter, Finn.«

Zögernd setzte der junge Mann neu an. »Wir waren ungefähr eine halbe Stunde im Blockhaus, dann bin ich wieder gegangen. Yadira hat mich noch zu der Lücke in der Hecke begleitet – da habe ich sie zum letzten Mal lebend gesehen.« Er schluckte, schaute Mendelski aber ins Gesicht. »Das schwöre ich.«

»Das brauche ich etwas genauer.« Mendelski setzte sich neben Finn auf die Bank. »Was haben Sie in der Zeit im Blockhaus gemacht?«

»Wir haben geredet.«

»Nicht mehr?«

Finn wurde rot. »Ein bisschen geschmust, ja, mehr aber nicht. Es war doch unsere erste Verabredung … Wer konnte denn ahnen, dass es auch die letzte sein würde.« Er schniefte.

Mendelski fiel ein, dass Yadira noch Jungfrau gewesen war, als sie starb, und hakte zunächst nicht weiter nach.

»Yadira hatte aber doch schon länger ein besonderes Vertrauen zu Ihnen, nicht wahr? Wenn ich an die Drohbriefe denke …«

»Ja, das stimmt wohl. Wir haben uns immer sehr gut verstanden. Wenn das alles nicht passiert wäre, dann hätte sie …« Der Satz endete in einem heftigen Schluchzen. Finn senkte den Kopf und kramte ein zerknülltes Papiertaschentuch hervor, um sich lautstark zu schnäuzen.

Mendelski ließ ihm einen kurzen Moment Ruhe. »Können Sie sich an die Wolfsfeder erinnern?«, lenkte er dann das Gespräch in andere Bahnen. »War sie noch an ihrem Platz, als Sie das Blockhaus verließen?«

Finn schüttelte den Kopf. »Hab ich nicht drauf geachtet.«

»Wann und wie haben Sie von Yadiras Tod erfahren?«

»Donnerstagnachmittag. Kai hat mich aus dem Wald heraus angerufen.«

»Und am Abend sind Sie dann mit den Drohbriefen zu uns nach Endeholz gekommen. Aber Ihr heimliches Rendezvous mit Yadira haben Sie verschwiegen.«

»Zu dem Zeitpunkt dachte ich doch noch, unser Treffen im Garten wäre nicht weiter wichtig. Yadira war ja weit entfernt von hier im Wald gefunden worden.«

»Aber spätestens, als wir hier gestern zusammen am Pool waren, hätten Sie den Mund aufmachen müssen.«

Finn zuckte mit den Schultern. »Da traute ich mich auch nicht mehr«, sagte er kleinlaut. »Außerdem hatte ich geglaubt, dass Sie auch ohne meine Aussage weiterkommen würden. Ich hatte ja nichts gesehen …«

Mendelski erhob sich von der Bank und entfernte sich langsam ein paar Schritte. »So, so, Sie hatten nichts gesehen«, sagte er mit deutlich mehr Schärfe, ohne Finn anzusehen. »Das soll ich Ihnen glauben? Sie sind der Letzte, von dem wir wissen, dass er Yadira lebend gesehen hat.« Mendelski drehte sich um. »Wer sagt uns denn, ob wir Ihnen diese Geschichte glauben können?«

Mit schnellen Schritten kam er zur Bank zurück und beugte sich zu Finn hinunter. »Herr Braukmann, Sie haben ziemlichen Mist verzapft.« Seine Stimme wurde hart. »Sie haben die Klappe gehalten, so lange es ging. Und erst, als wir Ihnen auf die Schliche gekommen sind, da servieren Sie uns diese rührende Geschichte – nachdem Sie zusammen mit Kai Kreinbrink den Wiegand fast zu Tode gehetzt haben. Sie stecken in der Sache drin – bis zum Hals.«

Resigniert sackte Finn in sich zusammen. »Wenn Sie mir nicht glauben, dann verhaften Sie mich doch«, murmelte er.

Mendelski richtete sich auf und schaute in die Runde. Da hockten sie vor dem Blockhaus, die Akteure in diesem Drama, und schauten verunsichert drein: Von Bartling und Jagau, Kreinbrink senior, Joachim Pagel und Irene Hogreve. Kai Kreinbrink und Finn Braukmann starrten verbissen zu Boden, während Maike Schnur und die beiden Polizisten das Geschehen aus kurzer Distanz beobachteten.

Ohne ihn direkt anzusehen, stellte Mendelski Finn eine weitere Frage: »Finn, Sie sagten, Sie hätten Yadira um kurz nach eins das letzte Mal lebend gesehen und danach das Grundstück durch die Buchenhecke verlassen.«

Finn hielt den Kopf gesenkt und antwortete nicht.

»Der Weg in den Ort führt an der Hofeinfahrt vorbei. Da müssten Sie doch mitgekriegt haben, wie Herr Kreinbrink heimgekommen ist?«

Finn schüttelte den Kopf. »Der war noch nicht da«, sagte er leise. »Sonst hätte ich das gemerkt.«

»Sonst hätten Sie das gemerkt. Ja, das glaube ich Ihnen sogar.«

Abrupt drehte sich Mendelski zum Hausherrn um. »Herr Kreinbrink, Sie sagten, Sie wären in jener Nacht gegen eins nach Hause gekommen, hätten im Haus niemanden mehr angetroffen und seien umgehend zu Bett gegangen. Dummerweise hat davon aber niemand etwas bemerkt, weder Frau Hogreve noch Ihr Sohn, und selbst Finn nicht, der just zu dieser Zeit das Grundstück verließ.«

Kreinbrink senior wechselte die Farbe. »Wir werden uns knapp verfehlt haben«, versuchte er sich zu verteidigen.

»Nein, Herr Kreinbrink«, erwiderte Mendelski hart. »Niemand hat Sie knapp verfehlt. Sie sind nämlich gar nicht gegen eins nach Hause gekommen, sondern erst viel später. Nur frage ich mich, warum Sie uns diese Lüge auftischen und …« Er unterbrach seinen Satz, weil Konrad Kreinbrink plötzlich zu ihm getreten war.

»Kann ich Sie bitte einen Augenblick allein sprechen?«, bat er mit unterdrückter Stimme. »Unter vier Augen.«

***

»This is Eschede«, sagte Jo Kleinschmidt, als sie das Ortsschild passierten. Erst jetzt nahm er den Fuß vom Gas. *»Here is our destination.«*

Mit einem Blick in den Rückspiegel prüfte er, ob seine Ankündigung, dass sie ihr Ziel erreicht hatten, hinten auf der Rückbank angekommen war.

Doch die junge Frau schaute nur regungslos aus dem Fenster und betrachtete die Häuser. Ellen Vogelsang an ihrer Seite ließ sie lieber in Ruhe.

Strunz schaltete das Martinshorn ab.

»Nimm das Blaulicht vom Dach«, forderte er seinen Kollegen auf, bevor sie die B191 verließen und in die Albert-König-Straße einbogen. »Sonst kriegen wir noch Ärger mit Robert. Er hat doch gesagt, wir sollen so unauffällig wie möglich dazustoßen.«

Kleinschmidt tat, wie ihm befohlen.

***

»Ich muss meine Aussage revidieren«, begann Kreinbrink zögernd, nachdem sie die Tür des Blockhauses hinter sich geschlossen hatten. Er und Mendelski waren allein. Die anderen warteten derweil draußen unter der Aufsicht von Maike Schnur. »Ich denke, Sie werden mich verstehen.«

»Das wird sich zeigen«, erwiderte Mendelski, während er sich mit beiden Händen auf eine Stuhllehne stützte. »Es wirft schon ein bezeichnendes Licht auf Ihre Ehrlichkeit, Herr Kreinbrink. Erst jetzt, weil Sie unter Druck geraten, wollen Sie sich äußern.« Er machte aus seinem Ärger kein Geheimnis.

»Es gibt im Leben Situationen ...« Kreinbrink holte tief Luft. »Also: In der Nacht von Mittwoch auf Donnerstag bin ich nicht gegen eins, sondern erst gegen sechs nach Hause gekommen. Es gibt eine Frau in Celle, die das bezeugen kann. Ich habe davon nichts erwähnt, weil die besagte Dame verheiratet ist. Ihr Ehemann weiß nichts von der Liaison.« Die Stimme des sonst so selbstsicheren Steuerberaters war immer leiser geworden.

Mendelski schaute ihn skeptisch an. »Wir werden das überprüfen«, brummte er.

»Ich gebe Ihnen mein Ehrenwort.«

»Das beweist gar nichts. Ich brauche Namen und Adresse«, erwiderte der Kommissar zunehmend gereizt.

»Die nenne ich Ihnen – wenn Sie mir Diskretion versprechen.«

»Es steht Ihnen in der jetzigen Situation wohl nicht zu, Forderungen zu stellen.« Mendelskis Geduld war erschöpft. »Auf Ihrem Grundstück ist ein junger Mensch auf fragwürdige Weise umgekommen, und Sie denken nur an Ihren guten Ruf. Da platzt mir doch der Kragen.«

»Ich denke nur an den Ruf der besagten Dame, nicht an meine Reputation.« Kreinbrink schaute zerknirscht zu Boden. »Sie wissen ja nicht, um wen es sich handelt.«

»Sie erwarten wohl nicht, dass ich darauf Rücksicht nehme«, fertigte Mendelski ihn brüsk ab. »Und wenn's die Frau des Polizeidirektors wäre.« Er wandte sich zum Gehen. »War's das?«

»Bitte kein Wort zu Kai«, bat Kreinbrink. »Vorläufig jedenfalls. Wenn, dann soll er es von mir erfahren.«

Wortlos öffnete Mendelski die Blockhaustür.

***

Im Schritttempo rollte der Wagen auf den Hof. Das Knirschen der Reifen auf dem Kies übertönte die Motorgeräusche. Jo Kleinschmidt brachte das Auto unter den Eichen zum Stehen, wo bereits diverse andere Fahrzeuge – vornehmlich Geländewagen, aber auch ein Streifenwagen – parkten.

Zunächst traute sie sich nicht auszusteigen. Erst als Ellen Vogelsang um das Auto herumging und ihr die Tür öffnete, rührte sie sich. Bedächtig setzte sie einen Fuß nach dem anderen auf den Kies.

Mit traurigen, aber neugierigen Augen musterte sie das große Bauernhaus und die mächtigen Eichen.

»It's exactly like she described it«, sagte sie.

Die anderen schauten sich verwundert an.

»Yadira wird ihr das Haus beschrieben haben«, flüsterte Strunz den anderen beiden zu. »Geht ihr schon mal hinterher. Ich ruf nur rasch Robert an.«

***

Mendelski wollte gerade auf die Veranda treten, als Maike Schnur ihn zurück ins Blockhaus drängte. In der Hand hielt sie ihr Handy.

Sie wartete, bis Konrad Kreinbrink außer Hörweite war, und schloss die Blockhaustür. »Sie sind da«, flüsterte sie schließlich und reichte ihm das Telefon.

Mendelski nahm das Handy und ging einige Schritte in den großen Raum hinein, um von draußen ungehört sprechen zu können.

»Das passt gut«, sagte er ins Telefon. »Macht am besten alles so, wie wir es besprochen haben. – Ja, die Küche ist vom Garten aus zu erreichen. Durch die Waschküche. – Nein. Die Tür müsste offen sein. Sonst helft ein bisschen nach. – Genau. Und bimmelt durch, wenn ihr so weit seid.«

***

»I want to see her room«, sagte sie zu Ellen Vogelsang, als sie in der Küche standen.

Strunz und Kleinschmidt inspizierten in aller Eile die angrenzenden Räume wie Speisekammer, Wohnzimmer und Flur. Für ihr Vorhaben mussten sie alle Eventualitäten ins Kalkül ziehen.

Mein Gott, eine Besichtigungstour – dazu haben wir doch jetzt keine Zeit, dachte Ellen Vogelsang. Das Zimmer kann sie sich auch noch später ansehen.

»It's not so much time«, erwiderte sie und deutete mit besorgter Miene auf die Küchenuhr an der Wand. *»You'll see it later.«*

Das entschiedene Kopfschütteln der jungen Frau und ihr unnachgiebiger Blick brachten Ellen Vogelsangs Entschlossenheit ins Wanken. Sie musste sich eingestehen, dass ohne die bereitwillige Mithilfe der Protagonistin der gesamte Plan in Gefahr geriet.

»Okay, let's do it in a hurry«, lenkte sie schließlich ein.

Die beiden Frauen verschwanden im Treppenhaus. Strunz und Kleinschmidt schauten verdutzt hinter ihnen her.

***

Als Mendelski wieder hinaus auf die Veranda trat und einen kritischen Blick in die Runde schickte, stürmte plötzlich Karl-Heinz Jagau auf ihn zu.

»Mir reicht's, ich halte das nicht mehr aus«, rief der Forstwirt aufgebracht. »Ich muss das endlich klarstellen.«

»Tun Sie sich keinen Zwang an«, erwiderte Mendelski ironisch. Mit Widerwillen hatte er die leichten Alkoholausdünstungen seines Gegenübers registriert. »Etwa auch im Geheimen? Unter vier Augen?«

»Nein, das braucht's bei mir nicht. Was ich sagen will, können ruhig alle hören.«

Er drehte sich um, sodass ihm die Nachmittagssonne mitten ins Gesicht schien. Mit dem Zeigefinger seiner rechten Hand wies er auf die verschorften Wunden auf seiner Wange.

»Sehen Sie mal, diese Kratzer hier, die hab ich nicht von dem toten Mädchen. Auch wenn der Kommissar das glaubt. Deswegen wollte er mich ja auch mit den Handschuhen reinlegen, mit dem genetischen Fingerabdruck und so. Aber das wird nichts, nee, nicht mit mir!« Aufgeregt drehte er sich zu Mendelski um. »Heute Mittag war ich bei Doris, Doris Zietlow, und da hat sie mir gesagt, dass sie das war. Mittwochnacht, als wir so stramm waren. Durch den Filmriss wusste ich nichts mehr davon. Jedenfalls hatten wir Streit – und ratsch, hat sie mir eine gepfeffert. Mit ihren langen Krallen, es hat richtig geblutet. Was bin ich ihr dankbar …«

Jagau ließ sich erschöpft auf die leere Bank plumpsen.

Mendelski wandte sich ab.

»Erstaunlich, wie sich das Erinnerungsvermögen von Ihnen allen plötzlich entwickelt.« Der finstere Blick verriet seinen Zorn. »Warum erst nur Phantasiegeschichten?«, rief er laut in die Runde. »Warum nicht gleich die ganze Wahrheit? Steht etwa noch jemandem der Sinn danach, uns eine neue Version aufzutischen von dem, was da Mittwochnacht geschehen ist? Würd mich nicht wundern …«

Betretenes Schweigen.

»Diese Doris Zietlow, die wohnt hier in Eschede, nehme ich an?«, fragte Maike Schnur leise, bereit, die Daten in ihrem Block aufzuschreiben.

»Ja, genau«, tönte der Forstwirt. »Sie können sie ruhig fragen. Ist gar nicht weit von hier …«

»Danke, es reicht«, unterbrach Mendelski ihn und komplimentierte Jagau von der Veranda. Im Moment hatten sie Dringenderes zu tun, als dessen zwielichtiges Alibi zu kontrollieren. »Wir werden uns schon um Ihre Doris kümmern.«

Dann drehte sich der Kommissar unvermittelt um die eigene Achse.

»Herr von Bartling, kann ich Sie mal kurz sprechen?«

***

»Ellen! Kommt jetzt runter«, rief Kleinschmidt mit unterdrückter Stimme die Treppe hinauf. »Wir sind so weit.«

»We have to go now«, drängte Ellen Vogelsang von der offenen Tür her. *»It's time.«*

Ihrem Schützling passte die Hetze überhaupt nicht. Nur schweren Herzens trennte sie sich von den Fotos an der Wand, strich – wie zum Abschied – mit der Hand über das gemachte Bett und warf noch einen letzten Blick durchs Fenster in den Garten.

Dann folgte sie der Kommissarin die Treppe hinab.

***

Mit Absicht hatte Mendelski ihn nicht ins Blockhaus geführt, sondern blieb ein paar Meter von den Übrigen entfernt stehen. Sollten die anderen Akteure – vor allem Joachim Pagel – ruhig mitbekommen, wie er von Bartling in die Enge trieb.

»Herr von Bartling«, begann er mit gedämpfter Stimme. »Herr Pagel sagte, er wäre bis zwei Uhr nachts bei Ihnen in Celle gewesen. Es sei um die Jagdvorbereitung für den nächsten Tag gegangen. Ich wundere mich, dass Sie uns gegenüber gar nichts davon erwähnt hatten. Nicht einmal gestern Abend, als wir der Spur des Täters bis zu Ihrer Hütte folgten.«

»Was sagen Sie da? Was erlauben Sie sich? Wollen Sie mich etwa der Falschaussage bezichtigen?«

Mendelski wusste, die Zeit drängte, und zog alle Register. »Keineswegs. Doch es kommt Ihnen und Herrn Pagel sicher gut zupass, dass die Dauer dieser Vorbereitungen den Zeitraum, in dem Yadira ums Leben kam, genau abdeckt.«

Von Bartling bemerkte mit Schrecken, dass er plötzlich selbst in den Fokus der Ermittlungen geraten war, und ruderte zurück: »Ich weiß nicht mehr genau, wann Pagel losgefahren ist. Es war aber wohl eher gegen eins.«

Mendelski nickte bedächtig. »Wie lange braucht man von Ihnen bis nach Eschede?«

»Das geht in einer Viertelstunde, wenn man sich ranhält.«

»Nachts, bei wenig Verkehr und ausgeschalteten Ampeln vielleicht auch in zehn Minuten?«

»Möglich.«

»Also hätte Pagel es durchaus schaffen können, zum Todeszeitpunkt des Mädchens in Eschede zu sein«, sagte der Kommissar jetzt etwas lauter.

»Tja, so gesehen ...« Von Bartling sah sich in die Enge gedrängt. »Aber Herr Kommissar«, sagte er. »Glauben Sie denn allen Ernstes, dass Joachim Pagel mit dem Tod des Mädchens etwas zu tun hat? Der kann doch im Grunde keiner Fliege etwas zuleide tun.«

»Er ist der Einzige mit einem halbwegs schlüssigen Motiv«, erwiderte Mendelski mit Unschuldsmiene. Nach außen zeigte er sich ratlos.

Dass er noch gewisse Trumpfkarten im Ärmel hatte, ließ er sich nicht anmerken.

»Und wenn es nun doch ein Unfall war?« Von Bartling – ganz gewiefter Politiker und Opportunist – machte eine argumentative Kehrtwende und suchte sein Heil in der Offensive. Zum Blockhaus gewandt, damit ihn alle hören konnten, sagte er mit lauter Stimme: »Vielleicht hat Wiegand doch recht. Yadira war angetrunken und konnte nicht schlafen. Also ist sie noch einmal in den Garten hinunter, um frische Luft zu schnappen, da strauchelte sie, rutschte aus und fiel in den Pool. Ein bedauernswerter Unfall.«

»Ja, genau«, rief Pagel. »So wird's gewesen sein.« Der Lehrer suchte mit auffordernden Blicken Unterstützung bei Irene Hogreve, die neben ihm stand. »Hätte der Gärtner die Tote im Pool gelassen, anstatt sie in der Weltgeschichte herumzufahren, wäre die Sache sicher längst gelöst.«

Die Haushälterin nickte beflissen und suchte ihrerseits den Blickkontakt mit Konrad Kreinbrink.

»Wenn da nicht die Hämatome wären«, widersprach Mendelski mit durchdringender Stimme.

***

»I can't do that!« Sie schlug die Hände vors Gesicht und begann zu weinen. Ellen Vogelsang nahm sie mütterlich in den Arm. Hilflos standen Heiko Strunz und Jo Kleinschmidt daneben. Sie hatten alles vorbereitet, die Falle konnte zuschnappen – wenn die Hauptdarstellerin ihres Dramas mitspielte.

»You'll just sit here«, erklärte die Kommissarin und wies auf den Stuhl am Küchentisch. *»Just sit and wait. Nothing else.«*

Mit einem Seufzer löste die junge Frau sich aus der Umarmung und wischte ihre Augen trocken. Man sah, wie sie sich einen Ruck gab.

»Okay, let's do it.«

***

»Hämatome?«, fragten Kai und Finn wie aus einem Mund.

»Ja. Hämatome, Blutergüsse«, erklärte Mendelski. »Sie kennen so etwas als blaue Flecken unter der Haut. Bei Yadira Martinéz sind etliche kleine Blutergüsse an Kopf, Armen und Schultern entdeckt worden, die ihr offenbar unmittelbar vor ihrem Tod zugefügt wurden.«

»Die wird sie sich beim Sturz in den Pool zugezogen haben«, meinte Pagel. »Sie ist vielleicht auf den Grund gestoßen.«

»Dazu sind die Flecken zu gleichmäßig«, entgegnete Mendelski, der sich langsamen Schrittes der Veranda näherte.

»Vielleicht ist sie vorher gefallen.« Konrad Kreinbrink trat einen Schritt zurück, um den Kommissar vorbeizulassen. »Als sie im Dunkeln durch den Garten irrte.«

»Unwahrscheinlich.« Mendelski stieg die drei Treppenstufen zur Veranda hinauf. »Wir denken an eine ganz andere Lösung.«

»Und die wäre?«, fragte von Bartling. Ihm war die Ungeduld deutlich anzusehen. »Machen Sie's doch nicht so spannend.«

Mendelski blieb an der Blockhaustür stehen und drehte sich um. »Wir wissen zwar noch nicht genau, wie«, sagte er, »aber in irgendeiner Form hängen die Hämatome vielleicht mit der verschwundenen Wolfsfeder zusammen.«

»Bitte … wie … wie das denn?« Konrad Kreinbrink schüttelte ungläubig den Kopf.

»Das werde ich Ihnen gleich zeigen.« Mendelski öffnete die

Blockhaustür, verschwand kurz im Inneren und kam mit einem länglichen Bündel unter dem Arm wieder heraus. »Schauen Sie sich das bitte mal an.«

Kreinbrink senior, von Bartling, Pagel, Jagau, Irene Hogreve, Kai und Finn – alle folgten der Aufforderung. Gebannt starrten sie auf den in eine Decke gewickelten Gegenstand, den Mendelski in Händen hielt.

»Die Wolfsfeder«, sagte der Kommissar, indem er die Silben bewusst in die Länge zog. Er ließ die Decke fallen, worauf eine Saufeder zum Vorschein kam. Gespannt beobachtete er die Gesichter vor sich.

»Das … das kann doch gar nicht …«, stammelte Irene Hogreve. Sie brach den Satz ab und biss sich auf die Lippen.

»Wie bitte, Frau Hogreve?« Mendelski beugte sich ein Stück vor, um ihr offen ins Gesicht sehen zu können.

»Das ist doch gar nicht die Wolfsfeder«, polterte Kreinbrink senior dazwischen.

»Nein, wirklich nicht«, pflichtete ihm Pagel bei. »Das ist doch *meine* Saufeder, das wissen Sie doch.«

»Natürlich weiß ich das«, erwiderte Mendelski, äußerlich anscheinend leicht amüsiert, im Inneren jedoch hoch konzentriert. »Sie haben mich ja nicht ausreden lassen.«

Er drehte den Sauspieß so, dass die Metallspitze zur Hüttentür und das stumpfe Ende nach vorn zeigte.

»Ich wollte sagen: Die Wolfsfeder, die dieser Saufeder hier im Wesentlichen gleicht, kann für die Hämatome verantwortlich sein.« Er deutete auf das abgerundete Endstück des Holzstabes und stieß mit der Waffe zweimal in Richtung der gespannt lauschenden Zuschauer.

»Sie meinen …« Finn strich sich die Haare von der schweißnassen Stirn. »Sie meinen, da hat jemand nachgeholfen?«

»Sehr wohl möglich«, antwortete Mendelski. »Jedenfalls ziehen wir das in Betracht.«

»Das ist doch absurd.« Von Bartling streckte seinen langen Körper. »Bevor Sie uns mit derlei gewagten Theorien konfrontieren, sollten Sie lieber erst den endgültigen Obduktionsbericht abwarten.«

Der Mann kennt sich gut aus, dachte Mendelski, ließ sich aber nichts anmerken. »Der Hinweis kommt von dort. Aus der Gerichtsmedizin. Herr Kreinbrink, sagen Sie, Ihre Wolfsfeder war doch sicher nicht so neu und unbenutzt wie diese hier?«

»Nein, ganz und gar nicht.« Kreinbrink fingerte an seiner Brille, um besser sehen zu können. »Die echte Wolfsfeder hat immerhin schon sechzig Jahre auf dem Buckel und wies etliche Gebrauchsspuren auf. Sie hatte Scharten im Metall, die Lederriemen waren brüchig, und das Holz war mit der Zeit nachgedunkelt.«

»Das Holz war also dunkel«, wiederholte Mendelski. »Genau das wollte ich hören.« Er nickte zufrieden und lehnte Pagels Saufeder gegen den Türrahmen.

»Schöne Vorstellung …«, kommentierte von Bartling zynisch. Er deutete auf seine Armbanduhr. »Und was bitte schön wollen Sie uns im nächsten Akt vorsetzen? Ich werde daheim erwartet.«

»Einen Moment noch«, erwiderte Mendelski und wandte sich ab. Er hatte gesehen, dass Maike ihm – noch mit dem Handy am Ohr – ein Zeichen gegeben hatte.

»Es kann losgehen«, raunte sie ihm zu, als er neben ihr stand. »Sie sind so weit.«

»Wir müssen unseren Plan ändern«, flüsterte er zurück.

»Wie das?«

»Wir nehmen nicht den Pagel als Ersten.«

»Sondern?«

»Die Hogreve.«

»Warum das denn?«, zischte Maike eine Spur zu laut.

»Pssst! Das erklär ich dir nachher.«

»Herr Kreinbrink, dürfte ich Sie um etwas bitten?« Maike Schnur richtete sich mit ihrem ganzen Charme an den Hausherrn. »Sehen Sie, das dauert hier doch noch einen Moment. Wäre es vielleicht möglich, dass wir eine kleine Pause einlegen und einen Kaffee bekommen?«

»Aber sicher doch«, erwiderte Kreinbrink jovial und wandte sich seiner Haushälterin zu. »Frau Hogreve, sind Sie so nett und kochen für uns und die Mannschaft hier Kaffee? Vielleicht haben wir auch etwas Gebäck und Mineralwasser.«

»Aber gern«, erwiderte Irene Hogreve, froh darüber, endlich etwas Sinnvolles tun und sich in ihre vertraute Umgebung zurückziehen zu können. »Bin gleich wieder da.«

»Kai und Finn können ja mitgehen«, schlug Kreinbrink vor, »und Ihnen tragen helfen.«

»Nein, das geht nicht«, fuhr Mendelski dazwischen. Eine Spur zu energisch, wie Maike befand. Etwas verbindlicher fügte er hinzu: »Ich brauche die Jungs hier am Pool. Wir müssen da noch etwas klarstellen. Ich schicke Ihnen gleich jemand anderes.«

Kaum war die Haushälterin hinter den beiden Eiben verschwunden, hatte Maike wieder das Handy am Ohr.

»Nummer eins ist im Anmarsch«, flüsterte sie.

***

Sie saß am Küchentisch.

Mit dem Rücken zu der Tür, die zur Waschküche führte. Zurückgelehnt in ihrem Stuhl. Die Fingerkuppen ihrer schlanken Hände ruhten auf der Tischkante. Doch die Finger lagen nicht spielerisch leicht auf dem Holz, sondern pressten sich vor Anspannung auf die hell gescheuerte Tischplatte.

Ihre dunklen Augen waren zu schmalen Schlitzen zusammengekniffen. Ihr Blick wirkte hoch konzentriert.

Sie lauschte angespannt.

Da hörte sie, dass sich Schritte näherten, schnelle trippelnde Schritte. Sie hörte, wie jemand die Tür zur Waschküche öffnete – und dann innehielt.

***

Wie vom Blitz getroffen blieb Irene Hogreve stehen.

Keine vier Meter entfernt saß, mit dem Rücken zu ihr, eine junge Frau am Küchentisch. Der Anblick war ihr vertraut – dieses üppige, pechschwarze lockige Haar, die zierlichen Schultern, die dunkle Haut …

»Yadira?«, entfuhr es ihr unbewusst.

Langsam, ganz langsam drehte sich die junge Frau um. Mit großen schwarzen Augen fixierte sie die Haushälterin.

Irene Hogreve strauchelte, jegliches Blut wich aus ihrem Gesicht. Nur mühsam hielt sie sich auf den Beinen.

»Tatsächlich«, schrie sie hysterisch. »Mein Gott, wie … Du warst doch tot!« Keuchend holte sie Luft. »Mausetot«, kreischte sie. »Ich hab's doch genau gesehen, du lagst da unten im Wasser, auf dem Grund des Schwimmbeckens …«

Die junge Frau antwortete nicht. Sie erhob sich und machte einen Schritt auf Irene Hogreve zu. Mit der rechten Hand griff sie nach dem Amulett in ihrem Ausschnitt, einem winzigen Knöchelchen an einem Lederband.

»Du hast mich getäuscht … hast mir was vorgespielt, du Aas!«, schrie die Haushälterin böse. Sie wollte sich auf ihr Gegenüber stürzen, als zwei Türen aufflogen, die zum Flur und die zur Speisekammer. Strunz, Kleinschmidt und Ellen Vogelsang stürmten mit gezückten Pistolen herein.

»Halt, Polizei!«, brüllte Strunz. »Zurück!«

Doch das beeindruckte Irene Hogreve nicht.

Wie eine Furie versuchte sie, die junge dunkelhaarige Frau, die regungslos mitten in der Küche stehen geblieben war, an der Schulter zu packen.

Sie kam nicht weit. Noch bevor sie ihr Opfer berühren konnte, hatten Strunz und Kleinschmidt die rasende Frau gepackt. Die beiden zwangen ihre Hände auf den Rücken und legten ihr Handschellen an. Währenddessen kreischte die Haushälterin in ungebremster Wut weiter: »Nein! Lasst mich! Sie soll zur Hölle fahren … sie hat es doch verdient!«

Keuchend tauchten Mendelski und Maike in der Waschküchentür auf. Den Weg vom Blockhaus bis hierher waren sie gerannt.

»Puh«, stieß Mendelski hervor. »Und? Volltreffer?« Dann fiel sein Blick auf die Person in der Mitte der Küche. Verblüfft starrten Maike und er sie an.

Heiko Strunz nickte nur. Er drückte die sich windende und jetzt wimmernde Irene Hogreve auf einen Stuhl, wo Kleinschmidt ihre Schultern mit eisernem Griff festhielt. Dann atmete er tief durch und ging auf die junge dunkelhäutige Frau zu, die immer noch wie eine Statue mitten im Raum stand. »Darf ich vorstellen«, sagte er zu Mendelski und Maike. Er sprach laut, sodass auch Irene Hogreve ihn verstehen konnte. »Dania Martinéz aus der Dominikanischen Republik. Die Zwillingsschwester von Yadira.«

ZWÖLF

Irene Hogreve war ins Wohnzimmer der Kreinbrinks gebracht worden. Nachdem sie ihre Selbstbeherrschung wiedergefunden hatte, nahm Jo Kleinschmidt ihr die Handschellen ab, blieb aber schräg hinter ihr stehen.

Jetzt hockte sie auf dem Sofa, gegenüber von Mendelski und Maike Schnur, die ihren Schreibblock bereithielt, um die Aussage mitzuschreiben. Die Hände hatte die Haushälterin im Schoß vergraben. Heiko Strunz, an die Fensterbank gelehnt, hörte schweigend zu. Ellen Vogelsang kümmerte sich derweil um Dania Martinéz.

Nachdem er die Haushälterin über ihre Rechte und insbesondere das Aussageverweigerungsrecht informiert hatte, begann Mendelski mit der Vernehmung.

»Frau Hogreve. Offensichtlich haben Sie entgegen Ihren vorherigen Aussagen Yadira nicht besonders gemocht?« Er schaute ihr forschend in die Augen. »Wenn man bedenkt, wie Sie sich da eben in der Küche aufgeführt haben … ganz offensichtlich haben Sie das Mädchen regelrecht gehasst.«

Irene Hogreve machte keine Anstalten, etwas zu sagen. Sie warf den Kopf in den Nacken und schwieg.

»Hat Yadira Ihnen irgendetwas getan? Hat sie Sie beschimpft, belogen, bestohlen oder dergleichen?«, fragte Maike.

Sie schwieg beharrlich.

»Haben Sie in Yadira eine Nebenbuhlerin gesehen, eine Person, eine ansprechend weibliche dazu, die Ihnen im Hause Kreinbrink Konkurrenz machte?«, hakte Mendelski nach.

Sie senkte den Kopf. »Konkurrenz, pah!«, sagte sie leise. »Die doch nicht.«

»Haben Sie sich vielleicht gewünscht, mehr zu sein als die Haushälterin? Eine Ersatzmutter für Kai etwa, oder die Ersatzehefrau für Konrad Kreinbrink?«

Irene Hogreve errötete. »Glauben Sie mir, in diesem Haus *habe* ich eine andere Position als nur die der Haushälterin. Ich bin in die Familie integriert.«

»Doch dann tauchte plötzlich Yadira auf«, wandte Mendelski rasch ein. »Jung, hübsch, charmant, von allen umschwärmt …«

»Die hat doch allen den Kopf verdreht«, giftete Irene Hogreve. »Dieses Luder! Sie hat ihren Körper zur Schau gestellt. Die wusste genau, was sie bei den Männern bewirkt. Davon verstand sie was. Stellen Sie sich mal vor: Den ehrenwerten Hausherrn, Konrad Kreinbrink, kriegte Yadira so weit, dass er sie im Badezimmer durchs Schlüsselloch beobachtete. Mit ihrem seichten Trällern unter der Dusche hat sie ihn regelrecht angelockt … Eine Schande ist das.«

Mendelski heuchelte Anteilnahme: »Das haben Sie gesehen?«

»Mehrmals, glauben Sie's mir. Und dann hat sie ihn provoziert, heimlich Fotos von ihr zu schießen. Aus dem Schlafzimmerfenster heraus, wenn sie im Garten ihre albernen Gymnastikübungen gemacht hat. Dafür zog sie immer diese aufreizende, hautenge Wäsche an. Unanständig, sage ich Ihnen, total unanständig war das.«

»Ja, das ist sicher nicht besonders anständig – das Fotografieren, meine ich.«

Irene Hogreve redete sich in Rage: »Aber es reichte ihr nicht, nur dem Vater den Kopf zu verdrehen. Nein, sie musste auch noch Kai durcheinanderbringen, bis er heftigen Liebeskummer hatte.«

»Wie denn das?«

»Na, wie wohl? So ein unschuldiger junger Bengel ist ja wohl noch leichter zu becircen als ein gestandener Mann, oder? Kai hatte sich unsterblich in sie verliebt. Erst hat sie es genossen, dieses Biest, dass er so hinter ihr her war. Yadira hier, Yadira da … ekelhaft. Und als es ihr zu bunt wurde, ließ sie ihn einfach abblitzen. Nach allem, was er für sie getan hat.«

»Als Sie merkten, wie viel Unruhe Yadira im Hause Kreinbrink verursachte, haben Sie ihr die Drohbriefe geschickt, nicht wahr?«

»Was sollte ich denn machen? Abwarten, bis sie noch mehr Unheil anrichtete?«

»Sie hat aber nicht reagiert.«

»Keine Spur, sie war ja unglaublich dickfällig. Aber gerissen, sag ich Ihnen. Nach ihrem Tod habe ich vergeblich nach den Briefen gesucht. In ihrem Zimmer sind sie jedenfalls nicht.«

Mendelski schwenkte eilig um: »Wussten Sie von Finn und Yadira?«

»Bis Mittwochnacht nicht. Erst als ich die beiden im Blockhaus entdeckte, ist mir einiges klar geworden. Und da wurde ich fuchsteufelswild.«

»Erzählen Sie.«

Irene Hogreve setzte sich auf und streckte energisch ihr Kinn nach vorn. »Ist mal wieder hoch hergegangen bei dem sogenannten Spanischabend«, berichtete sie. »Yadira hatte sie alle mit ihren hochprozentigen Cocktails und dem erotischen Getanze eingelullt. Das konnte sie gut. Dabei muss sie sich irgendwie heimlich mit Finn verabredet haben. Eigentlich ist er ein guter Junge … Jedenfalls, so gegen Mitternacht, als die Party längst vorbei war und ich zu Bett gehen wollte, froh, dass endlich Ruhe im Haus einkehrte, da hörte ich, wie jemand in den Garten hinausschlich. Als ich durch den Türspalt lugte, sah ich, dass es Yadira war. Nanu, dachte ich. Was will die zu nachtschlafender Stunde da draußen? Weniger aus Neugier, sondern mehr aus Fürsorge schlich ich ihr nach.«

»Hatten Sie noch nicht im Bett gelegen?«

»Nein. Ich gehe immer erst schlafen, wenn im Haus Feierabend ist. Die Verantwortung … Sie verstehen?«

Mendelski nickte. »Erzählen Sie weiter.«

»Sie trafen sich im Blockhaus. Finn war schon da. Er war wohl durch das Loch in der Buchenhecke geschlüpft. Ich konnte sie durchs Fenster beobachten und sah im Schein des Mondes, wie sie tuschelten und sich in den Armen lagen.« Ihre Stimme triefte vor Verachtung.

»Waren sie sehr intim?«

Irene Hogreve errötete wieder. »Nein, es sah nicht danach aus. Ich nehme an, dass sie wohl das erste Mal so ein Schäferstündchen abhielten. Nach ungefähr zwanzig Minuten kamen sie dann wieder heraus. Yadira brachte Finn noch zur Buchenhecke und gab ihm dort einen langen Abschiedskuss. Und da wurde es mir dann doch zu viel.«

»Inwiefern?«

»Na, ich dachte, jetzt macht sie meinen Kai doppelt unglücklich. Weist ihn zurück und schnappt sich stattdessen seinen besten Freund. Das hätte Kai nie verwunden.«

»Also … wollten Sie dem ein Ende machen?«

»Genau. Während sie an der Hecke standen und herumknutschten, bin ich ins Blockhaus und habe nach etwas gesucht, womit ich diesem Flittchen einen gehörigen Schrecken einjagen könnte.«

»Und da fanden Sie die Wolfsfeder?«

»Ja, die hängt ja gleich neben der Tür. Ich nahm also den Spieß von der Wand und schlich damit hinaus. Yadira hatte sich wohl inzwischen von Finn verabschiedet und kam zum Blockhaus zurück. Am Rand des Pools sind wir dann aneinandergeraten, ein richtiger Zusammenstoß.«

»Zusammenstoß?«

»Ja, wir sind regelrecht ineinandergeprallt. Ich wollte sie gründlich erschrecken, daher hielt ich ihr die Spitze der Wolfsfeder unter die Nase. Sie war so geschockt, als ich aus dem Nichts plötzlich vor ihr stand, mit dem Spieß in der Hand, dass es ihr die Sprache verschlug. Zwei, drei Schritte wich sie zurück, stolperte, verlor das Gleichgewicht und ...« Sie stockte.

»... und stürzte in den Pool«, beendete Maike Schnur für sie den Satz.

»Das hatte ich aber nicht beabsichtigt«, wehrte sich die Haushälterin. »Das müssen Sie mir glauben.«

»Aber Sie wussten doch sicher, dass Yadira nicht schwimmen konnte?«, fuhr Mendelski mit harter Stimme dazwischen.

Sie nickte stumm.

»Wie haben Sie reagiert?«

»Erst mal hab ich mir angeguckt, wie sie da strampelte und prustete. Sie tat mir in dem Moment kein bisschen leid. Nach all dem, was sie im Hause Kreinbrink angerichtet hatte.«

Bei so viel Kaltschnäuzigkeit blieb Mendelski beinahe die Luft weg. »Was geschah dann?«

»Schließlich dachte ich mir, jetzt ist es genug. Das reicht, um sie zu bestrafen. Doch wie konnte ich ihr schon helfen? Ins Wasser springen, das kam für mich bei dieser Kälte nicht in Frage. Außerdem bin ich weiß Gott keine gute Schwimmerin.«

»Also?«

»Na ja, ich hatte ja noch die Wolfsfeder in der Hand, mit der Spitze nach vorn. Da kam mir die Idee, den Spieß einfach umzudrehen.«

»Warum das?«, forschte Mendelski. Obschon er ahnte, was jetzt kommen würde.

»Ich wollte ihr den Holzstab reichen, damit sie sich daran festhalten konnte«, erklärte die Hogreve treuherzig. »Ich wollte sie damit an den Beckenrand ziehen, wo sie hätte herausklettern können.«

»Aber es kam nicht dazu?«

»Nein. Ich weiß auch nicht, was da in mich gefahren ist.« Sie senkte den Kopf. »Der Teufel muss mich geritten haben. Ja, der Teufel …« Sie fing theatralisch an zu schluchzen. »Anstatt ihr den Stab einfach hinzuhalten, damit sie ihn greifen konnte, hab ich zugestoßen … mit dem stumpfen Ende der Wolfsfeder. Ich traf sie an der Stirn, da sackte sie zurück ins Wasser.« Sie schniefte laut.

»Sie haben dann trotzdem noch mal zugestoßen?«, fragte Mendelski heiser.

»Ja, schon, noch einige Male.« Ihr Atem stockte. »Sie kam ja immer wieder hoch … Ich hab sie an Kopf, Schultern und Armen erwischt. Irgendwann ist sie dann nicht wieder aufgetaucht.«

Es dauerte eine Weile, bis Mendelski die Sprache wiederfand.

Maike hatte mit dem Schreiben für einen Moment ausgesetzt. Entsetzt hatte sie erst die Haushälterin angestarrt, sich dann aber voller Abscheu von ihr abgewandt.

Widerwillig setzte Mendelski die Befragung fort:

»Was unternahmen Sie dann?«

Offenbar bekam Irene Hogreve nach dem Geständnis langsam wieder Oberwasser. »Ich ging einfach zum Haus zurück, in meine Wohnung hinauf, und legte mich ins Bett. Geschlafen habe ich in der Nacht aber nicht. Das können Sie doch nachvollziehen, nicht wahr?«

Mendelski schüttelte verständnislos den Kopf.

»Und was haben Sie mit der Wolfsfeder gemacht?«, fragte er schließlich.

»Tja …« Einen Moment schien sie zu überlegen, ob sie die Wahrheit sagen sollte oder nicht. Schließlich entschied sie sich, reinen Tisch zu machen. »So dumm, die Wolfsfeder wieder an ihren alten Platz zu hängen, war ich nicht«, berichtete sie. »Ich hatte ja keine Handschuhe getragen, und so viel wusste ich, dass dieser Spieß als Tatwaffe für mich gefährlich werden konnte.«

»Sie haben ihn versteckt?«

»Nein, besser noch.« Ihre Augen blinzelten hinterlistig. »Entsorgt habe ich das gute Stück. Ich hoffe, Herr Kreinbrink verzeiht mir das. Am Donnerstagmorgen habe ich den Holzstab mit Wiegands Bügelsäge zersägt und die Stücke im Kamin verbrannt. Die Metallspitze habe ich in den Müll geworfen. Die ist bestimmt schon auf irgendeiner Deponie gelandet.«

Mendelski seufzte. »Schade eigentlich.« Nach einer Verschnaufpause sagte er: »Apropos Donnerstagmorgen: Haben Sie mitbekommen, wie Wiegand die Leiche fortgeschafft hat?«

»Nein. In den Garten hab ich mich an dem Morgen verständlicherweise nicht getraut. Ich dachte mir, irgendwann wird schon jemand die Leiche finden. Daher wunderte ich mich total, als nachmittags der Anruf kam, Yadira wäre im Wald gefunden worden. Ich konnte es nicht glauben und bin zum Pool. Aber der war leer, geputzt, picobello ausgewischt – und von dem Mädchen keine Spur. Das kann nur der Wiegand gewesen sein, habe ich mir gedacht.«

»Das kam Ihnen sehr zupass, nehme ich an.« Mendelski nickte vor sich hin. »Und Sie haben schön den Mund gehalten.«

»Das hätten Sie doch an meiner Stelle auch getan«, empörte sich Irene Hogreve.

Der Kommissar ignorierte diese Unterstellung und setzte nach: »Deshalb haben Sie auch nicht gleich Alarm geschlagen, nachdem Sie von Wiegand im Schuppen so zugerichtet worden waren. Sie wollten, dass er einen Vorsprung kriegt, türmt und sich so selbst ans Messer liefert?«

»Ja, es passte doch ganz hervorragend, dass dieser Trottel den Märtyrer spielte.« Sie brachte es tatsächlich fertig, völlig mitleidslos zu lächeln, als sie sagte: »Schade eigentlich, dass er danebengesprungen ist. Wenn er das nicht überlebt hätte, wären Sie doch niemals darauf gekommen, was in Wahrheit geschehen war.«

Mendelski musste sich insgeheim eingestehen, dass Irene Hogreve damit nicht ganz unrecht hatte.

»Mit meinem mageren Englisch habe ich nicht viel von ihr erfahren«, sagte Ellen Vogelsang, als sie zu einer kurzen Abschlussbesprechung in der Küche beisammenstanden.

Dania war in der Zwischenzeit auf eigenen Wunsch allein zum Pool gegangen, um dort ihrer Schwester zu gedenken. Ein uniformierter Polizist wachte aus gebührender Entfernung über sie. Irene

Hogreve saß derweil auf der Rückbank des Streifenwagens, mit Handschellen an einen Ordnungshüter von der Polizeistation Eschede gefesselt.

»Dania Martinéz hatte anscheinend vorgehabt, ihrer Zwillingsschwester in Deutschland einen Überraschungsbesuch abzustatten. Die Reise hatte sie schon geplant, als Yadira noch bei ihrer ersten Gastfamilie in Eldingen wohnte. Das Geld dafür hatte sie mit Hilfe von Verwandten und Freunden zusammengespart. Dann an dem Nachmittag, bevor sie losflog, träumte sie, dass Yadira ums Leben kam. Und jetzt haltet euch fest: Da war hier bei uns Mittwochnacht – die Unglücksnacht. Sie sagt, sie hätte sofort gewusst, dass mit Yadira etwas Schlimmes passiert war.«

»So was soll unter eineiigen Zwillingen öfter vorkommen«, sagte Maike, um dem skeptischen Blick von Jo Kleinschmidt zu begegnen. »Manche haben einen besonderen Draht zueinander, auch über Tausende Kilometer Entfernung hinweg. Dafür gibt es genügend Beispiele. Außerdem stammt Dania ja aus der Karibik. Anders als hier spielen dort, wie bei anderen Naturvölkern auch, übersinnliche Kräfte oder das Zweite Gesicht eine besondere Rolle. Siehe Voodoo und so …«

»Jedenfalls hat sie sich mit sehr unguten Gefühlen auf die lange Reise gemacht«, setzte Ellen Vogelsang ihren Bericht fort. »In der trügerischen Hoffnung, dass Yadira vielleicht doch wohlauf sein könnte. Aber als sie in Celle am Bahnhof ankam und die Kreinbrinks anrufen wollte, da hielt ihr dieser Obdachlose die Zeitung vom Vortag unter die Nase. Dort war ein Foto von Yadira abgebildet, mit ihrem Namen und der Nachricht, sie sei tot. Der Obdachlose, der sie, das lebendige Double der Toten, entsetzt und erstaunt anstarrte, machte ihr offenbar durch Zeichensprache klar, um was es ging. Da wusste sie, dass ihr Alptraum wahr geworden war, und ist zusammengeklappt. Nachdem man sie ins Krankenhaus gebracht und ihren Ausweis gesehen hatte, hat man uns in der Jägerstraße verständigt. Den Rest kennt ihr.«

Betroffenes Schweigen machte sich breit.

»Was machen wir denn jetzt mit ihr? Man kann die Ärmste doch nicht einfach so mir nichts, dir nichts wieder nach Hause schicken …«, sagte Strunz schließlich.

»Robert kann doch fließend Spanisch«, sagte Maike, wie aus der

Pistole geschossen. »Und seine Frau ebenfalls. Da wäre es doch vielleicht am besten …«

»Nein, nein! Das könnt ihr mit mir nicht machen.« Mendelski winkte energisch ab.

»Aber Robert«, säuselten Maike und Ellen im Chor. »Wir können doch das Mädchen nicht im Stich lassen, wo sie uns so geholfen hat … Bitte!«

Der Kommissar zog eine säuerliche Miene.

»Fühlst du dich etwa überfordert?«, fragte Heiko Strunz ironisch grinsend.

»Schon gut.« Mendelski hob die Hände. »Hab verstanden. Aber nur so lange, bis sich das Konsulat um sie kümmert, klar? Und darf ich vielleicht meine Carmen noch vorher anrufen?«

Als die Truppe kurze Zeit später das Haus verließ – die Kirchturmuhr der nahen Johannis-Kirche schlug gerade sechs Uhr –, standen sie alle Spalier: die beiden Kreinbrinks, Konrad und Kai, völlig perplex vom Ausgang der Ermittlungen, Mark von Bartling, der seinen wichtigen Minister-Besuch doch hatte warten lassen, Joachim Pagel und Karl-Heinz Jagau, beide erleichtert darüber, dass sie ungeschoren davongekommen waren – und schließlich Finn, an diesem Samstagnachmittag im Oktober wohl der einsamste Mensch in der gesamten Südheide.

Bei ihrem Dienstwagen angekommen, legte Maike die Arme aufs Autodach.

»Jetzt sag mal, Robert«, sagte sie über den Wagen hinweg. »Wieso bist du eigentlich vorhin von unserem ursprünglichen Plan abgewichen und hast nicht den Pagel, sondern ausgerechnet die Hogreve als Erste für unser kleines Spielchen ausgesucht?«

»Ganz einfach: Sie hatte sich verraten«, antwortete er mit einem verschmitzten Lächeln. »Als ich der ganzen Bagage am Blockhaus die vermeintliche Wolfsfeder unter die Nase hielt, hat sie mit Abstand am heftigsten reagiert. Dabei konnte doch nur der Täter wissen, wo sich die Wolfsfeder zu diesem Zeitpunkt befand.«

»Und wenn du falsch gelegen hättest?«

»Wäre auch nicht weiter schlimm gewesen. Dann hätten wir unseren Plan wie ursprünglich besprochen durchgezogen. Der Pagel wäre der Nächste gewesen, dann Finn, Kai und so weiter. Ich hätte einen nach dem anderen unter irgendeinem Vorwand ins Haus geschickt, in unsere Falle. Aber ich war mir da schon ziemlich sicher, dass es die Hogreve war.«

»Mein superschlauer Kommissar …«

»Kriminalhauptkommissar, superschlauer Kriminalhauptkommissar, bitte. So viel Zeit muss sein.«

Sie grinste nur frech und entriegelte endlich das Auto.

***

Vier Tage später, am darauffolgenden Mittwoch, stiegen Robert Mendelski und Maike Schnur wieder in ihren Dienstwagen. Wieder ziemlich genau um achtzehn Uhr. Aber dieses Mal nicht in Eschede, sondern am Flughafen Langenhagen, dem internationalen Airport der Landeshauptstadt Hannover.

Sie hatten Dania Martinéz zu ihrem Flugzeug begleitet. Über Frankfurt, Madrid und Santo Domingo wollte sie in ihre Heimat, die Dominikanische Republik, zurückkehren. Der Leichnam ihrer Schwester Yadira reiste in einem Zinksarg im Frachtraum des Fliegers mit. Darauf hatte Dania bestanden.

Die Leiche war erst am Vormittag, nachdem das Innenministerium in Hannover dem Druck des Dominikanischen Generalkonsulats nachgegeben hatte, von der Staatsanwaltschaft freigegeben worden. Danach stand der Überführung der Toten nun nichts mehr im Wege.

Dania Martinéz hatte die vier Tage ihres Aufenthaltes tatsächlich bei den Mendelskis in Boye verbracht. Trotz des großzügigen Angebots des Dominikanischen Konsulats, sie in einem Nobelhotel in Hamburg unterzubringen, hatte sie sich für Celle entschieden. Sie wollte lieber in der Nähe ihrer toten Schwester bleiben.

Mendelski, Carmen und Ana – die am Sonntag extra aus Hannover angereist war, um ihre Eltern zu unterstützen – hatten sich abwechselnd um ihren trauernden Gast gekümmert. Da die ganze Familie fließend Spanisch sprach und sich auch rührend um Dania kümmerte, hatte sich die junge Frau in dem familiären Umfeld den Umständen entsprechend wohlgefühlt.

Am Montag hatte sie sich von Mendelski und Maike Schnur nach Eschede fahren lassen; sie wollte dorthin zurück, wo sich ihre

Schwester in den letzten Monaten so wohlgefühlt hatte: ins Haus der Kreinbrinks. Der Hausherr, Konrad Kreinbrink, war allerdings unterwegs. Den Vormittag hatte er in seiner Kanzlei in Celle verbracht, am Nachmittag war er zu einem heimlichen Stelldichein mit seiner verheirateten Geliebten im Wald verschwunden, irgendwo zwischen Groß Hehlen und Scheuen.

Nur Kai und Finn waren zugegen gewesen. Die beiden Freunde hatten sich in ihrem gemeinsamen Kummer rasch wieder vertragen. Sie freuten sich über Danias Besuch. Am Küchentisch sitzend, unterhielten sie sich ausgiebig, was ihnen mit einem Mischmasch aus Englisch und Spanisch auch überraschend gut gelang.

Dania hatte das gesamte Haus besichtigt – und im Zimmer ihrer Schwester schweigend fast eine halbe Stunde verbracht. Sie staunte über die großzügigen Räume und das edle Inventar. Allerdings machte sie kein Hehl daraus, dass ihr ein original niedersächsisches Vierständerbauernhaus mit seinen kleinen Fenstern viel zu düster war. Beim Gang um das Haus mied sie den Pool und das Blockhaus. Diesem Ort, an dem ihre Schwester das Leben lassen musste, wollte sie kein zweites Mal zu nahe kommen. Er war jetzt für sie tabu.

Später hatten Kai, Finn und Dania mit dem Land Rover eine ausgedehnte Spritztour durch Eschede unternommen, um die Orte zu besuchen, die Yadira besonders gemocht hatte: Die Flohrmühle und die »Drei von der Kreuzung«, eine Skulpturengruppe, die wie die Windmühle zu der Tour der »Magischen Orte« gehörte. Sie fuhren zum Holzturm der Johannis-Kirche, ohne jedoch auf den Grabstein der Dora Klages und ihre traurige Geschichte hinzuweisen, und beendeten schließlich ihren Ausflug auf dem Festplatz an der Aschau. Kais Vorschlag, noch kurz nach Eldingen zu fahren, wo Yadira die ersten Wochen ihres Deutschlandaufenthaltes gelebt und wo sie sich in ihrer Gastfamilie überhaupt nicht wohlgefühlt hatte, lehnte Dania entschieden ab.

Der Abschied der drei war herzzerreißend gewesen. Für Kai und Finn war es ein wenig so, als ob sie sich ein weiteres Mal von Yadira trennen mussten. Denn die Ähnlichkeit der beiden Zwillingsschwestern in Aussehen, Gestik und Sprache war frappierend. Erst nachdem Dania den beiden Freunden das Versprechen abgenommen hatte, sie eines Tages in der Dominikanischen Republik zu besuchen, war sie nach Celle zurückgekehrt.

Am darauffolgenden Dienstag hatte sie überraschend den Wunsch geäußert, Rolf Wiegand zu besuchen. Von Kai und Finn hatte sie erfahren, wie sehr der Gärtner ihre Schwester gemocht hatte und was ihm in den letzten Tagen widerfahren war. Ellen Vogelsang hatte sie ins Krankenhaus begleitet und an Wiegands Krankenbett die Dolmetscherrolle übernommen.

Rolf Wiegand, der trotz seiner Mundverletzung schon wieder etwas sprechen konnte, hatte ihr Besuch sehr gerührt. Ihm kamen die Tränen, als Dania zum Abschied seine Hände ergriff und sie lange nicht mehr loslassen wollte.

Bevor Maike auf dem Flughafenparkplatz den Motor anließ, legte sie die Unterarme aufs Lenkrad und schaute durch die Windschutzscheibe in den stürmischen und düsteren Herbsthimmel hinauf. Ein zweistrahliger Düsenjet, dessen Tragflächen bedrohlich schwankten, startete gerade und verschwand gen Westen.

»Da fliegen sie hin«, sagte sie mit einem betrübten Lächeln. »Die eine tot, die andere todtraurig.«

Mendelski runzelte die Stirn. »Ist dir etwa nach Scherzen zumute?«, fragte er.

»Keineswegs.« Maike seufzte. »Ganz im Gegenteil. Ich bin ziemlich geplättet. Der Fall ging mir doch ganz schön an die Nieren. Dir etwa nicht?«

»Doch, natürlich.« Mendelski lehnte sich zurück. »Eine bemerkenswerte Person, diese Dania Martinéz«, sagte er. »Wie sie diese schweren Tage hier gemeistert hat. Respekt. Diesen unbändigen Stolz, diese Selbstbeherrschung und diese Würde – das findet man bei einer Achtzehnjährigen nicht alle Tage.«

»Und ihre Ausstrahlung … Ob sie in all dem Yadira ähnelte?«

»Ich glaub schon.« Mendelski schloss die Augen. »Wahrscheinlich war es genau das, was Yadira – neben ihrer Lebensfreude, Schönheit und Unbekümmertheit – letztendlich zum Verhängnis geworden ist.«

»Wie meinst du das?«

»Na, die Hogreve sah doch ihre Felle davonschwimmen, in jeglicher Hinsicht. Sogar in der Küche, ihrer ureigensten Domäne, hatte Yadira, dieser Tausendsassa, begonnen, ihr Konkurrenz zu machen. Das konnte sie nicht ertragen. Nach all den Jahren, die sie die Kreinbrinks für sich allein gehabt hatte, drohte ihr plötzlich Liebesentzug auf ganzer Ebene. Dazu ihre vorsintflutliche Gesinnung als verhinderter Moral-Wächter …«

Maike kurbelte die Scheibe ein Stück nach unten.

»Was meinst du, wird sie kriegen?«

»Welche Strafe? Ein paar Jährchen werden's sicher werden.« Mendelski gähnte. »Ob man ihr vorsätzlichen Mord anlasten kann, ist meines Erachtens – trotz der Drohbriefe – keineswegs sicher. Bleibt also Totschlag. Es kommt obendrein sehr darauf an, wie sie sich vor Gericht darstellt. Ob sie ihre Tat bereut und so weiter. Natürlich spielt auch ihr Anwalt eine wichtige Rolle.«

»Ein paar Jährchen …«, wiederholte Maike. »Mehr nicht? Es war doch wirklich hundsgemein, wie sie das arme Mädchen im Pool ertränkt hat. Meinetwegen soll sie bis zum Sankt-Nimmerleins-Tag schmoren.«

»Na, na. Beherrsch dich.« Mendelski richtete sich auf. »Und schmeiß endlich den Riemen auf die Orgel. Ich will nach Hause.«

»Klar, Chef!«

Als sie das Parkdeck des Flughafens verließen, klatschten die ersten schweren Regentropfen auf die Windschutzscheibe.

Glossar

Erläuterungen zu den in diesem Roman verwendeten Ausdrücken aus der Jägersprache und dem Forstbereich

Ansitzbock – niedriger Hochsitz speziell für Drückjagden (siehe unten)

anwechseln – Fortbewegung des Schalenwildes in Richtung des Jägers

aufwerfen – Erheben des Hauptes beim Schalenwild

befegen – mit dem Messer abschaben (hier Rinde)

Bockjagd – Jagd auf den Rehbock

Bruch – abgebrochener grüner Zweig bestimmter Baumarten zur Verständigung, Markierung oder als Schmuck

Doppelbüchse – Kipplaufwaffe mit zwei nebeneinanderliegenden, meist großkalibrigen Kugelläufen

Drückjagd – Form einer Treibjagd auf Schalenwild

Eissprossenzehner – Rothirsch, dessen Geweih Aug-, Eis-, Mittelsprossen und Gabeln aufweist

Entenstrich – Jagd auf Enten (Strich: regelmäßig eingehaltene Flugbahn von Federwild von und zu Rast- oder Nahrungsplätzen)

Fangschuss – erlösender Schuss auf verletztes Wild

Fernwechsel – Pfade vom Schalenwild über größere Entfernungen

Folgebruch – Bruch (siehe oben), der zum Folgen auffordert oder auf etwas hinleitet (daher auch Leitbruch)

Grader – Baumaschine; auch Planierer, Erd- oder Straßenhobel

Hahn in Ruh – Jagdhornsignal (auch bekannt als »Jagd vorbei«)

Hauptbruch – Bruch (siehe oben), der »Achtung!« bedeutet

Harvester – Holzerntemaschine (Vollernter), die alle anfallenden Teilarbeiten der Holzernte ausführen kann: Fällen, Entasten, Vermessen, Einschneiden, Zopfen und Ablegen

Jagdherr – Revierinhaber und Jagdleiter (gegenüber Jagdgast)

Korkenziehergehörn – abnormes Gehörn eines Rehbocks in Form eines Korkenziehers

Kronenhirsch – Rothirsch mit Krone im Geweih (Krone: oberer Abschluss der Geweihstange mit drei oder mehr Enden)

Kugelschlag – Aufschlaggeräusch des Geschosses auf ein Ziel

Leitbruch – Bruch (siehe Folgebruch)

nachsuchen – Suche nach einem beschossenen Stück Wild (in der Regel mit einem Jagdhund)

Rückeschneise – unbefestigter Weg im Bestand, der dem Rücken (Transport) des geernteten Holzes dient

Schmaltier – weibliches Tier der Hirscharten im zweiten Lebensjahr

schnallen – freilassen eines Jagdhundes durch Abschnallen der Halsung (Halsband)

schrecken – bellender Warnlaut bei Reh- und Rotwild

Schüsseltreiben – geselliges Beisammensein (Essen) nach einer Treibjagd

Schützenbruch – Bruch (siehe oben), den sich ein Jäger nach einem Jagderfolg auf Schalenwild unter anderem an den Hut steckt (auch Erlegerbruch)

Schweißhund – speziell für die Nachsuche (siehe oben) ausgebildeter Jagdhund oder Jagdhundrasse

Streckenplatz – Stelle, an der nach einer Gesellschaftsjagd das erlegte Wild unter Beachtung von Brauchtumsregeln übersichtlich angeordnet niedergelegt wird

Strecke verblasen – Jagdhornblasen der einzelnen Totsignale (je nach Wildart)

Stutzen – kurzläufige, meist ganzgeschäftete Büchse

Totast – abgestorbener Ast

Tottrinken – Feier nach Erlegung von Wild in geselligem Kreis

Trauf – der Bereich unter einem Baum, welcher der Kronenausdehnung entspricht

Trockenwald – regengrüne Dornwaldgesellschaft in den Tropen und Subtropen

Überläufer – Wildschweine im zweiten Lebensjahr

ungerader – Rothirsch mit neun Enden an der einen, und weniger als – Achtzehnender – neun an der anderen Geweihstange

verenden – Wild verendet, wenn es infolge von Verletzungen aufgrund akuter äußerer Einwirkungen ums Leben kommt (insbesondere durch Schusswirkung); dagegen: eingehen

Warnbruch – Bruch (siehe oben), der vor etwas warnt (zum Beispiel eine Falle)

weidwund – Verletzung nach Schuss durch Bauchhöhle

Wolfssprosse – Ende beim Geweih vom Rothirsch, das als zusätzliches Stangenende oberhalb der Mittelsprosse auftreten kann

zum Jäger schlagen – Brauchtum, bei dem ein Jungjäger nach Bestehen der Jagdscheinprüfung durch eine bestimmte Prozedur in den Kreis der Jäger aufgenommen wird

zopftrocken – wird ein Baum mit gipfeldürrer Spitze genannt

Danksagung

All denen, die mit Informationen, Rat und Tat zum Gelingen dieses Buches beigetragen haben, möchte ich an dieser Stelle herzlich danken:

Helfried Brinken, Marwede
Petra Windler, Eicklingen
Werner Marwede, Endeholz
Wilhelm Hanebuth, Großburgwedel
Günter Schröder, Wieckenberg
Susanne Lechelt, Großburgwedel
Sabine Scheffer, München
Manfred Aulfes, Großburgwedel
Bartold Meyer, Gailhof
Uwe Cebulla, Ebsdorf
Torsten Seyffarth, Bremen
Henrik Quentin, Brelingen

Ganz besonderer Dank an *Ulrich Hilgefort* für sein Engagement um Text und Form dieses Buches (siehe auch Widmung) und an meine Familie mit *Timon, Adrian* und *Eva.*

Dies ist ein Roman. Mit wenigen Ausnahmen sind sämtliche Figuren und Ereignisse frei erfunden. Jede Ähnlichkeit mit Begebenheiten und Namen, mit lebenden oder verstorbenen Personen sind nicht beabsichtigt und wären rein zufällig.
Die im Roman verwendeten geografischen Daten – wie Städte, Dörfer und Straßen, Wälder, Flüsse und Landschaften gibt es dagegen tatsächlich, ebenso die Mehrzahl der übrigen Lokalitäten.

Die »Wolfsfeder« allerdings entstammt dem Reich der Phantasie.